Nur ganz wenige Menschen verfügen über die Gabe, sich an ihre früheren Leben zu erinnern. Daniel ist einer von ihnen. Sein Gedächtnis reicht viele Jahrhunderte, viele Leben zurück – und er erinnert sich an eine junge Frau, die er einst unglücklich geliebt hat. Nach jeder Rückkehr in eine neue Existenz begibt er sich auf die Suche nach ihr, bis er im heutigen Virginia auf Lucy trifft. In ihr erkennt er seine schicksalhafte Liebe wieder. Für Lucy aber ist Daniel ein völlig Fremder, auch wenn sie sich auf unheimliche Weise zu ihm hingezogen fühlt. Und beide ahnen nicht, dass ein dunkler Schatten aus der Vergangenheit ihre gemeinsame Zukunft bedroht.

ANN BRASHARES wuchs mit drei Brüdern in der Nähe von Washington D.C. auf. Sie studierte Philosophie an der Columbia University in New York, unterbrach jedoch das Studium aus finanziellen Gründen und begann, in einem großen amerikanischen Verlag zu arbeiten. Die Arbeit dort gefiel ihr so gut, dass sie nicht mehr an die Uni zurückging und stattdessen einige Jahre als Lektorin tätig war. Seit 2000 widmet sich Ann Brashares ganz dem Schreiben – ihre Serie »Eine Jeans für vier« über vier Freundinnen um die 16 ist weltweit ein durchschlagender Erfolg. Ihr erstes Buch für Erwachsene, »Unser letzter Sommer«, war ein New-York-Times Bestseller in den USA. Brashares lebt mit ihrem Mann, dem Porträtmaler Jacob Collins, und ihren drei Kindern in Brooklyn, New York.

ANN BRASHARES

So nah und doch so fern

Roman

Aus dem Englischen
von Sylvia Spatz

btb

Die amerikanische Originalausgabe erschien 2010 unter dem Titel »My Name is Memory« bei Riverhead Books, New York, a member of the Penguin Group (USA) Inc.

MIX
Papier aus verantwortungsvollen Quellen
FSC® C083411
FSC
www.fsc.org

Verlagsgruppe Random House FSC® N001967
Das für dieses Buch verwendete FSC®-zertifizierte Papier *Lux Cream* liefert Stora Enso, Finnland.

1. Auflage
Genehmigte Taschenbuchausgabe Januar 2015,
btb Verlag in der Verlagsgruppe Random House GmbH, München

Umschlaggestaltung: semper smile, München
Umschlagmotiv: © plainpicture/ Anna Matzen
Druck und Einband: CPI – Clausen & Bosse, Leck
SL · Herstellung: sc
Printed in Germany
ISBN 978-3-442-74842-6

www.btb-verlag.de
www.facebook.com/btbverlag
Besuchen Sie auch unseren LiteraturBlog www.transatlantik.de

Meinem Liebsten Nate,
der die Gabe des Erinnerns besitzt

Nicht fordernd vom Himmel, daß er mir
zu Gefallen herunterkomme,
Sondern ihn allezeit ausstreuend mit vollen Händen.

WALT WHITMAN, »Gesang von mir selbst«

Ich lebe seit mehr als tausend Jahren. Ich bin oft gestorben. Wie oft, habe ich vergessen. Mein Gedächtnis ist ungewöhnlich gut, aber es ist nicht perfekt. Ich bin ein Mensch.

Meine ersten Leben sind mir nur vage in Erinnerung. Die Bahn, die unsere Seele beschreibt, folgt dem Weg durch jedes unserer Leben. Sie ist makrokosmisch. Meine Kindheit? Ich hatte viele Kindheiten. Und selbst als meine Seele noch jung war, habe ich oft das Erwachsenenalter erreicht. Jetzt kommen die Erinnerungen in jeder Kindheit früher. Wir tun nur noch so, als ob. Befremdet betrachten wir die Welt um uns. Wir erinnern uns.

Wenn ich »wir« sage, meine ich damit mich, meine Seele, meine anderen Ichs, meine vielen vergangenen Leben. Wenn ich »wir« sage, meine ich aber auch die anderen, die wie ich dieses Gedächtnis besitzen, im Bewusstsein gespeicherte und den Tod überdauernde Erinnerungen an das Leben auf dieser Erde. Viele sind wir nicht, ich weiß. Vielleicht ein Mensch alle hundert Jahre, einer unter Millionen. Selten erkennen wir uns gegenseitig, doch glaubt mir, es gibt noch andere wie mich. Und sicher besitzt einer von ihnen ein noch außergewöhnlicheres Gedächtnis als ich.

Geboren und gestorben bin ich mehrmals und an vielen verschiedenen Orten. Die Abstände spielen keine Rolle. Ich war nicht in Bethlehem, als Christus geboren wurde. Die Pracht Roms habe ich niemals gesehen. Ich habe mich auch niemals vor Karl dem Großen verneigt. Zu dieser Zeit schuftete ich auf armseligen Feldern in Anatolien und sprach einen Dialekt, den die Bewohner der südlich und nördlich gelegenen Dörfer schon nicht mehr verstanden. Um für Aufregung zu sorgen, ist auf Gott und den Teufel Verlass. Die meisten Menschen aber bekommen die großen Ereignisse der Weltgeschichte nicht mit. Ich habe darüber in Büchern gelesen wie alle anderen.

Zuweilen fühle ich mich Häusern und Bäumen näher als den Menschen. Ich stehe da und betrachte das Kommen und Gehen der unzähligen Leute. Ihre Leben sind kurz, doch meines ist lang. Manchmal sehe ich mich selbst als einen Pfahl, fest in die Erde gerammt am Rande des Ozeans.

Ich hatte niemals ein Kind und bin niemals alt geworden. Ich weiß nicht, warum. Ich sah Schönheit in unzähligen Dingen. Ich habe meine große Liebe gefunden, und nur sie bleibt. Ich habe sie einmal getötet und bin viele Male für sie gestorben, und doch habe ich nichts erreicht. Immer suche ich sie, und immer erinnere ich mich an sie. Und ich hoffe, dass auch sie sich eines Tages an mich erinnert.

HOPEWOOD, VIRGINIA, 2004

SIE KANNTE IHN noch nicht sehr lange. Er war am Beginn der elften Klasse aufgetaucht. Sie lebte in einer kleinen Stadt, in einem kleinen Schulbezirk. Jahr für Jahr sah man in der Schule dieselben Gesichter. Er war ebenso wie sie in der elften Klasse, aber irgendwie wirkte er älter.

Es war ihr viel darüber zu Ohren gekommen, wo und wie er die letzten siebzehn Lebensjahre verbracht hatte, aber sie hatte so ihre Zweifel, dass an den Geschichten etwas dran war. Die anderen erzählten, bevor er nach Hopewood kam, sei er in der Psychiatrie gewesen. Sein Vater sitze im Gefängnis, und er lebe ganz allein. Seine Mutter sei umgebracht worden, so erzählte man sich, wahrscheinlich von seinem Vater. Irgendjemand behauptete, er trage immer lange Ärmel, weil er Brandmale an den Armen habe. Soweit sie wusste, hatte er sich niemals gegen diese Gerüchte verwehrt und auch keine eigene Version seiner Geschichte angeboten.

Und obwohl Lucy den Gerüchten keinen Glauben schenkte, so begriff sie doch, was eigentlich dahintersteckte. Daniel war anders, auch wenn er versuchte, diesen Eindruck zu zerstreuen. Seine Miene war stolz, aber er strahlte etwas Tragisches aus. Ihr schien, als hätte sich in seinem Leben niemand um ihn gekümmert und als wäre er sich dessen gar nicht bewusst. Einmal sah sie ihn am Fenster in der Cafeteria stehen, während die anderen laut quasselnd mit ihren Geschirrtabletts vorbeiklapperten und -drängten, er aber schien völlig verloren. In seinem Blick lag in diesem Moment etwas, als wäre er der einsamste Mensch auf der ganzen Welt.

Als er an der Schule auftauchte, wurde zunächst viel Aufhebens um ihn gemacht, denn er sah sehr gut aus. Er war groß, muskulös und wirkte ziemlich abgeklärt, und seine Klamotten sahen ein bisschen besser aus als die der meisten anderen Schüler. Wegen seiner Körpergröße zeigten auch die Football-Trainer zunächst Interesse an ihm, aber er ging nicht darauf ein. In der Kleinstadt gab es zu viel Langeweile, zu viele Hoffnungen, und bald begannen die Mitschüler über ihn zu reden. Zunächst waren die Gerüchte eher schmeichelhaft, aber dann machte er einige Fehler. Er ging nicht auf Melody Sandersons Halloween-Party, obwohl sie ihn persönlich auf dem Schulkorridor eingeladen und jeder sie dabei beobachtet hatte. Während des jährlichen Picknicks von elfter und zwölfter Klasse unterhielt er sich die ganze Zeit mit Sonia Frye, obwohl sie für Leute wie Melody zu den absoluten Außenseiterinnen gehörte. Sie alle lebten in einem brüchigen System sozialer Regeln und Gepflogenheiten, und schon als der erste Winter kam, fühlten sich die meisten Leute von ihm vor den Kopf gestoßen.

Nur Lucy nicht. Sie wusste selbst nicht genau, warum. Sie mochte Melody und ihre coole Mädchentruppe nicht besonders, aber sie war vorsichtig. Sie hatte bereits einige Minuspunkte und wollte nicht zu den Außenseitern gehören. Das konnte sie ihrer Mutter nach allem, was die mit ihrer Schwester durchgestanden hatte, nicht antun. Außerdem mochte Lucy keine komplizierten Jungen. Sie mochte sie einfach nicht.

Sie hatte die merkwürdige Vorstellung – genauer gesagt, war es eine Art Fantasie –, dass sie ihm helfen könnte. Sie wusste, wie das Leben innerhalb und außerhalb der Schulmauern funktionierte, und wusste, wie man beides meisterte. Sie spürte, dass er an einer größeren Last trug als die meisten Menschen, und aus dieser Gewissheit heraus erwuchs ein eigenartiges, schmerzliches Mitgefühl für ihn. Sie wollte gern glauben, dass er sie vielleicht brauchte und sie ihn vielleicht als Einzige verstand.

Er ließ auf keinerlei Weise erkennen, dass er das genauso sah. In fast zwei Jahren hatte er nicht ein einziges Mal mit ihr gesprochen. Nur einmal war sie auf sein Schuhband getreten und hatte sich entschuldigt, worauf er sie anstarrte und einige Worte murmelte. Hinterher fühlte sie sich unwohl und verstimmt, und ihre Gedanken wanderten immer wieder zu dem Augenblick zurück, und sie versuchte sich in Erinnerung zu rufen, was er gesagt hatte, und versuchte zu begreifen, was er gemeint haben könnte. Aber am Ende entschied sie, dass sie nichts falsch gemacht hatte und dass es sein Problem war, wenn er um drei Uhr nachmittags mit offenen Schnürsenkeln im Korridor der zwölften Klasse herumlief.

»Findest du, ich grüble zu viel?«, fragte sie Marnie. Die sah sie an, als würde sie ihr am liebsten die Haare ausraufen.

»Ja, ich finde, du grübelst zu viel. Wenn man über dich einen Film drehen würde, dann hätte der den Titel ›Ich grüble zu viel‹.«

Darauf hatte sie gelacht und sich später ihre Gedanken gemacht. Marnie hatte das nicht aus Gemeinheit gesagt. Marnies Zuneigung war stärker und ehrlicher als die aller anderen Menschen, die sie kannte, ihre Mutter vielleicht ausgenommen, die ihr sehr viel Liebe entgegenbrachte, wenn auch nicht auf ehrliche Art. Marnie konnte es nicht mit ansehen, dass sie so viel von ihren Gefühlen für jemanden aufwendete, dem sie so offensichtlich egal war.

Lucy hingegen hielt ihn insgeheim für ein Genie. Er tat und sagte nichts, um sie in dieser Ansicht zu bestärken. Aber einmal hatte sie während der Englischstunde neben ihm gesessen und ihm verstohlene Blicke zugeworfen, während die Klasse über Shakespeare redete. Sie hatte ihn dabei beobachtet, wie er, über sein Heft gebeugt, aus dem Gedächtnis Sonette niederschrieb. Eines nach dem anderen, in einer wunderbar geschwungenen Handschrift, die sie an Thomas Jefferson denken ließ, wie er die Unabhängigkeitserklärung entwarf. Der Ausdruck auf seinem Gesicht wirkte, als befände er sich irgendwo, nur nicht in dem beengten Klassenzimmer mit der flackernden Neonbeleuchtung und dem winzigen Fenster. *Woher kommst du nur?*, fragte sie sich. *Wie bist du ausgerechnet hier gelandet?*

In einem Anfall von Kühnheit fragte sie ihn einmal, welche Hausaufgaben sie in Englisch aufhätten. Er wies lediglich auf die Tafel, auf der stand, dass sie sich auf ein in der nächsten Stunde zu verfassendes Essay zu *The Tempest* vorbereiten sollten. Dabei sah er sie an, als wollte er etwas sagen. Sie wusste, dass er nicht zu schüchtern war, sie hatte gehört, wie er sich mit anderen unterhielt. Sie wollte ihm einen aufmunternden Blick zuwerfen, aber als sie in seine hellgrünen Augen sah, wurde sie plötzlich verlegen, und sie richtete ihren Blick auf den Boden und schaute erst wieder auf, als die Unterrichtsstunde zu Ende war. Das geschah ihr nicht oft. Normalerweise besaß sie genügend Selbstvertrauen. Sie wusste, wer sie war und wohin sie gehörte. Sie war mehr mit Mädchen aufgewachsen, aber über ihre Kontakte zur Studentenvertretung, der Töpferwerkstatt und zu Marnies beiden Brüdern hatte sie viele Jungen kennengelernt, mit denen sie inzwischen befreundet war. Bei keinem fühlte sie sich so wie in Daniels Gegenwart.

Und dann gab es die Begegnung am Ende der elften Klasse, als sie dabei war, ihren Schulspind auszuräumen. Bei dem Gedanken, dass sie ihn den ganzen Sommer lang nicht sehen würde, wurde ihr schwer ums Herz. Sie hatte das verrostete Auto ihres Vaters, einen weißen Blazer, nicht gut geparkt. Es befand sich einige Häuserblocks von der Schule entfernt und stand mit zwei Rädern auf dem Randstein. Auf dem Bürgersteig lagen Stapel mit Unterlagen und Büchern aus ihrem Spind sowie ein Karton mit ihren Töpferarbeiten, und sie versuchte vorsichtig die Autotür zu öffnen.

Zunächst nahm sie Daniel nur aus dem Augenwinkel wahr. Er schien kein besonderes Ziel zu haben, und er trug auch nichts bei sich. Er stand einfach nur mit herunterhängenden Armen da und schaute sie mit verlorenem Gesichtsausdruck an. Er sah traurig aus und ein wenig geistesabwesend, so als hielte er seinen Blick im gleichen Maße nach innen wie auch auf sie gerichtet. Sie wandte sich ganz um und sah ihm in die Augen. Diesmal fuhr keiner von ihnen erschreckt auf. Er stand da, als versuchte er sich an etwas zu erinnern.

Ein Teil von ihr wollte ihm zuwinken oder einen vermeintlich witzigen und originellen Kommentar abgeben, doch ein anderer Teil hielt den Atem an. Es schien, als würden sie sich wirklich kennen, und als hätte sie nicht nur ein Jahr lang unaufhörlich an ihn gedacht. Es schien, als würde er darauf vertrauen, dass sie einen Augenblick lang einfach nur so dastehen würde, so als ob es so viele wichtige Dinge gäbe, die sie sich hätten sagen können, dass sie am Ende nichts zu sagen brauchten. Dann warf er ihr einen unsicheren Blick zu und ging seiner Wege, und sie fragte sich, was das alles zu bedeuten hatte. Später versuchte sie Marnie die Begegnung als Beweis dafür zu schildern, dass sie einander tief verbunden waren, aber Marnie winkte ab und behauptete, sie bausche wie üblich alles zu sehr auf.

Marnies Rolle war es, Lucys Erwartungen zu dämpfen, und sie hatte auch einen Satz parat, den sie bei passender Gelegenheit gebetsmühlenartig wiederholte: »Wenn er dich wirklich gernhätte, würdest du es schon merken.« Lucy vermutete, dass sie diesen Satz irgendwo in einem Buch aufgeschnappt hatte.

Es war nicht nur so, dass Lucy ihm helfen wollte. So uneigennützig war sie nicht. Sie fühlte sich auf unwiderstehliche Weise von ihm angezogen. Die üblichen Dinge zogen sie an, aber auch eigentümliche Details, wie sein Nacken oder die Art, wie er seine Daumen an den Rand des Pults legte oder wie sein Haar auf einer Seite über dem Ohr abstand wie ein kleiner Flügel. Einmal fing sie seinen Geruch auf, und ihr wurde ganz anders. In jener Nacht konnte sie nicht einschlafen.

Die Wahrheit war, dass er ihr etwas bot, das kein anderer Junge an der Schule ihr bieten konnte: Er hatte Dana nicht gekannt. Dana hatte ihnen immer »zu schaffen gemacht«, so die zurückhaltenden Worte ihrer Mutter. Aber als sie beide noch klein gewesen waren, war sie Lucys Heldin. Sie war der klügste Mensch, dem Lucy jemals begegnet war, und sie konnte so schnell reden wie kein anderer. Und sie war immer mutig. Mutig und unbekümmert. Immer wenn Lucy etwas falsch gemacht hatte, auch wenn es sich um so Kleinigkeiten handelte, wie Schmutz ins Haus zu tragen oder Ketchup auf dem Fußboden zu verschütten, nahm Dana die Schuld auf sich. Selbst wenn Lucy sie anflehte, das nicht zu tun, ließ sie nicht davon ab, denn ihr machte es nichts aus, ausgeschimpft zu werden, Lucy aber schon.

Dana wurde zu einem Problem, als Lucy in der fünften und sie in der neunten Klasse war. Zuerst begriff Lucy nicht, was all das Getuschel der älteren Schüler und der Erwachsenen zu bedeuten hatte, aber sie wusste, dass es etwas war, für das man sich schämen musste. »Ich hatte deine Schwester«, würde der eine oder andere ihrer Lehrer mit bedeutungsschwerer Stimme sagen. Einige Kinder kamen nicht mehr zu ihr nach Hause zu Besuch und luden sie auch nicht mehr zu sich ein. Und sie begriff, dass ihre Familie etwas falsch gemacht hatte, aber sie verstand nicht so richtig, was es war. Nur Marnie hielt fest zu ihr.

In der siebten Klasse war Dana zu einem abschreckenden Beispiel geworden. Über ihre Eltern waren unzählige Gerüchte in Umlauf. Waren sie Alkoholiker? Hatten sie Drogen im Haus? Hatte ihre Mutter gearbeitet, als die Töchter noch klein gewesen waren? Irgendjemand sagte dann meist: »Aber eigentlich sind es doch ganz nette Leute«, und die Spekulationen waren vorerst beendet.

Ihre Eltern nahmen das alles mit gesenktem Kopf hin und forderten die Schuldzuweisungen damit geradezu heraus. Sie waren tief beschämt, und es war leichter, den Tadel zu ertragen, als gar nichts zu tun. Dana war das alles egal, aber der Rest der Familie fühlte sich schuldig und war zu jeder Entschuldigung bereit.

Lucy versuchte mitunter, sich loyal zu verhalten. Andere Male wünschte sie sich, mit Nachnamen Johnson zu heißen, denn von denen gab es vierzehn an ihrer Schule. Sie versuchte, Dana darauf anzusprechen, aber als das keinen Erfolg hatte, redete sie sich ein, dass ihr das alles nichts ausmachte. Wie viele Male kann man es ertragen, innerlich jemanden aufzugeben, den man liebt? »Lucy ist nicht wie die andere Broward«, hörte sie ihren Mathematiklehrer zum Schulberater sagen, als sie in die Highschool kam. Und sie fühlte sich furchtbar, weil sie sich an diese Aussage klammerte. Sie dachte, wenn sie sich nur genug anstrengen würde, könnte sie alles wiedergutmachen.

Wegen mangelnder Anwesenheit und aller möglicher Vergehen, die mit der Schule nichts zu tun hatten, wie Drogen, Gewalttätigkeit und weil sie den Jungen in der Toilette einen blies, fiel Dana in der Schule zurück. Auf dem Schreibtisch ihres Vaters sah Lucy einmal einen Brief, in dem stand, dass Dana bei dem nationalen Uni-Zulassungstest als geeignete Kandidatin für ein nationales Stipendium aufgrund besonderer Leistungen infrage komme. Schon merkwürdig, wozu Dana sich mitunter entschloss.

An ihrem vorletzten Schultag, genau eine Woche vor ihrer Abschlussfeier, ging Dana von der Schule ab. Beim Abschlussball tauchte sie dann wieder auf und legte inmitten der Feierlichkeiten einen dramatischen Abgang hin. Daniel war wahrscheinlich der einzige Junge aus Lucys Umfeld, der nicht dabei gewesen war, als Dana sich auf dem Rasen vor der Schule die Kleider vom Leib riss. Sie war umringt von Sanitätern, die versuchten, ihren Klauen fernzubleiben, während sie sie zum letzten Mal in die Klinik brachten.

Am Thanksgiving desselben Jahres nahm Dana eine Überdosis und fiel ins Koma. Sie starb friedlich am Weihnachtstag und wurde am Silvestertag bestattet. Bei den Trauerfeierlichkeiten waren neben ihrer Familie, Marnie, ihre beiden noch lebenden Großeltern und ihre verrückte Tante aus Duluth anwesend. Als Vertreter der Schule war Mr. Margum gekommen, der Physiklehrer und der Jüngste in der Lehrerschaft. Lucy war sich nicht sicher, ob er gekommen war, weil Dana in seiner Klasse sehr gut abgeschnitten hatte oder weil sie ihm einen geblasen hatte oder vielleicht auch beides.

Das Greifbarste an Danas schwieriger Hinterlassenschaft war eine weit über einen Meter lange Schlange namens Sawmill, die Lucy jetzt zu versorgen hatte. Was hätte sie sonst tun sollen? Ihre Mutter würde sich nicht darum kümmern. Woche für Woche taute sie tiefgefrorene Mäuse auf, die sie der Schlange mit zunehmendem Unbehagen verfütterte. Gewissenhaft tauschte sie die Wärmelampe aus. Sie dachte, dass Sawmill vielleicht ohne Danas belebenden Geist das Zeitliche segnen würde, und einmal entdeckte sie in dem Glaskasten seine ausgetrocknete und leblose Hülle, und für einen Augenblick, zwischen Schrecken und Erleichterung hin und her gerissen, glaubte sie, dass es jetzt so weit war. Aber er hatte sich lediglich gehäutet. Er hatte sich in sein hohles Stück Baumstamm zurückgezogen und sah so frisch aus wie nie zuvor. Plötzlich fielen Lucy wieder die grauen trockenen Schlangenhäute ein, die Dana an ihre Wand gehängt hatte, was auch ihr einziger Versuch geblieben war, ihr Zimmer zu dekorieren.

Die elfte Klasse war das erste Schuljahr, in dem Lucy etwas anderes sein wollte als nur Danas Schwester. Sie war hübsch, und die Jungen hatten ein etwas kürzeres Gedächtnis als die Mädchen, aber am Ende konnte sie alle für sich gewinnen.

Im Spätherbst wurde Lucy zur Sprecherin der elften Klasse gewählt. Und zwei ihrer Töpferarbeiten, eine Vase und eine Schale, wurden für eine Kunstausstellung in ihrem Bundesstaat ausgewählt. Doch jedem Augenblick der Freiheit und des Erfolgs stand ein anderer gegenüber, in dem sie sich schuldig und traurig fühlte. Sie verabscheute sich dafür, dass sie die anderen an der Schule brauchte, aber so war es.

»Weißt du, Lu, in der Schule habe ich überhaupt keine Freunde«, hatte Dana ihr einmal gesagt, als ob das tatsächlich eine Überraschung für sie wäre.

»Wahrscheinlich wird er gar nicht kommen«, prophezeite Marnie am Telefon, während sie sich beide für das große Highschool-Ereignis, den Abschlussball, fertig machten.

»Wenn er sein Abschlusszeugnis haben will, muss er erscheinen«, erwiderte Lucy, beendete dann das Gespräch und ging an ihren Kleiderschrank.

Marnie rief noch einmal an. »Und selbst wenn er kommen sollte, wird er wahrscheinlich kein Wort mit dir reden.«

»Vielleicht spreche ich ihn einfach an.«

Behutsam holte Lucy ihr lavendelfarbenes, schlicht geschnittenes Seidenkleid aus dem Schrank und nahm die Schutzhülle ab. Dann legte sie es vorsichtig auf ihr Bett und tauschte ihren normalen BH gegen einen mit Spitze verzierten cremefarbenen. Sie pinselte hellrosa Nagellack auf ihre Fußnägel und war eine Viertelstunde lang bemüht, ihre Fingernägel von Ton und Gartenerde zu befreien. Mit einem Lockenstab versuchte sie ihr Haar in Form zu bringen, wusste aber, dass die Locken bereits nach einer Stunde aus ihrem glatten, feinen Haar verschwunden sein würden. Während sie Eyeliner auftrug, stellte sie sich vor, wie Daniel sie dabei beobachtete, und unerwarteterweise rutschte sie mit dem Stift aus und stach sich damit ins Auge.

Peinlicherweise hatte sie oft derartige Fantasien. Bei allem, was sie tat, stellte sie sich Daniels Gegenwart vor und wie er seine Meinung und seine Gedanken dazu äußerte. Und obwohl sie niemals wirklich miteinander geredet hatten, hatte sie stets eine klare Vorstellung von seinen Kommentaren. Zum Beispiel gefiel es ihm nicht, wenn man zu viel Make-up auftrug. Den Fön fände er laut und überflüssig, der Wimpernformer wäre für ihn ein Folterinstrument. Er mochte, dass sie Sonnenblumenkerne aß, aber mit der Diet Pepsi war er nicht einverstanden. Während auf ihrem iPod Musik lief, wusste sie, welche ihm gefallen würde und welche nicht.

Ihr Kleid würde er hübsch finden, dachte sie, während sie es sich vorsichtig über den Kopf zog und der dünne Stoff an ihrem Körper heruntenglitt. Aus diesem Grund hatte sie es ausgesucht.

Wieder rief Marnie an. »Du hättest mit Stephen auf den Ball gehen sollen. Er hat dich sehr freundlich gefragt.«

»Ich wollte aber nicht mit Stephen gehen.«

»Also, Stephen würde dir Blumen mitbringen, und er hätte sich mit dir fotografieren lassen.«

»Ich mag ihn nicht. Was soll ich dann mit den Bildern?« Sie ließ unerwähnt, dass die Sache mit Stephen vor allem deswegen keine gute Idee war, weil Marnie ein Auge auf ihn geworfen hatte.

»Und er würde auch mit dir tanzen. Stephen ist ein guter Tänzer. Daniel kannst du vergessen, dem ist es doch völlig egal, ob du da bist oder nicht.«

»Vielleicht ist das aber auch nicht so. Das kannst du nicht wissen.«

»Doch. Er hatte ausreichend Gelegenheit, sein Interesse zu zeigen, und hat sie nicht genutzt.«

Nachdem Lucy auch dieses Gespräch beendet hatte, stellte sie sich vor den Spiegel. Sie bedauerte es ein wenig, nicht an Blumen gedacht zu haben. Von dem Töpfchen auf ihrer Fensterbank nahm sie drei Veilchen, zwei lilafarbene und eins in Rosa, und steckte sie an eine Haarspange, die sie knapp über ihrem Ohr befestigte. Das sah schon besser aus, fand sie.

Viertel vor acht stand Marnie vor der Tür. Lucy wusste den Gesichtsausdruck ihrer Mutter, die gerade die Treppe hinunterkam, nur allzu leicht zu deuten.

Ihre Mutter hatte sich sehnlichst gewünscht, dass jemand wie Stephen Lucy abholen würde, jemand mit einem Smoking und einer Blume am Revers, und nicht schon wieder Marnie in ihren schwarzen Strümpfen voller Laufmaschen. Sie hatte zwei hübsche blonde Töchter gehabt, und weit und breit kein Junge im Smoking, der sich für sie interessierte. Als sie jung war, hatte es genügt, wie Lucy auszusehen.

Lucy spürte, wie sich ihr Magen zusammenzog. Jetzt wusste sie, warum sie diese Fotos gern gehabt hätte. Ihre Mutter hätte dann ein Andenken an eine geschönte Variante ihres Elterndaseins. Lucy betete im Stillen ihre übliche Litanei an Argumenten herunter, um ihr schlechtes Gewissen zu beruhigen: Sie nahm keine Drogen, sie hatte kein Zungenpiercing und auch kein Spinnen-Tattoo im Nacken. Sie hatte sich ein lavendelfarbenes Kleid angezogen, sich die

Fußnägel rosa lackiert und Veilchen ins Haar gesteckt. Sie konnte nicht alles richtig machen.

»Du liebe Güte«, meinte Marnie, nachdem sie Lucy von Kopf bis Fuß betrachtet hatte. »War das wirklich alles nötig?«

»Was alles?«

»Vergiss es.«

»Was alles?«

»Gar nichts.«

Lucy hatte es übertrieben, darum ging es. Sie sah an ihrem Kleid hinunter auf die goldfarbenen Schuhe. »Das ist vielleicht das letzte Mal, das ich ihn sehe«, erklärte sie niedergeschlagen. »Ich habe keine Ahnung, wie es dann weitergeht. Aber er soll sich an mich erinnern.«

»Ich kann diesen Song nicht ausstehen. Lass uns nach draußen gehen.«

Lucy folgte Marnie, die keinen der Songs leiden konnte, aus der Schulaula. Draußen wippte Lucy dann geräuschvoll auf ihren goldfarbenen Schuhen hin und her und betrachtete den dunkelroten Lippenstiftabdruck auf Marnies Zigarettenfilter. Marnie beugte sich vornüber, um sich die Zigarette wieder anzuzünden, und Lucy sah am Scheitel das zarte Blond ihrer nachwachsenden Haare, die aus den übrigen dunkel gefärbten Strähnen hervorstachen.

»Daniel ist nirgendwo zu sehen«, kommentierte Marnie eher verstimmt als triumphierend.

»Mit wem ist Stephen hier?«, konterte Lucy und klang dabei gehässiger als beabsichtigt.

»Halt die Klappe«, erwiderte Marnie, die gerade ebenfalls mit ihrer Enttäuschung zu schaffen hatte.

Für eine Weile folgte Lucy ihrer Aufforderung und betrachtete, wie der Rauch aus der Zigarette aufstieg und sich in der Luft verteilte. Im Geiste sah sie Daniels Zeugnis auf dem Tisch an der Wand der Turnhalle, und die Vorstellung setzte ihr zu, als wäre sie zurechtgewiesen worden. Er würde wirklich nicht auftauchen. Er machte sich nichts aus ihr. Das Make-up in ihrem Gesicht fühlte sich an wie eine starre Maske. Am liebsten hätte sie es abgewaschen. Sie sah an ihrem Kleid hinunter, für das sie ein ganzes Semester in dem Bagelladen hatte arbeiten müssen. Was wäre, wenn sie ihn niemals wiedersah? Bei dem Gedanken fühlte sie fast so etwas wie Panik in sich aufsteigen. Das konnte einfach nicht alles gewesen sein.

»Was war das?«, fragte Marnie und wandte plötzlich den Kopf.

Lucy hörte es auch. Aus der Schule waren laute Rufe zu hören und dann ein Schrei. In der Nähe einer Highschool war immer viel Geschrei zu hören, aber dieses ging einem durch Mark und Bein.

Marnie sah so aufgeschreckt aus, wie Lucy es nur selten an ihr bemerkt hatte. Vor den Haupteingängen drängelten sich mittlerweile die Menschen, und es waren laute Rufe zu hören. Lucy fuhr zusammen, als das Geräusch von splitterndem Glas zu ihr drang. Irgendetwas stimmte da nicht.

Woran denkt man, wenn Glas birst und Menschen angsterfüllt schreien? Da gab es nicht viel zu überlegen. Marnie war hier bei ihr, und ihre Mutter war zu Hause in Sicherheit. Also dachte Lucy an Daniel. Was, wenn er noch irgendwo dort drin war? Vor den Eingängen stauten sich immer mehr Menschen, und das Geschubse nahm zu. Sie musste wissen, was dort vor sich ging.

Sie benutzte einen Seiteneingang. Der Korridor war dunkel, und sie folgte den Schreien der Menschenmenge. Als sie auf den Korridor der zwölften Klasse traf, hielt sie kurz inne. Aus der Ferne hörte sie, wie noch mehr Glas zu Bruch ging. Auf dem Fußboden bemerkte sie dunkle Schlieren und wusste instinktiv, was das war. Hier war mehr Blut zu sehen, das langsam in eine Richtung floss. In ihrer Benommenheit schoss ihr der Gedanke durch den Kopf, dass der Boden doch eigentlich ganz flach sein sollte. Sie ging ein paar Schritte weiter und hielt dann erschrocken inne. Weiter hinten lag eine Gestalt in der Dunkelheit, während alle anderen wegrannten. Offensichtlich stammte das Blut aus diesem Körper auf dem Boden.

»Was ist passiert?«, rief sie den Flüchtenden hinterher.

Mit zittrigen Fingern kramte sie in ihrer Handtasche nach dem Handy. Als sie das Telefon gerade aufgeklappt hatte, hörte sie von draußen viele Sirenen auf einmal. Jemand griff sie am Arm und wollte sie wegziehen, aber sie schüttelte die Hand ab. Das Blut floss auf eine ihrer Zehen in der goldenen Sandale zu. Jemand trat in die dunklen Schlieren und hinterließ Spuren auf dem Linoleumboden, und irgendwie war alles nicht so, wie es sein sollte.

Vorsichtig näherte sie sich dem auf dem Boden Liegenden und versuchte dabei, nicht in Blut zu treten. Sie beugte sich vor, um das Gesicht zu betrachten. Es war ein Junge aus der elften Klasse; sie kannte ihn lediglich vom Sehen. Sie ging neben ihm in die Hocke und berührte ihn am Arm. Mit jedem Atemzug entfuhr ihm ein Stöhnen. Wenigstens war er noch am Leben. »Alles okay?«, fragte sie, obwohl das Gegenteil offensichtlich war. »Es kommt bald Hilfe«, versicherte sie ihm mit zittriger Stimme.

Mit einem Mal hörte sie sich nähernde Schritte. Die Polizei war eingetroffen. Sie schrien alle an, verriegelten die Eingänge und befahlen allen, Ruhe zu bewahren, obwohl die Polizisten selbst alles andere als ruhig waren.

»Ist ein Krankenwagen draußen?«, fragte sie, doch nicht laut genug, und so wiederholte sie ihre Frage. Sie hatte gar nicht bemerkt, dass sie weinte.

Zwei Polizisten rannten auf den liegenden Jungen zu, und sie trat ein paar Schritte zurück. Wieder hörte sie, wie in Funkgeräte gebrüllt wurde. Dann kam ein Notarztteam, und sie machte Platz.

»Kommt er durch?«, fragte sie, aber wieder viel zu leise, um eine Antwort zu erhalten. Sie wich noch weiter zurück, bis sie nichts mehr sehen konnte.

Eine Polizistin packte sie grob am Arm. »Sie bleiben hier«, befahl sie, obwohl Lucy keine Anstalten gemacht hatte, fortzulaufen. Sie führte sie in die Aula für Naturwissenschaften und wies auf eine Tür auf der rechten Seite. »Gehen Sie da rein und bleiben Sie da, bis einer der Detectives kommt, um Sie zu befragen. Sie rühren sich nicht vom Fleck, haben Sie mich verstanden?«

Sie öffnete die Tür zum Chemielabor, wo sie in der zehnten Klasse mit dem Bunsenbrenner Versuche durchgeführt hatten.

Durch die Fenster sah sie zuerst nur die roten und blauen Lichter der Polizeiautos. Sie bahnte sich einen Weg zwischen Stühlen und Tischen, um mehr zu erkennen. Auf dem Rasen hinter der Schule, wo sie bei gutem Wetter normalerweise ihre Freistunden verbrachten, waren jetzt bestimmt zehn Polizeiautos in wildem Durcheinander geparkt. Immer wenn die roten Lichter der Wagen über den Rasen strichen, konnte sie sehen, wie die Reifen die Grasnarbe aufgerissen hatten, und dieser Anblick steigerte noch ihr Entsetzen.

Sie konnte kaum etwas erkennen, aber sie erinnerte sich, wie sie in dem Klassenzimmer zum Waschbecken gelangte. Sie hätte auch den Lichtschalter suchen können, aber sie wollte sich nicht den Blicken der Menschen draußen vor den Fenstern aussetzen. Sie drehte den Hahn auf, lehnte sich nach vorn und wusch sich Make-up und Tränen vom Gesicht. Sie benutzte ein steifes braunes Papiertuch, um sich abzutrocknen. Dabei fiel eines der Veilchen aus ihrem Haar. Sie hatte gedacht, sie wäre allein in dem Raum, bis sie eine Gestalt wahrnahm, die in einer Ecke an einem Schulpult saß. Sie bekam es mit der Angst. Und doch ging sie darauf zu, während ihre Augen sich langsam an die Dunkelheit gewöhnten.

»Wer ist da?«, fragte sie mit einer Stimme, die nicht mehr als ein Flüstern war.

»Daniel.«

Sie hielt inne. Die Lichter von draußen beleuchteten ihr Gesicht.

»Sophia«, sagte er.

Sie ging näher auf ihn zu, damit er sehen konnte, wen er vor sich hatte. »Nein, ich bin's, Lucy.« Ihre Stimme zitterte leicht. Draußen verblutete ein Junge, und außerdem war sie enttäuscht, dass er immer noch nicht wusste, wer sie war.

»Komm, setz dich.« Stoisch, resigniert sah er sie an; als wäre es ihm lieber, wenn sie Sophia hieße.

Sie tastete sich an den Zimmerwänden vor und bahnte sich ihren Weg über Stühle, Jacken und Taschen, die Schüler dort abgestellt hatten. Für die Ereignisse dieser Nacht trug sie das falsche Kleid. Er saß direkt an der Wand auf einer jener Pult-Stuhl-Kombinationen, bei denen Stuhl und Tisch direkt miteinander verbunden sind. Er saß da, als würde er auf etwas warten.

Sie war sich nicht sicher, wie sie sich hinsetzen sollte, also zog sie einen weiteren dieser Pult-Stühle an seinen heran, sodass die beiden Pulte sich gegenüberstanden wie Yin und Yang. Als sie in seine Nähe kam, begann sie zu zittern. Auf ihren bloßen Armen fühlte sie eine Gänsehaut. Verlegen zupfte sie die verbliebenen Veilchen aus dem Haar.

»Dir ist kalt«, sagte er. Er blickte auf die beiden kleinen Blumen auf ihrem Pult.

»Kein Problem«, antwortete sie. Ihre Gänsehaut kam wirklich nicht von der Kälte.

Er sah auf die Kleider, die auf den Stühlen und Pulten herumlagen. Dann zog er sich seine weiße Sweatshirtjacke aus, auf der vorne ein Falke prangte, und hielt sie ihr hin. Sie legte sie sich über die Schultern, ohne in die Ärmel zu schlüpfen oder den Reißverschluss zu schließen.

»Weißt du, was passiert ist?«, fragte sie und lehnte sich vor. Ihr Haar fiel ihr über die Schultern und berührte fast seine Hände.

Er legte seine Hände flach vor sich auf das Pult, wie er es oft in der Englischstunde getan hatte. Es waren die Hände eines Mannes, nicht die eines Jungen. Er schien sie zur Ruhe zu zwingen. »Einige aus der elften Klasse haben die Halle der zwölften und den Korridor auseinandergenommen. Ein paar von ihnen hatten Messer dabei, und dann ist es zu einer Auseinandersetzung gekommen. Ich glaube, zwei von ihnen sind leicht verletzt, und ein Junge ist niedergestochen worden.«

»Ich hab ihn gesehen, er lag auf dem Boden.«

Er nickte. »Er wird durchkommen. Es hat ihn am Bein erwischt. Es blutet furchtbar, aber er wird durchkommen.«

»Bestimmt?« Sie fragte sich, woher er das so sicher wissen konnte.

»Ist der Notarzt schon da?«

Sie nickte.

»Dann ist das kein Problem. Er kommt durch.« Er sah aus, als ob er mit den Gedanken woanders wäre.

»Das ist gut.« Ob gerechtfertigt oder nicht, sie glaubte ihm und fühlte sich schon besser. Sie schloss den Mund, damit ihr Zähneklappern aufhörte.

Er langte nach unten und holte etwas aus einer Tasche, die auf dem Boden gestanden hatte. Es war eine halbvolle Flasche Whiskey. »Die hat jemand dagelassen.« Er ging zum Waschbecken und nahm einen Plastikbecher von einem Stapel. »Hier.«

Bevor sie irgendetwas erwidern konnte, hatte er ihr schon eingeschenkt. Er stellte den Becher genau vor sie hin und kam ihr dabei so nahe, dass sie seine Wärme spürte. Sie hatte Mühe zu atmen, und ihr wurde schummrig. Sie fuhr sich über den Hals und wusste, dass sich ihre Haut dort rötete, wie immer, wenn sie sich sehr aufregte.

»Ich wusste gar nicht, dass du auch hier bist«, sagte sie und übersah, wie sehr ihre Worte sie verrieten.

Er nickte. »Ich bin später gekommen. Ich habe das Geschrei schon vom Parkplatz aus gehört. Ich wollte sehen, was los war.«

Sie hätte gern einen Schluck Whiskey getrunken, aber er sollte nicht merken, wie sehr ihre Hände zitterten. Vielleicht war ihm das bewusst, denn er wandte sich von ihr ab und einer Arbeitsfläche zu, wo er einen der Brenner anzündete. Sie beobachtete, wie am Rand Feuerfunken tanzten, bevor die Flamme sich stabilisierte. Die Glastür reflektierte ihr Licht und sandte einen schwachen, schwankenden Schein in den Raum. Sie nahm schnell einen Schluck und spürte in ihrem kalten Mund ein Brennen und Kratzen. Trotz der Alkoholdämpfe, die aus dem Becher aufstiegen, versuchte sie, die

Augen offenzuhalten. Sie war es nicht gewohnt, Whiskey zu trinken.

»Trinkst du auch was davon?«, fragte sie, als er sich wieder auf seinen Stuhl gesetzt hatte. Ihre Knie berührten die von Daniel. Sie hatte den Eindruck, dass er eigentlich nichts trinken wollte. Aber dann sah er sie an, und sein Blick fiel weiter auf den Becher. Er langte danach, und zu ihrer Überraschung setzte er ihn an genau der Stelle an die Lippen, wo auch sie getrunken hatte, und nahm einen tiefen Schluck. Sie hatte erwartet, dass er einen Becher für sich einschenken würde, aber nicht, dass sie beide denselben Becher teilen würden. Was würde Marnie dazu sagen? Seine Vertraulichkeit traf sie unvorbereitet. Sie saß mit ihm da, unterhielt sich mit ihm und trank mit ihm. Das alles war so schnell geschehen, dass ihre Gefühle damit nicht Schritt halten konnten.

In einem Anflug von Wagemut nahm sie einen weiteren Schluck aus dem Becher. Mittlerweile war es ihr gleichgültig, ob er bemerkte, wie sehr sie zitterte. Ihre Hand hielt den Becher an jener Stelle, die er vorher mit seiner Hand berührt hatte, und ihre Lippen lagen nun genau dort, wo vorher seine den Becher berührt hatten.

Kannst du dir vorstellen, wie sehr ich dich liebe?

Er lehnte sich wieder zurück. Mit schief gelegtem Kopf betrachtete er ihr Gesicht. Unter den Tischen berührten sich ihre Knie. Sie wartete darauf, dass er etwas sagen würde, aber er schwieg.

Nervös drückte sie an dem Becher in ihrer Hand herum und quetschte ihn zu einem Oval zusammen. »Ich dachte schon, das Schuljahr wäre vorbei und jeder würde seiner Wege gehen, ohne dass wir ein einziges Wort miteinander gewechselt hätten«, sagte sie mutig. Sie hatte das Gefühl, dass ihre Worte in der Stille des Raums nachhallten, und das gefiel ihr gar nicht. Sie wünschte, er würde etwas darauf antworten, um sie zu übertönen.

Er lächelte sie an. Ihr schien, als hätte sie dieses Lächeln niemals zuvor an ihm gesehen. Er war schön. »Das hätte ich nicht zugelassen.«

»Nein?« Vor lauter Überraschung kam sie nicht umhin, nach dem Grund zu fragen. »Und warum?«

Er betrachtete sie weiter eingehend, so als hätte er ihr vieles zu sagen, wüsste aber nicht, ob er schon dazu bereit wäre. »Ich wollte die ganze Zeit schon mit dir reden«, begann er langsam. »Aber ich war mir nicht sicher ... wann der richtige Augenblick dafür sein würde.«

In einem Anfall von kindischer Unbesonnenheit wünschte sie sich, dass Marnie seine Worte hören könnte.

»Aber heute ist ein komischer Abend und vielleicht nicht der beste Moment«, fuhr er fort. »Heute Abend wollte ich nur sichergehen, dass du okay bist.«

»Ach, wirklich?« Sie machte sich Sorgen, dass ihr Übereifer mitleiderregend auf ihn wirken könnte.

Aber er lächelte wieder auf die gleiche Art. »Selbstverständlich.«

Sie nahm noch einen Schluck und reichte ihm leicht angetrunken den Becher, so als wären sie alte Freunde. Hatte er überhaupt eine Vorstellung davon, wie viel Zeit sie damit verbracht hatte, an ihn zu denken, ihn sich vorzustellen und jede seiner Gesten und Blicke aufs Kleinste zu erforschen? »Worüber wolltest du mit mir sprechen?«

»Nun.« Er schien sie zu mustern, aber sie hatte keine Ahnung, worauf er es abgesehen hatte. Er nahm noch einen tiefen Schluck. »Wahrscheinlich sollte ich das sein lassen. Keine Ahnung.« Er schüttelte den Kopf und wurde ernst. Sie war sich nicht sicher, ob er damit das Whiskeytrinken meinte oder ein Gespräch mit ihr.

»Was solltest du sein lassen?«

Sein Blick wurde so eindringlich, dass sie sich fast ein bisschen fürchtete. Sie hatte sich nichts mehr gewünscht, als dass er ihr in die Augen blicken würde, aber das hier war zu viel. Es war, als ob eimerweise Wasser über einen ausgedorrten Boden geschüttet würde.

»Ich habe immer wieder darüber nachgedacht. Es gibt so vieles, was ich dir sagen wollte, aber ich will nicht ...«, er unterbrach sich, um die richtigen Worte zu finden, »… ich will dich nicht völlig überfordern.«

Noch nie hatte ein Junge so mit ihr geredet. Da war nichts von dem üblichen Geschwätz, dem Geflirte, da war kein dick aufgetragener Charme, sondern ein Blick, der sie versengte. Er war anders als alle, denen sie bislang begegnet war.

Sie schluckte einmal kräftig, um sich zu beruhigen. Wenn sie nicht aufpasste, würde sie ihm hemmungslos ihr Herz ausschütten. Sie würde also versuchen, Haltung zu bewahren. »Hast du eine Ahnung, wie sehr ich an dich gedacht habe?«

Sie saßen sich gegenüber, und ihre Knie berührten sich. Als er die Beine spreizte, fuhr sie mit einem Bein dazwischen, bis sie einander fast berührten. Ihr Knie war in seinem Schritt und das seine zwischen ihren Beinen. Ihr Knie war unbedeckt, und sein Knie befand sich unter ihrem Rock und war gegen ihre Unterhose gepresst, wo ihre Nerven verrückt spielten. Das alles war einfach unglaublich, vielleicht war es nur ihre Fantasie, die ihr diese Bilder aus purer Lust vorgaukelte.

»Stimmt das?«, fragte er. Mit einem Mal wusste sie, dass er sie ebenso heftig begehrte wie sie ihn.

Er umfasste ihren Nacken und zog sie sanft zu sich. Sie holte tief Luft, und zu ihrer Verblüffung legte er seine Lippen auf ihre. Er küsste sie, und sie verlor sich fast in der Wärme und dem Geruch seines Körpers. Sie war so weit nach vorne gelehnt, dass sie spürte, wie die Tischkante gegen ihre Brüste, ihre Rippen und ihr heftig klopfendes Herz drückte.

Mit seinem Arm stieß er den Becher mit Whiskey um. Nur am Rande nahm sie wahr, wie die Flüssigkeit auf den Boden spritzte und sich unter ihren Füßen zu einer Lache ausbreitete, aber das war ihr egal. Sie wollte, dass er sie weiter küsste, wenn nötig, bis an ihr Lebensende, doch gleichzeitig fühlte sie, wie eine dunkle Vorahnung auf sie zurollte. Für eine Weile gelang es ihr, diesen Eindruck zu verdrängen, aber dann traf er sie mit voller Wucht.

Es war ein Gefühl und zugleich eine Erinnerung, die gewaltsam aufeinanderprallten. Es war wie ein Déjà-vu, nur ungleich intensiver. Plötzlich fühlte sie sich benommen und voller Angst. Sie öffnete die Augen und löste sich aus seiner Umarmung. Dann suchte sie seinen Blick. Tränen liefen ihr übers Gesicht. »Wer bist du?«, flüsterte sie.

Seine Augen weiteten sich und richteten sich dann auf ihr Gesicht. »Erinnerst du dich?«

Sie brachte es nicht über sich, ihn weiter anzusehen. Der Raum begann sich um sie zu drehen, und sie schloss die Augen. Aber auch jetzt sah sie ihn deutlich vor sich, so als wäre sein Bild aus der Erinnerung aufgestiegen. Er lag auf einem Bett, und sie blickte auf ihn hinunter, und sie spürte dabei eine Verzweiflung, deren Grund sie nicht begriff.

Mit seinen Händen hielt er die ihren fest umklammert. Als sie die Augen öffnete, war sein Blick so eindringlich, dass sie es kaum ertragen konnte.

»Erinnerst du dich?« Er sah sie an, als hänge sein Leben von ihrer Antwort ab.

Sie hatte Angst. Eine andere Erinnerung, die sie ebenfalls nicht begriff, bemächtigte sich ihrer. Es war immer noch er, doch in einer merkwürdigen Umgebung, die keinem der ihr bekannten Orte ähnelte. Sie hatte das Gefühl, hellwach zu sein und gleichzeitig zu träumen. »Kenne ich dich?« Sie war sich sicher, dass ihre Vermutung stimmte, aber zugleich war ihr klar, dass das nicht sein konnte.

»Ja.« Sie sah Tränen in seinen Augen.

Er zog sie aus ihrem Stuhl hinter dem Pult hervor und hielt sie ganz fest an sich gepresst. Sie spürte ein Pochen gegen ihre Brust und wusste nicht, ob es ihr Herz war, das da klopfte, oder seines.

»Du heißt Sophia. Weißt du das?« Ihr Kopf war an seinem Hals vergraben, und sie spürte, wie Tränen auf ihre Haare fielen.

Sie konnte sich nur mit seiner Hilfe aufrechthalten, so schien ihr.

Sie verlor den Boden unter den Füßen, wusste nicht mehr, wer sie war und wo sie sich befand. Und sie hatte die Kontrolle über ihre Erinnerung verloren. Sie fragte sich, ob der Whiskey ihre Sinne vernebelt hatte oder ob sie dabei war, den Verstand zu verlieren.

Fühlte sich das so an? Dana hatte die Kontrolle so gern verloren, aber Lucy wollte das nicht. Sie stellte sich vor, wie man sie in einem Krankenwagen abholte, und dachte an ihre Mutter.

Mit einem Ruck riss sie sich von ihm los. »Irgendetwas stimmt nicht mit mir«, sagte sie mit tränenerstickter Stimme.

Er wollte sie nicht loslassen, aber er bemerkte die Blässe in ihrem Gesicht und ihre Angst. »Was meinst du damit?«

»Ich muss jetzt gehen.«

»Sophia!« Er hielt ihr Kleid umklammert und machte keine Anstalten, seinen Griff zu lockern.

»Nein, ich heiße Lucy«, antwortete sie. War er verrückt? Ganz bestimmt. Er war durcheinander und hielt sie für jemand anderen. Er litt unter einer Art Psychose. Er war so durch den Wind, dass er sie auch noch ganz irre machte.

Plötzlich ging eine große Bedrohung von ihm aus. Ihre Gefühle für ihn waren zu heftig, und es war gefährlich, ihn zu lieben. Denn er würde sie seinerseits nicht lieben. Er würde sie in seine Verwirrung, in der er sie mit einer anderen Person verwechselte, mit hineinziehen. Und sie würde ihm so sehr glauben wollen, dass sie am Ende nicht mehr wissen würde, wer sie eigentlich war.

»Bitte, lass mich los.«

»Aber, Sophia, warte doch! Du erinnerst dich, nicht wahr?«

»Nein, tu ich nicht. Du machst mir Angst. Ich weiß nicht, wovon du redest«, schluchzte sie.

Seine Hände zitterten. Sie konnte sein verzweifeltes Gesicht nicht ertragen. »Ich wünschte, ich könnte dir alles erzählen, ich wünschte, du würdest begreifen. Bitte, lass es mich dir erklären.«

Sie riss sich so unvermittelt los, dass ihr Kleid vorn zerriss. Sie blickte nach unten und dann auf ihn. Er sah sie erstaunt an und war entsetzt, als er die Stofffetzen ihres Kleides in seinen Händen bemerkte.

»O Gott, das tut mir leid.«

Er bemühte sich, seine Sweatshirtjacke so um sie zu legen, dass sie vorne bedeckt war. »Es tut mir so leid«, sagte er noch mal. Er wollte sie nicht loslassen. »Es tut mir so leid. Ich liebe dich, weißt du das?« Verzweifelt hielt er sie fest, während er sein Gesicht in ihrem Haar vergrub. »Ich habe dich immer geliebt.«

Sie wand sich aus seiner Umarmung. Mit einem Bein blieb sie am Schreibtisch hängen, und er fiel um. Über Stühle und Taschen kletternd bahnte sie sich einen Weg zur Tür. So wollte sie nicht geliebt werden. Nicht einmal sie, und nicht einmal von ihm.

»Das stimmt nicht«, rief sie ohne sich umzudrehen. »Du weißt ja nicht mal, wer ich bin!«

Sie wusste nicht, wie sie zum Ausgang der Schule gelangt war, wo ein Polizist sie später entdeckte. Sie weinte und fand nicht nach draußen, weil man alle Türen abgeschlossen hatte. Das jedenfalls erklärte der Beamte ihrer Mutter, als diese Lucy abholte. Aber Lucy selbst konnte sich an nichts mehr erinnern.

Nachdem sie verschwunden war, saß er noch lange zusammengekauert da. Immer noch spürte er die Berührung ihrer Lippen und die Wärme ihres Körpers, aber die Erinnerung war jetzt wie ein Vorwurf. Er starrte auf die zwei verwelkten Blumen auf dem Pult, an dem sie gesessen hatte. In der Hand hielt er immer noch ein Stück Stoff von ihrem Kleid.

Nur ein Gefühl des Bedauerns blieb von ihrer Begegnung zurück. Und Abscheu über sein Verhalten. Nur zögerlich rührte er sich, aus Angst, diesen Gefühlen noch mehr Raum zu geben. Er wünschte, er könnte in der Erinnerung an ihre Berührung und ihren Geruch versinken anstatt in Scham über sein Versagen. Er hatte alle Hoffnung zerstört, sie jemals zu lieben. Er hatte sie verletzt und verängstigt. Wie hatte er ihr das nur antun können?

Sie hat sich an mich erinnert.

Das war seine größte Schwäche, seine stärkste Droge. Er wollte so sehr, dass sie sich an ihn erinnerte, dass er sich selbst um jeden Preis davon zu überzeugen versuchte. Dafür würde er alles tun, würde alles glauben und sich einbilden.

Sie hat sich erinnert. Sie wusste alles.

Lange nachdem alle anderen das Gebäude verlassen hatten, ging auch er. Es waren nur noch einige Wachleute da, die mit Aufräumen beschäftigt waren. Keiner nahm Notiz von ihm. Sein Versagen war ganz allein seine Sache und blieb anderen verborgen.

Nur ihr nicht.

Er hatte sich an sie geklammert, hatte ihr Angst gemacht, sie bedrängt. Er hatte sich geschworen, das nicht zu tun, aber dann hatte er versagt. So lange hatte er sich zusammengerissen, aber als er dann die Selbstbeherrschung verlor, brach etwas aus ihm hervor, das sich über Jahrhunderte angestaut hatte. Er hasste sich für alles, was er jemals beabsichtigt oder sich gewünscht hatte.

Ich liebe sie. Ich brauche sie. Für sie habe ich alles aufgegeben. Ich hatte nur noch den Wunsch, von ihr erkannt zu werden.

Er lief so lange, bis er andere nicht mehr hören und sehen konnte. Auf einer Lichtung nahe beim Fußballfeld legte er sich ins taufeuchte Gras. Weiter schaffte er es nicht mehr. Es gab keinen Ort, an den er hätte gehen können, niemanden, mit dem er hätte reden können, und es blieb für ihn nichts mehr zu wünschen oder zu hoffen. Er hatte sich diese Begegnung über so viele Jahre mit so viel Geduld ausgemalt und seine Vorstellung dann innerhalb von wenigen Augenblicken zerstört.

Sie ist mein Anfang und mein Ende.

Das war schon immer so gewesen, und auch sie hatte ihren Preis dafür bezahlt.

Hier konnte er auch nicht bleiben. Der drückende Junihimmel reflektierte die Lichter der vielen Polizeiautos. Er erhob sich, sein Rücken war feucht vom Tau. Er lief den Hügel hinunter, fort von der Schule. Es war vorbei, er würde nicht mehr hierher zurückkehren, würde alles zerstört zurücklassen, wie es anscheinend immer seine Art gewesen war. Er hätte nicht wieder auf diese Welt kommen sollen.

Ihm fiel ein, dass er vergessen hatte, sein Zeugnis mitzunehmen. Er stellte sich vor, wie es auf dem langen Tisch an der Wand der Turnhalle lag, zwischen Papiergirlanden und schlaffen Luftballons. Zeugnisse waren für Leute, für die sie eine Rolle spielten, Leute, die sie wie einen einmaligen Schatz aufbewahrten. Er wusste es besser. Was sollte er mit noch einem Zeugnis? Sollte es doch dort auf dem Tisch liegen bleiben, mit seinem Namen, den irgendjemand in ordentlicher Handschrift daraufgeschrieben hatte.

Warum machte er immer weiter, wo alle anderen immer wieder von vorn anfingen? Warum war er immer noch da, während sie immer wieder verschwand? Manchmal fühlte er sich, als wäre er ganz allein auf dieser Erde. Er war anders als die anderen. Immer. Und seine Versuche, wie die anderen zu leben, erwiesen sich stets als falsch und dumm.

Wieder habe ich sie verloren.

Eigentlich hätte man glauben sollen, dass jemand wie er, der schon so viel gelebt und so viel gesehen hatte, mehr Weitsicht und Geduld aufbringen würde. Aber zu viel hatte sich angestaut, zu groß waren seine Bedürfnisse gewesen. Sie war bei ihm gewesen, und er hatte sich nicht beherrschen können. Er hatte sich eingebildet, dass sie ihm nur in die Augen zu schauen brauchte, und schon würde sie sich erinnern; dass Liebe alles andere unwichtig machen würde. Der Whiskey hatte sein Wunschdenken noch beflügelt.

Niemand erinnert sich, nur ich.

Normalerweise hielt er diesen Gedanken unter Verschluss, aber heute Nacht ließ er ihm freien Lauf, und das Gefühl der Einsamkeit, das diese Erkenntnis mit sich brachte, war manchmal schier unerträglich.

Er lief über Felder und eine zweispurige Straße hinunter. Dann ging er am Fluss entlang, froh, in der Nähe von etwas zu sein, das noch älter war als er. Dieser Fluss hatte ein Gedächtnis, das weit zurückreichte, aber anders als er behielt der Fluss Erinnerungen weise für sich. Er dachte an den Appomattox-Feldzug und die Schlacht um High Bridge. Wie viel Blut war dort am Fluss vergossen worden? Und doch floss das Wasser weiter, als wäre nichts geschehen. Es reinigte sich und vergaß. Aber wie konnte man sich reinigen, wenn Vergessen unmöglich war?

Ich will das alles nicht mehr. Ich will ihr das nicht mehr weiter antun. Ich will allem ein Ende machen.

Es gab niemanden, der ihn davon abhielt. Eine richtige Familie hatte er nicht. In seinem vorhergehenden Leben hatte er Glück gehabt und war in eine wunderbare Familie geraten, aber er hatte alles unbedacht aufs Spiel gesetzt, um Sophia zu folgen. Der Verlauf seines jetzigen Lebens war daher nicht verwunderlich – eine drogensüchtige Mutter, die ihn verließ, bevor er drei Jahre alt war, und eine Ziehfamilie, die genau das war, was er verdiente. Die letzten beiden Jahre hatte er allein gelebt, und die Hoffnung hatte ihn aufrechterhalten. Um eines Tages vielleicht wieder bei ihr zu sein, hatte er unverdiente Annehmlichkeiten aufgegeben, jetzt aber hatte er auch diese letzte Hoffnung verloren.

Wie würde es sein, wenn er einfach nicht mehr auf die Welt käme? Das war eine der wenigen Erfahrungen, die er noch nicht gemacht hatte. Würde es dann anders sein, zu sterben? Würde man dann endlich Gott begegnen?

Er ließ sich am Flussufer nieder, und die kalte Nässe der Erde setzte ihm zu. Warum spielten derartige Kleinigkeiten selbst jetzt noch eine Rolle?, fragte er sich. Gleichgültig, wie lange man lebte. Es war wie bei einem zum Tode Verurteilten, der immer noch auf die Uhr schielt. Gleichgültig, was man anstellte, die kleinen alltäglichen Handlungen und Gefühle schienen sich niemals den großen Ereignissen unterordnen zu wollen.

Vom Ufer klaubte er dreckverschmierte Steine auf, die klein genug waren, um in seine Hosentaschen zu passen. Größere warf er ins Wasser und lauschte auf das nachgiebige Plätschern des Wassers, wenn die Steine hineinplumpsten, oder auf das hohle Geräusch, wenn sie unten auf die Flusskiesel prallten. Er stopfte sich Steine und Dreck in die Taschen seiner guten Hose und ermahnte seinen Verstand, stillzuhalten und nicht zu widersprechen. Auch in die Brusttaschen seines Hemdes steckte er ein paar kantige Steine und schämte sich ein bisschen für seine Inszenierungskünste in einem Augenblick wie diesem. Es gab keinen Moment, der so wichtig gewesen wäre, dass er alle anderen Empfindungen zunichtegemacht hätte.

Nur der Augenblick, als du sie geküsst hast.

Entscheidungen wie diese hatten mehr Würde, wenn sie in der Vergangenheit oder Zukunft stattfanden oder sich im Leben anderer Leute abspielten. Sein kleinliches Spatzengehirn hatte ihn wieder mal runtergezogen, und die einzige Rettung lag im Vergessen. Sein Fluch war es, sich an ganze Lebensabschnitte voll solcher Augenblicke zu erinnern.

Nachdem er sich ausreichend mit Steinen beschwert hatte, trottete er die Straße bis zur Brücke hinunter. Dort über dem Wasser war die Luft dunkler und kühler. Aus dem Dunkel tauchten auf einer Uferseite die Scheinwerfer eines Autos auf, aber es fuhr geradeaus vorüber. Er lief zur Brückenmitte, kletterte auf das Geländer, setzte sich hin und ließ die Beine baumeln. Er blickte über das Wasser und fühlte sich merkwürdig jung. Die Steine in den Taschen schnitten ihm in die Haut, aber es fühlte sich an wie der Schmerz eines anderen.

Er erhob sich und balancierte in seinen Schuhen mit den steifen Sohlen auf dem Geländer. Mit den Armen hielt er das Gleichgewicht. Warum war es so wichtig, zu springen und nicht hinunterzustürzen, wenn es am Ende doch aufs Gleiche hinauslief? Die Luft war so feucht, dass sein Gesicht sich nass anfühlte. Ein weiteres Auto fuhr vorüber.

Von den vielen Dingen, die er hätte mitnehmen können, hielt er lediglich einen Fetzen von Lucys lavendelfarbenem Ballkleid in der Hand. Immer noch stieß ihm der saure Geschmack des Whiskeys auf. Er sah ihren verängstigten Blick vor sich, während sie sich von ihm loszureißen versuchte, und wie er sie nicht gehen lassen wollte und damit eine über Jahrhunderte genährte Hoffnung zerstörte. Und obwohl ihm dies bewusst gewesen war, hatte er nicht anders handeln können.

Und mit diesem Gedanken fand er sein Gleichgewicht wieder und sprang in die Tiefe.

NORDAFRIKA, 541

Ich war einmal ein ganz normaler Mensch, aber nur für kurze Zeit. Das war in meinem ersten Leben. Damals war die Welt noch neu für mich, und auch ich selbst war mir neu. Mein Leben begann im Jahr 520 nach Christus, aber den genauen Zeitpunkt weiß ich nicht. Damals habe ich mir diese Dinge noch nicht so genau gemerkt, denn ich wusste nicht, dass ich mich einmal an dieses Leben erinnern würde.

Für mich ist dies das erste meiner Leben, denn ich erinnere mich nicht an irgendwelche davor. Es kann durchaus sein, dass ich davor schon einmal auf der Welt war. Wer weiß, vielleicht habe ich auch schon vor Christi Geburt gelebt. Doch in diesem einen Leben geschah etwas, das der Ausgangspunkt für meine merkwürdige Fähigkeit des Erinnerns ist. Zumindest vermute ich das.

Die Erinnerungen an meine ersten Leben sind sehr verschwommen, das muss ich zugeben. Es gab eines oder zwei, in denen ich jung starb, und ich habe keine Ahnung, welche Rolle sie in der größeren Ordnung der Ereignisse spielen. Einige Bruchstücke von ihnen sind mir noch im Gedächtnis, hohes Fieber und eine vertraute Hand oder Stimme, aber meine Seele hatte sich kaum niedergelassen, da war ich auch schon wieder aus dem Leben verschwunden.

Mich an dieses erste Leben zu erinnern ist schmerzlich für mich, und davon zu erzählen ebenfalls. Ich hätte damals lieber an Masern oder Pocken sterben sollen.

Seit ich zu begreifen anfing, wie mein Gedächtnis arbeitet, habe ich meine Handlungen anders beurteilt. Ich weiß, dass der Tod nicht auch das Ende von Leid bedeutet. Das trifft auf uns alle zu, ob wir uns daran erinnern oder nicht. Damals wusste ich das noch nicht. Möglicherweise kann diese Unwissenheit als Erklärung dienen, warum ich das tat, was ich tat, aber es liefert keine mildernden Umstände für mein Handeln.

Ich wurde nördlich der Stadt geboren, die damals den Namen Antiochia trug. Die erste Erinnerung, die sich mir einprägte, war das Erdbeben im Jahr 526. Damals bekam ich nicht viel von den Ereignissen mit, aber seitdem habe ich alles darüber gelesen, was ich auftreiben konnte, um das Geschilderte mit meinen Erinnerungen abzugleichen. Meine Familie überlebte, aber viele Tausende starben. An dem besagten Tag waren meine Eltern auf den Markt gegangen, und ich war mit meinem älteren Bruder allein und fischte im Orontes. Dann begann das Erdbeben, und ich erinnere mich, wie ich hinfiel, während die Erde sich unter uns in Wellen bewegte. Ich weiß nicht, warum, aber ich rappelte mich auf und ging mit unsicheren Schritten in den Fluss. Ich weiß immer noch, wie ich bis zum Hals im Wasser stand und spürte, wie die Wellen über mich hinwegrollten, und dann war ich mit einem Mal unter der Oberfläche und hatte die Augen weit aufgerissen und die Arme ausgebreitet, um das Gleichgewicht zu halten. Ich stieß mich mit den Füßen vom Grund des Flusses ab und streckte mich im Wasser aus. Ich rollte so lange umher, bis mein Gesicht nach oben zeigte und ich durch das Wasser hindurch den Himmel sehen konnte. Das Licht wurde durch das Wasser gedämpft und verlor seine Gewissheit, und ich hatte das Gefühl, durch diese Beobachtung etwas gelernt zu haben. Ich habe einen wahren Mystiker gut genug kennengelernt, um zu wissen, dass ich keiner bin, doch in diesem Augenblick schien die Zeit stillzustehen, und ich sah, was diese Welt bis in alle Ewigkeit zusammenhält. Damals habe ich nicht begriffen, was ich sah, aber ich habe seitdem unzählige Male davon geträumt.

Mein Bruder fluchte und forderte mich auf, wieder aufzutauchen, und als ich dazu keine Anstalten machte, folgte er mir ins

Wasser. Ich denke, er wollte mich verprügeln und mich dann ans Ufer ziehen, aber die Sinneseindrücke waren in diesem Moment so verwirrend, dass er einige Meter von mir entfernt mit dem Kopf über Wasser stehen blieb und den Blick gedankenverloren auf die Oberfläche richtete. Dann tauchte ich wieder aus dem Wasser auf, und wir warteten, bis sich die Erde beruhigt hatte. Und selbst als alles vorbei war, hielt ich auf dem Heimweg die Augen erstaunt auf den Boden gerichtet.

Damals waren wir Untertanen des Byzantinischen Reiches. Dass wir zu einem gewaltigen Reich gehörten, änderte an unserem bescheidenen Leben wenig, aber die Tatsache selbst prägte uns. Unsere Hügel würden dadurch ein klein wenig höher, das Essen schmackhafter und unsere Kinder ein wenig hübscher, denn wir kämpften für ihre Zukunft. Die arbeitsfähigen Männer in unserer Familie kämpften, wenn auch nicht direkt, unter dem berühmten General Belisarius. Mehr als andere verlieh er unserem sonst wenig glorreichen Leben Glanz und Bedeutung. Mein von uns verehrter Onkel wurde bei der Niederschlagung eines Berberaufstands in Nordafrika getötet. Über die Umstände seines Todes erfuhren wir nur gerade so viel, dass Nordafrika und seine Bewohner fortan für uns zum Inbegriff allen Übels wurden. Später fand ich heraus, dass mein Onkel wahrscheinlich von einem Kameraden erstochen wurde, als er versuchte, dessen Huhn zu stehlen, aber wie gesagt, das war später.

Mit meinem Bruder und hundert weiteren Soldaten des Reiches segelte ich über das Mittelmeer bis nach Nordafrika. Wir waren von Rache getrieben. Wie so viele junge Seelen war ich damals zum Soldaten geeignet wie in keinem anderen Leben. Ich befolgte jeden Befehl aufs Wort. Ich zweifelte nicht an jenen, die mir diese Befehle erteilten, nicht einmal in Gedanken. Ich hatte mich allem mit Leib und Seele verschrieben, ich war bereit, zu töten, und bereit, für meine Sache zu sterben.

Hätte mich jemand gefragt, warum es notwendig war, diesen

oder jenen Berberstamm, dessen Angehörige mit unserer Kultur, Religion und Sprache so gar nichts gemein hatten, zu vernichten oder für einige Jahre länger zum Verbleib unter byzantinischer Herrschaft zu zwingen, ich hätte keine Antwort gewusst. Wir waren nicht die Ersten, die die Berber bezwangen, und wir würden nicht die Letzten bleiben, aber ich war ein junger Mann, der an seine Sache glaubte. Ich musste auch nicht unbedingt die Ursache für meinen Eifer kennen. Der Eifer selbst genügte. Und mit der gleichen Blindheit, mit der ich mich auf der richtigen Seite wähnte, war ich überzeugt von der Niedertracht der Gegenseite. Das sind Merkmale einer sehr jungen Seele und ein Anzeichen, wenn auch kein Beweis dafür, dass dies damals wirklich mein erstes Leben war. Ich hoffe es jedenfalls. Es wäre schlimm, nach so viel gesammelten Erfahrungen immer noch derart mit Dummheit geschlagen zu sein.

In allen weiteren Leben wusste ich schon sehr früh, dass ich anders war als die anderen. Ich war mir bewusst, dass ich mein Innenleben verbergen musste. Ich hielt mich immer ein wenig abseits und öffnete mich anderen nur äußerst selten. Doch damals benahm ich mich nicht so.

Ich platzte vor Begierde auf meinen ersten Kampfeinsatz, aber es schien, als verbrächten wir ganze Wochen damit, das Lager für unseren Kommandanten herzurichten. Wir scheuten keine Mühe, um der afrikanischen Wüste die Bequemlichkeiten seiner heimischen Hügel in Thrakien zu entlocken. Damals kamen mir diese Gedanken nicht. Ich weiß nicht, ob ich überhaupt über irgendetwas nachdachte. Damals hatte ich auch noch keine Ahnung, wie viel Zeit mir bleiben würde, um mir Gedanken zu machen und alles zu bereuen.

Selbst Orte, an denen Aufregendes stattfindet, sind meist eigentlich langweilig. Kriegsschauplätze. Filmsets. Notaufnahmen. Hier fand lediglich ein anderer jener Kriege statt, bei denen man herumsaß und Karten spielte, voreinander prahlte, sich betrank und den Niederträchtigsten unter den Betrunkenen dabei beobachtete, wie er Streit suchte, und meist war das mein Bruder. Dieser Krieg war genauso wie alle anderen Kriege, bei denen ich bislang mitgekämpft habe, den Ersten Weltkrieg mit eingeschlossen. Die erinnernswerten Augenblicke, nämlich wenn man tötet oder selbst getötet wird, nehmen nur einen sehr kurzen Zeitraum ein.

Schließlich erhielten wir einen Einsatzbefehl. Wir sollten ein Militärlager einen Tagesmarsch westlich von Leptis Magna angreifen. Während der Aufbruch näher rückte, wurde immer klarer, dass es sich nicht um ein Militärlager, sondern um ein Dorf handelte, und zwar ein Dorf, so sagte man uns, in dem die gegnerische Armee beherbergt wurde.

»Ist das ein Dorf der Tuareg?«, fragte ich voller Blutdurst. Das war der Stamm, den ich für den Tod meines Onkels verantwortlich machte.

Mein Vorgesetzter verstand es, mich anzufeuern, und ich bekam die Antwort, die ich hören wollte: »Ja, natürlich.«

Ich brach mit einem Messer und einer unangezündeten Fackel zu unserem Überfall auf. Ich erinnere mich auch, ein Messer zwischen den Zähnen gehalten zu haben, aber diese Erinnerung entstammt meinen Gefühlen und hat keinen Bezug zur Realität. Ich versuche, diese Art von Erinnerungen auszusieben, soweit es mir möglich ist, aber es gibt Ausnahmen, und einige von ihnen sind angenehmer als andere.

Wenn ich mich selbst in meinem damaligen Leben betrachte, dann meist mit dem Blick eines Außenseiters. Hätte ich nicht die Gewissheit meiner Erinnerung, würde ich annehmen, das könnte ich noch nicht sein. Ich habe das Gefühl, als wäre das irgendein Mensch, aus dem einmal ich werden würde, und ich betrachte ihn aus einer gewissen Entfernung. Vielleicht tue ich das, um damit leben zu können. Ich stellte das abgerissene, pickelige und unfähige Erscheinungsbild des jungen Mannes dem Aufruhr, der wilden Entschlossenheit und Selbstüberschätzung gegenüber, die in seinem Kopf tobten.

Meine Mitstreiter waren, auch das wusste ich, die rangniedrigsten, jüngsten und entbehrlichsten unter den Soldaten. Bei uns konnte man sich darauf verlassen, dass wir die Welt in Schwarz und Weiß einteilten und entweder unversehrt zurückkehrten oder gar nicht. Wir schwärmten in das Tal aus, bereit für den Kampf.

Während einer mondlosen Nacht nahm etwa ein Viertel unserer Truppe einen Umweg, um Wasser zu suchen. Mein Bruder wurde zum Führer des kleinen Trupps ernannt, und ich ging mit ihm. Wir entdeckten Wasser, fanden aber hinterher unsere Einheit nicht mehr. Wir waren ungefähr zu zwanzig und schlugen uns durch trockenes Gestrüpp. Ich bemerkte, dass mein Bruder völlig die Orientierung verloren hatte, das aber natürlich nicht zugeben wollte. Er war so anfällig für Macht, dass sie ihn augenblicklich korrumpierte.

Er versammelte die Männer um sich. »Wir marschieren direkt zum Dorf. Ich weiß, in welche Richtung wir gehen müssen.«

Und er schien tatsächlich den Weg zu kennen. Bei der ersten Morgendämmerung entdeckten wir das Dorf am Horizont. »Wir sind die Ersten«, prahlte mein Bruder. Für einen Augenblick drängten wir uns dicht zusammen, um unsere Fackeln an einer bereits brennenden zu entfachen, und ich erinnere mich an die rachgierigen Augen im Licht des Feuers. Wir alle wollten nur unseren Anteil am Leben.

Das Dorf erwies sich als eine lockere Ansammlung von strohgedeckten Behausungen. Ich stellte mir vor, wie die feindlichen Soldaten sich grimmig in den Häusern verbargen. Ich hielt meine brennende Fackel an das erste Strohdach. Es fing Feuer, und kurz verspürte ich Genugtuung, als ich beobachtete, wie die Flammen sich ausbreiteten. Ich hielt mein Messer für einen Angreifer bereit, der aus dem Haus kommen und sich auf mich stürzen würde. Dann ging ich zur nächsten Behausung und legte wieder Feuer. Irgendwo hinter mir hörte ich Schreie, aber mein eigenes Geschrei und meine Erregung machten mich nahezu taub.

Am dritten Haus drangen einige Gerüche und Geräusche bis zu meinem Verstand durch und setzten sich fest. Die Flammen hatten ein irrwitziges Morgenglühen vorgetäuscht, doch jetzt brachte die aufgehende Sonne den wahren Morgen mit sich. Ich konnte das Haus direkt vor mir sehen. Wie bei allen anderen stürzte ich mich auf das Dach und hielt meine Fackel daran, doch diesmal entzündete sich das Stroh nicht gleich. Ich lief zur Rückseite des Hauses, um es an einer anderen Stelle zu versuchen, blieb dabei aber an einem straff gespannten Seil hängen. Ich dachte schon an eine Falle, doch beim Zurücktreten bemerkte ich, dass Kleider daran aufgehängt waren. Darüber war eine weitere Leine aufgespannt. Der Wind drehte sich und trug für einen Augenblick den Rauch fort, und da sah ich, dass ich in einem Garten stand. Dort waren Wäscheleinen aufgespannt, an denen in der grauen Luft kleine Kleidungsstücke trockneten.

Ich lief zur Vorderseite des Hauses zurück und war verwirrt und erzürnt über die kleinen Kleider auf der Leine und das Dach, das nur schwelte, aber nicht brannte. Die Fackel, die in der Dunkelheit so großartig ausgesehen hatte, wirkte jetzt im Licht der aufsteigenden Sonne mit einem Mal schwächlich und falsch. Der Wind blies den Rauch fort, und ich sah, dass in vielen der Gärten Wäscheleinen aufgespannt waren. Hier hielt man keine feindlichen Soldaten versteckt, hier baute man Melonen und Kürbisse an und trocknete Wäsche. Einige der Gärten standen bereits in Flammen.

Ich wusste nicht, was ich sonst anfangen sollte, außer endlich dieses Haus anzuzünden. Mir kam einfach nichts anderes in den Sinn. Und so reagierte ich auf meine Verwirrung, indem ich zur Tat schritt. Ich setzte das Haus von unten her in Brand. Es hatte ein gut gebautes hölzernes Fundament, und ich musste unwillkürlich daran denken, wie wir uns an dem Fundament unseres eigenen Hauses abgeschuftet hatten. Ich eilte auf die andere Hausseite und zerrte zum Anzünden eine Handvoll Stroh aus dem Dach. Am Ende nahm das Feuer diese Nahrung an, und die Flammen loderten und leckten am Haus. Ich meinte, Säuglingsgeschrei aus dem Inneren zu hören.

Endlich brannte das Feuer, aber ob mich das mit Stolz oder doch vielmehr mit Schrecken erfüllte, wusste ich nicht zu sagen. Ich konnte mich kaum rühren und schaffte es gerade so, mich von der glühenden Hitze fernzuhalten.

Das Haus sah aus wie ein Haupt mit wildem, loderndem Haar. Die zwei Fenster waren die Augen, und die Tür war der Mund. Zu meiner Überraschung öffnete sich der Mund, und ein Mensch trat auf die Schwelle. Ein Mädchen in einem Nachtgewand.

Wenn ich an die Szene denke, versuche ich dieses Mädchen unvoreingenommen als eine Fremde zu sehen und nicht als das Mädchen, das ich liebe. In meiner Erinnerung verändere ich sie ein wenig. Ich weiß, dass ich das tue.

Ihr Haar war lang und offen. Sie wandte mir ihr Gesicht mit einem sehr merkwürdigen Ausdruck zu. Sie musste wissen, was ich getan hatte. Da stand ich vor ihrem brennenden Haus und hielt eine Fackel in der Hand. Die Fackel war erloschen. Aus dem Inneren des Hauses hörte ich wieder den Säugling schreien.

Ich wollte das Mädchen aus dem Haus holen. Ich wollte, dass sie fortlief. Sie war so schön wie ein Faun. Ihre Augen waren groß und grün, und das Orange der Flammen spiegelte sich in ihnen. Panik stieg in mir auf. Wer würde ihr helfen?

Blankes Entsetzen packte mich. Ich wollte das Feuer löschen. Ein Säugling würde in diesen Flammen sterben, vielleicht war es ihre Schwester oder ihr kleiner Bruder. War ihre Mutter mit im Haus? *Du musst sie wecken!*, wollte ich ihr zurufen. *Ich helfe dir.*

Ich schien mir nicht mehr bewusst zu sein, wer diese Gräueltat begangen hatte. Die Flammen heulten, der Wind fachte sie an, und sie fraßen sich weiter. Bald tanzten sie um das Mädchen herum.

»Du musst weglaufen!«, rief ich.

In ihren Augen standen Erstaunen und Sorge, nicht aber Furcht, Unruhe und Verstörung wie in den meinen. Ihre Züge waren ruhig, während meine verzerrt waren. Ich machte einen Schritt in ihre Richtung, aber die Hitze war zu groß, um weiterzugehen. Zwischen uns leckten und zischten die Flammen.

Sie sah hinaus auf die brennenden Häuser und Gärten ihrer Nachbarn und blickte dann wieder mich an. Sie wandte den Kopf und schaute in ihr brennendes Haus. Ich betete, dass sie aus der Tür laufen möge, aber sie rührte sich nicht. Die Vorstellung, dass dies jetzt ihr Ende sein würde, war ungeheuerlich. Schließlich kehrte sie ins Haus zurück.

»Geh nicht weg!«, rief ich ihr hinterher.

Der Mund in dem Haus war wieder leer. Innerhalb von wenigen Sekunden bäumte sich das ganze Gebäude auf und fiel in sich zusammen. Nur die Flammen blieben zurück und züngelten weiter.

»Es tut mir leid!«, hörte ich mich schreien. »Es tut mir leid!« Ich wiederholte meine Worte auf Aramäisch, denn ich dachte, dass sie diese Sprache vielleicht verstand. »Es tut mir leid. Es tut mir leid.«

Auf dem Weg zurück zu unserem Militärlager war ich wie betäubt, aber ich blickte lange genug in den Himmel, um am Horizont eine große Rauchwolke zu bemerken. Wir hatten die größere Einheit nicht wiedergefunden, und als wir näher an den Rauch herangekommen waren, erkannte ich auch den Grund dafür. Ich war zu benommen, um darüber nachzudenken, was ich sagte.

»Das war das falsche Dorf.«

Nur mein Bruder hatte meine Worte gehört. Er musste es ebenfalls bemerkt haben und den gleichen Gedanken gehabt haben wie ich. »Das stimmt nicht«, antwortete er ungerührt.

In jenem Augenblick war ich noch zu sehr von meinem Schrecken überwältigt, um an etwas anderes zu denken. »Doch.«

»Nein«, wiederholte er. Ich bemerkte keinerlei Schuldgefühl, Selbstzweifel, Bedauern an ihm. Das Einzige, was ich bemerkte, war sein gegen mich gerichteter Zorn. Und ich hätte besser daran getan, diesen Zorn nicht zu unterschätzen und niemals wieder ein Wort über jene Nacht zu verlieren.

Ich bin seitdem Zeuge vieler Tragödien geworden, habe Unzählige sterben sehen und habe einige Tragödien und Todesfälle selbst verursacht. Aber niemals wieder habe ich Unschuldige getötet. Niemals wieder habe ich so viel Schönheit zerstört und so viel Scham empfunden. Ich versuche alles aus einer gewissen Distanz zu betrachten, aber mich erfasst dennoch Übelkeit, wenn ich an diese Szene denke, daran ändert auch die Zeit nichts.

Der Gestank von verbranntem Holz, Teer und Fleisch drang so intensiv in meine Nase, das er sich dort eingenistet hat. Der graue Rauch stieg mir in die Augen und veränderte für immer meinen Blick auf die Welt.

CHARLOTTESVILLE, VIRGINIA, 2006

»Du grübelst immer viel zu viel, du linke Socke. Komm einfach mit.«

»Ich habe seit zwei Nächten nicht geschlafen«, erwiderte Lucy. »Hier sieht's aus wie in einem Schweinestall, ich muss aufräumen.«

Marnie warf einen Blick durch ihr kleines Zimmer. »Ohne mich kannst du nicht aufräumen, sonst bekomme ich Schuldgefühle. Das machen wir morgen. Nun komm schon. Jackie und Soo-mi warten unten auf uns. Wir haben was zu feiern.«

»Und was ist, wenn mir nicht nach Feiern ist?« Lucy grübelte wirklich immer zu viel und war eine linke Socke, außerdem war sie abergläubisch und wollte nicht feiern, bevor sie ihre Noten kannte. »Und was ist, wenn Lawdry auffällt, dass ich meine Hausarbeit zwei Tage zu spät abgegeben habe?«

Lucys Widerstand war ein schwaches Lüftchen gegen Marnies Wirbelsturm an Entschlusskraft. »Hier, da sind deine Schuhe.« Marnie warf ihr erst einen Flip-Flop und dann den anderen hin. »Nimm Geld mit.«

»Ich muss auch noch für etwas bezahlen, was ich nicht will?«

»Zwanzig Dollar. Man zahlt für vieles, was man eigentlich nicht will. Den Zahnarzt, den Irak-Krieg, tote Mäuse für Danas Schlange.«

»Wenn man dir so zuhört, klingt das Ganze auch nicht attraktiver.« Lucy nahm ihre Tasche und schlüpfte in ihre Schuhe. Die Flip-Flops, die Marnie ihr zugeworfen hatte, ließ sie liegen. Zu mehr Widerstand fehlte ihr die Kraft.

»Mach dir um Lawdry keine Sorgen. Er mag dich.« Marnie öffnete die Zimmertür und schob Lucy nach draußen.

»Das ist nicht wahr.«

»Ich fürchte, da liegst du falsch.«

»Mit wessen Auto fahren wir?«

»Mit deinem.«

»Ah, ich verstehe.«

Auf dem Weg auf der Route 53 in Richtung Simeon verzog sich die Sonne hinter das Flachdach eines Bed Bath & Beyond, einer Warenkette für Haushaltswaren. Marnie schob eine der furchtbaren Rap-Mix-CDs von ihrem Bruder Alexander ein und drehte voll auf. Unterdessen öffneten Jackie und Soo-mi auf dem Rücksitz Bierdosen. »Zu wem fahren wir noch mal?«, fragte Lucy über den Krach hinweg.

»Zu Madame Esme«, antwortete Marnie und sah in dem mittlerweile dämmrigen Licht auf ihre handgeschriebene Wegbeschreibung. »Noch drei Kilometer, und dann Richtung Bishop Hill.«

»Möchtest du nicht lieber nüchtern sein, wenn du dir von Madame Esme für zwanzig Dollar wahrsagen lässt?«, fragte Lucy und schaute Soo-mi im Rückspiegel an.

Soo-mi hielt ihre Bierdose hoch. »Nicht unbedingt.«

»Sind wir hier wirklich richtig?«, fragte Lucy, während sie in eine Schotterstraße einbog, an der einige Trailer und verrostete Wohnwagenwracks standen.

Marnie versuchte die Hausnummern zu erkennen. »Siehst du irgendwelche Schilder mit Nummern? Wir müssen zu Nummer 2332.«

»Ich glaube, da ist es.« Lucy zeigte nach vorne auf einen alternden Trailer, der von mit Rosen berankten Gittern umgeben war. Vielleicht hatte er auch irgendwann einmal Räder gehabt, aber jetzt sah er nicht mehr so aus, als würde er in der nächsten Zeit irgendwohin fahren. »Sind die Rosen echt?«

Marnie kniff die Augen zusammen. »Ich glaub, die sind echt.«

»Ich glaub, das sind falsche«, erwiderte Lucy, während sie in die Einfahrt bog.

An der Tür wurden sie von Madame Esme begrüßt. Ihr Erscheinungsbild entsprach mehr oder weniger Lucys Erwartungen: ein langer grüner Umhang, aufgestecktes Haar, viel Rouge und eine übertriebene Gestik.

»Wer will zuerst?«, fragte Madame Esme.

»Marnie, das war deine Idee, du gehst zuerst«, meinte Jackie.

»Ihr drei könnt da drin warten.« Madame zeigte in eine kleine Wohnküche, in der ein bunter Holztisch und vier Stühle standen, die alle nicht zueinanderpassten. »Sie kommen mit mir«, sagte sie an Marnie gewandt.

Sie sahen zu, wie Marnie ihr durch eine Tür in einen schwach beleuchteten Raum folgte, in dem Kerzen flackerten. Madame schloss hinter ihnen die Tür.

»Was machen wir hier eigentlich?«, fragte Lucy und nahm auf einem metallenen Klappstuhl Platz.

»Alicia Kliner hat erzählt, dass sie beeindruckende Fähigkeiten hat«, flüsterte Soo-mi.

Lucy sah nicht so recht, was an dieser Art von Fähigkeit beeindruckend sein sollte. Ihre Mutter ging alle paar Jahre zu Wahrsagern und war immer erstaunt, wenn die ihr Dinge sagten wie »am Wasser finden Sie Ihre innere Ruhe«, »Lektüre verleiht Ihnen Kraft«, »Sie sind die geborene Fürsorgerin«. Ihre Mutter war auch von Polarity-Therapie, von Chakra, Fußmassage und vielen anderen alternativen Methoden beeindruckt. Bei Lucy lag die Messlatte etwas höher, um sich wirklich von so etwas kriegen zu lassen.

Lucy hatte nichts dagegen, als Letzte zu Madame Esme hineinzugehen, aber sie konnte nur mit Mühe die Augen offen halten. Besonders nachdem Marnie herauskam und sich nur schwer zügeln konnte vor Wichtigtuerei, aber nichts sagen wollte, bevor nicht alle anderen ihre Prophezeiungen erfahren hatten.

»Ach, nun erzähl schon.«

»Nein, ich kann nicht, wirklich nicht.«

»Wer ist dir wichtiger, Madame Esme oder ich?«

»Stell mich nicht vor die Wahl!«

Lucy schüttelte den Kopf und legte ihn dann wieder auf den Tisch.

Schließlich tauchte Madame Esme zum dritten Mal auf und entließ Jackie. »Sie können jetzt kommen«, sagte sie zu Lucy.

Lucy gähnte und trat ein. Der kleine Raum war unbeleuchtet, bis auf drei flackernde Kerzen, die auf einem Kartentisch standen. Am Tisch standen zwei Klappstühle. Während Lucys Augen sich an die Dunkelheit gewöhnten, sah sie die offenen Kleiderregale, auf denen Berge von Pullovern, Hosen und Socken aufgestapelt waren. Lucy wollte das alles nicht sehen, und es tat der geheimnisvollen Fassade einigen Abbruch. An der Wand stand ein Bett, auf dem ein Kissen lag, und dann gab es noch ein Poster, von dem Lucy aber nicht viel sehen konnte, weil es fast ganz von einem der Regale verdeckt war.

Madame Esme schloss die Tür und nahm Platz. Lucy setzte sich auf den Stuhl ihr gegenüber. Esme machte die Augen zu und streckte die Hände nach vorne, die Handflächen zeigten nach oben. Lucy wusste nicht, was von ihr erwartet wurde.

»Reichen Sie mir Ihre Hände«, sagte Esme.

Ungeschickt folgte Lucy der Aufforderung. Madame Esmes Hände waren warm und umfassten die ihren mit überraschender Kraft. Das Make-up mochte täuschen, doch als Lucy Madame Esme gegenübersaß und ihre Hände spürte, hatte sie das sichere Gefühl, dass die Frau nicht viel älter war als sie selbst. Wie war sie wohl zu diesem Beruf gekommen?, fragte sich Lucy. Dazu brauchte man einigen Mut.

Esme hielt die Augen geschlossen und wiegte den Oberkörper leicht hin und her. Viel schauspielerisches Talent besaß sie nicht, befand Lucy. Aber mehr konnte man für zwanzig Dollar wohl auch nicht erwarten. Sie versuchte, ein weiteres Gähnen zu unterdrücken.

Esme öffnete den Mund, als wollte sie etwas sagen, und schloss ihn dann wieder. Dann schwieg sie für eine Weile, die sich unangenehm in die Länge zog. Lucy spitzte die Ohren und versuchte die Stimmen ihrer Freundinnen auf der anderen Seite der Tür zu hören. »Ich sehe eine Flamme, rote Lichter, ich höre viele Geräusche«, sagte Esme schließlich. »Kann das eine Schule sein?«

»Keine Ahnung«, antwortete Lucy. Ihr war bewusst, dass sie müde und übellaunig wirkte, aber sie hatte keine Lust, hier die ganze Arbeit zu machen.

»Es scheint eine Schule zu sein. Es sind viele Menschen zu sehen, die herumlaufen, aber Sie sind allein.«

Lucy wusste, was jetzt kam. *Unter vielen Menschen fühlen Sie sich verloren. Sie sind schüchterner, als die meisten vermuten.* Das war das Übliche, mit dem die Wahrsager einen aus der Reserve lockten.

Die Augen von Madame Esme zuckten unter den Lidern, aber dann wurden sie ruhig, und Madames Gesichtsausdruck veränderte sich.

»Sie sind allein, und er ist bei Ihnen.«

»Okay.« Lucy fragte sich, ob sie jetzt bei dem Teil angekommen waren, an dem geheime Liebeswünsche in Erfüllung gingen.

»Er hat auf Sie gewartet, und nicht nur jetzt, sondern schon seit langer Zeit.«

Erneut schwieg Esme. Lucy fragte sich, ob die Sitzung nun vorbei war, aber dann hob Esme wieder an zu reden, und jetzt klang ihre Stimme anders, viel leiser und eindringlicher.

»Sie wollten ihm nicht zuhören.«

»Bitte?«, fragte Lucy höflich nach.

»Er wollte Ihnen etwas sagen, er brauchte sie. Warum haben Sie ihm nicht zugehört?« Die Stimme wurde jetzt lauter und klagend.

»Wem hätte ich zuhören sollen?« Lucy räusperte sich. »Ich weiß nicht, wovon Sie reden.«

»Bei dem Tanz, dem Fest oder irgendetwas Ähnlichem. Ich fühle, dass Sie Angst haben, aber trotzdem.« Esme drückte Lucys Hände nun fester, als ihr das lieb war.

Lucy wollte eigentlich nicht wissen, wovon Esme gerade redete, denn Esme hatte keine Ahnung, worüber sie redete. Sie versuchte es nur mit irgendwas, warf ihre Standardköder aus und wartete ab, ob Lucy anbiss.

»Sie hätten ihm zuhören sollen.«

»Wie bitte?« Seit wann gaben Wahrsagerinnen ein Urteil über einen ab.

»Sie hätten auf seine Worte hören sollen.« Esmes Stimme war dunkler und fremder geworden. Ihre Trance nahm überzeugendere Züge an. Offensichtlich hatte sie sich warmgelaufen. Lucy verspürte den sadistischen Impuls, ihr gegen das Schienbein zu treten. »Denn er liebt Sie.«

»Wer liebt mich?« Wahrsagerinnen nannten einem nie Namen, sie warteten darauf, dass man sie ihnen sagte.

»Daniel.«

Lucy fuhr zurück und schnappte nach Luft. »Wer?«

»Daniel.«

»Okay«, antwortete sie langsam. Sie setzte sich aufrecht hin und hörte, wie der Stuhl unter ihr leise quietschte und dann einrastete. Was wusste diese Frau über sie? Kannte sie sie alle aus der Schule? Hatte Marnie ihr irgendwas erzählt?

»Daniel wollte, dass Sie sich an ihn erinnern. Er küsste Sie, und für einen Augenblick haben Sie sich erinnert, nicht wahr? Aber dann sind Sie weggelaufen.«

Das konnte Marnie ihr nicht erzählt haben. Niemand konnte ihr das gesagt haben. Während ihr Verstand fieberhaft nach einer rationalen Erklärung für Esmes Aussage suchte, fühlte Lucy, wie eine Woge von Angst gefolgt von Übelkeit sie überrollte. Sie wollte nicht, dass Esme weitersprach, sie wollte, dass das alles hier endlich vorüber war, aber Esme war noch nicht fertig.

»Sie hatten ihm gesagt, dass Sie es versuchen würden. Als Sie Constance waren, haben Sie ihm versprochen, die Erinnerung zu bewahren, aber Sie haben Ihr Wort nicht gehalten, Sie haben es nicht einmal versucht.«

Lucy fühlte Tränen in sich aufsteigen. Vor zwei Jahren hatte sie jene Nacht irgendwo in ihrem Gedächtnis vergraben. Sie hatte die Erinnerung daran sorgfältig versiegelt. Wie konnte irgendjemand davon erfahren haben?

»Er war einsam, und Sie wissen das. Sie sind Sophia, die Liebe seines Lebens, und Sie hatten versprochen, dass Sie es versuchen wollten.«

»Woran sollte ich mich erinnern?«, fragte Lucy. Sie erkannte ihre eigene Stimme nicht wieder.

»Sie sollten sich an ihn erinnern!« Esmes Stimme war nun laut und empört. »Sie sollten sich daran erinnern, wie sehr Sie ihn liebten. Er hatte Ihnen versichert, dass er wiederkommen werde, und Sie haben ihm versprochen, dass Sie sich seiner erinnern würden.«

Esmes Kopf zitterte nun leicht, und obwohl sie immer noch Lucys Hände umfasst hielt, hatte Lucy das sichere Gefühl, dass der Rest von Esmes Körper sich von ihr fortbewegte.

»Während des Krieges. Sie haben sich um ihn gekümmert. Er hatte Mühe zu atmen, und Sie wussten, dass er bald sterben würde. Er wollte Sie nicht zurücklassen, aber Sie versicherten ihm, dass Sie ihn niemals vergessen würden. Sie haben vergessen, aber er erinnert sich. Er hat Ihnen erzählt, wer er war, er hat Ihnen vertraut, und das wissen Sie, nicht wahr?«

Lucy zog sich in sich selbst zurück. Sie fühlte sich angegriffen und kritisiert. »Ich habe keine Ahnung, was Sie meinen.« Die junge Frau hatte Lucys Abwehrkräfte außer Gefecht gesetzt.

»Sie wissen, wer er ist. Sie wissen, wovon ich rede.«

»Das stimmt nicht. Wer ist er?«

»Bitte! Sie sind Sophia, und er brauchte sie.«

»Halt! Wer ist diese Sophia? Warum reden Sie die ganze Zeit von ihr?« Das hatte Daniel damals auch getan, und damals wie heute machte ihr das Angst.

»Ich spreche von Ihnen.«

»Nein, tun Sie nicht. Mein Name ist Lucy!«, sagte sie wütend. Sie hatte einmal einen Film über ein Mädchen mit einer gespaltenen Persönlichkeit gesehen. So wie Esme mit ihr sprach, konnte man annehmen, dass sich in Lucy noch ein anderes Ich befand, das mithörte und sogar antwortete, und diese Vorstellung entsetzte sie.

»Jetzt heißen Sie Lucy. Aber vorher …«

»Wann vorher?«

»Sie sollten versuchen, ihn zu finden.«

»Wie soll ich ihn finden? Ich habe doch nur einmal mit ihm gesprochen. Ich kenne ihn nicht mal richtig.«

»Doch, das tun Sie. Erzählen Sie mir nicht solche Lügen.«

Lucy riss ihre Hände los. »Können Sie jetzt endlich damit aufhören?« Lucy hörte die Tränen der Verzweiflung in ihrer Stimme, sie hörte, wie sie sich verriet. Seit wann tadelten Wahrsagerinnen ihre Kunden? Sie schlang die Arme um sich. Sie durfte jetzt nicht die Fassung verlieren.

Unter Esmes eindringlichem Blick fühlte sie sich noch elender. Lucy wollte nicht, dass ihre Worte so klangen, wie sie herauskamen, aber dann waren sie ihr auch schon entschlüpft. »Ich denke auch überhaupt nicht mehr an ihn«, sagte sie in der Hoffnung, dass Esme sich darauf einlassen und einfach vergessen würde, was gerade zwischen ihnen geschehen war. Es war für sie beide eine merkwürdige Erfahrung gewesen, das war ihr bewusst. Und Lucy musste noch bezahlen.

Esme sah sie vorwurfsvoll an. Sie sah gar nicht mehr wie eine Zwanzigjährige aus, die zu viel grünen Lidschatten aufgetragen hatte und hinter Lucys Geld her war, sondern wie die älteste Richterin der Welt. »Wie können Sie so etwas behaupten?«

Lucy schüttelte den Kopf. Sie wollte nicht weinen, sie wollte so tun, als ließe sie das alles kalt.

»Ich weiß es nicht«, antwortete sie, und das war die Wahrheit.

NICÄA, KLEINASIEN, 552

Ich habe bereits von meinen ersten Leben und dem Mädchen in jenem Dorf in der Nähe von Leptis Magna in Nordafrika erzählt. Mein zweites Leben begann etwa einunddreißig Jahre später in einem anderen Teil von Anatolien. Die Leben folgen mitunter kurz aufeinander, muss man wissen. Von außen betrachtet war das zweite Leben recht ereignislos, aber für mich war es außerordentlich. Es fing ziemlich normal an. Ich hatte noch keine Ahnung, wer ich war.

Sobald ich alt genug zum Denken war, oder besser, alt genug, um mich an meine Gedanken zu erinnern, dachte ich an das Mädchen in dem kleinen strohgedeckten Haus. Im Eingang sah ich ihr Gesicht, später dann die Flammen, und ich begriff, was mit ihr geschehen war und was ich angerichtet hatte.

Immer wenn ich die Augen schloss, musste ich an sie denken. Des Nachts schrie ich und weinte in meinen Träumen. Dann fing ich an, auch bei Tag an sie zu denken. Da war ich wahrscheinlich gerade mal zwei oder drei Jahre alt und noch nicht in der Lage, meine Schuld oder meine Scham zu erfassen oder die Bedeutung, die ihr Gesicht für mich hatte. Aber jeden Tag fühlte ich aufs Neue schieres Entsetzen über das, was geschehen war, fast als würde es mir zustoßen.

In diesem zweiten Leben hatte ich eine gutherzige Mutter. Aber auch sie hatte irgendwann genug. Ich lebte in einer anderen Welt, und es gelang mir nicht, diese loszulassen.

Mein Erinnerungsvermögen ist außerordentlich gut, doch besitzen es viele Menschen, wenn auch in bescheidenem Umfang. Ich kannte einmal einen Jungen in Sachsen, dessen Familie einige Häuser weiter wohnte. Eines Tages, als Karl, so sein Name, noch sehr klein war, kam seine Mutter mit ihm bei uns vorbei, um etwas zu bringen oder sich etwas auszuleihen, ich weiß es nicht mehr, und er sah mein Messer, meinen Lieblingsgegenstand. Damals war ich vielleicht zehn oder elf und er nicht einmal drei. Der kleine Kerl konnte kaum sprechen, und doch folgte er mir in den Garten, weil er mir unbedingt klarmachen wollte, wie ein Dieb, ein Straßenräuber, ihm auf dem Weg nach Schlesien aufgelauert und ihm dreimal in die Rippen gestochen hatte. Er bemerkte meine Verwunderung und wollte sich mir unbedingt verständlich machen. »Nicht jetzt, sondern vorher, als ich groß war«, wiederholte er immer wieder und hob die Arme, um seine Worte mit einer Geste zu unterstreichen. »Als ich groß war.«

Er zog sein Hemd hoch und zog den Bauch ein, um mir auf seinem Brustkorb ein unregelmäßig geformtes Muttermal zu zeigen. Selbstverständlich war ich von all dem fasziniert und verwundert und stellte ihm viele Fragen. Ich hatte das Gefühl, einen Seelenverwandten getroffen zu haben. Als seine Mutter hinzukam, um ihn abzuholen, bemerkte sie seine Erregung und warf mir einen leidgeprüften Blick zu. »Hat er dir auch die Geschichte von dem Dieb auf der Straße erzählt?«, fragte sie müde.

Bald danach ging ich fort, um eine Lehre bei einem Schmied zu beginnen, der in einem Dorf mehrere Meilen außerhalb der Stadt zu Hause war. Karl habe ich fünf Jahre lang nicht mehr gesehen, aber ich dachte viele Male an ihn. Als ich ihm schließlich wiederbegegnete, fragte ich ihn sofort nach dem tödlichen Überfall. Er sah mich interessiert an, ohne sich aber im Geringsten zu erinnern.

»Der Dieb auf der Straße nach Schlesien«, wollte ich ihm auf die Sprünge helfen. »Die Narbe auf deiner Brust.« Dieses Mal wollte ich ihn um jeden Preis überzeugen.

Er schaute mich an und schüttelte den Kopf. »Hab ich dir das wirklich erzählt?«, fragte er mich und lief fort, um wieder mit seinen Freunden zu spielen.

Nach dieser Begegnung habe ich im Laufe der Zeit begriffen, dass es für sehr kleine Kinder nicht ungewöhnlich ist, sich an zurückliegende Leben zu erinnern, besonders wenn sie in ihrem letzten Leben eines gewaltsamen Todes gestorben sind. Vielleicht beflügelt die widerfahrene Gewalt ihr Mitteilungsbedürfnis. Typischerweise erzählen sie von ihren Erinnerungen, sobald sie reden können, und versuchen einige Jahre lang, sich mitzuteilen. Doch normalerweise entfernen sie sich mit den Jahren immer weiter von der Erfahrung ihres Todes, und den Eltern wird das Ganze unheimlich oder sie haben irgendwann einfach genug davon. Die Erinnerungen verblassen, und sie schieben sie beiseite. Neue Erfahrungen gesellen sich hinzu. Mit sieben oder acht haben die meisten alles vergessen und lassen diese Erinnerungen hinter sich.

Das alles ist ziemlich gut dokumentiert, und ich verfolge eingehend die Forschung auf diesem Gebiet. Wissenschaftler haben Tausende von Interviews aufgezeichnet und Fallstudien durchgeführt. Natürlich zögern die Guten unter ihnen, eine These darüber aufzustellen, was das alles zu bedeuten hat, und wer wollte es ihnen verübeln? Ich weiß selbst nur allzu gut, wie vergeblich es ist, rational orientierte Menschen zu überzeugen.

In meinem Fall war es anders. Mit zunehmendem Alter wurden meine Erinnerungen immer stärker und begannen die Lücken zu füllen. Umso mehr sich mein Denkvermögen entwickelte, desto besser erinnerte ich mich an kleine und große Dinge, Namen, Orte, Anblicke und Gerüche. Es war, als wäre der Tod ein langer Schlaf, und sobald ich erwachte und mich neu orientiert hatte, tauchte alles wieder auf. Ich erinnere mich nicht an Begebenheiten, die jemand anderem zugestoßen sind. Meine Erinnerungen beziehen sich auf mein Ich. Ich erinnere mich an mich selbst.

Im Alter von zehn Jahren war mir bewusst, dass ich mich von den anderen unterschied, aber ich sprach nicht darüber. Ich wusste, dass ich schon einmal gelebt hatte, und ich musste niemanden mehr von dieser unumstößlichen Tatsache überzeugen. Zumeist bedauerte ich, dass die anderen Menschen nicht über ein Gedächtnis verfügten wie ich. Ich fragte mich, ob es vergangene Leben gab, an die sie sich erinnern könnten, oder ob nur ich wieder zurückkam. Ich fragte mich auch, ob ich ein Fehler in Gottes Plan war, der am Ende meines Lebens behoben werden würde.

Vermutlich halte ich mich immer noch für einen Planungsfehler und warte immer noch darauf, dass man ihn behebt.

Jedes Leben beginnt mehr oder weniger auf die gleiche Art. Zunächst ist mein Verstand jener verschwommene eines Kleinkinds, und dann sehe ich ihr Gesicht in der Tür. Ihr Bild wird immer schärfer und gegenwärtiger, und dann sehe ich Flammen. Ich versuche, mich davon nicht mehr so aufwühlen zu lassen. Ich weiß, was auf mich zukommt, und ich denke: *Jetzt bin ich wieder da.* Ich beginne jedes Leben mit ihr, meiner Erbsünde. Durch sie erkenne ich mich selbst.

CHARLOTTESVILLE, VIRGINIA, 2006

»WAS IST LOS mit dir?«, flüsterte Marnie ihr zu, während sie den Trailer verließen.

»Nichts.« Lucy sah sie nicht an. Sorgfältig schloss sie die Tür hinter sich. Sie vergewisserte sich, dass sie ins Schloss gefallen war und die merkwürdige Atmosphäre dieses Ortes nicht mehr zu ihr durchdringen konnte. Jackie und Soo-mi warteten bereits am Auto.

»War es wirklich so schlimm? Warum erzählst du mir nicht, was sie dir gesagt hat?«

»Sie hat mir ziemlich viel Blödsinn erzählt.« Marnie anzulügen fiel ihr schwer. Wenn sie sie jetzt ansah, wäre es ihr vollends unmöglich, also hielt sie weiter den Kopf gesenkt.

Der Himmel war dunkel, aber das Licht aus dem Inneren des Wohnwagens beleuchtete die Rosen. Sie waren aus Plastik und um die unförmigen weißen Gitter gewunden. Doch als sie diese näher betrachtete, bemerkte Lucy, dass es dazwischen auch einige echte Rosen gab, wunderschöne rosa Celestials, die sich gegen die Plastikblumen drängten, um genügend Licht und Luft abzubekommen.

»Was für einen Blödsinn? Bist du sauer?«

Marnie ging ihr auf die Nerven, aber da war auch noch etwas anderes. Sie kannte Lucy gut, und sie spürte ihre Aufgewühltheit. Umso schwieriger war es, sie auf Distanz zu halten, aber auch umso notwendiger.

»Ich weiß jetzt, dass ich Wasser mag«, berichtete Jackie. »Und dass ich mich am besten auf mich selbst verlasse.«

»Aha, auch ich verlasse mich am besten auf mich selbst«, warf Soo-mi ein.

Marnie versuchte sich zu erinnern. »Ich glaube, das gilt auch für mich.«

»Und das soll zwanzig Dollar wert sein?«, fragte Jackie.

»Das vielleicht nicht. Aber hast du eine unglaubliche Energie?«, fragte Soo-mi.

Jackie lachte. »Du wirst es nicht glauben, meine Energie ist ebenfalls unglaublich. Na, und wie ist das bei dir?«

Marnie starrte die beiden an, und Lucy war sich bewusst, dass an dieser Stelle ein Lachen angebracht war oder wenigstens ein Lächeln. Sie gab sich alle Mühe. »Macht es dir etwas aus, wenn du uns zurückfährst?«, fragte sie Marnie.

»Nein.« Marnie nahm ihr die Schlüssel aus der Hand. Sie schien sich vorläufig mit Lucys Schweigen abzufinden.

Lucy setzte sich auf den Beifahrersitz und lehnte während der Fahrt ihre warme Wange an die kühle Scheibe.

»Lucy, verlässt du dich auch am besten auf dich selbst?«, fragte Soo-mi, die ihre Zurückhaltung sehr wohl bemerkt hatte.

»Nein.« Lucy fühlte sich so müde, dass sie nur mit Mühe den Kopf heben konnte. »Nein, das glaube ich nicht.«

Nach ihrer Rückkehr ins Whybourn House seilte sich Lucy erst einmal ab. Sie lief kreuz und quer über den Campus. Die meisten anderen Studenten feierten Partys oder packten ihre Sachen zusammen. Manche waren auch schon abgereist, andere saßen vermutlich noch über ihren Hausarbeiten. Sie lief die Jefferson Park Avenue Richtung Academical Village. Sie spazierte über den Rasen, betrat ihren Lieblingsgarten an der Westseite und kletterte auf eine Mauer, die sich dort hindurchschlängelte und die von Thomas Jefferson errichtet worden war, den sie schon seit einiger Zeit verehrte. Sie sehnte sich nach kühler Luft oder ein bisschen Regen. Irgendetwas, was sie aus ihrer momentanen Stimmung reißen würde.

Sie streckte sich, so gut es ging, auf der Mauer aus. Sie war müde, fürchtete sich aber davor, einzuschlafen. Daniel suchte sie oft in ihrem Träumen auf, und sie war sich sicher, dass er heute Nacht etwas tun würde, dass sie verstörte.

Heute Nacht will ich nicht träumen, verordnete sie sich selbst. Das funktionierte erstaunlich gut. Seit sie neun Jahre alt war und einen fürchterlichen Film über Haie gesehen hatte, war sie in der Lage, ihr schlafendes Selbst erfolgreich vor Albträumen zu schützen. Und seit sie sechzehn war und eine Hausarbeit zu *Jane Eyre* verfassen sollte, bat sie um Träume mit Ideen und Eingebungen. Das funktionierte aber nur manchmal.

Schon wieder Sophia. Es war Krieg. Ein Krankenhaus, wo sie ihn pflegte. Das waren einige der Eindrücke, die tief in ihr verborgen lagen und die mit ihren bisherigen Erfahrungen, Unterhaltungen oder Erinnerungen nicht das Geringste zu tun hatten. Es schien ihr verkehrt, dass sie auch außerhalb ihres Ichs existieren konnten.

War sie verrückt? Hatte sie sich das Ganze nur eingebildet? Bei den anderen dreien hatte Madame Esme das Standardprogramm abgespult. Hatte sie das bei Lucy auch getan, und hatte Lucy ihre Aussagen zu etwas Magischem verklärt? Und während Lucy ihre geistige Gesundheit infrage stellte, kamen ihr auch Zweifel, ob Daniel überhaupt eine reale Person war. Entsprang er am Ende nur den romantischen Vorstellungen eines Mädchens, das sich wünschte, einem gut aussehenden Fremden zu begegnen?

War die Tatsache, dass man an seinem Verstand zweifelte, ein sicheres Anzeichen dafür, dass mit dem Verstand alles in Ordnung war? Oder wenigstens fast alles? Sie entschied sich für Letzteres.

Nach ihrer Rückkehr ins Wohnheim ging Lucy unter die Dusche. Manchmal kam man so in eine andere Stimmung.

»Redest du jetzt mit mir?«, fragte Marnie, als Lucy, in ein Handtuch gewickelt, auf ihrem Bett hockte.

»Ich werd's versuchen.« Lucy kratzte den orangefarbenen Lack von ihren Nägeln. Bei drei oder vier Schichten machte das Abkratzen Spaß, aber Lucy hatte nur eine dünne Schicht Lack aufgepinselt, und sie pulte und kratzte mürrisch auf dem Nagel herum.

»Gibt es Daniel wirklich?«, fragte sie.

»Daniel? Deine Flamme?«

»Ja, der.«

»Ich denke schon.«

»Du erinnerst dich an ihn, oder?«

»Ich erinnere mich eher an deine Erzählungen über ihn.«

»Hast du dich jemals gefragt, was aus ihm geworden ist?«

»Nicht besonders. Ich erinnere mich an einige vage Gerüchte. Aber ich habe mich gefragt, was auf dem Abschlussball mit dir passiert ist und warum du nie mehr von ihm gesprochen hast.«

Lucy nickte. Sie sah im Zimmer umher. Obwohl das Zimmer nicht das vom vergangenen Studienjahr war, sah es im Großen und Ganzen gleich aus. Klotzige Kiefernmöbel, die gleichen Bettüberwürfe, Kissen und ein schmutziger Fusselteppich, auf den Schreibtischen und Stühlen standen Becher herum, und überall herrschte Unordnung. An den gleichen Orten standen nun andere Bücher. Auf Marnies Seite war Krimskrams zu Pink Floyd aufgehängt und verstreut, auf Lucys Seite standen ein paar ihrer Töpferarbeiten aus der Highschool herum, Sawmills Terrarium und zwei gerahmte Fotos: Eines zeigte sie und Dana, als sie noch klein waren. Es war vor dem Bootsteich im New Yorker Central Park aufgenommen. Das andere war eine Schwarz-Weiß-Aufnahme von ihren Eltern an ihrem Hochzeitstag. Sie standen vor der Rotunda der Universität.

»Danach hast du dich in Thomas Jefferson verliebt«, meinte Marnie. »Und obwohl der nun schon lange unter der Erde ist, hat er deine Liebe um einiges mehr erwidert.«

Lucy widersprach nicht.

»Ich habe mir gedacht, vielleicht hast du beschlossen, Daniel sausen zu lassen und nach vorn zu schauen. Aber jetzt frage ich mich, ob ich vielleicht nicht alles weiß.«

Lucy schüttelte den Kopf. »Ich bin ihm in jener Nacht begegnet und habe mich mit ihm unterhalten.«

»Unterhalten?« Marnie blickte zweifelnd. »Ihr habt miteinander gesprochen? Mehr als nur zwei Worte? Und er hat auch etwas gesagt?«

»Ja, vieles. Er hat am meisten geredet.«

»Wirklich?« Marnie setzte sich aufrecht in den Schneidersitz und stopfte sich ein Kissen in den Schoß. plötzlich war sie wieder hellwach. »Und was hat er gesagt?«

Lucy sah sich außerstande, alles der Reihe nach zu erzählen. Aber loswerden musste sie es doch. »Versprichst du mir was?«

»Keine Ahnung«, antwortete Marnie ehrlich.

»Vergisst du nach diesem Gespräch alles wieder, was ich dir jetzt erzähle?«

»Wir können's versuchen.«

Lucy seufzte. »Er hat mich geküsst.«

»Du lügst.«

»Nein, ich kann es selbst nicht glauben.« Sie fasste sich an den Kopf. »Manchmal denke ich zurück und frage mich, ob meine Erinnerung mich trügt.«

»Aber das hättest du doch nicht einfach vergessen, oder?«

»Nein. Aber es war eine sonderbare Nacht. Ich dachte, ich würde den Verstand verlieren. Er sagte, es gebe da etwas, an das ich mich erinnern sollte. Er nannte mich immer wieder Sophia.«

»Vielleicht wusste er nicht, wen er vor sich hatte. War er betrunken?«

»Na ja, ein bisschen wahrscheinlich. Ich war auch ein bisschen betrunken. Und ich fragte mich die ganze Zeit, ob er wusste, wer ich war. Irgendwie war ich mir sicher, dass das so war. Ich hatte das Gefühl, dass er mich besser kannte als ich mich selbst.«

»Was meinst du damit?«

»Na ja, es kam mir alles bekannt vor. An manches von dem, was er mir erzählte, hatte ich auch schon gedacht, oder ich hatte davon geträumt.«

»Lucy, ich finde es ungeheuerlich, dass du mir das damals nicht erzählt hast.«

Lucy schüttelte den Kopf. »Es machte mir Angst. Ich wollte nicht mehr daran denken, und wenn ich dir davon erzählt hätte, wäre es wahr geworden. In jenem Sommer bekam ich furchtbare Panikattacken, kannst du dich noch erinnern?«

Marnie nickte. »Schade, dass du mir nicht davon erzählt hast.«

Lucy kratzte weiter an ihrem Fingernagel herum. »Ich weiß, dass du dachtest, ich würde meine Zeit mit ihm verschwenden. Ich habe mich von Anfang an völlig irrational verhalten. Das gebe ich zu. Aber das wurde mir dann doch zu viel. Ich hatte das Gefühl, dass meine ganzen Fantasien in meinem Kopf explodierten, und ich frage mich nach wie vor, ob das alles wirklich passiert ist. So eine eigenartige Erfahrung war das. Entweder ist er verrückt oder ich bin's.«

»Ich wette, er.«

»Ich weiß.« Lucy lehnte sich zurück. Marnie konnte ihr auf die Nerven gehen, aber ihre Freundin wusste auch, wann man sie in Ruhe lassen musste. Lucy rieb ihren Hinterkopf an der Wand. Ihre Geschichte würde gleich noch verworrener werden. »Und dann heute Abend, diese Madame Esme. Ich hätte mir wirklich gewünscht, dass sie eine Betrügerin wäre.«

»Das genau wollte ich nicht.«

»Vielleicht war sie eine Betrügerin. Vielleicht haben wir alle eine unglaubliche Energie, und das war's. Ich hoffe es. Aber mir hat sie andere Sachen erzählt.«

»Was?« Marnie schaute sie liebevoll an. Sie würde sie nicht bedrängen.

»Sie nannte diesen Namen. Sophia. Sie sprach über Daniel und jene Nacht und machte mir Vorwürfe, weil ich ihm nicht zugehört und nicht versucht hätte, das zu verstehen, was er mir sagen wollte.«

»Wie konntest du wissen, dass sie über Daniel redete?«

»Weil sie seinen Namen nannte.«

»Sie nannte seinen Namen?« Marnie schaute leicht besorgt.

Lucy nickte. »Ich weiß, was du denkst.«

»Normalerweise machen die das nicht. Glaubst du, sie könnte ihn kennen?«

Lucy schüttelte den Kopf. »Wer weiß, vielleicht.«

»Ein merkwürdiger Zufall, aber das würde alles erklären.«

»Sie hat auch noch andere Dinge gesagt.«

»Was zum Beispiel?«

»Sie hat Dinge über Daniel erzählt, die mir vertraut vorkamen. Bilder, die ich in meinem Kopf habe, oder Dinge, von denen ich schon seit Langem träume. Länger, als ich ihn kenne. Wie zum Beispiel, dass er Schwierigkeiten beim Atmen hat. Ich habe dieses Bild in meinem Kopf, wie ich mich über ihn beuge und genau weiß, dass er bald sterben wird. Daniel habe ich niemals davon erzählt.«

Marnie schüttelte langsam den Kopf und überlegte. Sie saßen sich wie gewohnt im Schneidersitz auf den Betten in diesem kleinen überfüllten Zimmer gegenüber. Dies war ihr Thron, von dem aus sie die ganze Welt regierten.

»Sie sagte, ich solle ihn suchen und finden.«

»Du solltest Daniel finden? Warum?«

»Weil … er mich liebt.«

»Das hat sie gesagt?«

Lucy nickte. Sie kam sich wichtig vor, als sie das sagte, aber es war nicht unbedingt angenehm.

»Du liebe Güte, mir hat diese Frau unglaubliche Energien verkauft, aber dir gleich eine volle Dröhnung Koks.«

»Du meinst nicht, dass ich es versuchen sollte?«

»Daniel zu finden?« Marnie dachte kurz nach. Dann schüttelte sie den Kopf. »Keine Ahnung.« Sie knüllte das Kissen zusammen. »Möchtest du das?«

»Ich weiß es nicht.«

»Du siehst traurig aus.«

Lucy nickte.

»Du hast nur zwei Möglichkeiten.«

Lucy nickte abermals. Sie traute sich nicht mehr zu, etwas Vernünftiges zu sagen, und war froh, dass Marnie das Gespräch an sich riss.

»Du kannst versuchen, Daniel zu finden, und schauen, ob zwischen euch irgendetwas ist, oder du kannst die ganze Geschichte einfach vergessen.«

Lucy brauchte nicht lange nachzudenken. »Ich möchte das alles vergessen.«

KONSTANTINOPEL, 584

Mein drittes Leben begann und endete in der großartigen Stadt Konstantinopel, und obgleich es ein armseliges, brutales und kurzes Leben war, gab es darin einen einzigartigen Augenblick: Ich erkannte einen anderen Menschen außer mir selbst, der schon einmal gelebt hatte. Selbstverständlich spreche ich von dem Mädchen aus Nordafrika.

Schon vorher waren mir Menschen bekannt erschienen, und mir war der Gedanke gekommen, dass ich vermutlich nicht der einzige Mensch war, der wiedergeboren wurde. Von gewissen Leuten wusste ich, dass ich ihnen schon einmal begegnet war. Einer meiner Brüder, der viel jünger war als ich, erinnerte mich eindrücklich an einen verstorbenen Nachbarn. Aber ich wusste noch nicht, wie man eine Seele wiedererkennt, ja, wusste nicht einmal, dass das möglich war.

Ich war ungefähr elf Jahre alt und stand an einem Gemüsestand auf einem Markt in der Nähe des Bosporus. Ich war arm. In diesem Leben habe ich nicht einmal Schuhe besessen, glaube ich. Einige Stände weiter war Aufruhr entstanden. Ein paar kräftig gebaute Diener trugen eine Sänfte vorbei. Neugierig geworden, schlenderte ich in diese Richtung und folgte ihnen in einiger Entfernung. Käme ich zu nahe, würden sie mich wie eine Kakerlake verscheuchen, aber trotzdem wollte ich zuschauen.

Der Wind bewegte die dünnen Vorhänge der Sänfte. Bei jedem Hauch sah ich ein Knie, eine Hand oder den reich verzierten Stoff eines Ärmels. Ich konnte erkennen, dass darin eine Frau saß. Ich hielt sie für eine Prinzessin, andere gesellschaftliche Kategorien kannte ich damals nicht.

Irgendwann bogen die Diener mit der Sänfte um eine Ecke, und der Vorhang fiel zurück. Erst sah ich ein paar Finger und dann ein Gesicht, das nach draußen spähte. Instinktiv wusste ich sofort, um wen es sich handelte. Vielleicht atmete ich hörbar ein oder stieß einen Laut aus, denn sie wandte sich mir zu, und ihre dunklen runden Augen blickten mich an. Sie hatte nicht genau die gleichen Züge, aber es war das Mädchen. Jetzt war sie älter als ich, wahrscheinlich etwa Mitte zwanzig.

Ich kann nicht sagen, woher ich wusste, dass sie es war. Seit dieser Begegnung habe ich sehr viel besser gelernt, Seelen von einem Leben zum anderen zu erkennen. Ich bin selbst immer wieder verblüfft, und es ist schwer zu erklären, wie ich das mache. Aber ich bin nicht der Einzige, dem das gelingt. Es ist so ähnlich, wie einen Menschen wiederzuerkennen, den man gekannt hat, als er zwanzig war und der jetzt achtzig ist, obwohl sich in der Zwischenzeit jede Zelle seines Körpers erneuert hat. Es ist nahezu unmöglich, einen Computer auf das visuelle Wiederkennen einer Person zu programmieren, die um so viele Jahre gealtert ist. Aber wir Menschen sind in der Lage dazu und die Tiere auch.

Was erkennen wir wieder? Die Seele ist ein geheimnisvolles Wesen. Selbst für mich, der ich meine Seele und die zahlreicher anderer über die Zeit vielerlei Gestalt habe annehmen sehen, bleibt sie ein Geheimnis.

Doch etwas kann ich aus meiner ungewöhnlichen Erfahrung heraus sagen, nämlich wie sehr unsere Seele sich in unseren Zügen spiegelt. Stellt euch vor, ihr sitzt in einem Zug und betrachtet die Personen um euch herum. Sucht euch eine Person aus und unterzieht das Gesicht einer eingehenden Betrachtung. Umso besser ist es, wenn die Person schon etwas älter und euch gänzlich unbekannt ist. Fragt euch, was ihr über diesen Menschen durch bloßes Betrachten erfahrt, und wenn ihr für das, was ihr wahrnehmt, offen seid, werdet ihr feststellen, dass es unglaublich viel ist. Üblicherweise schützen wir uns vor offenkundigen Wahrheiten über Unbekannte in unserer Umgebung, seid also vorgewarnt. Es kann einen ziemlich schnell nervös machen, wenn man es mit dem Betrachten wirklich ernst nimmt. Eine unserer Überlebensstrategien besteht darin, bei der Beurteilung eines anderen zu vereinfachen. Setzt also einmal alle Schutzmechanismen außer Kraft, und ihr werdet feststellen, dass die Komplexität verwirrt. Es gibt sehr wenige Menschen, Heiler zum Beispiel oder Dichter oder Menschen, die mit Tieren arbeiten, die ihr ganzes Leben lang in diesem schutzlosen Zustand zubringen. Ich bewundere sie und empfinde große Sympathie für sie, aber ich bin nicht mehr wie sie. Ich habe in meinem Leben vieles vereinfacht.

Wenn ihr das Gesicht eines fremden Menschen betrachtet, werdet ihr ziemlich genaue Rückschlüsse auf sein Alter, seine Herkunft und seine soziale Zugehörigkeit ziehen können. Wenn ihr ihn ein wenig länger betrachtet, wenn ihr wirklich genau hinschaut, werden sich Feinheiten zeigen. Große und kleine Enttäuschungen, Kompromisse und Zweifel hinterlassen ihre Spuren oft um die Augen herum, aber es gibt keine Regel. Hoffnungen zeichnen sich häufig um den Mund herum ab, ebenso Bitterkeit und Ausdauer. Die Augenbrauen verraten den Sinn für Humor und auch die Fähigkeit zum Selbstbetrug. Bezieht in eure Betrachtung auch ein, wie Kopf und Nacken sich zueinander verhalten, sowie die Haltung der Schultern und des Rückens, und ihr werdet sehr viel mehr entdecken.

Dies sind die Eigenschaften, die durch die Seele geprägt werden, und sie drücken sich in allen Leben aus. Im Alter hat die Seele den Körper so sehr in Besitz genommen, dass der betreffende Mensch wahrscheinlich fast genauso aussieht wie im gleichen Alter in einem anderen Leben. Der neue, andere Körper ist beinahe überflüssig. Was nicht heißen soll, dass die Seele sich mit der Zeit nicht verändert und weiterentwickelt, denn das tut sie.

Wenn man eine bekannte Person das erste Mal in einem neuen Körper sieht, ist das eine eigenartige und unheimliche Erfahrung, aber man gewöhnt sich daran. Man beginnt sein Augenmerk auf jene Körperpartien zu richten, in denen sich die Seele eindeutig offenbart: natürlich die Augen, die Hände, das Kinn und die Stimme. Der entscheidende Unterschied liegt darin, wie viel wir dem fremden Blick preisgeben, der uns interessiert beobachtet.

Die Begegnung mit jener Frau auf dem Markt am Bosporus war in der Tat unheimlich. Gedankenlos rannte ich auf sie zu. Mit meinen schmutzigen Händen griff ich nach den Vorhängen, und während ich neben der Sänfte herlief, riss ich an ihnen und rief: »Ich, ich, ich war … ich will …« Ich wusste nicht, wie ich die zwischen uns bestehende Verbindung in Worte fassen sollte. »Erinnerst du dich an mich?« Ganz Kind, war ich unfähig, meine und ihre Erfahrung auseinanderzuhalten.

Ich weiß nicht mehr, warum ich das gesagt habe. Nur ein kurzes Nachdenken hätte in mir den Wunsch zunichtemachen müssen, dass sie sich tatsächlich an mich erinnerte.

Ich bezweifle, dass sie mich verstand. Ich kann mich nicht einmal mehr erinnern, in welcher Sprache ich rief. Innerhalb weniger Sekunden hatte mich einer der stämmigen Diener gepackt. Ich war dünn und klein, und er nahm mich und warf mich über die Gasse. Dann kam er zu mir herüber, trat mir gegen die Rippen und dann gegen die Brust.

»Anhalten!«, rief sie laut. Sie zog den Vorhang zur Seite.

Sein Fuß war schon erhoben, und er trat mir ins Gesicht. »Das ist die Frau des Richters, du unverschämte Ratte«, zischte er mir zu.

Zur Überraschung der Diener stieg sie aus der Sänfte. Eine Menschenmenge lief zusammen. »Er ist doch nur eine Junge!«, rief sie. »Lasst ihn in Ruhe.« Sie sprach ein gebildetes Griechisch.

»Es tut mir leid«, erwiderte ich ebenfalls auf Griechisch. Sie beugte sich nieder, um mir über die Wange zu streicheln. Ich fühlte, wie mir Blut aus der Nase lief. Ich verdankte ihr so viel, während sie mir gegenüber nichts als Abscheu empfinden konnte, und doch war sie freundlich zu mir. Ich fragte mich schwach, wie ich alles wiedergutmachen könnte.

»Es tut mir leid«, wiederholte ich in altem Aramäisch. Es waren dieselben Worte, die ich einst ihr gegenüber benutzt hatte. Ich weiß nicht, ob sie in ihr eine Erinnerung hervorriefen. Ich hoffe es immer noch. Ihr Gesicht nahm einen traurigen Ausdruck an.

»Es tut mir leid um dich«, sagte sie und erhob sich. »Bringt ihn nach Hause zu seiner Mutter«, befahl sie einer Dienerin. Dann verschwand sie hinter dem Vorhang.

Damals hatte ich weder ein Zuhause noch eine Mutter. Also lief ich vor der Dienerin davon, bevor auch sie mich treten konnte.

In der Hoffnung sie wiederzusehen, wartete ich täglich über ein Jahr lang an demselben Stand. Ich entwarf detaillierte Pläne dafür, was ich tun würde, wenn ich sie wiederträfe, und prägte mir die Worte ein, die ich zu ihr sagen würde. An einem nahe gelegenen Stand fand ich Arbeit als Lastenträger, und mit dem so verdienten Geld kaufte ich ihr kleine Kostbarkeiten: eine Orange, ein Stück Wabenhonig. Doch ich sah sie niemals wieder. Bevor es dazu hätte kommen können, war ich an Cholera gestorben.

Wenn ich auf die Zeit nach jener Begegnung zurückblicke, kann ich in unserer Beziehung einige unglückliche Eigenarten erkennen, die sich durch die Jahrhunderte ziehen, zum Beispiel, dass unsere Leben zeitlich nicht zueinanderpassten oder dass sie die Frau eines anderen war oder dass sie mich vergessen hatte.

Trotz der verabreichten Prügel war unsere Begegnung der Höhepunkt meines damaligen Lebens. Ich war über mich selbst verstört, und ich suchte nach einem Muster, um zu begreifen. Selbst wenn sie nur in der Welt meiner Vorstellung existierte, so war diese doch ein Trost. Sie war wiedergekommen. Trotz allem, was ich ihr angetan hatte, war sie wieder am Leben. Sie erstrahlte wieder in Schönheit, und es ging ihr gut. Ich konnte sie wiedersehen. Nicht, dass ich beabsichtigte, ihr ein weiteres Mal zu begegnen, aber rein theoretisch konnte ich es tun. In vieler Hinsicht war dies das erste Mal, dass ich die Kraft der Erneuerung begriff, die das Leben ausmacht.

Ich klammerte mich an die Vorstellung, dass meine sich wiederholenden Leben und mein eigenartiges Gedächtnis einen Grund hatten. Sie würden mir die Möglichkeit bieten, meine Untat wiedergutzumachen. Wie wenig ahnte ich, wie lang und beschwerlich dieser Weg sein würde.

Die Menschen sprechen oft von der starken Bedeutung des ersten Eindrucks, und glaubt mir, darin steckt viel Wahrheit. Der Lebensweg eines jeden kann sich von einer Sekunde auf die andere ändern. Und dies gilt nicht nur für das gegenwärtige Leben, sondern auch für alle folgenden, für den Weg, den die Seele nimmt. Ob man sich daran erinnert oder nicht. Bevor man handelt, sollte man gründlich überlegen.

Was wäre gewesen, wenn ich ihr Haus nicht niedergebrannt hätte? Wie viele Male habe ich darüber schon nachgedacht! Was wäre geschehen, wenn ich den Wahnsinn dessen, was wir dort taten, erkannt und allem ein Ende gesetzt hätte? Was, wenn ich sie, ihre Familie und die anderen Dorfbewohner zu retten versucht hätte? Ich wäre getötet worden, aber was hätte das für eine Bedeutung gehabt? Ein paar Jahre später bin ich ohnehin getötet worden, und dieser Tod hat niemandem geholfen.

Wenn ich sie gerettet hätte, anstatt sie umzubringen, wären wir vielleicht immer wieder in Ruhe und Harmonie auf diese Welt zurückgekehrt. Damit will ich nicht sagen, dass es dafür einfache Formeln gibt. Aber bestimmte Seelen binden sich aneinander. Es geschieht nicht oft, aber es ist möglich. Manche Seelen bilden bis in alle Ewigkeit ein Paar, so wie die Gänse und die Hummer. Ich habe das einige Male beobachten können. Es braucht die Willenskraft von zwei Menschen, um das zu bewerkstelligen, ich aber war allein. In meinem Fall genügte es nicht, sie einfach wiederfinden zu wollen. Sie musste es ebenso wollen, und sie hatte allen Grund, sich so weit wie möglich von mir fernzuhalten.

Der Tod ist ein unbekannter Ort, aber mit der Zeit habe ich dennoch einiges über ihn erfahren. Mein Bewusstsein nach dem Sterben und vor der Wiedergeburt gleicht nicht normalem Erwachen und Leben. Aber ich habe Wahrnehmungen und Erinnerungen, was jene Zeiträume betrifft. Es ist schwierig zu erfassen, wie in jenen dunklen Phasen des Übergangs die Zeit vergeht. Ich könnte nicht sagen, ob ein Monat oder zehn oder doch nur neun vergehen.

Als Hüter dieses lang zurückreichenden und merkwürdigen Gedächtnisses bin ich einer der wenigen Menschen auf dieser Welt, die von ihrer Zeit nach dem Tod berichten können. Und so fühle ich mich verantwortlich, Zeugnis darüber abzulegen, was sich mit dem Tod ereignet, um ihn besser zu verstehen. Ich bin nicht sicher, wem dies alles zugutekommt und ob es überhaupt einen Sinn hat, aber das ist das, was ich versuche. Alles genau wiederzugeben ist nicht das Gleiche, wie zu handeln, würde mir mein alter Freund Ben vorhalten, und sich zu erinnern ist nicht das Gleiche, wie zu leben. Aber mit zunehmendem Alter scheint das alles zu sein, was ich anzubieten habe.

Ich kann euch von dem Gefühl erzählen, wie es ist, wenn man sich nach dem Tod in der Gemeinschaft von Seelen wiederfindet. Du begreifst, dass du nicht mehr am Leben bist, aber du fühlst, wie dich andere Wesen umgeben, und das ist sehr tröstlich. Es sind Menschen bei dir, die du einmal gekannt hast und die dich kennen und gernhaben. Du kommunizierst nicht direkt mit ihnen, aber du weißt, dass du nicht allein bist und dass sie dich in gewisser Weise behüten. Es ist dir nicht möglich, Fragen zu stellen, aber du hast einen Zustand von Erkenntnis erreicht.

Mir ist auch das Gefühl vertraut, wenn nach dem Tod nur Leere herrscht. Jeder stirbt für sich allein, aber das ist ein anderer Zustand. Man nimmt nichts wahr und ist von Nichts umgeben und hat das Gefühl, sich oft für eine sehr lange Zeit durch den Raum zu bewegen. Man sehnt sich innig nach der Gegenwart eines anderen Wesens.

Bei all dem gibt es ein Muster. Der Tod ist der Schatten des Lebens, das man gelebt hat. Wenn man zu Lebzeiten starke und feste

Bindungen zu anderen Menschen hatte, wird man sich in der Gemeinschaft der Seelen wiederfinden. Man wird wahrscheinlich wieder ziemlich rasch und inmitten von Menschen, die man kennt, auf die Welt kommen. Die aufeinanderfolgenden Leben werden, was Geografie und ethnische Zugehörigkeit angeht, eng beieinanderliegen. Und wenn man an einen neuen Ort kommt, so werden einem doch die Menschen vertraut sein. Wenn die Gemeinschaft, in der man lebt, ethnisch gemischt ist, dann ist die Wahrscheinlichkeit größer, die eigene ethnische Zugehörigkeit zu wechseln.

Ist man menschenfeindlich, abweisend, egoistisch und grausam, wird man sowohl im Leben als auch im Tod allein sein. Man fällt nach dem Tod ins Nichts und wird unter Fremden und gelegentlich auch unter Feinden wiedergeboren. Und man bleibt allein und ein Außenseiter, bis man diesen Zustand nicht mehr möchte. Viel Zeit und Anstrengung sind nötig, um eine Gemeinschaft für sich zu finden, vor allem eine, in der man sich wohlfühlt. Meiner Meinung nach ist diese Anstrengung zugleich Strafe und Rehabilitation. Man kommt immer ins Leben zurück, aber es dauert eine Weile. Man verbleibt unter Fremden, bis man eine Art von Familiengemeinschaft gefunden hat, und das geschieht nicht, bis man es nicht selbst will.

Von Himmel und Hölle weiß ich nichts, und ich bin Gott niemals begegnet. Aber ich hege Bewunderung für diese Vorstellung.

Zwischen zwei Leben wirkt der eigene Wille weiter, aber nicht auf die Art und Weise, wie man es gewohnt ist. Im Tod ist man sich des eigenen Willens zur Gänze bewusst, was im Leben selten geschieht, denn üblicherweise wird der Wille vom allgemeinen Getöse des Lebens überlagert; von der individuellen Situation, in der man sich befindet; von den kurzfristigen Bedürfnissen des Körpers. Nach dem Tod hat man sich dem rauen Zugriff der Zeit entzogen, man ist wieder ein unbeschriebenes Blatt, man hat nichts mehr zu gewinnen oder zu verlieren, und so kann sich der Wille entfalten, ohne sich Zwängen oder einem vorgefassten Urteil unterordnen zu müssen. Das Bedürfnis, Schuld zu tilgen und die Bilanz eines Lebens auszugleichen, ist in unserem Willen tief verwurzelt. Und obwohl dieser Ausgleich unserer Seele guttut, bedeutet er nicht unbedingt Vergnügen und Trost für einen lebendigen Körper.

Unser Wille hat selbstverständlich seine Grenzen, wie zum Beispiel den Willen anderer Menschen. Und das ist auch der Grund, warum meine Geschichte sehr viel kürzer und fröhlicher wäre, wenn ich Sophia einfach von Anfang an geliebt und einen Weg gefunden hätte, dass sie meine Liebe erwidert. Dann hätte ich nicht mehr als tausend Jahre damit verbringen müssen, auf sie zu warten, sie zu suchen und sie lange genug an mich zu binden, um den Eindruck unserer ersten Begegnung zu tilgen.

Es war Teil meiner Strafe, dass ich sie mehr als zweihundert Jahre lang nicht mehr wiedergesehen hatte. Doch als dies endlich geschah, bestimmte es für den Rest meiner Tage meinen Weg.

HOPEWOOD, VIRGINIA, 2006

LUCY SASS IM GARTEN hinter ihrem Elternhaus. Der Geruch von frisch gemähtem Gras hing schwer in der Luft. Es war fast sieben Uhr abends, aber immer noch so heiß, dass sie ihre Füße in eine Wanne mit kaltem Wasser hielt.

Mittlerweile war sie erwachsen und hatte die Wunder von Jeffersons Gärten auf dem Campus kennengelernt. Der kleine Garten war jetzt nichts Besonderes mehr, aber in ihrer Kindheit war er der Ort ihrer Freude gewesen. Soweit sie zurückdenken konnte, hatte sie es geliebt, in der Erde zu graben und mit dem Gartenschlauch Pfützen anzulegen. Ihr gefiel es, sich die Hände schmutzig zu machen, genauso wie später beim Töpfern. Es bereitete ihr sinnliches Vergnügen, außerdem empfand sie es als kleine Geste der Auflehnung.

In der fünften Klasse hatte sie einen Gemüsegarten angelegt und ihre eigenen Gurken angebaut, aber die Kaninchen und das Wild hatten ihn nach der siebten Klasse verwüstet, als sie den Juli mit Marnie in Virginia Beach verbrachte.

In der neunten Klasse hatte sie Himbeeren angepflanzt. Ihre Mutter hatte sich über den Kompost beklagt, den Lucy sammelte, und darüber, dass die Pflanzen den gesamten hinteren Teil des Gartens überwucherten. Es stimmte, dass Lucy zwar ausgiebig düngte, aber sehr zögerlich im Zurückschneiden war. Aber so hatten sie immer den ganzen Spätsommer und Herbst hindurch Himbeeren, dazu Himbeermarmelade, Himbeersauce und gefrorene Früchte für den Rest des Jahres. »Man zahlt vier Dollar für ein paar hundert Gramm im Supermarkt, und die schmecken nach nichts, wenn man sie mit unseren vergleicht«, meinte ihre Mutter anerkennend und mit einigem Stolz.

Mit sechzehn hatte Lucy ihre ersten Gehversuche in der Landschaftsgestaltung unternommen, als sie einen Swimmingpool entwarf. Zu allen Seiten besaßen die Nachbarn einen Pool, und ihr Vater hatte verkündet, dass auch sie einen bauen würden. In ihrem Skizzenheft hatte sie Hunderte von Entwürfen gezeichnet. Sie wollte kein großes türkisfarbenes Rechteck wie die Nachbarn. Ihr Entwurf sah einen kleinen Pool in der Form und Farbe eines Teichs vor, mit einem Naturufer aus Gräsern und Blumen, die bis ans Wasser reichten. Wenn man nicht direkt über den Rand blickte, konnte man den Beton nicht einmal sehen. Sie machte sich kundig, welche Materialien man benötigte, versuchte eine Lösung für die Bewässerung zu finden, erstellte nach bestem Wissen einen Kostenvoranschlag und schrieb für ihr Jugendzimmer eine Bestellung aus.

Doch sollte der passende Zeitpunkt für den Bau eines Pools niemals kommen. Jahr um Jahr lag sie ihrem Vater in den Ohren und zeigte ihm immer wieder neue und bessere Entwürfe, bis sie ihn eines Abends dabei beobachtete, wie er am Esstisch Schecks ausschrieb, mit denen er immer noch Danas Krankenhauskosten abbezahlte. Danach erwähnte sie den Pool nicht mehr. Sie tröstete sich damit, dass der Pool, den sie gebaut hätten, niemals so schön geworden wäre wie jener in ihrer Fantasie.

In diesem Sommer hatte sich Lucy am Ende des Studienjahrs nach ihrem Zuhause, ihrem Zimmer, den Himbeeren und dem ziemlich gewöhnlichen Garten an der Rückseite des Hauses gesehnt. Seit Ende des Semesters verspürte sie eine innere Unruhe, sie schlief schlecht und zu wenig. Immer wieder fuhr sie aus furchtbaren Träumen auf. Ihrer Mutter gegenüber hatte sie den Prüfungsstress dafür verantwortlich gemacht. Sie träumte davon, gejagt zu werden, zu verbrennen, geschlagen zu werden, und sie quälte sich und weinte in ihren Träumen. Oft erschien ihr die absurde Madame Esme und nahm Danas Platz ein. In fast allen Träumen war

Daniel direkt oder indirekt zugegen. Lucys Körper schmerzte von den nächtlichen Strapazen.

Sie hatte gehofft, dass ihr Aufenthalt zu Hause sie beruhigen und sie eher langweilen würde, so wie das gewöhnlich der Fall war. Sie hatte gedacht, wenn sie nur den Rhythmus zwischen Tag und Nacht veränderte, dann würden auch die Träume aufhören. Doch jetzt war sie zu Hause, die Prüfungen waren vorüber, und Madame Esme war weit entfernt, aber die Träume kehrten immer wieder. Sie hatte das Erlebte nicht in der Schule zurücklassen können. Das war das Problem. Unter anderen Umständen hätte sie wunderbare Sommerferien vor sich gehabt.

Sie hörte, wie sich die Fliegentür öffnete, und wandte sich um. Sie erblickte ihre Mutter, die ihr rosa Kostüm trug.

»Hast du eine Hausbesichtigung gemacht?«, fragte sie.

»Das Haus an der Meadow Street stand zur Besichtigung offen.«

Lucy bemerkte, wie sich unter den Achseln der rosa Kostümjacke aus Leinen Schwitzflecken abzeichneten.

»Und wie war's?«

»Ich hatte Snacks vorbereitet, Blumen hingestellt und das Loch sogar sauber gemacht. Vier Vermittler kamen, aber ein Käufer war nicht in Sicht, und diese Aasgeier hatten auch noch den Nerv, meine ganzen Snacks aufzufuttern.« Es klang dramatisch, wie sie das sagte, und Lucy war nach Lachen zumute, aber sie unterließ es.

»Tut mir leid, das zu hören.«

Ihre Mutter hasste ihren Maklerberuf. Sie behauptete, dass sie lieber Unterwäsche bei Victoria's Secret verkaufen würde, aber ihr Vater fand, dass das für jemanden mit einem Abschluss am Sweet Briar College nicht der richtige Beruf sei. Lucy hatte immer den Eindruck gehabt, dass ihre Mutter sich nicht gegen ihre angeborene Bravheit auflehnen konnte, und so hatten ihre Töchter das für sie übernommen.

»Na«, meinte sie und warf einen Blick auf Lucys leichte Bekleidung. »Gehst du später noch weg?«

»Bei Kyle Farmer findet eine Party statt.«

»Kyle aus dem Chor?«

»Genau der.«

»Das ist schön. Es freut mich, dass du deine alten Freunde wiedersiehst.«

Ihre Mutter lagen diese einfachen gesellschaftlichen Begegnungen so sehr am Herzen, und Lucy hatte ein schlechtes Gewissen, dass sie nicht mehr daran teilhatte oder wenigstens so tat, als würde sie etwas unternehmen. Vielleicht hätte sie ihren Sommer doch mit Marnie in Charlottesville verbringen und ihrer Mutter ihre wahre Gemütsverfassung ersparen sollen. Die meisten Partys von ehemaligen Mitschülern aus der Highschool mied sie. Meist herrschte eine deprimierende Stimmung aus vorzeitiger und unverdienter Nostalgie. Es waren verfrühte Klassentreffen, denn noch niemand von ihnen hatte wirklich etwas im Leben auf die Beine gestellt. Doch heute Abend hatte sie einen Grund. Brandon Crist würde auch da sein, und er war der Einzige, der so etwas wie ein Freund von Daniel gewesen war.

»Darf ich dein Auto haben?«

Ihre Mutter nickte, doch ihre Miene verriet Widerstreben. »In diesem Sommer musst du auch was zum Benzingeld beisteuern, okay?«

»Ich weiß, ich werde volltanken. Und heute habe ich zwei Bewerbungen abgeschickt.«

»Braves Mädchen.« Ihre Mutter wollte nur zufriedengestellt werden, sie wollte Lucy das Leben nicht schwer machen. Dana hatte ihr so sehr das Herz gebrochen, dass selbst Lucys Unzulänglichkeiten so etwas wie ein Segen waren.

PERGAMON, KLEINASIEN, 773

Ich will vorgreifen und von einem meiner eindrücklichsten Leben erzählen. Es war das siebte, und es begann in Pergamon in Kleinasien, und zwar nach unserem heutigen Kalender um das Jahr 754. Wahrscheinlich werdet ihr von dieser Stadt schon gehört haben. Sie war einmal sehr prachtvoll gewesen, doch als ich dort geboren wurde, war ihre Blütezeit bereits vorüber. Und doch war es einer der schönsten Orte, an denen ich jemals aufwuchs.

Pergamon war eine berühmte griechische Stadt in der Antike, mit einer riesigen und prächtigen Akropolis und einem gewaltigen Rundtheater, das zehntausend Zuschauer aufnehmen konnte. Im zweiten Jahrhundert vor Christus wurde die Stadt ohne viel Aufhebens Teil des Römischen Reiches. Sie beherbergte eine der größten Bibliotheken des Altertums mit mehr als zweihunderttausend Büchern. Hier wurde das Pergament erfunden, nachdem der ägyptische König Ptolemäus VI. den Export von Papyrus verbot. Wenn ihr euch ein wenig in der Geschichte des Altertums auskennt, werdet ihr wissen, dass Marcus Antonius die Bibliothek Kleopatra als Hochzeitsgeschenk vermachte.

In meiner Kindheit war noch etwas von dem alten Glanz der Stadt zu sehen, obwohl viele Gebäude verfielen und die meisten der Tempel und Schreine zerstört oder in christliche Kirchen verwandelt worden waren. Der Markt war immer noch wie früher.

Damals, als ich dort lebte, konnte ich von unserer Türschwelle aus die Ägäis sehen. Jetzt schaut man von der Stadt auf ein fünfundzwanzig Kilometer langes Tal, das sich zum Meer hin erstreckt. Vor einigen Leben reiste ich einmal dorthin, als deutsche Archäologen gerade Ausgrabungen vornahmen, und ich sah die Überreste der alten Stadt wieder. Mir waren die Säulen vertraut und die Steinquader unter meinen Sohlen. Ich hatte sie schon einmal berührt und fühlte mich ihnen näher als den meisten Menschen. Wir haben stillgestanden, während die Welt um uns herum sich veränderte.

Mich überkommt nicht mehr sehr oft die Nostalgie, zu viele Erfahrungen liegen hinter mir. Ich weiß, dass es einfacher ist, mit langsamen Veränderungen fertig zu werden, und dass große Sprünge und Verluste einen Menschen überwältigen können. Mein Haus und jede Spur meines damaligen Lebens und meiner Familie waren seit Langem verschwunden. Aber das war es nicht, was mich anrührte. Es war der Anblick dieser antiken Stadt, die einmal mächtig und ein blühender Handelsort gewesen war und die nun im ausgedörrten Hinterland vor sich hin vegetierte.

Damals, als ein Kind im achten Jahrhundert, erlebte ich, wie furchtbar zerstörerisch die Gegenwart sein kann und wie zerbrechlich die Vergangenheit. Die Gegenwart mag schnell vorübergehen, mögt ihr einwenden, und das stimmt, aber trotzdem schlägt sie ein wie der Blitz.

Ich saß an einem verfallenden Altar, von dem aus man das Meer sehen konnte, und versuchte mir die Stadt vor ihrem Niedergang vorzustellen. Man möchte immer gern glauben, dass unsere Geschichte eine Geschichte des Fortschritts ist, aber angesichts dessen, was von Pergamon geblieben war und in welche Richtung sich alles entwickelte, war klar, dass das so nicht stimmen konnte.

Das erste folgenschwere Ereignis in diesem Leben war, dass mein Bruder aus dem ersten Leben in Antiochia wieder auftauchte, und zwar wiederum in der Rolle des älteren Bruders. Dass Mitglieder einer Familie in aufeinanderfolgenden Leben zurückkehren, ist nicht unüblich. Normalerweise bindet Zuneigung die Menschen über mehrere Leben aneinander, aber das Grundbedürfnis einer Seele nach Ausgleich und Auflösung kann einen Menschen mitunter auch dazu bringen, sich mit den Qualen eines früheren Lebens auseinanderzusetzen. Schon im frühen Kindesalter betrachtete ich diesen Bruder mit Unbehagen. Jeder noch so geringfügige Hinweis auf das brennende Dorf in Nordafrika konnte mich in Unruhe versetzen, aber dazu gesellte sich in diesem Fall die Feindschaft, die vor langer Zeit zwischen diesem älteren Bruder und mir ausgebrochen war. Ich hatte einem Vorgesetzten und später auch einem Priester gestanden, dass wir das falsche Dorf überfallen hatten. Meine unerbittlichen Schuldgefühle hatten mich dazu getrieben, nicht Feindschaft oder Rache, aber mein Bruder sah das anders. Sobald ich ihn wiedererkannte, und da war ich nicht älter als drei Jahre, wusste ich, dass ich mich von ihm fernhalten musste.

Sein Name war jetzt Joaquim, und getreu seiner alten Leidenschaften wurde er unter Kaiser Konstantin zum Bilderstürmer. Mit siebzehn verließ er unser Elternhaus in Pergamon und begab sich auf seine Mission, die darin bestand, religiöse Kunst zu zerstören, Klöster zu stürmen und Mönche zu drangsalieren. Wie diese schönen und alten Kunstschätze zerstört wurden, ist hinlänglich bekannt.

Ich hieß damals Kyros. In jenen Tagen hatte ich Mühe, mich mit meinem jeweiligen Namen zu identifizieren. Später hörte ich auf den Namen, den mir meine Eltern gaben, blieb aber in meinen Gedanken bei meinem alten Namen. Das war verwirrender, als man annehmen möchte. Es ist schwierig genug, seine Identität während eines einzigen Lebens in einem einzigen Körper beizubehalten. Stellt euch vor, ihr habt viele Leben in vielen verschiedenen Körpern, sie leben an vielen verschiedenen Orten und in vielen Familien, und zwischen diesen Leben sterben sie entsprechend viele Male. Ohne meinen Namen wäre meine Geschichte nichts als eine lange und verwickelte Abfolge von Erinnerungen.

Manchmal möchte ich den Faden meines sich verlängernden Lebens einfach loslassen. Es wird mir zu anstrengend, mich daran festzuhalten und mich als Person nicht aufzugeben. Ich habe das Gefühl, dass die Vergangenheit und die Zukunft, Ursache und Wirkung, wiederkehrende Muster und Verbindungen ein riesiges, kompliziertes Konstrukt sind, das nur durch meine unablässigen Bemühungen erhalten wird. Wenn ich diese aufgeben würde, dann würde alles in einem Chaos aus bloßen Sinneswahrnehmungen versinken, denn das ist alles, was uns bleibt. Der Rest sind romantische Verklärung und erfundene Geschichten. Doch wir brauchen diese Geschichten, jedenfalls ich brauche sie.

Irgendwann nach der letzten Jahrtausendwende begann ich mir selbst einen Namen zu geben. Welchen Namen meine Eltern mir auch immer gaben, ich bat sie, mich Daniel zu nennen, jenen Namen, den ich von Anfang an hatte. Einige sträubten sich, doch schließlich fügten sich alle irgendwann und irgendwie, denn ich ließ ihnen keine andere Wahl.

Ich will euch von einer Nacht im Jahr 773 erzählen. Es gibt so vieles, was ich gesehen habe, von dem ich euch berichten könnte, aber ich erzähle euch eine Geschichte – eine Liebesgeschichte, um genau zu sein – und will, mit einigen kleinen Abschweifungen, ihrem roten Faden folgen.

Ich erinnere mich noch genau an diese eine Nacht. Ich hatte meinen gefürchteten Bruder seit zwei Jahren nicht mehr gesehen, und er sollte an jenem Abend nach Hause zurückkehren. Einige Wochen zuvor hatte er uns eine Nachricht geschickt, dass er sich eine Frau genommen hatte und dass er diese mitbringen würde. Wie ihr euch vorstellen könnt, herrschte bei uns zu Hause helle Aufregung. Mein Bruder war der älteste Sohn der Familie, und obwohl er ein furchtbarer Mensch war, hatte sich während seiner Abwesenheit das Bild von ihm verklärt.

Von meinem älteren Bruder einmal abgesehen, hatte ich es mit dieser Familie gut getroffen. Ich habe mit der Zeit zahlreiche Familien kennengelernt, und eine wie die damalige ist seltener, als man sich das wünschen möchte. Irrtümlicherweise nahm ich an, dass es noch mehr solcher Familien geben würde, und ich habe sie nicht immer angemessen zu schätzen gewusst. Mein Vater war ein freundlicher Mann, wenn auch ein wenig distanziert, und meine Mutter war ein sehr liebevoller Mensch, vielleicht mehr, als für sie selbst gut war. Das einzige, was ich ihnen vorwerfen kann, ist elterliche Blindheit, die sie aber mit fast allen Eltern teilen, die ihre Kinder lieben. Meine beiden jüngeren Brüder, besonders der jüngste, waren freundlich und gutgläubig.

Ich nehme mal an, dass es mir damals leichter fiel zu lieben und geliebt zu werden, denn beides ist ja nicht voneinander zu trennen. Es ist lange her. Die Vergangenheit reichte noch nicht so weit zurück, und die Gegenwart war lebendiger und nicht, wie es mir später erschien, ein immer kleiner werdendes Bruchstück von allem.

Meine Familie war nicht über die Maßen reich, mein Vater war Metzger, doch wir verfügten über einen gewissen Wohlstand und hatten zwei Bedienstete. Ich bin sicher, dass an jenem Tag kein Fleisch übrig blieb, das mein Vater auf dem Markt hätte verkaufen können. Für unser Willkommensfest schlachtete er das fetteste Kalb und alles, was vier Füße und Fleisch auf den Rippen hatte.

In meine Erwartung mischte sich ebenso viel Furcht wie Vorfreude. Ich hoffte, mein Bruder würde an jenem Abend geläutert und in Begleitung seiner Frau zurückkehren, doch ich ahnte, dass er genau derselbe arrogante Sadist sein würde, als der er uns verlassen hatte.

Haus und Hof waren wie für den Empfang eines Kaisers geschmückt. Nach den hektischen Vorbereitungen warteten wir alle, meine Eltern, meine beiden jüngeren Brüder, meine Onkel, mein Großvater mütterlicherseits, mehrere Cousins und die Bediensteten, in freudigem Schweigen. Vor lauter Anspannung konnten wir weder essen noch uns miteinander unterhalten.

Es war nicht die Art meines Bruders, dann einzutreffen, wenn die Speisen frisch zubereitet waren, das Fleisch und die Soßen gerade richtig geschmeckt hätten und alle noch immer voller Freude warteten. Natürlich kam er dann, als das Essen kalt und grau dastand und die Vorfreude in Unruhe und Sorge umgeschlagen war.

Während wir warteten, begann es zu regnen. Ich erinnere mich immer noch an die Versuche meiner Mutter, uns aufzuheitern, an ihre fröhlichen Worte. Damals sprachen wir Griechisch, nicht die Sprache von Sophokles, sondern eine entfernte Variante. Ich kann mich an den Großteil unserer Unterhaltung noch Wort für Wort erinnern. Ich versuche, die alten Sprachen nicht zu vergessen, aber sie im Kopf zu behalten, genügt nicht. Sie sind dazu da, gesprochen zu werden, doch beherrscht sie heutzutage niemand mehr.

Mein Bruder traf nicht prächtig ausgestattet und zu Pferd ein, so wie wir uns das vorgestellt hatten, sondern zu Fuß, für das Wetter unzureichend gekleidet und in gereizter Stimmung. Er trat aus der Dunkelheit ins Licht der Kerzen. Ich sah ihn an und fragte mich, was wohl aus seiner Militärlaufbahn geworden war, doch dann betrat seine Frau den Raum. Sobald sie ihre Kapuze abgenommen hatte und ich ihr ins Gesicht sah, war er aus meinen Gedanken verschwunden. Und das ist der Teil der Geschichte, bei dem ihr mir gut zuhören solltet, denn das ist der entscheidende Teil.

Nachdem ich dem Mädchen aus Nordafrika einige Jahrhunderte lang nur in meiner Erinnerung und meinen Träumen begegnet war, schaute ich auf die Frau meines Bruders und wollte meinen Augen nicht trauen, denn sie stand leibhaftig vor mir. Bis zum heutigen Tag übt die Wiederbegegnung mit keiner Seele eine solche Macht auf mich aus, und was immer auch ihr Alter oder ihre Lebensumstände sein mögen, sie hinterlässt bei mir einen tiefen Eindruck.

Ich starrte sie zu lange an, zuerst aus Verwirrung, dann aus Entsetzen und schließlich aus unbändiger Freude. Mein Bruder erwartete, dass ich ihn unter zahlreichen Ehrenbezeugungen begrüßen würde, doch meine Augen waren geradezu schmerzlich entzückt auf seine Frau gerichtet. Dieser Dummheit an jenem Abend habe ich viel Unheil zu verdanken.

Es war nicht sein, sondern ihr Verdruss, der mich endlich zu Besinnung kommen ließ. Meine Aufmerksamkeit hatte sie verwirrt und verlegen gemacht. Sie hielt den Kopf gesenkt, und ihre Augen, die zu anderer Zeit so viel Selbstsicherheit ausgestrahlt hatten, blickten beunruhigt.

Ich bemühte mich, zu einem normalen Verhalten zurückzukehren. Ich umarmte meinen Bruder und trat zurück, damit die anderen Familienmitgliedern ihn ebenfalls begrüßen konnten. Ich beobachtete meine Eltern dabei, wie sie ihre Schwiegertochter Sophia willkommen hießen.

In jener Nacht nahm ich sie wie durch einen Nebel wahr. Wo immer ich mich aufhielt und was immer ich auch tat, alles stand in einer unmittelbaren Beziehung zu ihr, obwohl ich das zu vermeiden suchte. Und ich bemühte mich, sie nicht anzustarren.

Sie machte den Eindruck, als ob ihr Leben ohnehin schon schwer genug wäre. Anstatt zu essen, warf sie uns, ihrer neuen Familie, und auch ihrem Mann verstohlene Blicke zu. Alle speisten und tranken, während sie ihre Hände leicht unter dem Gesäß verborgen hielt. Mein Bruder hatte bereits mehrere Becher Wein getrunken, als ihm das endlich auffiel: »Ist unser Essen nicht gut genug für dich? Nun iss schon!«, raunzte er sie an, und endlich bediente sie sich auch.

In jener Nacht machte ich kein Auge zu. Zuerst war ich gerührt, sie wiederzusehen und zu wissen, dass sie lebte und überdies noch in meiner Nähe. Doch dann wurde mir nach und nach die Ungerechtigkeit bewusst, unter welchen Umständen wir uns wiederbegegnet waren. Zu diesem Zeitpunkt wusste ich noch nicht, wie viele verschiedene Ausdrucksformen meine Liebe zu ihr haben konnte.

Als ich die Stimme meines Bruders durch die Wand hörte, musste ich allerdings der Realität ins Auge sehen. Sie war seine Frau, sie gehörte zu ihm und würde niemals zu mir gehören.

Ich empfand keine Eifersucht. Jedenfalls nicht am Anfang. Ich war voller Ehrfurcht vor ihrer Person und vor der Rolle, die sie in meinen Gedanken spielte. Ich sehnte mich nach ihrer Vergebung.

Jeder Gedanke daran, sie zu begehren, lag mir ebenso fern wie die Vorstellung, sie auf diese Weise verdient zu haben. Wenn mein Bruder sie freundlich behandelt oder wenn sie ihn geliebt hätte, dann hätte ich mich über ihr Glück gefreut und mich damit zufriedengegeben, mitunter in ihrer Nähe zu sein. Ich glaube, das ist die Wahrheit. Aber er war nicht freundlich zu ihr. Durch die Wand drangen seine Flüche.

Ich konnte nicht alles verstehen, aber er nannte sie eine Hure, und ich hörte meinen Namen mehr als einmal fallen.

Am folgenden Tag schaffte ich es kaum, sie anzusehen. Scham und Schuldgefühle quälten mich. Warum konnte ich ihr niemals etwas Gutes tun? Warum musste ich ihr immer noch mehr Kummer bereiten? Aber dann sah ich sie an. Ich bemerkte zweifellos Not in ihren Augen, aber auch Stolz. Und als Joaquim über den Tisch hinweg mit ihr sprach, trat ein Ausdruck von Ekel in ihre Züge. An diesem Blick konnte ich erkennen, dass sie nicht aus freien Stücken seine Frau geworden war. Seine Macht über sie war begrenzt, denn sie liebte ihn nicht.

Einige Tage lang ging ich ihr aus Rücksicht aus dem Weg. Doch dann reiste mein Bruder ab. Er blieb wochenlang fort und kam nur nach Hause, wenn er kein Geld mehr hatte, außerdem war er meistens betrunken. Mit der Zeit entdeckte ich, dass Sophia sich genauso wie ich gern im Garten aufhielt, und ich wagte es, mit ihr zunächst nur einige wenige Worte zu wechseln, bevor wir im Lauf der Zeit eine richtige Unterhaltung miteinander führten. So erfuhr ich, dass sie in Konstantinopel aufgewachsen war, einer für mich sagenumwobenen Stadt. Ihr Vater war Steinmetz gewesen und am Bau von mehreren Kirchen beteiligt, unter anderem hatte er an der Ausbesserung der großen Kuppel der Hagia Sophia mitgearbeitet. Doch waren ihre Eltern in einem Feuer umgekommen, als sie neun Jahre alt gewesen war, und so hatte die Großmutter sie im Alter von fünfzehn an den Meistbietenden verkauft. Und zu dieser Zeit hatte mein Bruder nach einer Glückssträhne beim Kartenspiel die Taschen voll gehabt.

Damals ging ich bei einem Künstler in die Lehre, der damit beauftragt war, für das Baptisterium unserer Kirche ein Mosaik zu entwerfen. Ich nahm Sophia mit an meine Arbeitsstätte und zeigte ihr die Entwürfe. Nach einigen Wochen zeigte ich ihr – etwas widerstrebend – meine Schnitzereien und einige Verse, die ich auf ein Stück Pergament geschrieben hatte. Das alles – Sprachen, Lesen und Schreiben, Schnitzkunst und das Entwerfen von Mosaiken – waren Fertigkeiten, die ich mir in meinen früheren Leben angeeignet hatte. Vor den meisten Menschen hielt ich sie geheim, denn sie passten nicht zu meiner Herkunft und waren daher recht unerklärlich. Aber ihr gegenüber verbarg ich sie nicht. Uns verbanden gemeinsame Interessen. Ebenso wie ich liebte sie Geschichten und Gedichte. Sie kannte viele, von denen ich bis dahin noch nie gehört hatte. Und ich öffnete mich ihr, wie ich das zuvor noch bei keinem anderen Menschen getan hatte.

Das war das erste Mal, dass ich sie wirklich kennenlernte, und ich liebte sie. Ich liebte sie in aller Unschuld, das kann ich versichern. Sogar in meinen Gedanken.

Mein Bruder hat uns niemals miteinander sprechen sehen, dessen bin ich mir sicher, aber er wird von unserer Freundschaft erfahren haben. Drei Monate nachdem er Sophia zu uns ins Haus gebracht hatte, kam er eines Abends betrunken und wütend nach Hause. Er hatte beim Spiel eine große Summe von meines Vaters Geld verloren und war verprügelt und mit dem Tod bedroht worden. Auf der anderen Seite der Wand hörte ich, wie er sie beschimpfte, aber ich wusste, dass seine Beleidigungen ihr nichts anhaben konnten. Doch dann krachte etwas gegen die Wand, ich hörte einen Schrei, einen dumpfen Schlag und ihr Weinen.

Ich sprang aus meinem Bett und lief ins andere Zimmer. Mein Gedächtnis ist für gewöhnlich ausgezeichnet, aber ich kann mich nicht mehr erinnern, wie ich von einem Raum in den anderen gelangte. Die Tür muss abgeschlossen gewesen sein. Ich erinnere mich, dass ich auf dem Boden hinterher Splitter und Holzstücke bemerkte. Sie lag auf dem Fußboden; ihr Haar war zerzaust, ihr Nachthemd zerrissen, und ihr Gesicht glänzte vor Blut und Schweiß. Zwei Jahrhunderte zuvor hatte sie mich aus der Tür ihres brennenden Hauses mit merkwürdigem Gleichmut angesehen, aber jetzt lag Verzweiflung in ihrem Blick.

Ich hielt für einen Moment inne und bemerkte dann meinen Bruder, der auf dem Boden kauerte und mich so gemein ansah wie ein Wolf. Er wartete auf mich, forderte mich heraus, es mit ihm aufzunehmen und mich auf sein Spiel einzulassen. Aber um ihn ging es hier nicht. Sie war der einzige Mensch, der zählte. Mit geballter Faust schlug ich ihm so hart ins Gesicht, wie ich konnte. Er fiel nieder, und ich beobachtete, wie er sich aufrappelte, und schlug dann wieder zu. Ich erinnere mich, wie erstaunt sein Blick trotz seiner Wut war. Denn ich war der Jüngere, der Kleinere, der merkwürdige Typ und Künstler. Ich schlug noch einmal zu.

Er blutete aus Mund und Nase. Noch immer war er betrunken und verwirrt, spuckte und atmete schwer und schlug mit den Fäusten um sich. In ihm bahnte sich eine viel tiefer reichende Gewalttätigkeit an, die sich erst im Lauf der Zeit vollends entfalten würde.

Ich wollte Sophia in die Arme schließen und trösten, aber damit hätte ich ihr das Leben nur noch schwerer gemacht. Sie setzte sich auf, bedeckte sich und lehnte sich mit dem Rücken gegen die Wand.

Wenn er nicht so betrunken und ich aus Liebe zu ihr nicht so sehr in Rage gewesen wäre, hätte er mich sicher umgebracht. Es war das einzige Mal, dass Ungleichheit zwischen uns zu meinen Gunsten ausfiel: Ich liebte seine Frau und er nicht.

Ich ließ ihn in seinem Blut und Erbrochenen auf dem Boden liegen. Kurz darauf packte ich meine wenigen Habseligkeiten zusammen, weckte meinen Vater und bat ihn, sich um Sophia zu kümmern. Dann verließ ich mein Zuhause und meine Familie in dem

Gedanken, dass sie vielleicht in Sicherheit sein würde, wenn ich nicht mehr da wäre.

Mit Joaquim vor den Augen seiner Frau den Kampf aufzunehmen, war eine der grundsätzlichen Entscheidungen in meiner langen Existenz gewesen, und ich habe mich seitdem immer wieder gefragt, ob ich richtig gehandelt habe. Denn in diesem Entschluss lag der Ursprung für Hass, Gewalt und Feindschaft in vielen meiner Leben begründet, und ich frage mich heute, wie ich das Unheil hätte abwenden können, ihr zuliebe, mir zuliebe und sogar ihm zuliebe.

Doch im Rückblick war es eigentlich gar keine wirkliche Entscheidung. Im Rückblick, selbst aus großer zeitlicher Entfernung, hätte ich gar nicht anders handeln können, glaube ich. Ich mag damals einen Fehler gemacht haben, aber ich würde wieder ganz genauso handeln.

HOPEWOOD, VIRGINIA, 2006

Bei Lucy wollte sich keine Partylaune einstellen. Die meiste Zeit blieb sie auf der Couch sitzen und wartete darauf, dass Brandon Crist auftauchen würde. Ihr war nicht einmal bewusst, dass sie die allmächtige Melody Sanderson vor den Kopf gestoßen hatte, bis ihre Freundin Leslie Mills sie darauf hinwies.

»Melody erzählt allen, dass du nicht nach draußen auf ein Bier kommst, weil du glaubst, du bist jetzt zu gut für Hopewood.«

Lucy fragte sich im Stillen, wie viel an dem kleinlichen Gerede wohl dran war; vielleicht hatte Melody recht. »Was meinst du?«

»Sie glaubt, dass alle, die auf irgendwelche tollen Schulen im Norden gehen, sich jetzt für was Besseres halten.«

»Im Norden? Ich bin in Charlottesville.«

»Stimmt, das weiß ich.«

»Ich hatte einfach keine Lust, mich für ein Bier durch die Menge zu drängeln.«

»Ich wollt's dir nur sagen, für den Fall, dass du doch noch nach draußen kommst.«

Lucy erwog tatsächlich, nach draußen zu gehen, aber dann verwarf sie die Idee. Sie erinnerte sich an vergangene, weniger anstrengende Zeiten, als sie alles dafür getan hatte, sich mit diesen Mädchen gutzustellen. Sie erinnerte sich auch daran, dass sie und ihre Eltern für alle Schwierigkeiten, für jedes Versagen und jeden Verdruss eine einzige Entschuldigung hatten. Doch Melodys Zeit war abgelaufen, und das wusste sie.

Doch dann gab Lucy sich einen Ruck und spazierte stattdessen in die überfüllte Küche. Es stimmte, man sollte nicht auf eine Party gehen, wenn man nicht in geselliger Stimmung war. Als Brandon dann schließlich auftauchte, steuerte sie geradewegs auf ihn zu. Ihr Benehmen war vermutlich ein wenig merkwürdig, aber ihre innere Unruhe trieb sie an.

»Ich bin Lucy«, stellte sie sich vor. »Wir hatten zusammen Chemieunterricht.«

»Klar«, antwortete er. »Ich weiß, wer du bist.« Er schwenkte den Drink in seinem Plastikbecher.

»Ich wollte dich etwas fragen«, begann sie ohne Umschweife. Er hatte sich zu viel Gel in die Haare geschmiert, und Lucy kam der Gedanke, dass er wahrscheinlich annahm, sie wollte mit ihm anbandeln.

»Kein Problem.« Er hob flirtend die Augenbrauen.

»Du hast doch Daniel Grey gekannt, oder?« Es fühlte sich kühn und erregend an, seinen Namen so selbstverständlich jemand anderem gegenüber auszusprechen.

Seine Augenbrauen wanderten wieder etwas nach unten. »Schon irgendwie. Aber nicht sehr gut.«

»Weißt du, was aus ihm geworden ist?«

Brandon machte einen unbehaglichen Eindruck. »Ich weiß es nicht sicher, aber du erinnerst dich vielleicht daran, was Mattie Shire und die anderen gesagt haben.«

Etwas Düsteres schwang in seiner Stimme mit, und in Lucys Kehle setzte ein langsames Klopfen ein. »Nein, keine Ahnung. Was haben sie denn gesagt?«

»Na, in der Nacht des Abschlussballs, wo diese Messerstecherei war. Du hast bestimmt gehört, was da passiert ist.«

»Da ist vieles passiert«, entgegnete sie vorsichtig.

Brandon warf einen Blick auf die anderen Gäste im Esszimmer. Mattie Shire konnte er nicht sehen, aber er entdeckte seinen Freund Alex Flay und rief ihn zu sich herüber. »Du erinnerst dich doch an Daniel Grey, oder?«

Alex sah sie beide nacheinander an und nickte dann.

»Warst du mit Mattie zusammen, als der sah, wie Daniel von der Brücke gesprungen ist?«

Lucy starrte Brandon an. »Was?«

»Ich war nicht dabei«, antwortete Alex. »Aber Mattie hat mir davon erzählt. Ich habe keine Ahnung, ob Daniel ertrunken ist oder was mit ihm passiert ist.«

Brandon nickte. »Er war ein merkwürdiger Typ, möge er in Frieden ruhen.«

»Willst du damit sagen, dass er *tot* ist?«, fragte Lucy.

Brandon blickte Alex an, und der zuckte mit den Schultern. »Keine Ahnung. Mattie nahm das an, aber keiner hat Konkretes erfahren. Danach habe ich nichts mehr darüber gehört, und jeder ist seiner eigenen Wege gegangen.«

»Es kann nicht sein, dass er tot ist«, erwiderte Lucy heftig. Sie konnte ihre Entrüstung nicht verbergen. »Hätte nicht jeder davon erfahren? Hätte das nicht wenigstens in den Zeitungen gestanden?«

Keiner der beiden Jungen hatte Lust, mit ihr zu streiten. Letztlich betraf sie die Geschichte nicht. »Viele Leute haben davon erfahren«, erwiderte Alex und klang dabei, als ob er sich rechtfertigen wollte. »Ich habe keine Ahnung, wo du warst, aber Mattie hat mit der Nachricht nicht hinterm Berg gehalten.«

»Und außerdem machen Zeitungen keinen großen Wirbel um einen Selbstmord, besonders nicht bei Teenagern«, merkte Brandon an.

Sie wandte sich langsam von ihnen ab, ging zurück zum Sofa und nahm darauf Platz. Sie starrte blicklos aus dem Fenster und erinnerte sich an Daniels Gesicht an jenem Abend. An den darauffolgenden Tagen hatte sie sich sehr labil gefühlt, erinnerte sie sich weiter, und so voller Panik, dass sie das Haus nicht verlassen und mit niemandem gesprochen hatte.

Irgendwie war ihr bewusst, dass Brandon und Alex immer noch dastanden, dass sie sich völlig danebenbenahm und dass ihre Mutter sich jetzt für sie schämen würde. Brandon sagte noch etwas wie:

»Ich dachte, jeder hätte davon erfahren«, aber seine Worte drangen nicht mehr zu ihr durch.

Daniel konnte nicht tot sein.

Wie betäubt kramte sie ihre Schlüssel aus der Tasche, verließ die Party und ging zu ihrem Auto. Sie stieg ein und fuhr los. Trotz der Ermahnungen ihrer Mutter, Benzin zu sparen, fuhr sie ziellos durch tiefste Dunkelheit.

Schließlich war es spät, und sie fuhr zur Brücke. Dort stellte sie das Auto an dem grasüberwachsenen Abhang ab und lief auf die Brücke. Sie starrte auf den Appomattox. Seit den Geschichten ihres Vaters und ihres Großvaters hatte der Name etwas Mythisches für sie. Einmal hatte sie ihren Vater gefragt, warum sie immer noch über den Bürgerkrieg diskutierten, während die Yankees im Norden das niemals taten.

»Weil wir ihn verloren haben«, lautete seine Antwort. »Man vergisst seine Siege, aber an Verluste erinnert man sich immer.«

Sie legte das Kinn auf das Geländer und betrachtete das dunkle, dahinfließende Gewässer. Es war ein Fluss der Verluste, und jetzt gab es einen mehr. Wie fühlte es sich an, wenn man dort hineinsprang?, fragte sie sich.

AUF DEM WEG NACH KAPPADOKIEN, 776

Meine lange Abwesenheit von Pergamon genügte nicht, um Sophias Wohlergehen zu gewährleisten. Zunächst erhielt ich Nachrichten von meinem Bruder, dann von meiner Mutter.

Während der drei Jahre hatte Joaquims Zügellosigkeit zugenommen, so unwahrscheinlich dies auch erscheinen mochte. In dieser Zeit starb mein Vater, und ich trauerte um ihn und vermisste ihn sehr. Joaquim übernahm die Metzgerei und ruinierte das gut gehende Geschäft. Zu meinem Entsetzen verkaufte er das Haus unserer Familie und schickte meine Brüder in die Welt hinaus, noch bevor sie das Teenageralter erreicht hatten. Seine Frau und meine Mutter ließ er immer wieder über längere Zeiträume in der Kammer einer Wirtschaft zurück, während er vor Gläubigern flüchtete oder weitere Schulden anhäufte. Glücklicherweise gelang es Sophia, nicht von ihm schwanger zu werden.

Als ich Nachricht von meiner Mutter erhielt, traf ich eine weitere folgenschwere Entscheidung. Ich lieh mir ein Pferd und ritt ungefähr dreißig Meilen Richtung Smyrna zu einer entlegenen Felshöhle, die ich hundert Jahre oder zwei Leben zuvor das letzte Mal gesehen hatte. Trotz der Sandverwehungen wegen der damals herrschenden Winde fand ich die unscheinbaren Markierungen wieder, die ich damals in den Kalkstein geritzt hatte. Mit meiner Fackel und meinem geheimnisvollen Gebaren kam ich mir vor wie ein Grabräuber, doch dieses Grab war meines, auch wenn es glücklicherweise nicht meine sterblichen Überreste enthielt. Ich wand mich durch die Gänge und stieg so immer weiter in das Dunkel der Erde hinab. Meine Markierungen brauchte ich nicht mehr, denn ich erinnerte mich an den Weg. Zu meiner Erleichterung bemerkte ich, dass die Felsbrocken, die ich am Ende aufgehäuft hatte, immer noch unberührt waren. Stein um Stein legte ich einen kleinen unförmigen Durchgang frei. Als ich mich durch das Loch zwängte, fiel mir auf, um wie viel größer ich in diesem Leben war als in jenem, in dem ich das alles angelegt hatte.

Mit meiner Fackel leuchtete ich auf den erdigen Boden der Kammer und sah umher. Die größeren Fundstücke befanden sich auf dem Boden und waren von einer hundert Jahre alten Staubschicht bedeckt. Darunter waren zwei wunderschöne Amphoren aus Griechenland. Die eine stellte Achilles im Kampf dar und die andere, rötliche, Persephone auf dem Weg in die Unterwelt. (Die erste Vase schenkte ich 1890 dem Archäologischen Museum in Athen, die zweite ist immer noch in meinem Besitz.) Weiterhin gab es dort einige schöne Stücke römischer Bildhauerkunst sowie einige frühe und ausgesuchte Metallarbeiten, die ich einem Beduinen abgekauft hatte, der behauptet hatte, sie stammten von den Vedischen Königen in Indien. Außerdem lagen dort die Anfänge meiner Sammlung von Federn rarer Vögel, einige Holzschnitzereien (die schlechtesten darunter stammten von mir) und eine wunderschöne Laute, die mein Vater mir in Smyrna zu spielen beigebracht hatte, sowie einige andere Gegenstände.

Nach den kleineren und kostbareren Gegenständen musste ich ein wenig graben. Knapp einen Fuß unter dem Boden waren Beutel mit Goldmünzen versteckt, griechische, römische, biblische, byzantinische und einige persische Münzen. In anderen Beuteln befanden sich Edelsteine und zahlreiche Schmuckstücke. Ich hielt mich nicht mit längerem Betrachten auf, denn an jenem Tag verspürte ich eine innere Unruhe und Trauer. Doch dann berührten meine Finger den goldenen Ehering mit dem Lapislazuli, den meine erste Braut, Lena, getragen hatte. Ich hatte versucht, sie zu lieben. Sie war früh gestorben. Ich hielt den Ring einige Augenblicke in der Hand und legte ihn dann zurück.

In meinem vierten Leben war ich Kaufmann gewesen. Ich nutzte meine Sprachkenntnisse, um mich am Knotenpunkt mehrerer profitabler Handelsrouten zu etablieren. Teilweise als Reaktion auf das erniedrigende und entwürdigende Leben in Konstantinopel hatte ich beschlossen, reich zu werden, und das gelang mir. Ich wollte nicht mehr Hunger leiden, und nachdem ich eine andere Art des Lebens kennengelernt hatte, litt ich noch mehr darunter. Doch wenn ich schon diese Erinnerung mit mir herumtrug, dann wollte ich sie wenigstens auch zu meinem Vorteil nutzen, um mich vor den Launen der Herkunft zu schützen, dachte ich mir damals. In jedem Leben, in dem ich weiteren Reichtum anhäufte – was mir zunehmend besser gelang –, legte ich einen Großteil für schlechtere Zeiten beiseite. Und ich erinnere mich, dass ich in Tagträume darüber verfiel, wie ich dem Mädchen aus Nordafrika als reicher und mächtiger Mann wiederbegegnen würde und dass es dann gern meine Bekanntschaft machen würde.

In meinem fünften Leben in Smyrna war mir das Glück beschert gewesen, in eine gebildete und angesehene Familie hineingeboren zu werden. Während ich heranwuchs, baute ich auf den Kenntnissen aus meinem vergangenen Leben auf und wurde wiederum Kaufmann. Doch ich häufte nicht nur Gold an, sondern begann mit Blick in Vergangenheit und Zukunft wertvolle Gegenstände zu sammeln. In dieser Zeit richtete ich meine Felskammer ein, die ich lange Zeit nutzte, bis die Reisen dorthin zu beschwerlich wurden. Um 970 verlegte ich all meinen Besitz in die Karpaten.

Bis in die Gegenwart, tausend Jahre später, habe ich einen gewaltigen Besitz aus Objekten, Münzen und Kunstgegenständen angehäuft. Doch das Gefühl der Macht, das ihr Besitz verleiht, und die Freude daran haben über diese lange Zeit beträchtlich abgenommen. Die wenigen Gegenstände, die in den letzten Jahren hinzugekommen sind, haben keinen materiellen Wert. Mir ist es gelungen, einiges zu verschenken, ohne meine Identität preiszugeben, und anderes in meinem Namen zu halten. Und wo immer ich auftauche, kenne ich meinen Namen. Die Bankfächer und Nummernkonten der Gegenwart erleichtern alles sehr.

In jener Nacht im achten Jahrhundert räumte ich in meiner Felskammer alles wieder an seinen Platz und nahm nur einen Beutel mit gleichen Goldmünzen jüngeren Datums mit, denn ich würde nun vor allem Geld benötigen. Ich erstand Vorräte, traf einige Vorkehrungen, kaufte einem reichen Beduinen einen wunderschönen Araber ab und ritt am darauffolgenden Nachmittag zurück nach Pergamon. Ich traf Sophia und meine Mutter in ihrer kleinen Kammer an, die von einer Gasse abging. Meine Mutter war am Boden zerstört. Noch immer versuchte sie, meinen Bruder zu lieben, denn ihr Herz wollte sich einfach nicht eines Besseren belehren lassen. Sophia trug Prellungen im Gesicht, aber ihr Stolz war weitgehend ungebrochen.

Meine Mutter brachte ich in einem einige Meilen entfernten Dorf unter, gab ihr aber nur das Nötigste an Geld, denn ich wusste, wer es am Ende in die Hände bekommen würde. Dennoch tat ich alles dafür, dass sie es bequem hatte, und ich versprach ihr, dass ich wiederkommen und meine beiden jüngeren Brüder mit nach Hause bringen würde.

In der Nacht ritt ich zusammen mit Sophia auf meinem Pferd davon. Meine Begeisterung darüber, sie in meiner Nähe zu haben, war eigennützig, doch war meine Freude jetzt ohne Bedeutung, sagte ich mir. Hätte ich Sophia zurückgelassen, wäre das ihr sicherer Tod gewesen. Weder sie noch meine Mutter erhoben bei unserem Aufbruch Protest oder stellten mir Fragen.

Der Ritt mit Sophia durch die Wüste auf dem Rücken dieses edlen Pferdes war einer der schönsten Momente in allen meinen Leben. Ich muss gestehen, dass ich ihn mittlerweile so viele Male durchlebt habe, dass ich mich kaum noch wirklich daran erinnere. Meine Gefühle sind so stark, dass sie die Erinnerungen an diese Reise verzerren. Mein Freund Ben aber würde sagen, dass diese Gefühle meine wahre Reise waren.

Um zum tief im Lanndesinneren gelegenen Kappadokien zu gelangen, brauchten wir viereinhalb Tage, und die ganze Zeit wünschte ich mir, die Strecke würde an Entfernung zunehmen und das Pferd langsamer traben. Und ich muss gestehen, dass sich in jenen Tagen zwischen uns beiden etwas veränderte. Was von meiner Seite unschuldige und unkomplizierte Ehrerbietung gewesen war, schlug nunmehr in tiefere und damit schwierige Gefühle um.

Wie ihr euch unschwer vorstellen könnt, verlief die erste Nacht nicht ohne peinliche Momente. Ein Stück blauen Stoffs, das ich an vier langen Stecken befestigte, spannte ich wie ein Zeltdach über den Boden und breitete Decken darunter aus. Ich konnte gut Feuer machen und Essen zubereiten. Dies gehörte zu meinen vielen Fertigkeiten, die ich während meiner Leben erworben hatte. (Einige davon sind geistiger, andere körperlicher Natur, und ich habe viel Lebenszeit damit verbracht, die Grenzen von ersteren und den Wert von letzteren zu erfahren.) Aber in jener Nacht stellte ich mich an, als hätte ich zwei linke Hände. Sie sah mir zu, was mich noch fahriger machte. Nichts fühlte sich vertraut an.

Mit heftigem Herzklopfen und geradezu mütterlicher Fürsorge sah ich ihr dabei zu, wie sie Reis, Brot und Kichererbsen mit Lamm verspeiste. Sie war sehr schlank, und zu Anfang aß sie sehr langsam. Doch dann entspannte sie sich zusehends und zeigte großen Appetit. Ich rührte danach kaum etwas von den Vorräten an, die ich für die Reise zusammengepackt hatte, denn ich wollte, dass sie genügend zu essen haben würde.

Wann immer sie nach etwas langte, konnte ich die Prellungen auf ihren Armen sehen. Sie sprach nicht darüber, wodurch ihr Anblick für mich umso bedrückender wurde.

Wir legten uns in sicherer Entfernung voneinander auf unsere Decken. Ich wusste nicht, wie ich ein Gespräch beginnen sollte. Wir waren zu nahe beieinander, und uns fehlte die gewohnte soziale Ordnung, an der wir uns hätten orientieren können. Ich wollte keine falschen Vermutungen anstellen. Also starrten wir beide nach oben, und mir wurde bewusst, dass mein Zeltdach eigentlich nur die Sterne verdeckte und sonst zu nichts gut war. Ohne darüber ein Wort zu verlieren, krabbelten wir mit unseren Decken darunter hervor und badeten im Licht der Sterne. In manchen Nächten blicke ich immer noch in den Sternenhimmel und kann nicht glauben, dass es immer noch derselbe ist wie damals.

Sie sollte nicht denken, dass ich etwas von ihr wollte, und sie sollte keine Angst haben. Mir fehlte das Gespür dafür, wie viel Nähe oder Distanz zwischen uns angebracht war. Ab wann würde jede Unterhaltung ihr lästig werden? Ab wann Schweigen ihr ein Gefühl von Einsamkeit vermitteln? Ab wann mochte meine Fürsorge für sie beunruhigend sein? Wann war ein Zuwenig an Zuwendung ein Zeichen von Gefühlskälte? Sie sollte sich in meiner Gegenwart sicher fühlen können. Sie gähnte, und ich war ratlos. Sie schlief ein, und ich wachte über sie.

Am zweiten Tag nahm ich ihre Arme, die sie von hinten um mich geschlungen hatte, bewusster wahr, und auch wie ihre Finger und ihre Brust sich gegen meinen Rücken pressten. Mitunter lehnte sie auch ihre Wange oder ihre Stirn dagegen. Während wir über die ausgetrockneten braunen Hügel galoppierten, versuchte ich sogar an meinem Rücken ihre Nasenspitze zu spüren. Doch ich wollte und brauchte nichts von ihr. Mein einziger Wunsch war, dass sie sich wohl und sicher fühlen würde, mehr wollte ich nicht. Das redete ich mit immer wieder ein, damit es wahr würde.

Als wir an jenem Abend rasteten, aß sie mit mehr Genuss und weniger hastig. Die Prellungen in ihrem Gesicht waren zurückgegangen und schimmerten jetzt nur noch gelblich. Sie besaß eine grundsätzliche Lebensfreude und Widerstandskraft, das fühlte ich, und beides würde ihr bei der langen Reise von Nutzen sein. Beides waren Eigenschaften, die man von einem Leben in das folgende mitnahm. Sie konnte das nicht wissen, aber ich würde mich daran erinnern.

Jene zweite Nacht war wesentlich kälter als die erste, und ich konnte nicht genügend Holz finden, um das Feuer in Gang zu halten. Unsere Decken waren dick, aber nicht warm genug. Es war zu kalt für sie, um einzuschlummern, und ich sah, wie sie zitterte und aus kurzem Schlaf immer wieder hochschreckte. Ich legte meine Decke über sie, doch sie zitterte weiterhin.

Ohne festen Vorsatz und ohne es übertreiben zu wollen, schob ich mich näher zu ihr, um ihr von meiner Körperwärme abzugeben. Im Schlaf musste sie meine Wärme gefühlt haben, denn nun rückte sie ihrerseits näher an mich heran. Ich vermied immer noch die direkte Berührung mit ihr, so sehr ich mich jetzt auch danach sehnte. Ich schlüpfte zu ihr unter die Decken, und wie ein Kind wand sie ihre Gliedmaßen um die meinen. An meinen Waden fühlte ich ihre Knöchel und Füße, und ich spürte ihren Rücken, der sich gegen meine Brust geschoben hatte. Ich schlang meine Arme um sie, und sie seufzte im Schlaf auf. Ich fragte mich, wer ich in ihren Träumen wohl sein mochte.

Reglos blieb ich liegen. Ich war zu glücklich, und der Augenblick war zu flüchtig. Mir schlief der Arm ein, aber ich wollte ihn nicht unter ihr hervorziehen. Die kurzen Momente der Freude müssen für viele Jahre der Leere reichen, und das gilt für mich noch mehr als für andere Menschen. Man muss sie so gut wie möglich auskosten.

Während unseres Rittes am dritten Tag konnte ich spüren, wie ihr Körper sich an meinen gelehnt entspannte, und dies war wie ein Geschenk. Als wir gegen Mittag eine Rast einlegten, fiel ihr etwas Reis auf mein Knie, und sie lächelte. Ich wünschte mir, sie würde vieles, Lava, Säure, Ziegelsteine, egal was, über mir ausschütten und dabei lächeln.

Des Nachts schlüpfte sie unter die Decke und kuschelte sich wortlos an mich. Beim Einschlafen sagte sie »vielen Dank«. Ihr Haar berührte meinen Hals, und ihr Kopf ruhte unter meinem Kinn. Meine Arme umschlangen sie auf der Höhe ihrer Brüste, und ich spürte ihren Herzschlag, der sich unter die Pulsschläge an meinem Handgelenk mischte. Meine untere Körperhälfte versuchte ich in sicherer Entfernung zu halten, denn einige Organe verweigerten sich der Selbstdisziplin.

Irgendwann während dieser Nacht muss ich meine Wachsamkeit aufgegeben haben und in einen tiefen Schlaf gefallen sein. Ich nehme an, dass ich von ihr und mir in vergangenen Leben träumte, und ich fühlte mich verwirrt. Für nur einen Moment war ich in Erinnerung wieder bei unserer ersten Begegnung, und ich muss erschüttert gewesen sein. Als ich erwachte, war ihr Gesicht ganz dicht vor meinem. Ich verstand nicht genau, was sie dort machte und in welchem Leben wir uns befanden. Bei ihrem Anblick überfiel mich Reue.

»Es tut mir so leid«, flüsterte ich.

Ich war mir nicht sicher, ob ich wach war oder noch schlief, aber ich nehme an, dass sie aufgewacht war. »Was tut dir leid?«, fragte sie mich, ebenfalls flüsternd.

»Das, was ich dir angetan habe.« Ich war ganz durcheinander, denn ich nahm an, sie wüsste, wovon ich redete. Ich fühlte mich ihr so nah, und ich konnte mir einfach nicht vorzustellen, dass sie meine Erinnerungen nicht teilte. Für einen eigenartigen und trügerischen Augenblick dachte ich, unsere Erfahrungen müssten die gleichen sein. Ich weiß nicht, woher das kam. Es ist immer wieder eine traurige Erfahrung, dass andere Menschen meine Erinnerungen nicht teilen.

Ein Ausdruck der Verwirrung legte sich über ihre Züge. »Was du mir angetan hast?« Sie setzte sich auf. »Du hast nichts falsch gemacht. Du hast mich beschützt und mir das Leben gerettet. Nicht nur dieses eine Mal, sondern viele Male zuvor. Du hast dich in Gefahr begeben, indem du mir Freundlichkeit entgegengebracht hast. Ich weiß nicht, warum du das getan hast. Du verlangst nichts von mir, und du hast mich nicht bedrängt. Welcher Mann würde das sonst tun?«

Es ging auf den Morgen zu, ich war erregt und wusste nicht genau, wie unschuldig sie wirklich war.

Ich setzte mich ebenfalls auf und versuchte, wieder einen klaren Kopf zu bekommen. Ich wollte ihr gern alles erklären, wusste aber nicht, wie viel ich ihr zumuten konnte. »Ich habe dich zu beschützen versucht. Wirklich. Aber vor langer Zeit habe ich dir etwas angetan, dass ich …«

»Mir?«

»Dir.« Es gelang mir nicht, ihrem beunruhigten Blick standzuhalten. »Nicht dir, wie du jetzt bist, Sophia. Sondern vor langer Zeit. In Afrika. Erinnerst du dich nicht mehr?« Was hatte ich nur erwartet? Dass sie plötzlich von Erinnerungen überfallen würde, die meinen entsprachen?

Ihre Augenbrauen senkten sich in einer Art und Weise, die mir an ihr so vertraut war. »Ich war noch nie in Afrika«, sagte sie langsam.

»Doch. Vor langer Zeit. Und ich …«

»Das stimmt nicht.«

Da saß sie nun, ganz klein unter dem riesigen Himmel, an dem gerade die Sonne aufging, und hatte in dieser merkwürdigen und mondähnlichen Landschaft in der Nähe von Kappadokien nichts als nur mich vor Augen. Wenn ich wollte, dass sie sich sicher fühlte, dann hatte ich gerade keinen sehr glücklichen Weg gewählt.

»Nein, natürlich nicht, das habe ich nur metaphorisch gemeint. Ich meinte …«

Ich suchte zwar nach einer Ausflucht, doch würde ich das nicht auf ihre Kosten tun. »Ich habe gar nichts gemeint.« Ich zuckte mit den Schultern und schaute Richtung Osten, wo das Licht der Sonne unsere gemeinsame Nacht durchbrach. »Ich besitze ein merkwürdiges Gedächtnis.« Ich sprach so leise, dass meine Worte sich wahrscheinlich verflüchtigt hatten, bevor sie ihr Ohr erreichten.

Sie sah mich lange an. In ihrem Blick lag Unsicherheit, aber auch Wärme. »Du bist ein guter Mensch, doch ich verstehe dich nicht.«

»Irgendwann werde ich dir alles erklären«, sagte ich.

Wir krochen wieder unter die Decken, und blickten beide gen Osten. Sie hielt ihren Körper so eng an meinen geschmiegt, dass schwer zu kontrollierende Körperteile ihrer Aufmerksamkeit nicht entgehen konnten. Sie rückte nicht ab, sondern wandte stattdessen den Kopf und sah mich wieder an, diesmal mit Neugier.

Ich vergrub das Gesicht in ihrem Nacken und berührte mit meinen Lippen ihr Ohr. Dann fuhr ich mit meinen Händen unter ihre Röcke und legte sie auf ihre bloßen Hüften. Ich knöpfte ihr Kleid auf und küsste ihre unbedeckte Brust, zog ihre Unterwäsche aus und drang mit einer Leidenschaft in sie ein, die ich lange im Zaum gehalten hatte und die daher umso größer war.

Aber das alles fand nur in meiner Vorstellung statt. Es ist keine reale Erinnerung, sondern eine Fantasie, die ich wie eine kostbare Erinnerung aufbewahrt habe, sodass sie mit jener beinahe verschmolz. Und immer gebe ich dieser Fantasie den Vorzug vor den Ereignissen, wie sie sich wirklich zutrugen. Mein Gedächtnis lässt Raum für einige Verzerrungen, das habe ich bereits erwähnt. Ich versuche mit seiner Hilfe, Ereignisse zuverlässig aufzuzeichnen, und es geschieht selten, dass meine Gefühle so stark sind, dass sie Fakten verdrehen. Doch in diesem Fall ist der Spalt zwischen Fantasie und Wirklichkeit weit genug, dass ich mich hineinzwängen und dort bis in alle Ewigkeit verharren kann.

Doch wenden wir uns der Wirklichkeit zu: Sie sah mich an und fuhr sich mit der Zunge in einer Geste unverkennbarer Leidenschaft über die Lippen. Dann sagte sie: »Ich bin die Frau deines Bruders.«

»Du bist die Frau meines Bruders«, erwiderte ich, und rutschte unglücklich einige Zentimeter von ihr weg.

Wie brutal mein Bruder auch immer sein mochte, er konnte der Unverbrüchlichkeit der Ehe nichts anhaben. Jedenfalls nicht ihrem Ideal. Auch wenn er sie nicht achtete, so konnte er sie doch nicht einfach für nichtig erklären. Das lag wohl auch daran, dass wir daran glaubten, ob wir wollten oder nicht.

Beide betrachteten wir uns aufmerksam. Ein leidenschaftlicher Kuss und alles, was dann unvermeidbar darauf folgen würde, hätte meine aus Mitleid begonnene Unternehmung in einen schäbigen Ehebruch verwandelt. Gleichgültig, wie groß meine Liebe zu ihr war. Gleichgültig, wie sehr ich sie begehrte.

Außer dir und ihr wird es niemals jemand erfahren, drängten mich die unteren Regionen meines Körpers.

Doch mein Verstand richtete den Blick in die Zukunft. Außer uns würde niemand davon erfahren, doch mein Bruder würde mit seinem hässlichen Verdacht recht bekommen, und wir würden immer im Bewusstsein unseres Unrechts verharren. Wenn man so lange lebt wie ich, ist Ewigkeit eine Zeitdauer, die einen lähmt. Ich wusste, dass sie meine Gedanken teilte. In jenem Augenblick war meine Überzeugung, dass wir gemeinsame Erinnerungen hatten, keine Einbildung.

An unserem letzten Reisetag ritten wir nur langsam voran. Ein heißer Wind hüllte uns in Sand und Staub, die sich mit unserem klebrigen Schweiß vermischten, und ich stank fürchterlicher als unser Pferd. Am späten Nachmittag bemerkte ich einen halb von Sand bedeckten Gegenstand, und ich hielt unser Pferd an und stieg ab.

Es erwies sich als ein riesiges Stück gehämmerter, schwerer und fachmännisch bearbeiteter Bronze. Ich drehte es um und bemerkte, dass es eine Wanne war. Wahrscheinlich hatte sie einem Händler gehört, der überfallen worden war und flüchten musste. Sie war viel zu schwer, um sie schnell von der Stelle zu bewegen, aber mir kam eine Idee. Wir ritten etwa eine Meile zu einer Stelle, an der ich zuletzt Wasser bemerkt hatte, füllten alle unsere Behältnisse sowie zwei Weinschläuche und kehrten wieder zu der Wanne zurück. Ich schleppte sie auf eine kleine Anhöhe, von wo aus man einen wunderschönen Blick auf den Sonnenuntergang mit seinem orange-violetten Glühen hatte, und entfachte ein Feuer, um das Wasser zu erwärmen. Während Sophia meine Verrichtungen mit einem nachdenklichen Blick beobachtete, kühlte die Luft allmählich ab, und das Licht wurde fahl. Doch ich arbeitete unermüdlich, bis die Wanne mit sauberem, dampfend heißem Wasser gefüllt war.

Wir haben uns so sehr an die sanitären Anlagen der modernen Zeiten gewöhnt, dass wir annehmen, wir hätten ein Anrecht auf ein heißes Bad, wann immer uns danach ist. Man vergisst leicht, welch ein Luxus das einmal war. In meiner Satteltasche fand ich ein Stück Seife und überreichte es ihr feierlich. Es war kein großartiges Geschenk, aber es schien die richtige Geste, um sie in ihr neues Leben zu entlassen.

Ich hatte die Absicht, ihre Intimsphäre zu respektieren, aber ihre Freude an dem Bad wollte ich mir ungern entgehen lassen. »Soll ich mich zurückziehen?«, fragte ich sie.

Sie schüttelte den Kopf. »Bleib nur.« Sie entledigte sich ihres Kleides und ihrer Unterwäsche ohne Verschämtheit, aber auch ohne jegliche Koketterie. Ich beobachtete sie dabei, wie sie einen Fuß und dann den zweiten in die Wanne setzte und wohlig erschauderte.

Ich kann dich glücklich machen, dachte ich bei mir.

Ich ertappte mich dabei, dass ich sie betrachtete und schon genau wusste, was als Nächstes geschehen würde. Ich wollte sie mir tiefer und eindrücklicher als alles andere ins Gedächtnis einprägen, wollte dort jeden Teil von ihr einbrennen, sodass ich sie für eine zukünftige Suche vor meinem geistigen Auge haben und sie so wiederfinden würde. Eindringlich betrachtete ich ihre Füße, die leicht nach innen gewandt waren, ich betrachtete die schöne Form ihres Brustkorbs und die Art, wie sie den Kopf hielt. Ihr Haar, ihr Hautton und ihre Silhouette würden im nächsten Leben nicht mehr die gleichen sein, das wusste ich, aber ihre Körperhaltung würde sich nicht verändert haben.

Sie ließ sich in die Wanne gleiten und tauchte mit dem Kopf unter. Lächelnd tauchte sie wieder auf, und ihre Haut war einen Ton heller. Dann legte sie sich ins Wasser zurück, wartete, bis sich seine Oberfläche beruhigt hatte und sich die Farben des Himmels auf ihr spiegelten.

»Komm, setz dich zu mir«, forderte sie mich auf, und ich ließ mich auf einem flachen, höher gelegenen Fels in ihrer unmittelbaren Nähe nieder. Von dort hatte man eine wunderschöne Aussicht.

Nachdem sie ihr Bad beendet hatte, lud sie mich ein, ihren Platz in der Wanne einzunehmen. Sie beobachtete, wie ich mich mit der mir eigenen Kühnheit meiner Kleider entledigte und schrubbte mir dann mit gewandten Fingern den Rücken. Ich tauchte mit dem Kopf unter Wasser und spürte nur noch die Stille und ihre Hände. Jeder dieser Augenblicke war wie eine kostbare auf einer Schnur aufgezogene Perle, eine schöner und perfekter als die andere.

»Ich wünschte, du wärst mit mir hier im Wasser«, sagte ich.

Sie sah mir lange und fest in die Augen. »Ich wünsche mir vieles.«

»Eines Tages werden wir zusammen ein Bad nehmen«, sagte ich mit einem beglückten Seufzer.

»Meinst du?«

»Ja. Eines Tages wirst du frei sein, und ich werde dich finden, und dann werden wir so glücklich sein wie heute.«

In ihren Augen standen Tränen. »Wie soll das wahr werden?«

»Vielleicht wird es lange dauern, länger, als du dir vorstellen kannst, aber eines Tages wird es so weit sein.«

»Versprichst du mir das?«

Ich sah sie an und traf eine folgenschwere Entscheidung: »Ja.«

Als ich mich gesäubert hatte, wusch sie unsere Kleider und breitete sie zum Trocknen aus. Uns blieb nichts anderes übrig, als uns nackt an Körper und Seele unter den Decken aneinanderzukuscheln, bis die Sonne höher stieg und unsere Kleider trocknete.

Wir aßen unseren letzten Proviant und ritten dann aus unserem Traum zu jenem Dorf, wo für sie ein neues Leben beginnen sollte.

Während wir nackt und voller Begierde unter den Decken gesessen hatten, hatte ich nicht gewagt, sie zu küssen. Ich wartete, bis wir am Horizont die Umrisse des staubigen Dorfes erkennen konnten. Erst dann hielt ich das Pferd an und zog sie zu mir herab. Lange hielt ich sie umarmt. Nicht einmal in diesen Augenblicken hatte ich die Absicht, sie zu küssen, zu sehr fühlte ich mich daran gebunden, ihre rechtmäßige Unschuld unangetastet zu lassen. Doch dann begriff ich, dass ein Kuss ihr mehr helfen würde.

Der Kuss war trauriger, tränenreicher und ernsthafter, als es jeder Kuss noch einige Stunden zuvor gewesen wäre. Zum letzten Mal und mit einer düsteren Vorahnung genoss ich das Gefühl ihres Körpers an meinem. Mir war bewusst, was ich mir genommen hatte, was ich erhalten hatte, um es für immer zu bewahren, und was der Preis für beides war.

Ich brachte Sophia in ein Dörfchen, dessen Häuser in den Hang hineingebaut waren, und übergab sie in die Obhut einer alten Witwe. Diese war hocherfreut, Sophia bei sich aufzunehmen und sie als ihre Nichte auszugeben. Sie war einmal meine Mutter gewesen, und ich wusste, dass ich ihr vertrauen konnte. Ich ließ Sophia mit Geld und einer neuen Identität zurück, die hoffentlich ihre Sicherheit gewährleisten würde.

»Ich werde dich wiedersehen«, sagte sie. Auf ihrem Gesicht lag ein schicksalsergebener Ausdruck, aber ich sah die Tränen in ihren Augen.

Ich stimmte ihr überschwänglich zu, doch meinten wir beide natürlich nicht das Gleiche.

»Du wirst eines Tages zurückkehren.«

»Das verspreche ich dir.«

Als ich eine Woche später wieder nach Pergamon kam, war ich mir des Risikos bewusst, doch ich wollte nicht klein beigeben. Ich konnte nicht einfach fortgehen, ich wollte nicht einfach ein anderer Mensch werden. Dafür würde noch ausreichend Zeit bleiben. Ich hatte meiner Mutter versichert, dass ich zurückkehren würde, und das tat ich auch. Ich fand meine Brüder und brachte sie in dem kleinen Haus zusammen mit meiner Mutter unter. Jedem von ihnen übergab ich Geld und einige Gegenstände, die man leicht verstecken, aber nur schwer stehlen konnte. Im Rückblick tat ich das alles in dem Bewusstsein meines nahenden Endes.

Ich kann nicht behaupten, dass ich vom Hinterhalt meines Bruders überrascht wurde, als ich in der dritten Nacht das Haus meiner Mutter verließ. Im Nachhinein hätte ich ihn leicht entdecken können, wie er mir die dunkle Straße hinunterfolgte. Es geschah schnell.

Ich war auf einen direkten Kampf gefasst gewesen, aber er war wütender und niederträchtiger. Er stach mir ein Messer in den Rücken und dann noch einmal in den Hals. Ich starb einen qualvollen Tod.

Der Abschied von diesem Leben viel mir schwerer als erwartet. Ich ertappte mich bei der Hoffnung, dass meine Mutter von meinem Ende niemals erfahren würde. Ich dachte, ich wäre auf den Tod vorbereitet gewesen, doch ich hatte mich getäuscht. Erst als ich verblutend dalag, verstand ich, was ich verlor. Ich war im Begriff, Sophia, meine Familie und nicht zuletzt auch mich selbst zu verlieren. Ich würde nicht mehr jener Mensch sein, dem sie vertraute und den sie liebte.

Niemals hatte ich so vieles auf einmal zu verlieren. Niemals habe ich auf eine ähnliche Art gelebt und bin auf ähnliche Weise gestorben. Und sosehr ich mich damals danach sehnte, wieder zu ihr zurückzukehren, sosehr hoffte ich auch, dass dies endlich das Ende von allem bedeuten würde.

Natürlich war es nicht das Ende, sondern, um mit Winston Churchill zu sprechen, das Ende des Anfangs. Ich kehrte in das kleine Dorf in Kappadokien zurück, um sie zu finden. Doch da war ich elf Jahre alt und hatte den ganzen Weg vom Kaukasus allein zurückgelegt.

Ich war erleichtert, sie anzutreffen. Die Witwe war mittlerweile gestorben, doch Sophia ging es gut. Sie war so freundlich, mich in ihr Häuschen zu Tee und Brot mit Honig einzuladen. Nichts wies auf einen Ehemann oder Kinder hin, aber überall an den Wänden und auf anderen freien Flächen hingen oder lagen wunderschöne Webereien. Ich wusste, dass sie von ihr stammten. In den Motiven, den in Blüte stehenden Bäumen von Pergamon und dem edlen Araberpferd, das uns zum Dorf gebracht hatte, erkannte ich unsere gemeinsame Vergangenheit.

Sie setzte sich mir gegenüber an den kleinen Holztisch. Im Kerzenlicht und umgeben von den Webteppichen fühlte ich mich wie im Inneren eines Schmuckkästchens. Ich war bei ihr und betrachtete sie, doch zugleich war ich für sie ein Fremder, und schmerzliche Sehnsucht packte mich. Ich nahm sie mit dem Blick von damals wahr, und auch meine Gefühle reichten in jene Zeit zurück, doch mein kindlicher Körper wusste nichts damit anzufangen. Selten habe ich die Diskrepanz zwischen Erinnerungen und Körper als derart verwirrend empfunden. Ich wusste nicht, was ich von ihr eigentlich erwartete. Sie war noch immer derselbe Mensch, doch ich hatte mich verändert.

Natürlich stellte sie mir Fragen, und natürlich war sie von meinen Antworten beeindruckt, das war nicht zu übersehen.

»Wieso beherrschst du meine Sprache?«, fragte sie überrascht.

»Ich habe sie auf meiner Reise gelernt«, antwortete ich, aber sie schien nicht vollständig überzeugt.

Ich wollte ihr mehr erzählen, doch ich konnte es nicht. Meine Worte ergaben keinen Sinn, das war mir bewusst. Sie würden sie nur sofort misstrauisch machen und zwischen uns Distanz schaffen, doch ich wollte nichts anderes, als ihr nahe sein, so wie damals.

Sie lud mich ein, die Nacht in ihrem Haus zu verbringen und erst am nächsten Tag weiterzureisen. Die Decke, die sie für mich ausbreitete, war dieselbe wie jene, unter der wir damals genächtigt hatten, als ich älter war als sie und sie die Frau meines Bruders. Mein Geruch war nicht mehr der eines Mannes.

Sie setzte sich zu mir auf meine kleine Matratze aus Stroh und streichelte mir über den Rücken, fast so, wie ich es von damals in Erinnerung hatte. Weil ich nur elf Jahre alt war und einsam und zu viele Erinnerungen mich bewegten, weinte ich in meine Arme und hoffte, sie würde es nicht sehen.

Als ich am nächsten Tag im Morgenlicht aufblickte, sah ich an der Wand ein altes, an den Seitenrändern und Ecken leicht eingerolltes Stück Pergament. Es war der Entwurf, den ich für meine Mosaiken in dem Baptisterium angefertigt hatte. Da waren der Garten, der Apfel, der Baum und natürlich die Schlange.

»Wer hat das da gemacht?«, fragte ich und zeigte darauf, während sie mir ein Frühstück auftischte, für das sie die meisten ihrer Vorräte aufgebraucht haben musste. Verlogene Fragen habe ich immer verabscheut, aber in diesem Fall wusste ich mir nicht anders zu helfen.

Nachdenklich betrachtete sie den Entwurf. »Ein Mann, den ich einmal kannte«, antwortete sie mit gesenktem Blick.

»Was ist aus ihm geworden?«

Sie schüttelte den Kopf, und ihre Miene verzerrte sich schmerzlich. Sie stützte das Kinn auf die Hände, um ein Zittern zu vermeiden.

»Ich weiß es nicht. Er hat mir gesagt, er würde eines Tages hierher zurückkehren, aber ich bin ziemlich sicher, dass er getötet wurde.« Die Trauer in ihren Zügen war unerträglich.

»Er wird zurückkommen«, versicherte ich ihr unter Tränen.

Sie schüttelte wieder den Kopf. »Ich bin nicht sicher, ob ich noch länger auf ihn warten kann.«

Mir wurde bewusst, was ich getan hatte, und es erfüllte mich mit Scham. Ich hatte ihr falsche Hoffnungen gemacht. Sie hatte mir geglaubt, und ich hatte sie enttäuscht. Sie hatte nicht den gleichen

Blick auf die Zusammenhänge wie ich. Wie selbstsüchtig war es von mir gewesen, ihr ein Versprechen zu geben, dessen Einlösung sie nicht wahrnehmen konnte.

»Er hat dich nicht vergessen und wird dich wiederfinden, aber es kann länger dauern, als du denkst.«

Sie sah mich merkwürdig an. »Genau das hat er damals auch gesagt.«

Im Alter von neunzehn Jahren kehrte ich zum letzten Mal in Sophias Dorf zurück. Ich konnte es kaum erwarten, ihr zu beweisen, wer ich wirklich war und dass ich wie versprochen zurückgekehrt war. Ich wollte mit ihr den Rest unseres Lebens verbringen. Auf ihre Einwände und Proteste war ich vorbereitet und hatte mich dagegen gewappnet. Ich hatte mir die Worte zurechtgelegt, mit denen ich sie davon überzeugen wollte, dass der Altersunterschied zwischen uns keine Rolle spielte. Viele Jahre und viele Meilen auf Reisen brachte ich damit zu, meine Rede zu proben und von den Liebesbegegnungen zu träumen, die darauf folgen würden.

Doch bei meinem Eintreffen sah ich, dass der schroffe Hang an einigen Stellen schwarz war und neue, größere Häuser dort standen, wo einmal kleine Hütten gewesen waren. Der größte Teil des Dorfs war neu erbaut worden und nicht mehr wiederzuerkennen. Schließlich fand ich den Priester in seiner Kirche aus Stein, sie war einer der wenigen vertrauten Anblicke.

»Es hat ein furchtbares Feuer gegeben«, erklärte er mir.

Ich konnte es kaum ertragen, wie er mir erzählte, dass die meisten Häuser und nahezu die Hälfte aller Dorfbewohner Opfer der Flammen geworden waren.

»Was ist mit Sophia geschehen?«, fragte ich.

Er schüttelte nur den Kopf.

Ich ging dorthin, wo ihr Haus einmal gestanden hatte, und traf auf die neuen Anwohner. »Gibt es noch irgendetwas, was das Feuer unversehrt gelassen hat?«, fragte ich sie verzweifelt.

Nichts war mehr übrig, es war sinnlos. Ich lief in die Wüste und ging zu Fuß und allein den Weg nach Pergamon, den ich damals mit ihr zurückgelegt hatte. Während ich dahinlief, lastete das Gewicht meiner Erinnerungen schwer auf mir. Sie war fort und mit ihr alles, was sie berührt hatte. Ihre Webarbeiten, unsere Decke und meine Entwürfe. Alles war unwiderruflich verloren. Es war nun an mir, es im Gedächtnis zu bewahren oder es für alle Zeiten aufzugeben.

ARLINGTON, VIRGINIA, 2006

DANIEL WAR MÜDE; zu müde um sich aus seiner Krankenhausuniform zu schälen, bevor er sich aufs Bett warf. Er hatte gerade eine dreitägige Schicht hinter sich, in der er nicht mehr als vierzig Minuten auf einem Stuhl geschlafen hatte, den Kopf auf den Tisch gelegt und mit *The Newlyweds* in voller Lautstärke aus dem nahen Fernseher. Natürlich gab es Vorschriften dazu, wie viel man als Angestellter arbeiten durfte, doch in diesem Veteranenhospital kümmerte man sich nicht sonderlich darum.

Er beklagte sich nie, denn er verbrachte seine Zeit lieber hier als bei sich zu Hause. Er hatte alte Leute und Veteranen immer gemocht, und da er auf Altersmedizin spezialisiert war, hatte er nun genau mit jenen Menschen zu tun.

Sein Zuhause war derzeit eine Einzimmerwohnung mit Blick auf einen Parkplatz in Arlington, Virginia. Er hatte sich immer vorgestellt, in einem richtigen Haus in einer schönen Gegend zu wohnen. Das Geld dazu hatte er weiß Gott. Aber stattdessen hauste er immer nur für kurze Zeit in irgendwelchen Löchern, die er monatsweise mietete. Die derzeitige Wohnung hatte einen Herd, den er noch nicht ein einziges Mal angemacht hatte, und drei Kleiderschränke, von denen zwei leer standen. Er besaß einen riesigen Plasma-Fernsehschirm und Kabelanschluss, der es ihm ermöglichte, sich zu jeder beliebigen Tageszeit jedes beliebige Football-, Baseball-, Basketball- und Hockeyspiel anzusehen. Natürlich auch andere Sportsendungen, aber an denen war er nicht interessiert, außer vielleicht mitten in der Nacht an Tennis, wenn gerade die Australian Open liefen.

Das College und die ersten zwei Jahre Medizinstudium hatte er übersprungen. Für beides hatte er Urkunden gefälscht, als er für sein vermeintlich drittes Studienjahr an die George Washington University gewechselt hatte. Das war nach seinem missglückten Selbstmordversuch im Appomattox gewesen. Nicht einmal das war ihm gelungen, er hatte zu viel zu verlieren, um sich erfolgreich umzubringen.

Die George Washington University hatte ihn ohne Probleme aufgenommen. Es war unglaublich, was man sich herausnehmen konnte, wenn man nur dreist genug war. Doch hätte er das alles nicht getan, wenn er nicht genau gewusst hätte, dass er ausreichend vorbereitet war.

Er besaß Abschlüsse von mehreren Colleges und Universitäten in Amerika und Europa. Mehr als einmal hatte er eine Ausbildung zum Mediziner abgeschlossen, und wenn man alles mitrechnete, was er über Kräuterheilkunde und Volksmedizin vom Mittelalter bis zur Renaissance gelernt hatte, waren es sogar mehrere Dutzend Male. Dieses Wissen kam ihm jetzt sehr zugute, denn überraschenderweise waren die alten Heilmethoden gerade wieder in Mode.

Es entsprach dem Rhythmus menschlichen Unternehmungsgeistes, Neues zu erfinden und anzupreisen, um es eine Generation später zu verwerfen, es dann nach einer weiteren Generation oder auch nach zwei wieder als nützlich hervorzukramen und es eilig als etwas Neues zu verkaufen, üblicherweise unter Verlust seiner ursprünglichen Eleganz. Wissenschaftler blicken auf ihrer Suche nur ungern in die Vergangenheit zurück.

Immer wieder erstaunte ihn diese Ergebenheit, die die Menschen Neuerfindungen entgegenbrachten. Sie schienen nicht zu bemerken, wie klein der Raum war, in dem sie sich innerhalb der Geschichte bewegten, und dass jeder Mensch vor ihnen an einem ebenso winzigen Fleck gestanden hatte und meinte, es wäre die ganze Welt. Würden die Menschen nur einen Blick zurückwerfen, würden sie hinter sich eine weite Landschaft erblicken, aber genau das taten sie meist nicht.

Zu Daniels Belustigung hatte der Hausverwalter ein Poster an seine Wohnungstür geklebt, das zum Recycling aufforderte. Immer wieder gab es diese Begeisterung, alles wiederzuverwerten, doch normalerweise bezog sich das auf alte Reifen oder Flaschen, nicht auf Herz und Verstand. Er war auch fürs Wiederverwerten, doch was wäre, wenn die Leute erführen, dass sie ebenfalls Recycling-Produkte sind? Würde das etwas ändern?

Es gab einige grundsätzliche Dinge, von denen er den Leuten manchmal gern erzählen würde. Vielleicht würde er eines Tages einen Ratgeber dazu verfassen. Er würde ihnen Hinweise zum Thema Wiederverwertung zukommen lassen und dabei auch einige praktische Ratschläge weitergeben, wie etwa, dass es die reine Zeitverschwendung war, sich über Flugzeugabstürze oder Haiattacken Sorgen zu machen.

Niemals gelang es Daniel, dann einzuschlafen, wenn er es wollte, egal, wie müde er war. Immer wandte sich sein Verstand dann einem bestimmten Thema zu. Meist wanderten seine Gedanken in Richtung Charlottesville, Virginia, wo Sophia, so hoffte Daniel, ein friedliches Leben verbrachte. In ihrem Studentenwohnheim aufzutauchen, wäre diesem Frieden sicher nicht gerade förderlich, obwohl er manchmal davon träumte.

Eines Tages würde er sich ihr wieder nähern. Er stellte sich diesen Augenblick oft vor. Eines Tages würde er die richtigen Worte finden, mit denen er ihre letzte Begegnung wiedergutmachen konnte. Er würde sie anrufen und ihr eine kurze Frage stellen, er würde ihr eine witzige E-Mail schicken oder eine kurze Nachricht an ihre Wand kritzeln. Und eines Tages würde sie nicht erschrecken, denn alles, was bei ihrem letzten Treffen schiefgelaufen war, würde sich anfühlen wie ein Teil der Vergangenheit. An diesem einen Tag in der Zukunft hielt er sich fest, denn er war viel schwieriger zu ruinieren als die Gegenwart.

Wenn er heute Nacht überhaupt schlafen würde, dann nur nachdem der Schlaf ihn überrumpelt hätte. Daher der große Fernsehschirm und das Kabelpaket.

Mit seiner treuen Fernbedienung in der Hand schleppte er sich bis zur Couch. Die Lakers traten in den Playoffs gegen die Spurs an. Es war kein Entscheidungsmatch, aber es machte trotzdem Spaß, ihnen zuzuschauen. Leidlich entspannt verfolgte er, wie Kobe Bryant wieder mal seine Show abzog. Kobes Lebensgeschichte ging ihm durch den Kopf. Keine ganz neue Seele, aber eine relativ junge, dessen war er sich sicher. Die waren oft die besten Sportler, denn sie hatten schon genug erlebt, um die Strukturen im Großen und Ganzen zu begreifen, aber sie waren noch nicht lange genug dabei, um sich mit ihnen allzu sehr zu belasten. Natürlich gab es Ausnahmen. Shaq war blutjung, und Tim Duncan, da war er sich ganz sicher, war schon seit Jahrhunderten mit von der Partie.

Irgendwann nach Ende des dritten Viertels begann er während einer langen, mit Autowerbung gefüllten Pause einzudösen. Als das Spiel weiterging, wandte er ihm verschlafen wieder seine Aufmerksamkeit zu. Einige Sekunden lang schwenkte die Kamera pflichtschuldig über die am Spielfeldrand versammelten Prominenten. Kein Problem, das machte man so. Die Augen wurden ihm wieder schwer, aber dann fiel sein Blick auf jemanden. Er setzte sich auf, blinzelte angestrengt und lehnte sich nach vorn. Seine Arme und Beine begannen unangenehm zu prickeln.

Genau hinter den Sitzen am Spielfeldrand stand in der zweiten Reihe ein Mann. Er war hochgewachsen, mit einer auffälligen Jacke und einem ordentlichen Haarschnitt. Hätte sich Daniel nicht schon allein bei seinem Anblick der Magen umgedreht, hätte dieser Mann als gut aussehend durchgehen können. Er hielt sich sehr steif, so als trüge er seinen besten Anzug. Er sah nur eine Sekunde lang in die Kamera, doch das genügte. Daniels Adrenalinspiegel schnellte derart in die Höhe, dass ihm für einen Moment schwarz vor Augen wurde.

Er hatte diesen Mann noch niemals zuvor gesehen, aber er kannte ihn gut.

Später beruhigte er sich wieder. Seine Erregung beim ersten Anblick wich einer vagen Übelkeit, während er das Gesehene zu verarbeiten versuchte. Nicht nur Joaquims Anblick oder die Erinnerung an ihre gemeinsame Geschichte erschütterte ihn, sondern die Tatsache, dass auch Joaquim sich ebenfalls daran erinnern würde.

Nachdem er Hunderte von Jahren allein mit seinen Erinnerungen gelebt hatte, war es ein merkwürdiges Gefühl für Daniel, plötzlich in die Nähe eines Menschen zu kommen, der das gleiche Wissen über die Welt besaß wie er und sogar Erinnerungen an einige von Daniels früheren Leben teilte. Wäre es irgendeine andere Seele gewesen, hätte das alles ein Trost sein können.

Daniel dachte daran zurück, als er Joaquim zum letzten Mal gesehen hatte, nur kurz auf einem Dorfplatz in Ungarn, irgendwann im dreizehnten Jahrhundert. Damals hatte er bereits gewusst, dass Joaquim die gleiche Kraft der Erinnerung besaß wie er. Und er war damals auf der Hut vor ihm gewesen, aber Joaquim hatte durch nichts zu erkennen gegeben, dass auch er ihn wiederkannte. Daniel hatte erwartet, dass er ihm in seinem näheren Umfeld wiederbegegnen würde, in der Rolle des Onkels, des Vaters, Lehrers, Sohnes oder auch des Bruders, wie es bei wichtigen Personen oft der Fall war. Doch im Gegensatz zu den meisten seiner Befürchtungen war dies bislang nicht geschehen. Zunächst hatte Daniel angenommen, dass die Menschenfeindlichkeit seines einstigen Bruders jenen über lange Zeiträume an den Tod band. Wenn es eine Seele gab, die an voneinander weit entfernten Orten und in weit auseinanderliegenden Zeiträumen wiedergeboren wurde, dann war es die Seele von Joaquim. In froheren Stunden hatte er sich Joaquim vorgestellt, wie er über den Erdball hüpfte und mal in Jakarta, mal in Irkutsk auftauchte.

Viel später erfuhr Daniel, dass Joaquim die Regeln manipuliert hatte, nach denen Tod und Wiederkehr erfolgten; eine Erkenntnis, bei dem ihm das Blut in den Adern gefror. Daniel hatte keine Ahnung, wie ihm das gelang. Er hatte es von einer mystischen Seele, seinem alten (wirklich alten) Freund Ben erfahren, wusste aber nicht, wie dieser in den Besitz solchen Wissens kam. Doch konnte Daniel sich ohne Weiteres vorstellen, dass Joaquim nicht einfach seine Wiederkehr abwarten würde oder sich damit zufriedengab, wieder als schutzloses Kind auf die Welt zu kommen. Er würde nicht immer wieder den machtlosen Zustand des Kindes hinnehmen. Er sann auf Rache und würde die Jagd auf seine Feinde nicht dem Zufall überlassen, obwohl er sie damit vermutlich schneller gefunden hätte.

Es war bitter, ihn nach der ganzen Zeit wiederzusehen. Daniel hätte gern geglaubt, dass die Zeit für Joaquims Seele vorbei wäre. Aber offensichtlich war das nicht der Fall, er hatte zu viel Hass in sich, um einfach für immer zu verschwinden. Daniel stellte sich vor, wie Joaquim die Kraft seines Gedächtnisses lediglich dazu nutzte, um über die Jahrhunderte hinweg seinen Rachefeldzug auszutragen. Wer konnte schon wissen, wie viele Feinde er hatte?

Joaquim in einem Körper zu sehen, den er nicht verdient hatte, war beinahe unerträglich. Die Vorstellung, auf welche Weise ihm das gelungen war und was aus dem Menschen geworden war, der einmal verdientermaßen in diesem Körper gelebt hatte, konnte einen regelrecht krank machen. Daniel war es nicht gelungen, in Erfahrung zu bringen, was Joaquim im Schilde führte, doch er ahnte dunkel, dass es für ihn – und auch für Sophia – gefährlich wurde, sollte er sie jemals finden.

VOR DER KÜSTE GRIECHENLANDS, 899

Gegen Ende des neunten Jahrhunderts verdiente ich meinen Lebensunterhalt als Ruderer auf einem Schiff, das unter der Flagge des Dogen von Venedig segelte. Ich stammte aus dem Hinterland westlich von Ravenna, und wie viele Jungen in diesem Teil der Welt träumte ich von der See. Die Venezianer galten damals als die weltbesten Seeleute, wenigstens waren wir dieser Meinung, und das aus gutem Grund. Mit fünfzehn heuerte ich bei meiner ersten Mannschaft an und segelte einundzwanzig Jahre lang auf Kriegs- und Handelsschiffen, bevor ich in einem Sturm bei Gibraltar ertrank.

Wir Seeleute waren auf einen Tod durch Ertrinken gefasst, ja, wir hofften sogar, auf See zu sterben, und so war es nur eine Frage des Zeitpunkts. Ich durfte viele schöne Jahre auf Schiffen verbringen, und diese Art zu sterben war nicht so schlimm wie manch andere. Ich bin nur zweimal ertrunken, und beim zweiten Mal machte es mir schon nicht mehr viel aus, um ehrlich zu sein.

Unsere Segelrouten führten uns vor allem nach Griechenland und Kleinasien sowie nach Sizilien, Kreta und gelegentlich auch nach Spanien oder an die afrikanische Nordküste. Das alles waren wunderschöne Orte, besonders wenn man sie per Schiff anfuhr. Wie schon erwähnt, versuche ich Anflüge von Nostalgie zu unterdrücken, aber im Verlauf der Jahrhunderte verliert sich die Erinnerung an die Brutalität dieses Lebens, und ich sehe mich noch, wie ich in der Abenddämmerung in den Canal Grande einfahre.

Die Seereise zum kretischen Hafen Heraklion (oder Candia, wie wir Venezianer ihn nannten) war mehr oder weniger Routine, und von ihr will ich berichten. Damals stand ich noch am Anfang meiner Laufbahn, ich war jung und befand mich unten in der Hierarchie. Meine Arbeitsschichten als Ruderer waren lang und die Nachtwachen häufig.

Auf den Reisen begegneten einem immer wieder dieselben Gesichter, aber es gab jeweils auch ein oder zwei neue darunter. Auf jener Reise war das ein Matrose, der noch jünger war als ich, vermutlich so um die fünfzehn, ich selbst war damals achtzehn. Er fiel mir nicht etwa auf, weil er etwas Besonderes getan oder gesagt hätte, sondern genau aus dem gegenteiligen Grund. Er redete nicht viel und arbeitete hart, doch hörte er den Gesprächen der anderen aufmerksam zu und beobachtete alles mit ebenso großem Interesse. Im Gegensatz zu den meisten anderen Matrosen war er für Langeweile, Gehässigkeiten oder Prahlereien nicht zu haben. Seine großen Augen mit dem intelligenten Blick zeugten von einer merkwürdiger Reife in einem sonst unschuldigen Jungengesicht. Sein Name war Benedetto, aber die Männer nannten ihn Ben oder Benno, wenn sie ihm Befehle zuriefen oder sich über ihn lustig machten. Ansonsten ignorierten sie ihn mehr oder weniger.

Während unserer ersten gemeinsamen Arbeitseinsätze wechselten wir kaum ein Wort miteinander. Aber wenn ich mich mit den anderen Matrosen unterhielt, fühlte ich seinen ernsten Blick auf mir. Ich wusste, dass er mir zuhörte. Bei der vierten oder fünften gemeinsamen Schicht befand ich mich allein mit ihm auf dem Vorderdeck. Ich konnte mich nur mit Mühe wachhalten, und so begann ich ein Gespräch mit ihm.

»Du bist auch Italiener, nicht wahr?«, fragte ich ihn in dem Dialekt, den wir auf dem Schiff sprachen.

Bevor er zu einer Antwort ansetzte, blickte er mich an. »Ja, ich komme aus der Gegend südlich von Neapel.«

»Eine gute Weingegend«, bemerkte ich beiläufig. Schlichte Plauderei lag mir nicht, und in Neapel war ich auch noch nie gewesen, aber er machte einen gehemmten und unbehaglichen Eindruck. Wie wenig ich damals über ihn wusste.

»Und kommst du ebenfalls aus Italien?«, fragte er nach langem Schweigen.

»Aus Ravenna«, antwortete ich nicht ohne Stolz.

»Und davor?«

»Was meinst damit?«

»Wo warst du davor?«

Das war eine merkwürdige Frage. Wollte er damit andeuten, dass ich vielleicht nicht direkt aus Ravenna stammte? Prestige ließ mich damals nicht gleichgültig, nehme ich an. »Ich bin drei Meilen östlich der Stadt geboren«, antwortete ich abwehrend.

Er nickte. Seine Haltung hatte nichts Drängendes oder Forderndes. »Wo warst du, bevor du drei Meilen östlich von Ravenna auf die Welt kamst?«

Mir verschlug es die Sprache. Ich erinnere mich noch, wie mir die Gedanken im Kopf herumwirbelten. Zu jener Zeit war ich bereits schon viele Male auf die Welt gekommen und mir durchaus bewusst, wie eigentümlich und exzentrisch ich war. Mein wahres Leben fand zum großen Teil tief verborgen in meinem Geist statt, und ich konnte mir nicht vorstellen, dass ein anderer Mensch darüber Bescheid wusste. War er vielleicht wie ich? Besaß auch er diese Kraft der Erinnerung? Ich hatte mich so sehr daran gewöhnt, diese Dinge für mich zu behalten, dass ich keinen Ton herausbrachte, als ich endlich zu einer Erwiderung ansetzen wollte.

Ben sah mich neugierig an. »War das in Konstantinopel? Ich weiß, dass du in dieser Gegend einige Zeit verbracht haben musst. Aber vielleicht war das auch früher. Dann vielleicht in Griechenland?«

Ich versuchte, seinen Worten verschiedene Bedeutungen zu geben. Vielleicht ließen sie sich irgendwie in übliche Zusammenhänge fügen. »Nach Konstantinopel bin ich mit dieser Flotte noch niemals gesegelt«, erwiderte ich langsam.

»Ich rede nicht von der Gegenwart, sondern von einem Davor. Ich bin zum Beispiel in Illyrien auf die Welt gekommen und dann in Neapel und vor diesen beiden Malen im Libanon.«

Mir stockte der Atem, und ich wusste nicht mehr, ob ich tatsächlich wach und immer noch am Leben war. Matrosen liebten es, Garn zu spinnen, und ihre Erzählungen über geheimnisvolle Seereisen konnten einen gesunden Verstand in den Wahnsinn treiben. Plötzlich fürchtete ich, dass mir eine Falle gestellt wurde. »Ich verstehe dich nicht«, antwortete ich zögerlich. Ich klang dabei so angespannt, dass ich mich selbst kaum wiedererkannte.

Bens Züge hatten so ganz und gar nichts Falsches. »Das kann nicht sein. Ich bin nur wenigen wie dir begegnet, Menschen, die so sind… wie ich… nur ganz wenigen. Und ich bin schon viele Male auf diese Welt gekommen. Es kann sein, dass ich mich täusche, aber das glaube ich nicht.«

»Menschen wie du?«, fragte ich vorsichtig nach.

»Wie ich, in dem Sinne, dass auch du dich erinnerst. Menschen erinnern sich ganz selten an die Zeit vor ihrer Geburt. Die Erinnerung von manchen reicht ein oder zwei Leben zurück, bei anderen sind es nur Bruchstücke. Aber dein Gedächtnis reicht tiefer, glaube ich.«

Ich sah mich um, um sicherzugehen, dass wir allein waren. Dann schaute ich in den Himmel zu Mond und Sternen auf, wie um mich ihrer zu vergewissern. »Das stimmt.«

Er nickte, in seinem Blick lag kein Triumph, er hatte ohnehin niemals daran gezweifelt. »Ein halbes Jahrtausend, oder mehr?«

»Das kommt ungefähr hin.«

»Wo fängt alles an?«

»Das erste Mal wurde ich in der Nähe von Antiochia geboren.«

»Das ergibt einen Sinn.« Er blickte an meinem Kopf vorbei Richtung Osten, wo gerade die Sonne aus dem Meer aufstieg.

»Warum?«

Er machte eine Bewegung, als wollte er einen Gedanken abschütteln, und richtete dann seinen Blick auf mich. »Es dämmert bereits.«

Damit wollte er sagen, dass wir jeden Augenblick abgelöst wurden. In seiner Miene lag Anteilnahme. Offensichtlich hatte er bemerkt, dass es mir um einiges schwerer fiel, diese Unterhaltung zu beenden, als sie zu beginnen.

»Wie konntest du das wissen? Das über mich?«

»Dafür habe ich keine Erklärung«, antwortete er. Sein Blick war so direkt wie meiner. Es war nicht seine Absicht, mir irgendwie auszuweichen. »Ich ... wusste es einfach.«

Und das war meine erste Bekanntschaft mit Bens außerordentlichen Fähigkeiten und der Unmöglichkeit, sie auch nur annähernd zu begreifen.

Ben ist eine sehr alte Seele. Wie alt, das weiß ich nicht. Manchmal vergleiche ich ihn mit Vishnu, so wie er die Geschichte der Menschheit in seinem Gedächtnis zu bewahren scheint, doch bin ich nicht einmal sicher, ob Ben überhaupt weiß, wann seine Existenz begann. Er erzählte mir einmal, dass das Geräusch der Wellen am Ufer des Euphrat seine allererste Erinnerung überhaupt ist. Doch sind seine Erinnerungen immer eher an Eindrücken als an Tatsachen orientiert. Und so wird die Menschheitsgeschichte im Gedächtnis eines Dichters bewahrt und weniger in jenem eines Historikers.

»Am Ende ist alles nur ein Sinnbild, findest du nicht auch?«, meinte er einmal in seiner nachdenklichen Art zu mir.

»Glaubst du wirklich?«, fragte ich in meiner nach Tatsachen heischenden Art zurück.

Er ist so alt, dass sein Gedächtnis anders als das seiner Mitmenschen arbeitet. Anders auch als meines. Er wurde später ein großer Fan von Lewis Carroll (er liebt auch die Upanischaden und die Werke von Aristophanes, Chaucer, Shakespeare, Tagore, Whitman, Borges, E. B. White und Stephen King, um nur einige Namen zu nennen). Als ich ihn einmal bedrängte, mir zu erklären, wie er etwas wusste, was er auf keinen Fall wissen konnte, zitierte er Lewis Carroll: »Das ist ja ein armseliges Gedächtnis, das nur rückwärts reicht.«

Einmal erzählte er mir, dass sein erster Vorname vermutlich Deborah gewesen sei, aber er sei sich dessen nicht sicher. Ich fragte ihn, ob er wolle, dass ich ihn so nannte, denn für mich war mein Name sehr wichtig, doch er verneinte, und meinte, er sei nicht mehr Deborah.

Ben und ich segelten auf drei aufeinanderfolgenden Reisen miteinander und hatten so Gelegenheit, über vieles zu sprechen. Die dritte und letzte Reise führte uns nach Alexandria, und Ben erzählte daraufhin viele lustige und bruchstückhafte Anekdoten aus dem Leben von Julius Cäsar, Marcus Antonius und Kleopatra, und auch von Ptolemäus, ihrem nervtötenden jüngeren Bruder, der später auch ihr Ehemann wurde. Dabei entdeckte ich, dass es keinen Sinn hatte, verstehen zu wollen, wie sein Gedächtnis und sein Zugriff auf die Vergangenheit genau funktionierten. Auf eine direkte Frage folgte niemals eine ebenso direkte Antwort. (»Sag die Wahrheit ganz, doch sag sie schief«, zitierte er später gern Emily Dickinson.) Aber es war eine Freude, ihm zuzuhören, und bereicherte einen um faszinierendes und seltenes Wissen.

Er war der umgänglichste Matrose, den ich jemals kennengelernt habe, und er verschmähte auch die niedrigen Arbeiten nicht. Niemals habe ich einen Matrosen beobachtet, der mit vergleichbarer Hingabe Knoten knüpfte. Es war einer meiner schlimmsten Augenblicke während meiner Jahre zur See, als ich erfuhr, dass Ben auf einer dunklen Straße außerhalb von Thira von ein paar betrunkenen Speerkämpfern blutig zusammengeschlagen worden war. Für einen Seemann brachte er einfach nicht den richtigen Charakter mit.

Nach unserer dritten Reise verschwand er, und ich begegnete ihm erst einige hundert Jahre später wieder. Aber zuvor führten wir eine Unterhaltung, die mir mehr als alle anderen im Gedächtnis geblieben ist.

In einer langen Nacht, ungefähr hundert Meilen vor der griechischen Küste, erzählte ich ihm von Sophia. Und sobald ich einmal davon anfing, konnte ich nur noch wenig für mich behalten. Ich begann mit unserer ersten schicksalhaften Begegnung und erzählte ihm von allen, die darauf folgten. Unbeschreiblich, wie anregend es war, mit jemandem zu sprechen, der so war wie ich, und wie sehr mir bewusst wurde, dass ich mich den meisten Menschen so gut wie nicht mitteilte. Ohne Erklärungen oder Entschuldigungen abgeben zu müssen, sprang ich in meiner langen Biografie hin und her wie ein Pianist, den man bisher dazu gezwungen hatte, nur einige weiße Tasten in der Mitte zu spielen, und der mit einem Mal die Erlaubnis hat, seine Hände über die gesamte Klaviatur laufen zu lassen.

Ich beendete meine Erzählung mit unserer jüngsten Begegnung, als ich noch ein Kind war und sie in ihrem Häuschen an einem Abhang in Zentralanatolien besucht hatte. Doch Ben zeigte sich vor allem an jenen Teilen meiner Geschichte interessiert, die auch Joaquim einschlossen, und ich musste ihm diese auf seinen ausdrücklichen Wunsch hin immer wieder erzählen.

Am Ende verlor ich die Geduld. Ich hatte ihm von Sophia erzählen wollen und nicht von meinem Bruder. Doch Ben bestand auf jeder Einzelheit. Er begann beim Streit mit Joaquim in meinem ersten Leben und zwang mich dann zu einer detailgetreuen Wiedergabe, wie ich mehr als zweihundert Jahre später von ihm erstochen wurde. Er hielt die Lider geschlossen, als verfolgte er das Geschehen vor seinem geistigen Auge mit.

»Gott sei Dank, jetzt ist es vorbei«, fasste ich schließlich zusammen. »Es gibt keinen Grund, wieder an ihn zu denken, wenn ich nicht dazu gezwungen werde.« Für Menschen wie uns war das Leben lang; lang genug, um Tragödien verblassen zu lassen. Jedenfalls war das zu jener Zeit meine Sicht der Dinge.

Ben saß zusammengekauert da und hatte die Stirn in die Hände gelegt. Dabei wiegte er den Oberkörper vor und zurück, den Grund dafür verstand ich nicht. Er war ein äußerst mitfühlender Mensch, das wusste ich, aber das hier wirkte ein wenig übertrieben.

Ich erinnerte mich, wie ich zu ihm sagte: »Ben, keine Sorge. Das war ein Leben von vielen anderen«, bereit, das Thema zu wechseln. »Wir schauen nach vorn und vergeben und vergessen. Ich vergebe, und er vergisst.«

Schließlich hob Ben den Kopf und betrachtete mich aufmerksam. Ich war diesen Blick gewohnt, doch diesmal war er von etwas überschattet, das ich bislang noch nicht an ihm bemerkt hatte.

»Glaubst du wirklich, dass er vergessen hat?«

»Was meinst du damit?«

»Ich bin überzeugt, dass du vergibst, doch bist du auch sicher, dass er vergessen hat?«

»Ich bin sicher, dass er schon seit Langem nicht mehr wieder aufgetaucht ist«, antwortete ich eilig. »Er ist seit mindestens hundert Jahren tot. Seitdem bin ich ihm in keinem neuen Leben mehr begegnet, doch ich gehe trotzdem davon aus, dass mir irgendwann in der Zukunft dieses zweifelhafte Vergnügen bevorsteht.«

Ich hatte gehofft, mit diesen leichthin gesagten Worten den Ernst in Bens Gesicht zu zerstreuen, aber es war mir nicht gelungen. Mir wurde unbehaglich zumute. »Was genau meinst du?«, fragte ich noch einmal nach.

»Bist du sicher, dass er vergessen hat?«

»Jeder vergisst«, sagte ich beinahe angriffslustig.

»Nicht jeder.«

»Vielleicht nicht du und ich, aber sonst jeder.« Ich starrte Ben an und hoffte verzweifelt, wieder etwas vom üblichen Optimismus in seinen Augen zu sehen, aber vergebens. »Weißt du etwas?«, fragte ich ihn ungeduldig und mit einem Anflug von Enttäuschung. »Wenn du etwas weißt, dann verrate es mir.«

»Ich weiß nichts, aber ich mache mir so meine Gedanken«, antwortete Ben bedächtig. »Ich habe gerade über ihn nachgedacht, und ich glaube, dass er weder vergisst noch vergibt.«

»Warum glaubst du das? Bei Joaquim gab es überhaupt keine Anzeichen dafür. Er hat wie ein Mann ohne Geschichte gelebt, und unsere Art von Gedächtnis ist ohnehin selten, oder nicht? Während der letzten fünfhundert Jahre bist du der einzige Mensch, der mir begegnet ist, der es ebenfalls besitzt. Und obwohl du ihn nicht kennst, glaubst du, dass er es besitzt?«

Wahrscheinlich wollte ich Ben gegen mich aufbringen, aber es gelang mir nicht. Ich wollte, dass er mit mir zu streiten anfangen würde, aber auch das tat er nicht. »Glaubst du, dass irgendjemand weiß, dass du dieses Gedächtnis besitzt? Glaubst du, dein Bruder weiß über dich Bescheid?«

Während ich so dastand, wuchs meine Furcht. Joaquim war mir wegen jener einschneidenden Erlebnisse in meinem ersten Leben eindringlich in Erinnerung geblieben. Wenn es mir gelang, mein Leben bis in diese Zeit zurückzuverfolgen, warum sollte ihm das nicht ebenso gelingen? Ich wusste nicht, was ich sagen sollte, ich konnte Bens Worte nicht widerlegen, und ich wollte nicht darüber nachdenken, was das für mich und Sophia bedeutete, wo immer sie sein mochte.

»Ich hoffe, ich täusche mich«, sagte Ben mit mitleidigem Blick. »Aber ich glaube, dass auch er sich erinnert.«

Während all dieser Jahre habe ich oft gehofft, dass Ben sich damals getäuscht hat, aber soweit ich weiß, irrt er sich leider so gut wie nie.

Immer wenn ich an meine Zeit als Matrose zurückdenke, fällt mir ein Hund namens Nestor ein. Er war ein Straßenköter, und immer wenn ich zwischen zwei Reisen an Land war, fütterte ich ihn. Er war klug und erwartete mich schwanzwedelnd am Schiff, egal, wie lange ich auch immer fort gewesen war. Einmal nahmen wir ihn mit auf die Reise zu einigen pestverseuchten Häfen in Spanien, um die an Bord befindlichen Ratten zu jagen, und er leistete ganze Arbeit. Ich hatte Nestor ins Herz geschlossen.

Er muss für einen Hund außerordentlich alt geworden sein, denn nach meinem Tod wurde ich wiedergeboren, und zwar mitten in derselben Stadt. Als ich sechs oder sieben Jahre alt war, unternahm ich einen Spaziergang zum Hafen, um nach alten Freunden Ausschau zu halten. Und siehe da, ich begegnete Nestor, der zwar mittlerweile alt und voller Arthrose war, aber ich wusste trotzdem, dass er es war. Und erstaunlicherweise erkannte auch er mich wieder. Da bin ich mir ganz sicher. Er beschnüffelte mich und wedelte so begeistert mit dem Schwanz, dass man fürchten musste, er würde ihm abfallen. Er leckte meine Hand und spielte mit mir und bettelte in seiner gewohnten Art um Belohnung. Es war eine der erfreulichsten Erfahrungen in meinem langen Leben. Ich fühlte mich wie ein kleiner Odysseus, der endlich von jemandem wiedererkannt wird.

Mitunter ertappe ich mich bei dem Wunsch, dass Hunde so lange leben mögen wie Menschen. Mein Leben wäre dann sehr viel weniger einsam. Doch Nestor starb nur kurze Zeit später. Während ich in jenem Leben heranwuchs, ging ich oft in der Hoffnung an den Hafen, Nestor in seinem neuen Körper als junger Hund wiederzubegegnen. Doch habe ich ihn niemals wiedergefunden. Heute weiß ich, dass Hunde, wie die meisten Tiere, keine individuelle Seele haben.

Sie haben sozusagen die Seele ihrer Gattung. Bei den Bienen und Ameisen kann man das sehr schön erkennen. Jedes einzelne Tier besitzt das Wissen und die Weisheit seiner Gattung; ein Privileg, das wir Menschen nicht mit ihnen teilen. Allerdings wird es dadurch geradezu unmöglich, sie von einem Leben zum nächsten wiederzuerkennen.

Manchmal überlege ich, und C. G. Jung würde mir darin wahrscheinlich zustimmen, dass eine frühe Variante der menschlichen Gattung, der Australopithecus oder der Neandertaler, ebenfalls diese Form der Seele besaß. Mir scheint, dass der entscheidende Augenblick, in dem sich der Mensch unwiderruflich von der Gattung Affe oder anderen verwandten Lebewesen weg- und weiterentwickelte, die Geburt einer individuellen Seele war. Aber wie viel Leid sollte darauf folgen.

CHARLOTTESVILLE, VIRGINIA, 2006

Er war sich seines Plans nicht ganz sicher, wollte ihm aber dennoch folgen. Er hatte Angst, ihr zu begegnen, und zugleich hoffte er darauf. Hoffnung war stets die positive, Angst die negative Seite seiner Gefühle, und oft war das eine nicht klar vom anderen zu unterscheiden.

Seit er Joaquim im Fernsehen wiedererkannt hatte, musste er immerzu an Sophia denken. Etwas wirklich Neues war das nicht, jetzt aber war er ernsthaft um ihre Sicherheit besorgt. Während der vergangenen zwei Jahre hatte er ihre Spur aus einer gewissen Entfernung verfolgt. Er hatte stets gewusst, wo sie sich befand, ohne sich ihr zu nähern, denn er hatte nicht noch mehr Unheil anrichten wollen. Doch jetzt musste er sich mit eigenen Augen davon überzeugen, dass es ihr gut ging. Eine seiner schlimmsten Befürchtungen war, dass Joaquim sie finden und ihr Schaden zufügen könnte. Eine andere, dass es ihm auf irgendeine Weise gelingen könnte, ihn aufzutreiben, und dass er Joaquim, ohne sich dessen bewusst zu sein, auf Sophias Spur führen könnte. Daniel war zwischen dem Wunsch, sie zu beschützen (und ihr zugegebenermaßen auch nahe zu sein), und der Angst, dass seine Gegenwart sie erst recht in Gefahr bringen könnte, hin und her gerissen.

Jedoch waren Joaquims Grausamkeit anscheinend einige Grenzen gesetzt. Zwar besaß er die Kraft der Erinnerung, jenes phänomenale Gedächtnis, gepaart mit einem menschenfeindlichen Charakter, dennoch war er nicht in der Lage, Seelen in ihren unterschiedlichen Körpern wiederzuerkennen. »Er kann in Menschen nicht hineinsehen«, hatte Ben dieses Unvermögen in Worte gefasst.

Doch bot Joaquims Aggressionsbereitschaft ihm auch einige Vorteile, wie etwa die Fähigkeit, Körper zu stehlen, und Daniel wurde das furchtbare Gefühl nicht los, dass Joaquim mit der Zeit darin recht geübt wurde.

Daniel stellte den Wagen in der Nähe des Krankenhauses ab und ging auf die Rotunda zu. Für amerikanische Verhältnisse war dieses Gebäude alt, doch er stellte bewundernd fest, dass es in seiner Ausgestaltung die Hand eines Meisters erkennen ließ. Er wünschte, er hätte zu Zeiten von Thomas Jefferson in der Neuen Welt gelebt. Es war eine seiner bevorzugten Epochen in der Geschichte, in der er ein kurzes und merkwürdiges Leben in Dänemark verbracht hatte. Die meisten seiner Leben fügten sich in einen größeren Zusammenhang und waren Ausdruck seines Willens, doch hin und wieder hatte er sich an Orten wie Dänemark unter Fremden wiedergefunden.

Er war mit Jeffersons Werk vertraut. Er hatte sogar einmal geglaubt, ihn 1961 auf einem Freedom Ride nach Oxford, Mississippi, wiedererkannt zu haben. Er hatte ihm von dessen Stand am Straßenrand einen Eistee und eine Tüte mit Pfirsichen abgekauft. Der Mann hatte sich als Noah vorgestellt. Er war alt und müde und hatte, so erzählte er, das gleiche Land bestellt, auf dem schon sein Großvater als Sklave gearbeitet hatte und sein Vater als Pächter. Daniel war sich nicht sicher, ob er wirklich Jefferson vor sich hatte, denn er hatte den bedeutenden Mann der amerikanischen Geschichte niemals mit eigenen Augen gesehen. Er kannte ihn nur von Gemälden und Zeichnungen, die nicht hundertprozentig zuverlässig waren, wenn es um das Erkennen einer Seele ging, obwohl es sehr viel besser funktionierte als mit Fotografien. Doch im tiefsten Inneren spürte Daniel, dass er recht haben könnte. In Noahs Augen war noch etwas von Jeffersons Wesen zu erkennen.

Noah war jetzt eine müde Seele, und Daniel hatte damals angenommen, dass dies sein letztes Leben und damit der Abschluss einer bemerkenswerten Existenz sein würde. Es war kein Zufall, dass Jefferson, einerseits Liebhaber der schwarzen Sklavin Sally Hemings und andererseits Sklavenbesitzer, zum Abschluss seines Lebenszyklus als Farbiger auf die Welt kommen würde. Niemals hätte Noah vermutet, wer er einmal gewesen war. Daniel war versucht, es ihm gegenüber zu erwähnen, verwarf aber den Gedanken. Ihn befiel immer ein merkwürdiges Gefühl der Einsamkeit, wenn er etwas über einen anderen Menschen wusste, wovon dieser keine Ahnung hatte.

Daniel spürte, wie ihm ein Schweißtropfen über den Rücken lief. Die Luft war so feucht, dass man sie zu riechen, hören, fühlen und zu sehen glaubte, ja, dass man sie zwischen den Zähnen hätte kauen können. Ihm gefiel es nicht, wie der Schweiß sein bestes Hemd durchtränkte, jenes weiße Leinenhemd, das sie ihm damals vor fast neunzig Jahren geschenkt hatte, als sie noch Constance gewesen war. Es hatte ihrem Vater, dem Viscount, gehört. Er hatte dieses Hemd von einem Leben zum nächsten gehütet und mit anderem wertvollen Hab und Gut aufbewahrt und trug es nur selten, um es zu schonen. Als sie es ihm zum ersten Mal gegeben hatte, war es ihm zu groß gewesen, und der Viscount war ihm wie ein Riese erschienen, doch in diesem Leben war er so hochgewachsen, dass es ihm kaum passte. Niemals zuvor war er in einem Leben so groß gewesen. Heute hatte er dieses Hemd angezogen, weil er sehr an ihm hing und weil er fand, dass es ihm, obwohl es ein wenig spannte, gut stand. (Eigentlich kümmerte er sich wenig um sein Aussehen, doch er hatte den Körper eines Einundzwanzigjährigen, und hin und wieder überkam ihn dann doch die Eitelkeit.) Doch hauptsächlich trug er das Hemd in der Hoffnung, dass sie daran erkennen möge, was er ihr einmal bedeutet hatte. Nach all den Jahren hingen für ihn immer noch sein alter Schweiß und sein Fieber in den Hemdfasern, die Gerüche des großen alten Hauses, in dem sie gelebt hatte, das Poliermittel, das Bohnerwachs und der antiseptische Krankenhausgeruch. Und irgendwo war in dem Gewebe auch eine schwache, kaum wahrnehmbare Note von ihr. Nicht nur eine Vorstellung von ihr, sondern wirklich etwas von ihr als Person. Aus diesem Grund liebte er dieses Hemd.

Daniel hegte die Vermutung, dass einzig der Geruchssinn in seinem gegenwärtigen Körper wirklich hervorragend war. Sein Gehör allerdings war alles andere als hervorragend. Er konnte sich an viele Musikstücke erinnern und einige Instrumente spielen, aber das bedeutete keineswegs, dass auf sein Gehör immer Verlass war. In einigen Körpern war es sehr gut gewesen, in anderen außerordentlich schlecht. Früher hatte er geglaubt, dass er die Grenzen seines Körpers kraft seines Willens und seiner Erfahrung überlisten könnte, doch so funktionierte das Ganze nicht. Mit der Zeit begriff er, dass Talent die entscheidende Rolle spielte. Es gab Fähigkeiten, für die einzig der Körper ausschlaggebend war, und ein musikalisches Gehör war eine von ihnen.

Auch seine Augen waren nicht besonders gut. Vieles erkannte er zwar, wenn er es nur flüchtig sah, aber das lag daran, dass er so vieles auf der Erde unter den unterschiedlichsten Bedingungen zu Gesicht bekommen hatte. Mehr als einmal war er in seinem Leben Matrose gewesen und unendlich langsam über die Wasser dieser Welt geschippert, wo die Zeit keine Rolle spielte. Trotzdem hatte er nicht immer einen klaren Blick auf die Welt gehabt. Nur zweimal hatte er es zu einem wirklich guten Künstler gebracht. Gutes Sehvermögen kann man ebenfalls nicht von einem Leben in ein anderes mitnehmen.

Der Tastsinn ist etwas Grundsätzliches, nahezu Unveränderliches und daher durch Wiederholung schwer zu steigern. Im Gegenteil, je öfter man etwas berührt, desto weniger spürt man es. Seiner Ansicht nach gehörten Erwartung und Gewohnheit zu den schlimmsten Übeln, die alten Seelen zusetzte und langjährige Erfahrung zunichte machten. Beides gedeiht durch Wiederholung und überlagert mit der Zeit die Neugier der Sinne, bis nichts sich mehr neu anfühlt. Es gab Dinge, von denen er sich wünschte, er könnte sie noch einmal zum allerersten Mal berühren.

Geruchs- und Tastsinn sind eng miteinander verwandt, als wären sie siamesische Zwillinge, von denen der eine die meisten Organe in sich birgt, eingeschlossen das Gehirn, und der andere für das Vergnügen und gelegentlich auch für eine scharfe Warnung zuständig ist. Aber der Geruchssinn ist es, der die Erinnerungen trägt. Daniel hatte sich ausreichende neurologische Kenntnisse erworben und sich in den Neurowissenschaften erst vor Kurzem auf den neuesten Stand gebracht, deshalb wusste er, wie stark vereinfacht seine Vorstellung war, aber so war es nun einmal. Der Geruch verbindet einen mit anderen Lebensphasen, Erinnerungen an Gerüche verblassen nicht und schließen gemachte Erfahrungen miteinander kurz. Da gibt es keine Umwege über endlose Erfahrungsketten und Assoziationen, und sie müssen nicht erst durch das Bewusstsein abgerufen werden. Gerüche verbinden einen sofort und vollständig mit anderen Lebenszeiten, ohne Rücksicht auf deren zeitliche Abfolge. Näher kann man in dieser Welt einer Zeitreise nicht kommen. Hätte Daniel sein außerordentliches Erinnerungsvermögen erklären sollen, hätte er es anhand seines Geruchssinns versucht. Über die Jahrhunderte hatte er viele unterschiedliche Nasen gehabt, doch seine Gabe, Gerüche wahrzunehmen und zu speichern, war ihm geblieben.

Er ging die Alderman Street hinunter, am Stadion vorbei und in Richtung der Studentenunterkünfte des Hereford College, wo sie wohnte. Hier konnte er ihr jederzeit begegnen. Hier lebte sie, und hier spazierte sie herum. Durch das Adrenalin in seinem Körper nahm er die Geräusche um sich her noch deutlicher wahr. Das Dröhnen eines Rasenmähers, das Blätterrauschen in den Bäumen, die Fahrgeräusche der Lastwagen auf dem außer Sichtweite liegenden Highway. Das hier war der Ort, an dem sie lebte, und je näher er Whyburn House kam, desto mehr stellte er sich ihre Gegenwart dort vor. Das waren ihr Bürgersteig, ihr Blütenstaub, ihr Himmel. Alle Menschen, die sich in Richtung dieses Gebäudes bewegten, nahmen wenigstens für einen Augenblick ihre Züge an.

Es war schwierig für ihn, sie sich vorzustellen, wie sie jetzt war. Er neigte dazu, ihr Bild von damals, als Sophia, als Vorlage zu benutzen und es dann vor seinem geistigen Auge als Bilderfolge laufen zu lassen. Doch mischten und überlagerten sich in ihrem Bild unterschiedliche Erinnerungen, und es war schwierig, an ihrer gegenwärtigen Erscheinung, so wie er sie bei einer Begegnung auf dem Bürgersteig antreffen würde, festzuhalten. Ihr Körper war jetzt kleiner, überlegte er, und ihr Knochenbau leichter und weicher. Das letzte Mal, als alte Frau, waren auf ihren Handrücken Altersflecken und hervortretende Venen zu sehen gewesen.

Er dachte an das erste Mal zurück, als er ihr in diesem gegenwärtigen Leben begegnet war. Da war sie mit Marnie auf dem Bürgersteig entlangspaziert, fünfzehnjährig und in Shorts, und war so strahlend, als hätte die Sonne sie erwählt. Das war, bevor er nach Hopewood gezogen war und bevor sie überhaupt von seiner Existenz erfahren hatte.

Dann überfiel ihn die Erinnerung an jene Augenblicke, in denen er sie, zwei Monate nach seiner Ankunft an der Schule, in der Töpferwerkstatt beobachtet hatte. Er hatte ihr nicht auflauern wollen. Er war zu dem Gebäude gegangen, in dem die Kunstateliers untergebracht waren, weil er sich für einen Kurs in Druckgrafik einschreiben wollte. Als er den zuständigen Lehrer nicht angetroffen hatte, war er ein wenig herumspaziert. Er stand in dem Durchgang zwischen den beiden Sälen, als er bemerkte, dass das Mädchen an der Töpferscheibe niemand anderes war als sie. Er wollte sie ansprechen und nicht einfach nur so dastehen, doch ihr Anblick lähmte ihn. Als er endlich wieder zu sich kam, war zu viel Zeit vergangen. Die ganze Zeit hatte sie nicht aufgeschaut, was zu seiner Selbstversunkenheit noch beigetragen hatte. Ihr Fuß brachte die Scheibe zum Drehen, der Tonbatzen drehte sich mit, ihre Hände bewegten sich formend in selbstvergessener Harmonie, die Sonne schien durch die schmutzigen Fenster herein, und ihr Blick konzentrierte sich auf etwas, das er nicht erkennen konnte. Sie war bis zu den

Ellenbogen tonverschmiert, auch an ihrem T-Shirt und auf ihrem Gesicht und in ihrem Haar klebte Ton.

Er dachte an jene Nacht in der Highschool zurück und an sie in ihrem leichten lila Kleid mit den kleinen lila Blumen im Haar. Er hörte sein Blut rauschen, während seine Hände sie umfasst hielten. Sie war damals so schön wie immer gewesen. Vielleicht lag es nur an seiner Wahrnehmung, aber ihr Lächeln war eine Offenbarung.

Und heute? Was würde er tun, wenn er ihr begegnete? In Gedanken hatte er die Situation bereits in verschiedenen Möglichkeiten durchgespielt. Würde sie stehen bleiben und ihn erkennen? Falls nicht, würde er sie ansprechen? Was würde er sagen? Würde es ihm genügen, sie einfach nur zu sehen? Ja, das würde es, sagte er sich. Er wollte sie nur ansehen in dem Bewusstsein, dass sie beide zur gleichen Zeit am gleichen Ort lebten. Sogar das würde schon ein Trost sein, fast eine Form von Vertraulichkeit. Oder war es falsch, dies als Vertraulichkeit auszulegen?

Sie wohnte mit Marnie im dritten Stock von Whyburn House. Er hatte Nachforschungen angestellt, um das herauszufinden, aber auch nicht mehr. Hätte er mehr herausgefunden, wäre er sich wie ein Stalker vorgekommen. Doch wenn er nicht einmal das in Erfahrung gebracht hätte, wäre er herumgeirrt wie ein Idiot. Er wollte keinen Wissensvorsprung haben. Er wollte kein Ungleichgewicht mehr zwischen ihnen. Er wollte keine weiteren Informationen und sich stattdessen überraschen lassen. Ein Teil von ihm wünschte sich, dass es eine ganz normale Begegnung zwischen einem Jungen und einem Mädchen sein würde, die sich ineinander verliebten.

Hier in diesem roten Backsteingebäude wohnte sie. Das war ihre doppelte Glastür, ihr rutschfester Bodenbelag. Ihr Briefkasten. Einer von ihnen musste es sein. Man konnte fühlen, wie die riesige Klimaanlage die Luft umwälzte.

Er hatte einmal in Studentenunterkünften gewohnt, hatte sich aber nicht daran gewöhnen können. Um es einmal so zu sagen: Sie waren nicht so funktional wie Militärbaracken oder Klöster, sondern strahlten die Beliebigkeit und den milden Zwang von sozialem Miteinander aus. Und dieses Wohnheim stand fast leer, was diesen Eindruck noch unterstrich. Er grüßte den Wachmann am Eingangsschalter und blickte auf das Formular, in das man sich eintragen musste. Es stand ein Name darauf, ihrer war es nicht.

»Ihren Ausweis, bitte«, sagte der Wachmann.

»Bitte?«

Der Wachmann stellte sein Radio leiser. Auf seinem Namensschildchen stand Claude Valbrun. »Sie müssen sich ausweisen, wenn Sie hier nicht wohnen. Und Sie wohnen nicht hier, denn sonst würde ich Sie kennen.« Er sagte das überhaupt nicht unfreundlich, sondern mit hörbarem Stolz.

Verwirrt griff Daniel nach seinem Führerschein. »Ich bin nicht… Ich wollte das Gebäude gar nicht betreten«, erklärte er.

»Was machen Sie dann hier?«

Daniel hielt inne. Eine gute Frage, auf die er aber keine Antwort wusste. Der Wachmann zeigte auf ein Telefon, das neben seinem Schalter an der Wand hing. »Auch wenn Sie nur das Haustelefon benutzen wollen, müssen Sie sich eintragen.«

Wollte er dieses Telefon benutzen? Konnte er einfach den Hörer abnehmen und sie anrufen? Wie sollte er das anstellen? Sollte er zuerst nach ihrer Nummer fragen? Würde Claude Valbrun ihm die geben? Und was hatte er sich überhaupt bei dem Ganzen gedacht?

»Sie suchen nach jemandem«, informierte ihn der Wachmann freundlich.

Daniel nickte.

»Wen?« Er wollte Daniel weiterhelfen.

Daniel kam sich vor wie in einer Therapiesitzung. Sollte er ihm einfach alles erzählen? Dann würde er nicht mehr an sich halten können. In seinem Eifer würde er sie noch Sophia nennen. »Lucy Broward.«

»Oh, Lucy.« Der Wachmann lächelte. »Die mit den langen Haaren. Lucy vom dritten Stock. Das Mädchen gefällt mir.«

Daniel nickte eifrig.

»Zu Weihnachten hat sie mir Schokolade geschenkt und eine kleine Blume mit roten Blüten für meine Frau. Wie hieß die Blume noch?« Er schloss ein Auge, um sich besser zu konzentrieren. »Für manche Dinge habe ich ein gutes Gedächtnis, für andere überhaupt nicht.« Er schloss das andere Auge. »Wie hieß die noch mal? Meine Frau wusste den Namen.«

»Ich habe keine Ahnung«, antwortete Daniel aufrichtig. »Weihnachtsstern?« Er wünschte, sie könnten sich endlich wieder dem eigentlichen Thema zuwenden.

Der Wachmann öffnete beide Augen. »Hmm. Nein, der Name fing, glaube ich, mit einem C an. Oder einem G. Er fällt mir bestimmt wieder ein, wenn Sie gerade am Gehen sind. Wie auch immer, Lucy ist nicht hier.«

»Ach ja?« Seine Hoffnungen fielen so schnell und so klein in sich zusammen, dass ihm erst jetzt bewusst wurde, wie groß sie gewesen waren. Er konnte seine Enttäuschung nicht verbergen.

»Selbstverständlich. Die meisten sind weg. Am vierten Mai hat der letzte Unterricht stattgefunden. Jetzt ist es ruhig hier, bis nach dem vierten Juli die Sommerstudenten auftauchen.«

»Sie ist den ganzen Sommer über weg? Sie kommt nicht noch einmal zurück?« Hatte er sich wirklich eingebildet, sie einfach so sehen zu können?

»Sie und ihre große Freundin sind Ende letzter Woche ausgezogen.«

»Marnie?«

»Marnie, genau.«

»Ich habe keine Ahnung, wo sie im nächsten Jahr wohnen. Vielleicht hier, vielleicht auch irgendwo anders.«

Daniel nickte düster. Wer konnte wissen, ob sie überhaupt wieder zu diesem Campus zurückkehren würde. Was, wenn sie an einem Austauschprogramm oder etwas Ähnlichem teilnahm? Er hatte sie mitnichten gefunden.

Claude sah ihn mit echtem Mitgefühl an, während er ihm seinen Führerschein wiedergab. Es war schon richtiggehend peinlich. »Mir kommt's so vor, als ob mit der Schule jedes Jahr früher Schluss ist«, sinnierte er laut und schüttelte dabei den Kopf auf eine Art, dass Daniel sich ihm irgendwie verwandt fühlte. Dieser Mann hier sah sie alle jahrein, jahraus vorbeilaufen, mit jedem Jahr jünger und weiter entfernt von ihm selbst.

Jetzt war es für Daniel eigentlich an der Zeit, seinen Führerschein in die Brieftasche zurückzustecken, auf dem Absatz kehrtzumachen und zur Tür hinauszugehen. Aber plötzlich hatte er dazu keine Lust mehr. Er wollte hier bei diesem freundlichen Mann bleiben, der Sophia mochte. Er wollte, dass Claude noch einmal versuchte, sich an den Namen der Blume zu erinnern.

Daniel fühlte sich wie beim Topfklopfen, wenn man »wärmer!« und »kälter!« rief. Dieses Gebäude war nicht so heiß wie erhofft, denn Sophia befand sich nicht mehr darin. Aber immerhin war es hier drin viel wärmer, als draußen, wo ihre Spur erneut eiskalt sein würde.

Er steckte seinen Führerschein zurück in die Brieftasche und diese in seine Hosentasche, aber er wandte sich nicht zum Gehen. »Was können Sie sich leicht einprägen?«, fragte er und versuchte dabei einen leutseligen Ton anzuschlagen.

Claude zuckte mit den Schultern. Er schien sich über ein bisschen Gesellschaft zu freuen. »Gesichter und Namen.«

Nach drei Bieren fühlte Daniel sich zuversichtlicher. Vielleicht verbrachte sie den Sommer in Charlottesville. Vielleicht nahm sie hier einen Job an und zog für ein paar Monate vom Campus weg. Vielleicht jobbte sie als Bedienung oder hatte sich eines von diesen Genius T-Shirts übergezogen und arbeitete im Apple-Store. Vielleicht würde sie in genau diese Bar spaziert kommen, wenn er nur lange genug hier saß.

»Noch eins«, rief er dem Barkeeper zu und hob sein Glas. Erst nach ein paar Versuchen gelang es ihm, den Typen auf sich aufmerksam zu machen. Der Barkeeper war so gefragt, dass er nichts mehr hörte oder sah, was nicht in unmittelbarer Nähe vor sich ging.

»Danke«, sagte Daniel, als sein viertes Bier endlich kam und ihm inzwischen bewusst geworden war, wie sinnlos seine vielen »Vielleicht« waren. Ihm war völlig klar, dass er vier oder zehn oder auch fünfzig von diesen Bieren trinken konnte, und sie würde immer noch nicht zur Tür hereinspazieren. Er hatte bereits zwei Studentinnen aus ihrer Highschool gesehen, einer war er auf dem Bürgersteig begegnet, und die andere stellte ihre Brüste auf dem Ecktisch zur Schau, und beide waren leider nicht sie. Nichts um ihn herum hatte auch nur ansatzweise mit ihr zu tun, und je mehr er trank, desto weiter schien sie von ihm entfernt.

Wahrscheinlich war es besser so. Was konnte er ihr schon Gutes tun? Aber er wollte sie doch nur sehen, das würde ihm schon genügen! Nur aus diesem Grund war er gekommen.

Er bedauerte, sein bestes Hemd angezogen und sich am Morgen so voller Freude und Hoffnung im Spiegel betrachtet zu haben. Was hatte er sich nur gedacht? Er wünschte, er hätte ein Hemd zum Wechseln dabei. Die neuen Gerüche in dieser Bar, sein neuer Schweißgeruch und das Parfüm von diesem Mädchen in der Ecke würden sich in den Fasern festsetzen und dort den wertvollen Rest von ihr überlagern. Er fand diese Vorstellung grauenhaft.

Der Typ zu seiner Rechten hatte ein Doppelkinn und Stollen an seinen Fußballschuhen und betrank sich noch schneller als er. Er machte einen irgendwie vertrauten und unsympathischen Eindruck, mit dem sich Daniel aber nicht unbedingt näher befassen wollte.

Das fünfte Bier kam ungefähr um die gleiche Zeit wie das Mädchen aus der Ecke, die auf dem Hocker zu seiner Linken Platz nahm. Er dachte nicht daran, dass sie sich vielleicht an ihn erinnerte, bis sie es tat.

»Warst du nicht auch in Hopewood?«, fragte sie.

»Eine Zeit lang.« Ihre Zähne waren sehr weiß. Die Leute hatten alle weiße Zähne heutzutage.

»Ich erinnere mich an dich. Du warst…« Sie machte den Eindruck, als müsste sie schwer ihre vom Wodka gelöste Zunge im Zaum halten. »Egal«, sagte sie verschmitzt.

Er starrte an ihrem Nacken vorbei. »Kein Problem«, antwortete er, obwohl sie sicher gern ein Gespräch mit ihm angefangen hätte.

»Bist du jetzt hier?«, fragte sie. In der Schule war sie in irgendeiner Mannschaft gewesen, erinnerte er sich. In seiner Vorstellung trug sie eins von diesen Kostümen mit ganz kurzem Faltenröckchen, in dem sie dauernd herumgewirbelt wurde.

»Hier am College? Nein. Du?«

»Ja. Ich bin im vorletzten Jahr.«

Zweifellos würde sie Sophia kennen, aber er verkniff es sich, sie danach zu fragen.

»Auf welches College gehst du?«

Er nahm einen großen Schluck Bier. »Auf gar keins. Ich arbeite.« Er hatte keine Lust, die Wahrheit zu sagen.

Das Interesse in ihren Augen erlosch ein wenig oder veränderte sich zumindest.

»Triffst du dich immer noch mit Leuten aus Hopewood?«, fragte sie.

»Nein.« Er nahm einen weiteren Schluck. Es war heiß hier. »Du?«

»Klar. Mit einigen, aus unserer Klasse sind neun Leute hier.«

Er nickte und bestellte einen weiteren Wodka Tonic für sie.

»Kann ich dir was sagen?«

Er ließ sich erweichen. »Klar.«

»Wir dachten, du wärst tot.«

»Ach.«

»Jemand hat erzählt, dass er gesehen hat, wie du von einer Brücke gesprungen bist.«

Innerlich zuckte er bei ihren Worten zusammen. Das gehörte

nicht gerade zu seinen besten Erinnerungen. »Da haben sie sich geirrt, nehm ich mal an.«

Sie nickte und nippte an ihrem Drink. »Schön, dass du nicht tot bist.«

»Danke auch.«

Sie lehnte sich zur Seite und küsste ihn am Mundwinkel. Er fühlte die Feuchte ihres Speichels und Schweißes, die sie auf seiner Haut hinterließ.

»Und wen siehst du noch so?«, fragte er.

»Aus unserer Klasse?« Bei jeder Bewegung klingelten ihre Armreifen.

»Ja.«

Er wartete, bis sie bei Marnie, Lucys Freundin, angelangt war.

»Ich glaube, ich kann mich an sie erinnern.«

»Komische Type. Blond mit schwarzen Strähnen?«

»War sie nicht die Freundin von …« Er kam sich blöd vor, wie er da so tat, als suchte er nach dem Namen des für ihn wichtigsten Menschen auf der Welt.

»Von wem?« Sie starrte ihn mit einem Blick an, als wäre er durchsichtig. »Du meinst Lucy, nicht wahr?«, sagte sie tonlos.

So gern er etwas über sie erfahren hätte – etwa, dass sie jetzt mit Drogen handelte, Männerkleider trug, Trommelstöcke wirbelte, egal was, solange sie auf der Welt war –, irgendwann wurde es ihm dann doch zu blöd. Er erhob sich. »Ich muss pinkeln«, murmelte er. Er haute einen Zwanzig-Dollarschein auf die Theke, um den Rest seiner Rechnung zu bezahlen.

»Ich wette, du weißt nicht mehr meinen Namen.«

Er ging weiter.

»Warte«, sagte sie. Als sie nach seinem Handgelenk griff, klimperten ihre Armreifen ein wenig lauter. »Wo willst du jetzt hin?«

»Ich geh. Ich fahr in den Norden zurück.«

»Warte doch«, sagte sie. »Im Deke House ist eine Party. Komm doch mit.«

Sein dämliches Reptiliengehirn warf die Frage auf, ob Sophia vielleicht dort sein würde. »Nein, ich muss los.« Das fünfte und sechste Bier waren ihm anzuhören. Er musste zu seinem Auto zurück und seinen Rausch ausschlafen.

»Bist du sicher? Ich bestell dir noch'n Bier, und dann kannst du es dir überlegen.«

Er schüttelte den Kopf. Wenn er noch eins trinken würde, dann würde er seinen Blick nicht mehr aus dem Ausschnitt ihrer Bluse loseisen können. Und wenn er dann noch eines intus hätte, dann würde er wahrscheinlich mit aufs Zimmer gehen, sich mit ihr auf das Doppelbett werfen und sie mit geschlossenen Augen ausziehen, denn sie war nicht die Frau, an die er dachte. Es wäre nicht das erste Mal, und er hatte sich danach nie sehr gut gefühlt. Sie studierte wahrscheinlich für einen Master in Wirtschaft oder Politik, und sie konnte ausgezeichnet Margaritas mixen, liebte ihren Vater, ihre Vorhand war stärker als die eines Mannes und weiß nicht noch was alles, aber sie war auch der Typ Mädchen, der im entscheidenden Augenblick den Namen eines anderen Mädchens zu hören bekommt.

»Ich heiße Ashley«, rief sie ihm hinterher.

Er pinkelte mehrere Bier aus, und als er zurückkam, bemerkte er, dass der sturzbetrunkene Typ mit den Stollenschuhen seinen Barhocker mit Beschlag belegt hatte und sich direkt in Ashleys Ausschnitt lehnte. Ihr Verhalten hatte sich verändert.

Er hörte, wie sie zu ihm sagte: »Was hast du für'n Problem?«, während der Typ sich so weit nach vorne lehnte, dass ihm sein Barhocker fast unter dem Hintern wegrutschte. Er hielt sich mit beiden Händen an ihr fest, und als sie ihn von sich wegschob, schwankte sein Hocker und krachte auf den Boden. Ashley stand auf und trat ein paar Schritte zurück.

»Blödes Miststück«, rief der Typ hinter ihr her und erhob sich mühsam. »Komm schon, beweg deine Titten hierher.« Seine Worte waren ein vom Gin verzerrtes, spuckefeuchtes Genuschel.

Daniel ging an die Bar zurück. Während Ashley ihre Sachen zusammensuchte, baute er sich vor dem Typen auf. Der wandte sich Daniel zu. »Is' was?«

Daniel betrachtete ihn und verlor das letzte bisschen Vergnügen an seinem angetrunkenen Zustand. Eingehend betrachtete er die Augen, Augenbrauen, Schultern und Ohren des Mannes und fügte seine Beobachtungen zusammen. Ein Gesicht in einer Bar fiel ihm ein, so ähnlich wie diese hier. Aber im Winter in … irgendwo. Es war kalt. Es musste in St. Louis gewesen sein. Sein Gesicht war mit einem wächsernen roten Lippenstift verschmiert, wie die Mädchen ihn damals trugen. Ein Kleid mit Blumenmuster, ein falscher Busen lugte daraus hervor. Sie erzählte ihm, sie wäre ein Model, und zeigte ihm ihr Foto. Es war eine Anzeige für einen örtlichen Autohändler. Vielleicht für Oldsmobile. Er erinnerte sich an viel Hintern und Beine und wenig Gesicht. Sie war sehr stolz auf die Aufnahme gewesen. Sie hatte gehört, dass er bei der Zeitung seines Vaters ein Praktikum machte, und rief ihn einen Monat lang jeden Tag an. »Ich will berühmt werden«, sagte sie zu ihm.

Halt den Mund, ermahnte er sich selbst. »Ich kenn dich«, sagte er.

»Red keinen Scheiß.«

»Doch. Ida. Ich kenn dich. Du hast dich nicht verändert, du trinkst zu viel.«

Der Typ überlegte, ob er ihm eine reinhauen sollte.

»Dir gefällt, dich fotografieren zu lassen. Ich bin sicher, das magst du immer noch. Du fährst immer noch auf deine Wäsche und deine Schuhe ab. Spitze, hohe Hacken und der ganze Kram. Gar nicht einfach, das Zeug in deiner Größe zu finden, hab ich recht?«

Jetzt hörte auch der Barkeeper zu, und Ashley war langsam näher gekommen, um ebenfalls was mitzukriegen.

Wäre Ida weniger betrunken gewesen, dann hätte er seine Überraschung und sein Unbehagen besser verstecken können. Daniel fand es alles andere als ehrenvoll, als er bemerkte, dass er sich nicht geirrt hatte. Es war einfach, solche Dinge an einem Menschen wahrzunehmen. Wenn man zwischen zwei Leben das Geschlecht änderte, bedeutete das fast immer, dass man sich in der Übergangszeit in einer Art Verwirrung befand. Und Exhibitionismus war eine erotische Marotte, die einen Menschen von einem Leben zum anderen verfolgte.

»'nen Teufel hast du recht«, antwortete der Typ, aber er war deutlich kleinlauter geworden.

In der Bar war es still geworden, als Daniel sich zum Gehen wandte. Scham erfüllte ihn. Er war frustriert und müde. Früher hatte er das öfter gemacht, hatte andere bestraft, indem er Geheimnisse und Verletzlichkeiten nutzte, von denen sie nichts ahnten. Aber er hatte vor vielen Leben damit aufgehört. Sie würden am Ende ihre Bestrafung vergessen, er aber würde sie mit sich herumtragen.

In seinem vorigen Leben war er im Alter von sieben Jahren im Büro seines Onkels einem Mann begegnet, der das quälende Bedürfnis hatte, sein gesundes Bein oberhalb des Knies amputieren zu lassen. Jeder, der Mann selbst mit eingeschlossen, dachte natürlich, dass er unter geistiger Verwirrung litt, und kein Arzt wollte die Amputation durchführen. Aber Daniel erinnerte sich aus einem früheren Leben an ihn, und er begriff. Nicht alles, sondern nur einen Teil. Er erinnerte sich, dass jener Mann ein Soldat gewesen war und mit siebzehn in der Schlacht an der Somme sein Bein verloren hatte. Daniel erzählte ihm alles, woran er sich erinnerte. Hier war es nicht um Bestrafung oder Vergeltung gegangen, sondern um Mitleid.

CHARLOTTESVILLE, VIRGINIA, 2006

An einem Freitagabend im Oktober war Lucy allein in ihrem Zimmer, als das Telefon läutete. Es war ein Anruf aus der Lobby.

»Ist da Lucy?«

»Ja.«

»Hallo, hier ist Alexander.«

»Alexander? Was machst du denn hier? Bist du unten?«

»Ja, kann ich raufkommen?«

»Marnie ist nicht hier. Sie ist bis morgen in Blacksburg.«

»Kann ich trotzdem raufkommen?«

Lucy sah auf die Uhr, dann glitt ihr Blick an ihrem Schlafanzug hinunter. Eigentlich hatte sie an diesem Abend mit einem Roman von Emily Brontë im Bett bleiben wollen, aber sie konnte Marnies kleinen Bruder nicht einfach abweisen. »Meinetwegen. Gib mir zwei Minuten Zeit, bis ich mich angezogen habe.«

Er gab ihr keine zwei Minuten, nach einer klopfte er bereits an ihrer Tür.

Sie ließ ihn warten. Als sie die Tür öffnete, begrüßte er sie mit einer überfallartigen Umarmung.

»Was machst du denn hier?«, fragte sie, nachdem sie sich von ihm befreit hatte.

»Ich schau mir Colleges an.«

»Ach. Bist du schon in der zwölften Klasse?«

»Ja, ich bin tatsächlich schon in der zwölften Klasse.« Wäre er der Typ dazu gewesen, hätte er jetzt auf beleidigt gemacht. »Ich werde im Januar achtzehn.«

»Weiß Marnie, dass du hier bist?«

Er zuckte mit den Schultern. »Ich hab's vielleicht erwähnt. Ziemlich sicher sogar.«

»Komisch, mir hat sie gar nichts gesagt.«

Wieder zuckte er mit den Schultern und wirkte kein bisschen reumütig. Sie kannte Alexander seit seiner frühen Kindheit, und er war der gutmütigste und gleichzeitig nachlässigste Mensch, der ihr je begegnet war.

»Kann ich trotzdem bleiben?«

Er hatte sein übliches entwaffnendes Lächeln aufgesetzt.

»Wissen deine Eltern, dass du hier bist?«

»Klar doch«, meinte er mit der ihm eigenen Verbindlichkeit.

Gegen ihren Willen musste sie lachen. »Meinetwegen kannst du bleiben.« Sie hatte den Satz noch nicht ganz ausgesprochen, da hatte er seine Reisetasche auch schon auf den Boden fallenlassen und es sich auf Marnies Bett gemütlich gemacht.

»Du bist gewachsen«, meinte sie.

Er nickte. »Und du hast dich nicht verändert.«

»Deine Haare sind länger.« Er hatte wunderbares gelocktes, sandfarbenes Haar. Als er noch klein war, vertrieben sie und Marnie sich ihre Zeit damit, es zu stylen, wenn sie ihn dazu überreden konnten, stillzuhalten.

Er sprang auf und ging zu Sawmills Terrarium. »Du hast diese Schlange immer noch?«, fragte er ungläubig.

Lucy seufzte. Wenn das so weiterging, würde das Vieh wahrscheinlich älter als Dana werden. »Ja, willst du sie haben?«

Alexander lachte auf. »Lass uns ausgehen. Laufen hier irgendwelche Partys? Sollen wir zu einer College-Bar gehen? Ich hab meinen gefälschten Ausweis dabei«, drängelte er.

Lucy warf einen sehnsüchtigen Blick auf *Sturmhöhe*. Draußen regnete es, und die Luft war feuchtkalt. Aber sie fühlte sich irgendwie als große Schwester verpflichtet, Alexander in die College-Welt einzuführen, die er sich in seiner Fantasie sicher schon in den blumigsten Farben ausgemalt hatte.

Zwei Partys, eine Bar und einen Pub später war Lucy todmüde und sehr betrunken. Alexander wollte tanzen, also tanzten sie. Sie bemerkte, dass viele der Mädchen ein Auge auf ihn warfen, und sah ihn plötzlich in einem anderen Licht. Die zweieinhalb Jahre Altersunterschied zwischen ihnen waren ihr größer vorgekommen, als sie noch zehn oder sechzehn gewesen war.

Oje, was würde Marnie wohl dazu sagen, wenn sie erfahren würde, dass Lucy ihren Bruder mit jenem Blick betrachtete? Hoffentlich dachte er nicht, dass sie mit ihm flirtete oder so. Sie hatte ihn mehrmals ermuntert, auch andere Mädchen aufzufordern, aber er hatte nichts davon hören wollen.

»Ich hab Hunger«, erklärte er, und legte lässig seinen Arm um sie. Er war ein gutes Stück größer als Lucy.

Er hatte sie die ganze Nacht umarmen und mit ihr tanzen wollen. Sie hatte sich an seine körperliche Nähe gewöhnt, und das Ganze war gar nicht mehr so bemerkenswert. Er selbst war unglaublich gelassen.

»Ich auch. Willst du ein Stück Pizza?«

»Gute Idee!«

Sie spazierten im Regen zu einer Pizzeria an der West Main Street. Die grelle Innenbeleuchtung machte sie noch betrunkener. Zuvorkommend zückte Alexander seinen Geldbeutel und bezahlte für drei Stück Pizza, eins für sie und zwei für sich selbst. Dann setzten sie sich draußen auf eine Bank und fielen über die Pizza her, als wären sie am Verhungern. Lucy fror nicht mehr, aber ihr Wollpullover roch nach nassem Hund.

»Erinnerst du dich noch, als Marnie und ich dir Zöpfchen und überall auf dem Kopf kleine Dutts gemacht haben?«

Er lachte. »Kannst du dich noch erinnern, als Dorsey deine Geburtstagstorte aufgefuttert hat?«

»Weißt du noch, als Tyler in deine Colabüchse gepinkelt hat?«

Er nickte. »Als er sie mir reichte, war die Büchse warm, und das hat mich misstrauisch gemacht.« Er kaute an seiner Pizza. »Weißt du noch, als du auf mich aufgepasst hast und mir zum Abendessen Pfannkuchen mit Himbeermarmelade gemacht hast?«

»Hab ich das?«

»Du hast überall Himbeeren reingetan.«

»Nein, ich meine, habe ich auf dich aufgepasst?«

»Eigentlich hätte Marnie das machen sollen, aber sie ist mit einem Typen losgezogen, und da hast du das für sie übernommen.«

»Ich glaube, ich erinnere mich daran. Warst du da nicht schon ein bisschen zu groß fürs Babysitten?«

»Ja, schon. Ich war vierzehn. Aber meine Eltern sind für ihren Hochzeitstag irgendwohin verreist.«

»Sie sind übers Wochenende nach Greenbrier gefahren, daran kann ich mich erinnern.«

»Soll ich dir was gestehen?« So wie er sie ansah, war sie sich nicht sicher, ob sie das wirklich wollte. »Ich bin außen am Haus raufgeklettert und habe gesehen, wie du dich zum Duschen fertiggemacht hast.« Er wirkte nicht unbedingt schuldbewusst, eher selbstgefällig.

»Alexander!«

»Tut mir leid.« Besonders reumütig sah er nicht aus.

Sie merkte, wie sie rot wurde. »Das hast du wirklich getan? Ich kann's nicht glauben.«

»Es war nicht richtig, aber es war die Sache wert.«

Sie boxte ihn in den Bauch.

Er lachte. »Wirklich, ich würde es sofort wieder machen.«

Sie versuchte, ihn wieder zu boxen, aber er fing ihre Arme ab und rangelte mit ihr. Bevor sie sich versah, küsste er sie.

»Hör auf, Alexander«, sagte sie lachend und versuchte sich zu befreien. Er küsste sie weiter.

»Warum? Ich will gar nicht aufhören.«

»Du bist Marnies kleiner Bruder. Ich bin zu alt für dich.« Eigentlich wollte sie nicht, dass er aufhörte, und er schien das zu ahnen.

Der Regen wurde stärker, und er packte sie an der Hand.

»Lass uns zurück aufs Zimmer gehen«, meinte er.

Vom Regen in die Traufe, dachte sie bei sich, als sie durch die Straßen zurück zu ihrem Zimmer in Whyburn House eilten. So weit hatte sie seine Fantasien übers College-Leben eigentlich nicht unterstützen wollen. *Lass die Finger davon*, ermahnte sie sich. Sie erinnerte sich daran, dass sie die große Schwester hatte spielen wollen.

»Es ist spät, und wir gehen jetzt gleich zu Bett, und zwar jeder in seins«, erklärte sie, während sie den Schlüssel zu ihrem Zimmer im Schloss drehte. »Abgemacht?« Sie sah zu ihm auf. Hatte er ein süffisantes Grinsen aufgesetzt?

Er ließ sie in Ruhe, während sie sich abtrocknete, ins Bad ging, sich die Zähne putzte und einen Flanellschlafanzug überzog, der alles, nur nicht sexy war. Als sie ins Zimmer zurückkam, fläzte er sich auf Marnies Bett, als wäre er hier zu Hause.

»Das hast du nicht ernst gemeint«, sagte er bekümmert.

Stimmt, dachte sie bei sich. »Doch, das habe ich«, antwortete sie.

Sie lag in der Dunkelheit wach. Sie bekam kaum Luft, an Schlafen war nicht zu denken. Vor ihrem geistigen Auge sah sie seinen Oberkörper, kurz bevor sie das Licht gelöscht hatte. Er summte irgendeine Melodie.

Wo war eigentlich das Problem? Er war jung, er war Marnies kleiner Bruder, na und? Worauf wartete sie? Er war hier, in seiner ganzen männlichen Pracht, und sie wollte tatsächlich einschlafen? Daniel war fort. Er hatte nie gut als Ausrede getaugt, jetzt noch weniger als zuvor. Daniel war immer eine Idealvorstellung gewesen, eine Kategorie für sich. Alexander gehörte in eine andere. Dorthin, wo das Leben tatsächlich stattfand. Alexander war hier neben ihr, mit warmen Lippen, und sie wollte ihn in ihrem Bett haben, und zwar auf eine Art und Weise, die mit irgendwelchen Idealvorstellungen so gar nichts zu tun hatte.

»Alexander, he!«, flüsterte sie.

Sein Kopf fuhr hoch. »Ja?«

»Komm rüber.«

Er schoss in ihr Bett hinüber, als wäre er schon die ganze Zeit auf dem Sprung gewesen. Im Bruchteil einer Sekunde war er unter ihrer Decke und umfing sie mit seinem Körper.

Das kann nicht wahr sein, dachte sie bei sich.

»Wenn Marnie das jemals erfährt, dreh ich dir den Hals um«, flüsterte sie ihm zu. Das waren vielleicht nicht gerade romantische Worte, aber er ließ sich nicht beirren, sondern nickte ihrem Bauchnabel zu.

Er zog ihr den Schlafanzug mit einer Hand aus, und erwies sich dabei als äußerst geschickt. Wahrscheinlich hatte er so was schon zig Mal gemacht. Er war sexy, charmant und unkompliziert. Laut Marnie war die Hälfte der Mädchen an der Hopewood Highschool in ihn verknallt, und er zeigte sich nicht abgeneigt. Wahrscheinlich hatte er mit jeder unverheirateten Frau zwischen fünfzehn und dreißig in Hopewood geschlafen. Und wahrscheinlich hatte er das auf eine so angenehme Art getan, dass ihm niemand böse sein konnte. Praktischerweise hatte er auch sogleich ein Kondom zur Hand. Wahrscheinlich trug er immer größere Mengen in sämtlichen Hosentaschen mit sich herum, wahrscheinlich auch in den Schuhen und für den Notfall sogar hinter den Ohren.

Während er sie küsste, schoss ihr ein weiterer drängender Gedanke durch den Kopf: *Bitte mach, dass er nicht merkt, dass es für mich das erste Mal ist.*

»Du musst verschwinden«, verkündete sie Alexander am nächsten Morgen.

»Warum muss ich verschwinden?«, fragte er müde. »Ich finde, du solltest wieder zu mir ins Bett kommen. Colleges anzuschauen gefällt mir sehr.«

»Weil Marnie vor Mittag wieder hier sein wird, und wenn sie uns sieht, wird sie sofort merken, was passiert ist.«

»Nein, das wird sie nicht.«

»O doch, das wird sie.«

»Lucy«, jammerte er.

»Wirf dir deine Klamotten über, Mister.« Sie zeigte auf seinen Kleiderhaufen auf dem Boden. »Komm ein andermal wieder. Und überhaupt, müsstest du bei deiner College-Tour nicht Kurse besuchen, dich mit der Studentenkanzlei in Verbindung setzen und dergleichen mehr?«

Er lachte leise. »Meinetwegen, dann gehe ich.« Er setzte sich im Bett auf. »Kommst du nur noch einmal für einen Augenblick her?«

Sie ging zu ihm, und der Augenblick zog sich in die Länge. Dann begleitete sie ihn hinunter in die Lobby und schickte ihn fort. Er raubte ihr noch einen Kuss, bevor er sich in den blauen Suburban seiner Mutter setzte.

Als sie die Lobby durchquerte, hielt Claude, der Wachmann, sie mit einem Augenzwinkern an. Das war ihr zweites Jahr in diesem Studentenheim, und sie wusste, dass er sie nicht ohne Kommentar ziehen lassen würde.

»Ein neuer Freund?«, fragte er.

Es war ziemlich offensichtlich, dass Alexander bei ihr übernachtet hatte. Sie war sich nicht sicher, wie dreist ihre Lüge sein durfte.

»Nein.«

»Nein? Ein gut aussehender junger Mann.«

»Das stimmt.«

»Der andere hat mir auch gefallen, wenn Sie erlauben.«

»Welcher andere?«

»Der junge Mann, der sich letztes Jahr nach Ihnen erkundigt hat.«

»Wer war das?«

»So groß wie der von heute, aber mit dunklen Haaren. Ein freundliches Gesicht.« Claudes Miene wurde nachdenklich. »Ein trauriges Gesicht.«

Lucy hatte die Absicht gehabt, sich schnell in den Aufzug zu verdrücken und alle Spuren nächtlicher Ausschweifung zu beseitigen, doch etwas in seiner Stimme ließ sie innehalten.

»Der andere hatte Sie sehr gern, glaube ich«, fügte Claude hinzu.

»Ich habe keine Ahnung, wer das gewesen sein könnte. Wo war ich da?«

»Sie und Ihre Freundin waren gerade für die Sommerferien ausgezogen.«

»Und er hat nach mir gefragt?«

»Ja, er war sehr enttäuscht, Sie nicht anzutreffen.«

Sie überlegte, wer das gewesen sein könnte. »Ist er seitdem noch einmal wiedergekommen?«

»Ich habe ihn seitdem nicht mehr gesehen. Nicht während meiner Schicht. Aber ich halte die Augen offen.«

»Okay. Sie erinnern sich nicht zufällig an seinen Namen, oder?«

»Er hat sich mir nicht vorgestellt, glaube ich, aber er hat mir seinen Ausweis gezeigt.« Claude verzog grübelnd das Gesicht. »Ich glaube, er hieß Daniel.«

Das sollte die eine Nacht in Lucys Leben sein, in der sie beim Einschlafen nicht an Daniel dachte. In dieser Nacht fühlte sich ihr Körper ein wenig wund an und ein bisschen so, als ob er nicht ihr gehörte. Auch ihr Bett roch fremd und fühlte sich auch so an. In dieser Nacht wollte sie beim Einschlafen an Alexander denken: an seine Großherzigkeit, an seine Erfahrung und an die eigenartigen und aufregenden Empfindungen, als sie mit ihm zusammen war.

Doch als sie ihr Kissen zusammenknüllte und sich zum hundertsten Mal im Bett herumwälzte, wanderten ihre Gedanken hinunter in die Lobby und zu dem jungen Mann mit dem traurigen Gesicht, der nach ihr gefragt hatte und dessen Name vielleicht Daniel war. Und weil der gute Claude Valbrun ein so unzuverlässiges Gedächtnis hatte, achtete sie auch in dieser Nacht nicht mehr auf ihren Körper und schlief mit einer vagen Erinnerung an Daniel ein.

HASTONBURY HALL, ENGLAND, 1918

Einige hundert Jahre lang war ich wie die Sonne langsam westwärts gewandert. Ich habe eine Theorie, die ich nicht belegen kann, und laut dieser machen das viele von uns so. Ich habe keine Ahnung, warum, und nicht jede Seele lebt lang genug, um diese Reise zurückzulegen. Einige Seelen leben nur einmal. Mindestens eine Seele, Ben, hat den Erdball umrundet.

Ich bin in der Nähe von Bukarest auf die Welt gekommen, in Montenegro, zweimal außerhalb von Leipzig und einmal auch in der Dordogne. Wie ihr euch vorstellen könnt, habe ich auf meiner Reise eine Reihe von Sprachen und Fertigkeiten erlernt. Anscheinend bin ich weder im hohen Norden noch im tiefen Süden gewesen. Nur einmal wurde ich in Afrika geboren, und zwar im Osten, dem heutigen Mosambik, und niemals habe ich mich privilegierter und gleichzeitig verlassener gefühlt als an diesem schönen und erbarmungslosen Ort. Manchmal träume ich noch von der schwarzen Haut auf meinen Händen; das ist Teil meiner Identität. Und dann gab es dieses eine kalte Leben in Dänemark. Ansonsten bewegte ich mich in einem weiten bogenförmigen Bereich auf der Nordhalbkugel.

Sophia habe ich kurz am Ende eines jungen und ausschweifenden Lebens in Griechenland wiedergefunden. Ich war aus Geschäftsgründen von Montenegro nach Athen gereist. Damals war ich vermögender Politiker und Kaufmann. Dieses Leben gehörte zu einer Reihe von Leben, in denen ich Reichtum und Macht anhäufte, weil ich dazu in der Lage war und weil mir nichts anderes einfiel. Ich musste ungefähr ein halbes Dutzend Leben hinter mich bringen, um den Unterschied zwischen Mittel und Zweck zu erkennen.

In jener Zeit war ich mit mir ziemlich im Reinen. Ich hatte eine füllige Ehefrau und zwei schöne Mätressen, eine jung und eine alt. Ich besaß ein Schloss, von dem aus man die südliche dalmatinische Küste überblickte, und viele Kunstwerke, die ich sammelte, aber niemals betrachtete. Sophia war immer gegenwärtig, aber die Erinnerung an sie war etwas verblasst.

Da war ich also in jener Straße in Athen, prachtvoll ausstaffiert und von einem Kreis Männer umgeben, denen mein scharfer Verstand schier den Atem raubte und die über jeden meiner Witze lachten, und da sah ich sie. Sie kauerte am Ende einer Gasse über einem Stück Brot, dunkelhäutig und mit dunklen Augen. Wahrscheinlich hatte sie das Brot gestohlen, denn als ich auf sie zuging, lief sie fort. Zum Unverständnis meiner Begleiter rannte ich ihr nach. Ich war dickleibig und litt unter Gicht, und ich brauchte einige Minuten, bis ich sie eingefangen hatte. Sie begann zu weinen. Ich streckte die Hand nach ihr aus und spürte, dass sie nur Haut und Knochen war.

»Beruhige dich«, versuchte ich sie in mehreren Sprachen zu beschwichtigen, bis sie mich zu verstehen schien. »Ich bin dein Freund.« Wahrscheinlich war sie sechs oder sieben Jahre alt, aber in ihrem halb verhungerten Zustand sah sie viel jünger aus. Sie wollte nicht mit mir kommen, und so setzte ich mich zu ihr. Ich wollte ihr sofort Nahrung und Kleidung besorgen, wollte sie aber nicht zurücklassen, denn sie wäre sofort verschwunden, sobald ich mich abgewandt hätte.

So saßen wir lange da. Ich redete auf sie ein und erzählte ihr Geschichten von ihr und mir, bis die Sonne untergegangen war und der Mond schien. Ich hielt sie in meinen Armen, bis sie eingeschlafen war. Ihr Herz klopfte schnell und laut, und ihr Atem ging stoßweise. Ich legte eine Hand an ihre Stirn und merkte, dass sie vor Fieber glühte. Ich brachte sie zu der Villa, in der ich residierte, und ließ nach dem besten persischen Arzt in der ganzen Stadt rufen. Als wir sie aufs Bett legten, entdeckten wir, dass ihr ein furchtbares

Unglück widerfahren war. Ihr linker Arm war über dem Ellenbogen fast gänzlich abgetrennt, und die Wunde war schlecht verbunden und hatte sich schwer entzündet. Ich versorgte sie und blieb bei ihr, bis sie zwei Tage später starb. Es gab nichts, was man hätte tun können.

Danach habe ich sie lange nicht mehr gefunden. Fast fünfhundert Jahre lang nicht. Ich hatte Angst, dass ihre Seele vergangen war. Es würde schwer sein, sich von der Art Leben zu erholen, das sie hinter sich hatte. Manche Seelen trachten nach Ganzheit und Ausgleich, müsst ihr wissen, andere vergehen vor Mutlosigkeit. Wie ich schon erwähnte, treibt uns vor allem unser Wille dazu an, immer wieder zurückzukehren. Wenn unsere Aufgabe erfüllt ist, im Guten wie im Schlechten, bedeutet das gewöhnlich das Ende.

Aus reinem Egoismus habe ich im tiefsten Inneren immer gehofft, dass Sophia und ich miteinander ein Ganzes bilden würden. Ich verabscheue diese Formulierung (genauso wie das Wort »Seelenverwandtschaft«), aber ich finde keine bessere. Ich dachte immer, ich könnte meine Sünden tilgen und durch sie ein besserer Mensch werden. Ja, ich bin dreist genug zu glauben, dass ich sie besser würde lieben können als irgendjemand sonst. Immer fürchtete ich, dass sie nicht in mir, sondern in einem anderen ihre ideale Ergänzung finden würde, und ich würde immer noch da sein, dumm und halbfertig, für alle Zeit.

Schließlich kam ich nach England. Ich wurde am letzten Tag des neunzehnten Jahrhunderts auf dem Land, in der Nähe von Nottingham, geboren. Ich war recht erfreut, mich dort wiederzufinden. Obwohl die Sonne über dem Britischen Weltreich niemals unterging, war ich nie dessen Untertan gewesen. Meine Mutter kümmerte sich um ihre Kinder und den Garten. Ich hatte drei Schwestern. Eine von ihnen war in Frankreich ein Onkel von mir gewesen und die andere meine Ehefrau, was ein etwas merkwürdiges Gefühl war.

Mein Vater arbeitete in einer Textilfabrik, und in seiner Freizeit hielt er Tauben. Hinter dem Haus hatte er einen Verschlag und züchtete sie von einem Bestand, der seit mehr als zweihundert Jahren im Besitz der Familie war. Ich hatte an Rennen und der Jagd kein Interesse, konnte mich aber für den Flug der Tauben begeistern und für ihre Gabe, immer wieder nach Hause zu finden. Auch die Aussicht, dass Menschen eines Tages würden fliegen können, faszinierte mich.

Zu den Helden meiner Kindheit gehörte Percy Pilcher, der frühe Luftfahrtpionier, und ich erinnere mich, dass ich im Alter von neun Jahren die Fortschritte der Brüder Wright verfolgte und meinen Vater anbettelte, uns zur ersten öffentlichen Vorführung in Le Mans mitzunehmen.

Während des Ersten Weltkriegs dachte ich darüber nach, wie man Tauben dazu bringen könnte, Nachrichten und Medikamente über die feindlichen Linien zu befördern, und in der Tat nutzten die Briten und alle anderen Seiten Tauben. Doch ich war jung und stark und stammte aus einer Arbeiterfamilie – das ideale Kanonenfutter. Ich war gegenüber meinem Vaterland loyal und so begierig darauf, meine vaterländische Pflicht zu erfüllen, dass ich mich mit sechzehn als Pulveraffe gemeldet hätte, um dabei zu sein. Aber ich musste bis 1918 warten, bis ich als Infanterist diente, und dem Tod bin ich erst in der zweiten Schlacht an der Somme, später in jenem Jahr, begegnet. Mir ist das immer noch sehr gegenwärtig.

Vieles gäbe es zu dieser Schlacht zu sagen. Ich fiel einem Gasangriff zum Opfer, wurde angeschossen und in dem berüchtigten Schlamm zurückgelassen, mehr will ich an dieser Stelle nicht erzählen. Ich war immer noch am Leben und doch dem Tod so nah wie noch nie zuvor. Als ich erwachte, blinzelte ich ins Sonnenlicht, das gleißend durch ein großes, altes Fenster fiel. Sowie ich mich regte – später wurde mir gesagt, es sei mein erstes Lebenszeichen nach mehreren Tagen gewesen –, kam eine junge Frau mit einem Schwesternhäubchen an mein Bett geeilt. Als ich blinzelnd meinen Blick fokussierte, sah ich über mir ein Gesicht, das von so einer Lieblichkeit und tiefen Vertrautheit war, dass ich dachte, ich hätte von ihm geträumt. Hätte ich das Leben nach dem Tod (sowie jenes davor und jenes zwischen zwei Leben) nicht so viele Male erlebt – ich hätte mich im Himmel gewähnt.

Sie legte ihre Hand auf meine, und aus irgendeinem Grund dachte ich, das bedeutete, dass auch sie sich erinnerte. »Sophia«, keuchte ich, und vor verwirrter Entzückung barst mir schier das Herz. »Ich bin's.«

In ihrem Blick lag mehr Mitleid als Wiedererkennen. Ich war halb tot und verstört, aber nicht so verstört, dass ich sie nicht erkannt hätte. »Ich heiße Constance«, flüsterte sie mir zu. Ich spürte den Hauch ihres Atems auf meiner Haut. »Ich freue mich, dass Sie aufgewacht sind.«

Sie war es. Sie war es tatsächlich. Freute sie sich wirklich?, fragte ich mich. Konnte es sein, das auch ich ihr bekannt vorkam? Wusste sie, wie viel sie mir bedeutete?

»Doktor Burke wird ebenfalls hocherfreut sein. Gestern ist ein anderer Junge aus Ihrer Einheit aufgewacht, und jetzt Sie.«

Ich war irgendein anderer Junge in einem Lazarett, ein Toter weniger. Ich nahm ihren netten Akzent und ihre weiße adrette Tracht wahr. »Sind Sie Krankenschwester?«, fragte ich.

»Noch nicht ganz«, antwortete sie mit stolzer Bescheidenheit. »Ich lerne noch.«

Ihre Art war mir so vertraut, und sie war so freundlich. Ich hätte ihr so gern alles erzählt, aber ich wollte nicht, dass sie mir davonlief, bevor ich sie überhaupt richtig betrachtet hatte.

»Wo befinden wir uns?«, fragte ich weiter. Ich blickte auf das große Fenster und die elegante Zimmerdecke.

»Wir sind in Hastonbury in Kent.«

»In England?«

»Ja, in England.«

»Hier sieht es aus wie in einem Palast«, sagte ich und hatte Mühe mit dem Atmen.

»Es ist nur ein Landhaus«, meinte sie. Kurz sah sie zu Boden, bevor sie den Blick wieder auf mich richtete. »Aber jetzt ist es ein Lazarett.«

Ich bemerkte meine Atemlosigkeit, meine Brust schmerzte furchtbar. Andere Schmerzen drangen in mein Bewusstsein. Ich versuchte mich zu erinnern, was mir widerfahren war. In vergangenen Kriegen, an denen ich teilgenommen hatte, waren noch kein Phosphor und Senfgas zum Einsatz gekommen. Ich freute mich, Sophia wiederzusehen, aber plötzlich hatte ich Angst davor, welchen Eindruck ich auf sie machte. »Bin ich noch ganz?«, fragte ich.

Sie betrachtete mich von Kopf bis Fuß. »Ein bisschen ramponiert, aber sonst scheint alles soweit noch an seinem Platz zu sein«, antwortete sie. In ihren Worten schwang ein wenig Galgenhumor mit, da war ich mir fast sicher.

»Keine Verbrennungen?«

Sie fuhr unmerklich zusammen. »Ein paar Brandblasen, aber keine schweren Verbrennungen. Da haben Sie Glück gehabt.«

Ich versuchte, meine Beine zu bewegen. Eine Welle von Schmerz durchfuhr mich, aber sie waren immer noch dran und gehorchten mir. Ich konnte ihre Hand auf meiner fühlen. Auch dort gab es keine Fühllosigkeit oder Lähmung. Hoffnung erfüllte mich. Sophia war hier an meiner Seite, und ich war weder tot noch verstümmelt.

Sie legte die Hand auf meine Stirn, meine Haut war schweißnass. Ihre zärtliche Geste rief eine andere Art von Schmerz in meiner Brust und meiner Kehle hervor. Erkannte sie mich überhaupt?

»Komm, Constance. Mach weiter mit deiner Runde«, ließ sich eine ältere Frau vernehmen, wahrscheinlich eine voll ausgebildete Krankenschwester. Was ihre Stimme, ihr Aussehen und ihre Art anging, war sie nicht halb so nett wie Sophia.

Sophia blickte unvermittelt auf. »Der Patient …«, sie schaute auf meine Krankenkarte. »D. Weston ist aufgewacht, Ma'am«, sagte sie beflissen. »Soll ich es Doktor Burke melden?«

Die Krankenschwester schien diese Ankündigung längst nicht

so aufsehenerregend zu finden wie Sophia. »Ich wird's ihm sagen«, meinte sie mit einem kritischen Blick in meine Richtung.

»Gut, Schwester Foster«, erwiderte Sophia.

Ich fand es grässlich, als Sophia ihre Hand von meiner nahm und ans nächste Bett trat und dem nächsten Jungen in meiner Bettreihe die Hand auf die Stirn legte. Mein Nacken schmerzte zu sehr, um ihn noch weiter zu drehen, aber so viel konnte ich sehen. Ich hörte, wie sie mit ihm sprach und wie sich bei ihrem Anblick seine Gemütsverfassung aufhellte.

Genau, ich war nur ein ramponierter Junge unter vielen im Lazarett, und sie war die gutherzige Lernschwester, die in uns Gedanken an Liebe und Hoffnung weckte. Sie hatte keine Ahnung, dass sie Sophia war, und sie wusste nicht, dass ich es war. Aber wir befanden uns in unserem Leben zur gleichen Zeit am gleichen Ort, und schon deswegen war ich überglücklich und unendlich dankbar.

CHARLOTTESVILLE, VIRGINIA, 2007

Lucy nahm ein paarmal die falsche Abzweigung, aber endlich hatte sie ihn gefunden. Es war fast genau ein Jahr her, dass sie das letzte Mal dort gewesen war, und die Rosen blühten noch üppiger. Auch das Gras war länger. Sie klopfte an die Tür des Trailers, aber nichts rührte sich. Ihr Auto war das einzige weit und breit.

Lucy konnte nicht einfach so nach Hause fahren. Zwei Tage zuvor hatte sie ihre Sachen gepackt und war aus dem Studentenheim ausgezogen. Sie hatte zwei Nächte in Marnies Sommerwohnung an der Bolling Avenue geschlafen, und jetzt war das Auto fertig beladen, um sie für die nächsten drei Monate nach Hopewood zurückzubringen. Das hier war ihre letzte Chance. Sie stieg wieder in ihren überhitzten, vollgestopften Wagen und wartete. *Was mache ich hier eigentlich?* Sie kam sich vor wie eine Stalkerin.

Wie die Zeiten sich doch ändern, dachte sie bei sich. Noch ein Jahr zuvor hatte sie nicht das geringste Vertrauen in Madame Esme gehabt, und jetzt wartete sie voller Hoffnung vor deren heruntergekommenem Wohntrailer auf das, was ihr die junge Frau wohl sagen würde.

Lucy hatte die Wange gegen die Fensterscheibe gelehnt und war kurz davor einzuschlafen, als ein Auto in die Einfahrt einbog. Es war ein alter, verrosteter Nissan. Lucy brauchte einen Augenblick, bis sie erkannte, dass die junge Frau, die ausstieg, genau dieselbe war, die sich Madame Esme genannt hatte.

Lucy stieg aus ihrem Wagen und fing die Frau auf dem Weg zu ihrer Tür ab.

»Entschuldige, dass ich dich so überfalle …«

Die Frau wandte sich um, und Lucy bemerkte, dass sie ein blaues Polohemd mit einem weißen aufgenähten Wal-Mart-Logo trug. Auf ihrem Namensschild standen »Hi« und der Name Martha.

»Ich war schon einmal bei dir«, fuhr Lucy fort. »Vor einem Jahr. Du nennst dich Madame Esme, stimmt's?«

Die Frau nickte langsam. Sie gab nicht zu verstehen, dass sie Lucy erkannt hatte oder sich über das Wiedersehen freute.

»Tut mir leid, dass ich einfach so aufkreuze. Ich war damals zu einer Sitzung bei dir. Ich weiß nicht, ob du dich erinnerst. Wahrscheinlich nicht. Wahrscheinlich hältst du eine ganze Menge Sitzungen, und da …«

Die Frau zuckte mit den Schultern. Lucy fand die ganze Madame-Esme-Show ein bisschen unsinnig, aber im Rückblick war sie auch bemerkenswert gewesen. Ohne die Aufmachung sah die Frau sehr jung und zerbrechlich aus. Lucy bemerkte einen blauen Flecken an ihrem Kiefer und fragte sich, woher der stammte. Sie ertappte sich dabei, wie ihre Hand an diese Stelle in ihrem Gesicht wanderte, wie um sie zu schützen.

»Hör zu, ich habe über die Dinge, die du mir damals gesagt hast, viel nachgedacht. Ich hatte gehofft, ich könnte dir vielleicht noch ein paar Fragen dazu stellen. Oder vielleicht können wir auch eine andere Sitzung abhalten. Geld habe ich dabei.«

Die junge Frau schüttelte den Kopf, noch bevor Lucy ausgeredet hatte.

»Tut mir leid, nein.«

»Aber du könntest …« Lucys Stimme zitterte. Sie wusste nicht, was sie machen sollte. Ihre Rückkehr hierher war die reine Verzweiflungstat. Sie hatte Madame Esme verachtet, infrage gestellt und sich über sie lustig gemacht, aber schließlich hatte sie kapituliert. Das ganze Esme/Martha-Theater war etwas für Verrückte, aber Lucy brauchte sie. Lucy war mit den Nerven ziemlich am Ende. Mit dieser weiteren Erniedrigung, dieser Zurückweisung, hatte sie nicht gerechnet. Nicht mit fünfzig Dollar in der Hosentasche.

»Darf ich dir ein paar Fragen stellen?«, versuchte es Lucy noch einmal. »Du kannst dich wahrscheinlich nicht mehr an mich erinnern, aber du hast mir damals viele merkwürdige Dinge erzählt, und wie schon gesagt, ich habe darüber nachgedacht. Ich habe sie damals überhaupt nicht verstanden, aber ich glaube …«

Die junge Frau schüttelte erneut den Kopf. Sie wirkte gar nicht mal so unbeteiligt, vielmehr schien sie sich nicht so recht wohlzufühlen in ihrer Haut. Sie sah Lucy aufmerksam an, während diese weiterredete.

»Machst du das alles gar nicht mehr?«, fragte Lucy.

Sie schüttelte den Kopf. »Das ist es nicht. Ich will einfach nur nicht.«

»Du musst dich nicht erst umziehen und alles herrichten. Ich will damit sagen – mir macht das nichts aus, wenn es dir nichts ausmacht. Und wenn du dich doch vorbereiten möchtest, warte ich gern, ich könnte vielleicht …«

»Du solltest jetzt gehen«, sagte Esme/Martha leise. Sie wandte sich um und eilte auf ihre Tür zu.

Lucy überkam zunehmend die Panik. Das war ihre letzte Chance. Sie hatte doch bereits kapituliert, was sollte sie denn noch tun?

»Bitte«, fuhr Lucy fort. »Es tut mir leid, dass ich dir so aufgelauert habe. Ich merke erst jetzt, was das für einen komischen Eindruck auf dich machen muss. Ich wollte dich auch nicht stören, aber wenn ich nur … Soll ich vielleicht noch mal wiederkommen, wenn es besser passt? Wir können auch einen Termin vereinbaren. Das hätte ich gleich machen sollen, aber ich hatte deine Nummer nicht.« Lucy hielt ihre Handtasche hoch. »Ich hab auch Geld dabei«, sagte sie noch einmal, diesmal weniger großspurig.

Die Frau stand in der offenen Tür ihres Trailers und sah Lucy über die Schulter an. In ihrem Blick lag Mitleid, aber auch Argwohn.

»Mein Name ist Lucy, aber du hast mich Sophia genannt. Erinnerst du dich vielleicht noch an mich?«

»Ich muss jetzt nach drinnen«, antwortete die Frau.

Lucy blieb nichts anderes übrig, als zu ihrem Auto zurückzugehen und einzusteigen. Etwas anderes fiel ihr nicht ein. Sie hatte versucht, hier einige Antworten zu finden. Oder wenigstens den Beweis dafür, dass Madame Esme nur dummes Zeug erzählte, keinen blassen Schimmer hatte, mit ihren Prognosen in der Regel einfach nur Glück hatte und vor allem auf Kohle aus war. Jetzt hatte sie nicht einmal das erreicht.

Sie ließ sich in den Autositz fallen und warf einen letzten hoffnungslosen Blick auf den Wohnwagen. Esme/Martha stand immer noch in der Tür. Sie schaute so unglücklich und unbehaglich drein, wie Lucy sich im Augenblick fühlte. Lucy wollte die Autotür schon schließen, als sie sah, wie sich die Lippen der jungen Frau bewegten. Sie lehnte sich aus dem Auto.

»Er ist nicht tot.«

»Wie bitte?«, fragte Lucy erstaunt.

»Ich sagte, er ist nicht tot.«

Lucy hielt die Autotür so fest umklammert, dass ihre Finger taub wurden. »Du meinst Daniel?«

Die Frau sagte nichts weiter und schloss mit einem Ruck die Tür hinter sich.

HASTONBURY HALL, ENGLAND, 1918

Immer wenn Sophia Dienst hatte, lebte ich auf. Wenn sie den Haferflockenbrei zum Frühstück brachte, schmeckte er köstlich, bei den anderen Krankenschwestern – Schwester Foster, Schwester Jones und selbst bei der jungen und schwerfälligen Corinne –, war er eine fade Pampe. Sowie Sophia meine Stirn oder meine Hände berührte oder mir meine Medikamente gab, geriet mein ganzer Körper in Wallung. Es gab nichts, was ich vor ihr hätte verbergen können, dazu fehlte mir die Kraft.

Sophias Zuständigkeitsbereich betraf alles von den Schultern aufwärts und den Handgelenken abwärts. Für die profaneren Pflichten waren die älteren Krankenschwestern zuständig, sie wechselten Bettpfannen, übernahmen das Waschen und wechselten die Verbände. Sie hatten es immer eilig und waren kurz angebunden, und es frustrierte mich, ihnen so ausgeliefert zu sein. Ich verfügte über so viel Lebenserfahrung und Wissen. Ich hatte in den Städten des Altertums gelebt, war über die Weltmeere gesegelt und hatte in der Bibliothek von Pergamon Schriften gelesen, die auf dem ersten Pergament verfasst worden waren, und jetzt war ich auf eine Bettpfanne angewiesen. Sie nahmen mich als das wahr, was ich damals war: ein schwer verletzter Achtzehnjähriger.

Ich war schwere Verletzungen nicht gewohnt. Wunden und Schmerzen kannte ich von allen Leben, so wie jeder andere Mensch auch. Gravierenden Verletzungen aber war ich immer schnell erlegen. Die Medizin war damals nicht das, was sie heute ist. Es gab keine langen Übergangszeiten zwischen Leben und Tod, so wie heutzutage.

Doch von meiner Ungeduld über meine körperliche Schwäche einmal abgesehen, muss ich gestehen, dass ich meinem Zustand ein gewisses Interesse entgegenbrachte. In der Krankenpflege waren große Fortschritte gemacht worden, und ich verfolgte diese aufmerksam. Das Ganze schien das Leitmotiv für meine nächsten Leben vorzugeben. Ich habe einen Hang zu den Naturwissenschaften, aber der wahre Grund, warum ich mich weiterhin mit Medizin beschäftigte, war die Pflege in diesem Lazarett durch so geliebte Hände.

Ich war jetzt bei Bewusstsein, hatte keine frischen Wunden mehr und wurde deshalb ins Obergeschoss verlegt, in ein großes Zimmer mit gelb getünchten Wänden und vier anderen Betten, das zum Garten hinauslag. Wenn ich mich in meinem Bett aufsetzte, konnte ich ein wenig mit Herbstrot gemischtes Grün sehen. Die großen Fenster ließen durch die Blätter gedämpftes Tageslicht ins Zimmer, selbst wenn es regnete. Zwischen dem Geruch von Desinfektionsmitteln und Ammoniak konnte ich eine leichte Spur von Sophias Duft erschnuppern, und in meinen Fieberträumen klammerte ich mich an jede noch so winzige Spur dieses Geruchs.

Nachts war mein Fieber immer am höchsten, aber mich kümmerte das nicht, denn manchmal setzte sich Sophia zu mir.

»Sophia«, murmelte ich, während sie meine Hand hielt. Es war meine dritte Nacht in jenem Raum.

»Constance«, flüsterte sie zurück.

Ich sah zu ihr auf. »Du hast jetzt blaue Augen.«

»Sie sind immer schon blau gewesen.«

»Nein, früher waren sie einmal schwarz.«

»Ach, wirklich?«

»Ja, aber ebenso schön.«

»Dann ist es ja gut.«

»Das letzte Mal war dein Haar länger, und nicht mit diesen ... Dingern, die du da im Haar hast.«

»Du meinst meine Haarkämme?«

»Ja. Es war dunkler, aber deine Augen waren wirklich die gleichen.«

»Ich dachte, sie wären schwarz gewesen.«

»Ja, sie hatten eine andere Farbe, aber es waren die gleichen Augen, was das Wesentliche angeht. Wenn man in diese Augen schaute, war da der gleiche Mensch.«

Sie nickte. Mein Fieber war so hoch, dass sie zu allem bereitwillig Ja und Amen sagte.

»Als ich dich das letzte Mal sah, warst du ein sehr kleines Mädchen. Ich glaube, so um die sechs Jahre alt.«

»Wie soll das gehen? Ich bin nicht hier in Kent groß geworden, du etwa?«

»Nein, das war in Griechenland.«

»Ich war noch nie in Griechenland.«

»Doch, und du hattest ein furchtbares Leben.« Mein Fieber war wie ein Wahrheitstrunk. Ich hatte einen Kloß im Hals, aber ich schluckte meine Tränen hinunter. »Ich habe versucht, dir zu helfen.« Mir kam ein Gedanke. »Lass mich deinen Arm sehen.«

Ich schloss die Augen und rief meine Erinnerung wach. »Deinen linken Arm.«

Widerstrebend hielt sie ihn nach vorn.

»Zieh deinen Ärmel zurück. Ich bin sicher, dass du an dieser Stelle ein Mal hast. Genau dort.« Ich zeigte auf die Stelle auf ihrer Strickjacke.

Sie betrachtete mich aufmerksam. Patienten war es nicht erlaubt, zu bitten, ihre Haut zu entblößen, und sie hätte dieser Aufforderung nicht nachkommen dürfen. Aber sie war neugierig. Sie zog ihre Strickjacke aus schöner, grüner englischer Wolle aus, schob den Ärmel ihrer Baumwollbluse weit zurück und zeigte mir ihren Arm. Ich beobachtete sie so eingehend, dass sie errötete.

An der weichen Innenseite ihres Arms, etwas unterhalb der Armbeuge, war ein braunes, längliches Muttermal zu sehen. Ich hätte es gern berührt, aber ich hielt mich zurück. Es ist ein intimes, empfindliches Stück Haut, das man selten zu Gesicht bekommt, besonders bei einem Mädchen aus England.

»Woher hast du das gewusst?«, fragte sie. »Hast du es schon einmal gesehen?«

»Wie sollte ich?«

Sie zuckte mit den Schultern. »In Griechenland.«

Ich lachte so laut, wie es meine Lungen zuließen. »Ja, damals war es schlimmer.«

Wieder fühlte ich Tränen in mir aufsteigen. Hohes Fieber in Verbindung mit der Gegenwart eines Mädchens, das man liebt und das man seit fünfhundert Jahren nicht mehr gesehen hat, zerrt gewaltig an den Nerven.

»Was war passiert?«

Ich wollte es ihr nicht erzählen. »Ich möchte nicht daran denken. Keine Ahnung. Wahrscheinlich hat deine Mutter sich nicht um dich gekümmert, sofern es sie überhaupt gab.«

Sie war sichtlich betroffen. »Und jetzt?«

»Du meinst, deine Mutter?«

Sie schaute ernst. »Nein, ich meine das Muttermal. Warum habe ich das jetzt?«

»Nun, das ist eigenartig. Bei jeder Geburt ist der Körper frisch und frei von Malen, aber dann, mit der Zeit, drückst du dich in ihm aus. Du hältst dich an deinen alten Erfahrungen fest: den Verletzungen, Ungerechtigkeiten und auch an wichtigen Liebesbeziehungen.« Ich sah zu ihr auf. »Du hast sie in deinen Gelenken und in deinen Organen, und sie sind in deine Haut eingeprägt. Du trägst deine Vergangenheit mit dir herum, auch wenn du dich an nichts mehr erinnerst.«

»Wirklich?« Wieder dieser nachsichtige Blick, wenn auch nicht mehr so selbstgewiss.

»Wir alle tun das.«

»Weil wir immer wieder auf die Welt kommen?«

»Die meisten von uns.«

»Nicht alle?« Ihr Gesicht zeigte mehr echtes Interesse.

»Manche leben nur einmal. Manche nur wenige Male. Und manche immer und immer wieder.«

»Warum ist das so?«

Ich ließ den Kopf auf das Kissen zurücksinken. »Das ist schwer zu erklären. Ich bin nicht sicher, ob ich es kann.«

»Und was ist mit dir?«

»Ich habe schon viele Male gelebt.«

»Und du erinnerst dich daran?«

»Ja. Darin unterscheide ich mich von den meisten.«

»Wirklich? Und was ist mit mir?« Sie sah so aus, als ob sie meiner Antwort ohnehin keinen Glauben schenken würde, sie aber gleichzeitig fürchtete.

»Du hast auch schon viele Male gelebt. Doch du hast nur ein Durchschnittsgedächtnis.«

»Ganz offensichtlich.« Sie lachte. »Hast du mich in allen Leben gekannt?«

»Ich habe es versucht. Nein, nicht in allen.«

»Und warum kann ich mich an nichts erinnern?«

»Du kannst dich an mehr erinnern, als du glaubst. Die Erinnerungen liegen irgendwo in dir verborgen. Du handelst nach ihnen, ohne dass dir das bewusst wird. Sie haben Einfluss darauf, wie du mit Menschen umgehst oder welche Dinge du magst oder fürchtest. Vieles von dem, was unser irrationales Verhalten ausmacht, würde sehr viel klarer erscheinen, wenn wir es im Kontext unseres ganzen langen Lebens sehen könnten.«

Es war unglaublich, was ich ihr alles zu erzählen gewillt war, sobald sie gewillt war, mir zuzuhören, und das tat sie im Augenblick. Ich berührte sie am Saum ihres Ärmels. »Ich weiß zum Beispiel, dass du Pferde magst und dass du manchmal von ihnen träumst. Manchmal träumst du auch von der Wüste, und manchmal davon, im Freien ein Bad zu nehmen. In deinen Albträumen geht es meist um Feuer, du hast Probleme mit deiner Stimme und deiner Kehle, das war immer schon dein schwacher Punkt ...«

Ihre Züge hatten sich aufgehellt. »Warum?«

»Weil du vor langer Zeit gewürgt wurdest.«

Ihre Bestürzung war halb echt und halb gespielt. »Von wem?«

»Von deinem Mann.«

»Wie schrecklich. Warum habe ich ihn geheiratet?«

»Weil du keine andere Wahl hattest.«

»Und kanntest du diesen Mann?«

»Er war mein Bruder.«

»Der ist hoffentlich schon lange unter der Erde.«

»Ja, aber er trägt seinen Groll durch sämtliche Leben, fürchte ich.«

Ich konnte ihr ansehen, dass sie das alles zu begreifen versuchte. »Bist du verrückt?«, fragte sie.

Ich lächelte und schüttelte den Kopf. »Obwohl Verrückte, die etwas auf sich halten, sich an vergangene Leben erinnern. Das tun die meisten Menschen, die wir für geistig krank halten. Nirgendwo findet man so viele Leute, die Erinnerungen an ihre vergangenen Leben haben, wie in einer Irrenanstalt. Sie haben Erinnerungsblitze und Visionen, aber meist in keiner sinnvollen Ordnung und Reihenfolge.«

Sie sah mich mitleidig an und fragte sich wohl, ob ich da vielleicht auch hingehörte. »Und ist das auch bei dir so?«

»Nein, ich erinnere mich an jede Einzelheit.«

WASHINGTON, D.C., 2007

Von Madame Esmes Trailer mit den Rosen davor war das alles hier weit entfernt. Dies hier war eine Praxis in einem Bürogebäude in unmittelbarer Nähe der Wisconsin Avenue in Upper Georgetown. Hier gab es einen Fahrstuhl, ein Wartezimmer, und an den Wänden hingen gerahmte Urkunden. Lucy bezweifelte, ob Esme überhaupt einen Highschool-Abschluss hatte, aber dieser Typ hier hatte auf jeden Fall jede Menge Diplome, vom Haverford College, dem Cornell Medical College, dem Georgetown University Hospital und ein paar weiteren Hochschulen.

Bei genauerem Nachdenken fand sie es ziemlich merkwürdig, dass sie jetzt hier saß. Nach Danas furchtbaren Erfahrungen mit Psychiatern hatte sich Lucy niemals vorstellen können, einen von ihnen freiwillig aufzusuchen. Aber vielleicht war das auch genau der Unterschied. Dana war gezwungen worden, man hatte sie festgeschnallt, mit Medikamenten vollgepumpt und in die Klinik geschleppt. Sie hatte keine Wahl gehabt.

Mehr als je zuvor zeigte Lucy ihrer Meinung nach Anzeichen für eine persönliche Variante von Wahnsinn, aber immerhin setzte sie sich damit auseinander, und deshalb fühlte sie sich weniger geistesgestört, als wenn sie davor weggelaufen wäre. Ob das Ganze einen Sinn ergab oder nicht, Daniel und Madame Esme hatten in ihr den Verdacht geweckt, dass die unstimmigen Bilder in ihrem Kopf einen realen Bezug hatten, und sie wollte wissen, wie und warum. Sie wollte Bescheid wissen. Unbedingt. Sie hoffte, damit Ordnung in dieses Durcheinander zu bringen, das ihren Verstand zunehmend bedrohte. Außerdem hatte sie keine Ahnung, womit sie es sonst versuchen sollte.

Als Doktor Rosen den Raum betrat, macht er genau jenen seriösen Eindruck, den auch seine Urkunden vermittelten. Sie erhob sich, schüttelte ihm die Hand und hoffte inständig, dass sie weniger jung und weniger verzweifelt wirkte, als sie war.

»Unserer Unterhaltung am Telefon habe ich entnommen, dass Sie an Hypnose interessiert sind«, begann er und wies sie mit einer Geste an, wieder auf dem Sofa Platz zu nehmen.

»Ja, ich denke schon.«

»Bei Angstzuständen, wie jenen, die Sie mir beschrieben haben, kann sie helfen. Aber es funktioniert am besten im Verbund mit einer Therapie und in manchen Fällen auch mit Medikamenten.« Er sagte diese Dinge, als wäre es seine Pflicht.

»Das verstehe ich«, meinte Lucy nervös. »Aber ich wohne zweieinhalb Stunden Autofahrt von hier entfernt, und ich kann mir im Augenblick auch nur eine Sitzung leisten. Könnten wir mit der Hypnose beginnen, und dann sehen, wie es läuft?«

Lucy hatte genug im Internet recherchiert, um zu wissen, dass Doktor Rosen im Ruf stand, Hypnose mitunter etwas unorthodox einzusetzen und mit guten Kandidaten unter Umständen weiterzuarbeiten.

Er musterte sie. Dann nickte er. »Wir können es versuchen. Manche Menschen sprechen besser darauf an als andere. Mal sehen, wie das bei Ihnen ist.«

Er nahm ein Aufnahmegerät aus der Schreibtischschublade. »Möchten Sie, dass ich Sie aufnehme? Die meisten möchten sich die Sitzung hinterher anhören.«

Daran hatte sie gar nicht gedacht, aber es schien ihr eine gute Idee zu sein. Was wäre gewesen, wenn sie damals die Sitzung mit Madame Esme aufgenommen hätte? »Ja, bitte.«

Zunächst wies er sie an, sich hinzulegen und zu entspannen. Er bat sie, den Blick auf den goldenen Füllfederhalter zu richten, bis ihr die Augen zufielen. Mit beruhigender Stimme redete er eine Zeit lang über Entspannung, das Lauschen auf den eigenen Atem und Ähnliches. Er wollte sie in ein Haus führen, erklärte er ihr dann, und sie sollte ihm sagen, was sie dort sah. Sie spürte, wie der Klang seiner Stimme sie einlullte, bis tiefe Müdigkeit sie überkam. Dann wurde ihr bewusst, dass sie einen Flur hinunterging.

»Erzählen Sie mir, wie er aussieht«, fuhr Doktor Rosen in seiner ruhigen Art fort.

»Die Dielen knarzen unter meinen Füßen. Ich möchte nicht zu viel Lärm machen«, sagte Lucy. Sie dachte nicht darüber nach, was sie sagte, sondern berichtete lediglich.

»Warum nicht?«

»Ich möchte nicht, dass jemand weiß, dass ich wieder in sein Zimmer gehe. Ich schleiche mich immer hier hinauf.«

»In wessen Zimmer?«

Sie war sich nicht sicher, ob sie das nicht wusste, oder ob sie es nicht sagen wollte, und so ging sie einfach weiter. »Sein Zimmer liegt genau geradeaus. Das war einmal meins.«

»Aber jetzt ist das nicht mehr so?«

»Nein, wegen des Krieges. Jetzt ist es ein Krankenzimmer.« Lucy sagte das alles, ohne zu verstehen, was sie damit meinte oder warum sie es sagte, aber aus irgendeinem Grund störte sie diese merkwürdige Unklarheit nicht.

»Möchten Sie in das Zimmer hineingehen?«

»Ja, ich möchte ihn sehen.«

»Warum gehen Sie dann nicht einfach weiter und betreten das Zimmer?«, schlug er vor.

»Einverstanden.«

»Was sehen Sie?«

Mit einem Mal fühlte sie sich unsäglich traurig, so, als ob sie etwas Schreckliches vergessen hätte und sich jetzt daran erinnerte. Ihre Kehle zog sich schmerzhaft zusammen. »Daniel ist fort.«

»Sie fühlen sich sehr beunruhigt.«

»Es sind drei andere Soldaten dort drin, aber er nicht.«

»Das tut mir leid.«

Sie fühlte, wie ihr Tränen in die Augen stiegen und über die Wangen liefen. »Wie konnte ich nur denken, dass er dort sein würde?« Sie weinte so heftig, dass sie nicht mehr weiterreden konnte.

»Sie mochten ihn.«

»Ich habe ihn geliebt. Er wollte mich nicht verlassen. Er sagte, wir würden uns wiederfinden. Er sagte, er würde mich niemals vergessen, was immer auch geschehen möge, und ich habe versucht, ihn nicht zu vergessen. Deswegen habe ich auch den Zettel geschrieben.«

»Was für einen Zettel?«

»Ich habe einen Zettel an mich selbst geschrieben, um mich wieder zu erinnern. Ich habe ihn in der Nische hinter dem Bücherregal in meinem alten Zimmer versteckt. Da ist auch sein Brief.«

»Sein Brief an Sie?«

»Ja.«

»In Ihrem alten Zimmer?«

»Ja.«

»Und wo ist dieses Zimmer?«

»In unserem alten Haus, dem großen. Nicht in dem Häuschen unten am Fluss, wo wir jetzt wohnen.«

Sie beschrieb die Landschaft, in der das große Haus lag, und auch das Dorf Hythe, das nicht sehr weit entfernt davon lag. Sie beschrieb den Fluss, die Verschläge für die Hühner und den alten Küchengarten, der wegen des Krieges in einen Parkplatz umgewandelt worden war. Sie beschrieb die alten Gärten, jene wunderbaren Gärten von einst.

»Wann einst?«

»Bevor meine Mutter starb. Sie hat die Gärten angelegt.«

»Wann starb Ihre Mutter?«

»Ich war noch klein, aber ich kann mich an sie erinnern.«

Nach einer bestimmten Zeit führte seine Stimme sie aus dem

Haus hinaus und wieder in sein Büro zurück, in dem sie sich beide befanden. Er redete noch ein wenig von Entspannung und Atmung. Als er sie anwies, die Augen zu öffnen, tat sie das.

Sie hatte die Orientierung verloren, fühlte sich aber weder verstört noch verunsichert. Sie hatte geweint, bemerkte sie, und sie spürte eine leise Traurigkeit, nicht mehr als eine vage Erinnerung, keine wirkliche Empfindung. Sie versuchte, das alles zu verstehen.

»Lucy?«

»Ja.«

»Geht es Ihnen gut?«

»Ich glaube schon.«

»Erinnern Sie sich an das, was Sie gesehen haben?«

Sie dachte nach. »Ich glaube, ja. An das meiste.«

Doktor Rosen schien etwas überrascht, als sie ihm ins Gesicht sah. »Sie sind sehr schnell in Hypnose gefallen und sehr tief.«

»Wirklich? Ist das normalerweise nicht so?«

Er betrachtete sie zweifelnd. »Es geht hier nicht um normal oder nicht normal, würde ich sagen. Aber Sie haben sicher sehr gut angesprochen … und ungewöhnlich präzise Auskunft darüber gegeben, was Sie gesehen haben und wo Sie sich befanden.«

Sie nickte.

»Verstehen Sie, was ich meine? Basierte das alles auf Erlebnissen, die Ihnen bekannt vorkamen?«, fragte er.

»Nein, ich habe nichts dergleichen erlebt, aber es kam mir trotzdem bekannt vor.« Sie blickte auf ihre Hände hinunter. »Würden Sie das als Regression bezeichnen?«

Er sah sie mit leichtem Unbehagen an. »Das könnte sein. Das kann passieren.«

»Ich glaube nicht, dass ich schon einmal an diesem Ort war. Aber glauben Sie, es könnte …« Es gelang ihr nicht, den Satz zu beenden, und er schien auch keinen Wert daraufzulegen.

Er atmete hörbar aus. »Lucy, die Zeit ist abgelaufen. Das war sicherlich … eine dramatische Erfahrung für Sie. Wenn Sie sich noch etwas durcheinander fühlen, können Sie gern so lange, wie Sie möchten, in meinem Wartezimmer Platz nehmen.«

»Ich glaube, mir geht es gut«, antwortete sie. Sie ging noch einmal in sich. Es fühlte sich nicht so an, als wäre ihr das alles widerfahren, aber auch nicht so, als wäre es jemand anderes gewesen. Wo befand sich dieses Haus? Konnte sie dort schon einmal gewesen sein?

»Glauben Sie, dass irgendetwas davon mit der Wirklichkeit zu tun hat? Glauben Sie, dass ich wirklich einen Zettel für mich selbst hinterlassen habe? Ich kann mich an nichts dergleichen erinnern.« Sie fühlte sich merkwürdig benommen.

Doktor Rosen gab sich zurückhaltend. »Für gewöhnlich kommen durch eine Hypnose merkwürdige und verwirrende Dinge an die Oberfläche. Wie auch in Träumen. Um mehr über sich selbst zu erfahren, können diese Informationen sehr hilfreich sein. Aber wahrscheinlich ist es wenig ratsam, sie eins zu eins zu nehmen. Am besten ist es wohl, sie als Sinnbild zu betrachten.«

Lucy sah ihm fest ins Gesicht. »Das Ganze hatte überhaupt nichts Sinnbildliches an sich.«

In jener Nacht hörte sich Lucy die Aufnahme von ihrer Hypnose-Sitzung leise und bei geschlossener Tür in ihrem Zimmer an. Was sie daran am meisten beeindruckte, war ihre Stimme. Sobald sie sich vorgestellt hatte, wie sie, auf Aufforderung von Doktor Rosen hin, den Flur hinunterging, klang sie nicht mehr wie sie selbst, sondern wie eine Engländerin. Es war geradezu unheimlich. Mit klopfendem Herzen spielte sie diesen Teil dreimal ab, um sicherzugehen, dass sie sich nicht irrte, dass wirklich sie das alles sagte. Es war ganz eindeutig sie.

Im wirklichen Leben hatte Lucy kein Talent für die Nachahmung von Akzenten oder Dialekten. In einer Schulaufführung von *Oliver!* in der achten Klasse war sie mit ihrem Akzent über die ganze Landkarte der angelsächsischen Welt gerutscht. Schlimmer als Dick Van Dyke in *Mary Poppins*. Aber ihr Akzent in dieser Aufnahme klang unheimlich gekonnt und stimmig. Um nichts in der Welt hätte sie ihn jetzt nachmachen können.

Sie lauschte ihren Worten, als würde jemand anderes sprechen, aber gleichzeitig erinnerte sie sich an das, was sie gesagt und was sie gesehen hatte. Die Stimmen und Eindrücke waren ein Teil von ihr und waren es doch wieder nicht. Sie erinnerte sich an den Anblick des Hauses, und als sie jetzt auf dem Bett lag und mit geschlossenen Augen der Aufnahme lauschte, sah sie es wieder vor sich. Den Flur, die Tür zum Schlafzimmer – ihr altes Schlafzimmer, das hatte die junge Frau, sie selbst, gesagt.

Sie stand nicht mehr unter Hypnose. So lange konnte die nicht andauern, oder doch? Doktor Rosen hatte sie daraus geweckt. Seitdem sie seine Praxis verlassen hatte und in ihr Auto gestiegen war, um nach Hause zu fahren, hatte sie viele alltägliche Dinge erledigt, und viele Alltagsgedanken waren ihr durch den Kopf gegangen. Sie hatte getankt und eine Packung Kaugummis gekauft. Im Garten hinter dem Haus hatte sie einen Strauß Hortensien geschnitten und in einer Vase arrangiert. Sie hatte Sawmills Wasser gewechselt und eine abgelegte Schlangenhaut aus dem Terrarium gefischt. Sie hatte ihrer Mutter bei der Zubereitung eines frühen Abendessens geholfen und dann gegessen.

Sie hatte gehört, wie ihr Vater nach Hause gekommen war, und hatte ihm geholfen, die Uniform der Konföderation wegzuräumen, die er jedes Jahr im Heimatmuseum in Chancellorsville trug. Ganz sicher hatte sie nicht die ganze Zeit über wie ein altmodisches englisches Fräulein gesprochen. Ihre Stimme hatte ganz normal geklungen, und sie war wie immer gewesen, obwohl sie sich so seltsam aufgewühlt fühlte.

Doch wenn sie jetzt die Augen schloss und die Aufnahme hörte, sah sie die gleichen Dinge wie unter Hypnose. Sie sah, wie sie die Tür zum Schlafzimmer öffnete, sie sah den Raum genauso wie zuvor. In der Aufnahme wurde die Frau, sie, plötzlich von Gefühlen überwältigt und konnte nichts mehr klar erkennen. Nun aber fühlte Lucy den Schmerz nicht mehr wie zuvor, und so versuchte sie, sich in dem Zimmer umzusehen.

Sie sah das zarte Gelb der Wände und das grünliche, von Laub gefilterte Licht, das durch die zwei hohen Fenster hereinfiel. Es fühlte sich nicht an, als würde sie sich alles nur einbilden. Sie hatte keine Ahnung, woher die Bilder kamen, aber es schien ihr, als untersuchte und betrachtete sie etwas von allen Seiten, was bereits in großer Schärfe in ihrem Kopf vorhanden war.

In dem Raum befanden sich keine drei Soldaten, es waren überhaupt keine Soldaten dort, als sie sich umschaute. Für einen flüchtigen Moment sah sie Soldaten in diesem Raum, aber das Bild entglitt ihr sofort wieder. Vor sich sah sie einen menschenleeren Raum mit einem großen Bett mit Baldachin, einem schweren Schrank, einer Kommode mit einem trüben Spiegel darüber und einem eleganten Bücherregal, das in die gegenüberliegende Wand eingelassen war. Sie hatte das merkwürdige Gefühl, dass sie alle Titel auf den Buchrücken würde erkennen können, wenn es ihr nur gelang, dieses Regal zu erreichen. Aber die junge Frau, sie, war nicht so weit gelangt. Sie war weinend in der Tür stehen geblieben.

Unten im Haus wurde eine Tür zugeschlagen, und Lucy schreckte hoch. Sie setzte sich auf, öffnete die Augen und befand sich wieder in ihrem Zimmer, das zufällig auch gelb gestrichene Wände hatte. Sie schloss langsam die Augen und öffnete sie wieder. Sie fühlte sich, als ob sie aus großer Tiefe wieder an die Wasseroberfläche gelangt wäre. Dort angekommen, sah sie nach unten, und das Bild von zuvor war verschwommen und weit entfernt.

In dieser Nacht träumte sie von dem gelben Zimmer, jenem anderen Zimmer. Sie sah Daniel darin, was ihr Traum-Ich nicht im Mindesten verwunderte. Er sah nicht so aus wie jener Daniel, den sie an der Highschool gekannt hatte, aber sie wusste, dass er es war. Das war in Träumen oft so. Er wollte ihr etwas sagen. In seinem Gesicht lag genau der gleiche schmerzerfüllte Ausdruck wie damals beim Abschlussball. Immer noch versuchte er, ihr etwas mitzuteilen, aber ihm versagte die Stimme. Seinen Lungen fehlte die Luft. Er mühte sich nach Kräften, und er tat ihr leid. Und dann begriff sie, was er ihr zu sagen versuchte.

»Oh, der Zettel«, rief sie aus, und ergriff seine Hände. »Ich weiß davon.«

HASTONBURY HALL, ENGLAND, 1918

Ich wollte nicht wahrhaben, dass ich im Sterben lag. Der gute Doktor Burke ahnte es, und zuerst wollte ich ihm keinen Glauben schenken. Er musste sich irren, denn derart grausam konnte das Schicksal einfach nicht sein. Andererseits wusste ich natürlich am besten, dass das Schicksal in dieser Hinsicht keine Rücksicht nimmt. Aber mit jedem Tag verschlechterte sich der Zustand meiner Lungen weiter. Ich war schon einmal an Tuberkulose gestorben und kannte das Krankheitsbild, doch dieses Mal waren meine Lungen bereits vom Giftgas angegriffen. Vielleicht war ich derjenige Mensch auf der Welt, der sich am wenigsten vor dem Tod fürchtete, doch dieses eine Mal war mir der Gedanke ans Sterben unerträglich.

Es hatte so viele Leben gegeben, von denen ich gern Abschied genommen habe, selbst unter Schmerzen. So viele Male hatte ich gern ein neues Leben begonnen, um zu sehen, wohin es führte, und in der Hoffnung, dass es mich zu Sophia zurückbringen würde. Und jetzt hatte ich sie wiedergefunden und durfte nicht bleiben.

Wie sollte ich sie wiederfinden? Das Schicksal mochte sie wieder zu mir führen, aber wann? In fünfhundert Jahren? Ich konnte das nicht noch einmal ertragen.

Ich war in der Lage, mein Leben zu beenden. Vielleicht war das frevelhaft, aber es lag in meiner Macht. Warum konnte ich nicht weiterleben, wenn ich wollte? Das hätte mir ebenfalls möglich sein sollen, dachte ich. Ich wollte leben. Niemals zuvor hatte ich meinen Körper darum gebeten. All das Zeug, das ich in meinem Kopf herumtrug, hätte mir jetzt weiterhelfen sollen. Ich beherrschte Euskara, ich konnte verdammt noch mal Cembalo spielen, das alles hätte mir doch irgendwie von Nutzen sein müssen. Aber nichts davon. Mein Körper scherte sich nicht darum.

Ich wusste, dass Sophia mich zurücklassen konnte. Sie konnte für ganze Jahrhunderte verschwinden, ohne eine Ahnung, dass ich überhaupt existierte. Mein Part war es, zu suchen und sich zu erinnern, ihrer war es, zu verschwinden und zu vergessen. Ich wollte sie nicht verlassen. Ich klammerte mich an jene siebzehn Tage wie noch nie an etwas zuvor in meinem Leben.

Alles, was ich wollte, war, sie zu lieben. Letztlich ist das alles, was einem Menschen bleibt.

Auch Sophia musste es geahnt haben. Als sie an jenem Abend ins Zimmer kam, war ihr Blick fragend und voller Sorge. Als wollte sie sagen: *Du wirst mir doch nicht sterben, oder?*

Die beiden anderen Zimmergenossen waren nicht mehr da, der eine war gestorben und der zweite in ein anderes Pflegeheim in die Nähe seiner Familie nach Sussex verlegt worden. Ich kann nicht behaupten, dass ich sie vermisste, denn die Begegnungen mit Sophia bekamen dadurch ein anderes Gewicht.

»Soll ich dir ein Geheimnis verraten?«, fragte sie mich und ließ den Blick durch den Raum schweifen.

»Bitte.«

»Das war einmal mein Zimmer.«

Ich lehnte mich an mein Kissen. »Dein Zimmer?« Ich schaute auf die gelben Wände, die hohen Fenster mit den blumenbedruckten Vorhängen und die Buchregale an der Wand. Das alles sah nicht nach einem Lazarett aus, das stimmte wohl. »Wie kommt's?«

»Das war, bevor es beschlagnahmt wurde.«

»Wirklich. Du hast hier gelebt?« Ihr Akzent und ihr Benehmen ließen erkennen, dass sie aus gutem Hause kam, aber dass sie aus so wohlhabenden Verhältnissen stammte, war mir nicht klar gewesen. Ich dachte eine Weile darüber nach. »Also habe ich die ganze Zeit in deinem Zimmer geschlafen.«

Sie nickte ein wenig verschmitzt.

»Der Gedanke behagt mir.«

»Wirklich?«

»Ja, sehr sogar. Und wo wohnst du jetzt?«

»In einem der kleinen Häuser unten am Fluss.«

»Macht es dir etwas aus?«

»Nein, überhaupt nicht. Ich würde gern dortbleiben, auch wenn der Krieg einmal vorbei ist.«

»Aber wirst du denn nicht wieder hierher umziehen?«

»Vermutlich wird meine Familie das tun. Falls der Krieg denn jemals zu Ende geht.«

»Das gefällt dir nicht?«

Sie zuckte die Achseln. »Hier in diesem Haus ist keine Freude mehr. Für meinen Vater und mich ist es viel zu groß, und die Gärten sind alle überwuchert.«

In Anbetracht der Tatsache, dass sie aus diesem großen Landhaus stammte, wirkten meine Ansprüche auf sie ziemlich vermessen. Wahrscheinlich durfte sie sich Lady Constance nennen. Sie war wieder die Frau des Richters und ich der barfüßige Waisenjunge.

Sobald ich von ihrer Beziehung zu diesem Haus erfahren hatte, zog es mich in seinen Bann. Es war ein altes Haus voller alter Dinge. Weil ich im Sterben lag, brachte sie mir einige alte Kleidungsstücke, die ihrem Großvater oder ihrem Onkel gehört hatten, und sie zog sich diskret zurück, während ich mich mühsam in sie hineinkämpfte. Und weil mir nicht mehr viel Zeit blieb, stimmte sie einem Spaziergang durch die oberen Geschosse zu und zeigte mir Räume, in denen berühmte Männer und Frauen genächtigt hatten.

Am folgenden Nachmittag brachte sie mir Bücher aus der großen Bibliothek.

»Wenn du wirklich so lange gelebt hast, wie du behauptest, hast du sie wahrscheinlich alle gelesen.«

Ich betrachtete die Buchrücken. »Die meisten.« Ich zeigte auf

Ovid. »Das habe ich in Latein gelesen, und den Aristoteles in Griechisch.«

»Du liest Griechisch und Latein?« Mein Akzent gab ihr deutlich zu erkennen, dass ich keine Privatschule besucht hatte. Sie sah mich herausfordernd an, aber auch mit ein wenig Zuneigung.

»Selbstverständlich, wo ich doch schon so lange auf der Welt bin.«

»Welche anderen Sprachen beherrschst du noch?«

Ich zuckte mit den Schultern. »Viele.«

»Welche genau?«

»Frag mich nach einer, und dann kann ich es dir sagen.«

»Arabisch?«

»Ja.«

»Russisch.«

»Nicht das moderne Russisch, aber doch, ja.«

Sie nickte voller Zweifel, aber auch amüsiert. »Gut. Und Deutsch?«

»Natürlich.«

»Japanisch?«

»Nein, nur ein bisschen.«

»Französisch?«

»Ja.«

Sie schüttelte den Kopf. »Erzählst du mir auch die Wahrheit?«

»Selbstverständlich. Immer.« Mein Gesichtsausdruck war ernster als ihrer.

»Kaum zu glauben, was du mir da sagst.«

Ich spielte mit den lockigen Enden ihres Haars, und sie ließ mich gewähren. Ich war glücklich. »Warum gehst du nicht in die Bibliothek und versuchst ein Buch in einer Sprache zu finden, die ich nicht verstehe.«

Sie nahm die Herausforderung an. In jener Nacht brachte sie mir acht Bücher in acht Sprachen, aus denen ich ihr Teile vorlas und übersetzte. Sie konnte mich ein wenig in Latein und Griechisch testen, und sie sprach genug Italienisch, Französisch und Spanisch, um sich überzeugen zu lassen.

»Aber die sind leicht«, protestierte ich. »Das sind alles romanische Sprachen. Bring mir etwas Ungarisches oder etwas in Aramäisch.«

Der neckende Ausdruck auf ihrem Gesicht war verschwunden. »Wie stellst du das nur an?«, fragte sie leise. »Allmählich machst du mir Angst.«

In den folgenden Nächten brachte sie mir Verschiedenes, um mich weiter auf die Probe zu stellen. Nach den Büchern und Sprachen waren Musikinstrumente an der Reihe; ihr Urgroßvater war ein Sammler gewesen. Ich konnte ihr die Herkunft aller Instrumente erklären und die meisten von ihnen spielen. Ich blies in einen aus Knochen gefertigten Aulos, eine Panflöte, deren Wachs auf der Oberfläche aus dem Altertum stammte, und eine Bucina, die ich während meiner Militärzeit in Anatolien gespielt hatte. Sie alle waren zu veraltet, um wirklich gut zu klingen, aber wenigstens konnte ich sie ihr vorführen.

Sie konnte nur jene bringen, die sie zu tragen vermochte. Aber eines Nachts führte sie mich aus dem Zimmer – ich trug die Reitstiefel ihres Großvaters – und zu dem Cembalo, das im Musikzimmer stand. Ich sollte ihr vorspielen, was ich auch mit Freuden tat. Meine Finger waren eingerostet, und ich besaß ohnehin nicht sehr viel Talent, aber die Anwesenheit des Mädchens, der Augenblick und meine Erinnerung trugen mich durch die Musik.

Danach hätte ich sie so gern geküsst.

»Du bist wirklich unglaublich«, urteilte sie. »Wie machst du das nur?«

»Du würdest mich überhaupt nicht unglaublich finden, wenn du wüsstest, wie viele Jahre ich gespielt habe. Mit diesen Fingern kann ich nicht viel anfangen.«

»Du sagst das so, als ob du schon andere Finger gehabt hättest.«

»Das stimmt. Hunderte. Um richtig gut zu spielen, muss man die Muskeln trainieren und bestimmte körperliche Anlagen haben.«

Sie wandte den Blick ab, und ich fürchtete, dass ich mit der Erwähnung von Hunderten von Fingern zu weit gegangen war. Ich fühlte mich mit einem Mal ernüchtert und bemerkte, wie müde und außer Atem ich war und wie sehr mich dieser dumme Körper frustrierte, der mich im Stich ließ. Wie sollte ich es bloß anstellen, sie zu küssen?

»Ich verstehe wirklich nicht, wie du noch so jung sein kannst und doch so viele Dinge beherrschst«, sagte sie.

»Und fast alle davon sind ziemlich nutzlos, stimmt's?«

»Wie kannst du das nur sagen!«

»Was hat es jetzt für einen Sinn, dass ich auf dem Aulos oder der Panflöte blasen kann? Es gibt diese Instrumente nicht mehr. Du hast keine Ahnung, wie viel Zeit ich darauf verschwendet habe, sie zu erlernen. Das ist alles völlig sinnlos geworden.«

»Das war keine Zeitverschwendung«, sagte sie mit Nachdruck.

Gegen meinen Willen lächelte ich in ihr warmes, gerötetes Gesicht. »Du hast recht. Immerhin konnte ich bei dir damit Eindruck schinden.«

Sie betrachtete erst ihre Finger und sah mich dann nachdenklich an. »Hat es dir keine Freude bereitet, die Instrumente spielen zu lernen?«, fragte sie mich.

»Das war vor langer Zeit, aber doch, ich fand es schön, sie spielen zu können«, antwortete ich.

»Dann ist das der Sinn.«

Die dritte Herausforderung bestand aus nautischen Instrumenten. Ein weiterer von Constances Vorfahren hatte sie gesammelt, und so musste ich damit ebenfalls meine Fähigkeiten unter Beweis stellen. Ich wusste nicht nur, wie sie alle funktionierten, sondern sie riefen auch viele Erinnerungen wach. Jedes einzelne Instrument war für mich mit einer Geschichte verbunden. Die Umrundung des Kaps der Guten Hoffnung bei Sturm, das Durchfahren der Magellanstraße unter einem günstigen Sternenhimmel. Ich erzählte ihr von schweren Taifunen, ihren schrecklichen Verwüstungen an Land, von Piratenüberfällen und vom Ertrinken, das ich zweimal am eigenen Leib erfahren hatte. Hingerissen lauschte sie meinen Schilderungen, wie ich mit dem Schiff in Venedig einlief. Und ich erzählte ihr von Nestor, dem Hund. Sie streifte die Schuhe ab, setzte sich auf mein Bett, und hörte mir so lange zu, bis mich meine Kräfte verließen. Ihr Kopf war gegen mein Knie gelehnt, und ich betete, dass sie ihn dort lassen möge.

Als das letzte Licht im Flur erlosch, seufzte sie, weil sie wusste, dass sie nun gehen musste. »Wie kann ein Junge aus Notthingham diese ganzen Geschichten erzählen?«

»Ich bin ein Junge, der aus vielen Orten kommt. Ich erzähle dir nur von Dingen, an die ich mich erinnere.«

Sie betrachtete mich kritisch. »Ich weiß nicht, ob ich dir glauben soll. Am Anfang war das leicht, aber inzwischen fällt es mir schwerer.« Sie schaute mir aufmerksam ins Gesicht. »Du hast etwas, das mir noch niemals bei einem anderen Menschen begegnet ist. Du verfügst über ein bemerkenswertes Selbstvertrauen. So als ob du die ganze Welt gesehen hättest – oder zumindest davon überzeugt bist.«

Ich lachte vor Freude, weil ich so lange ihre Hand hatte halten dürfen. »Wahrscheinlich stimmt beides.«

»Warum bist du keine Berühmtheit? Warum schreiben Schriftsteller nicht über dich, warum gibt es keine Fotografien von dir?«

Ich fühlte mich verletzt und ließ sie das auch spüren. »Niemand weiß etwas davon. Ich erzähle es niemandem. Ich will nicht berühmt sein. Außerdem, warum sollte mir irgendjemand glauben?«

»Weil du zu Ungewöhnlichem in der Lage bist.«

»Wie viele andere auch.«

»Nicht in dem Maße wie du.«

Ich berührte den Verband über meinen Rippen. »Ich möchte

mein Leben so angenehm wie möglich verbringen. Ich möchte nicht, dass man mich für verrückt hält. Ich will nicht ins Irrenhaus wandern, wohin man andere Leute mit ihren Erinnerungen steckt. Ich erzähle niemandem davon.«

»Aber mir hast du es erzählt.«

Ich wandte mich ihr zu. Nach Spaßen war mir überhaupt nicht mehr zumute. »Mein Gott, Sophia. Du bist nicht irgendjemand. Hast du mir denn nicht zugehört? Du glaubst vielleicht, ich wäre nur einer von vielen unter diesen bemitleidenswerten Gestalten, um die du dich kümmerst, und das stimmt auch. Aber du bedeutest mir alles.«

Mit rotem Kopf setzte ich mich auf, und das alles war mir so wichtig, dass ich meine Lungen oder irgendeinen anderen Teil meines Körpers kaum spürte. Sophia hatte meine Hand losgelassen und schien den Tränen nahe.

»Versuch, mir zu glauben«, sagte ich. »Das alles ist kein Zufall. Du bist seit meinem ersten Leben bei mir. Jedes Mal bist du meine erste Erinnerung, der Leitfaden, der durch alle meine Leben führt. Erst durch dich werde ich zu einem ganzen Menschen.«

HOPEWOOD, VIRGINIA, 2007

LUCY VERBRACHTE DIE meisten Tage mit einsamen Überlegungen. Sie stand an einem Arbeitstisch im Healthy Eats und bereitete aus Bergen von Zutaten Früchte-Smoothies für eine nicht enden wollende Schlange von Kunden. Aber sie war so in ihre Gedanken versunken, dass sie mehr oder weniger für sich allein war. Das Geräusch, mit dem der Mixer das Eis zerkleinerte, riss sie regelmäßig in die Gegenwart zurück. Es war der Soundtrack dieses Sommers.

Marnie hatte sie nichts erzählt. Wie auch, sie konnte es sich ja selbst kaum eingestehen. Sie wollte erst den richtigen Moment abwarten.

Meistens war sie in Gedanken bei Daniel. Sie wusste nicht, ob sie ihn sich lebend oder tot vorstellen sollte, aber sie dachte trotzdem an ihn. In ihren Gedanken konnte sie mit ihm reden.

Sie glaubte, seine Einsamkeit mittlerweile etwas besser verstehen zu können. Sie verstand sie so gut, als hätte er sie damit angesteckt wie mit einem Fieber. Nun, eigentlich hatte er sie zuerst mit seiner Verrücktheit angesteckt, das Fieber war dann erst allmählich dazugekommen. Natürlich fühlte man sich einsam, wenn einem bewusst wurde, dass man anders war als die anderen, und wenn das eigene Innenleben für andere und einen selbst keinen Sinn ergab. Man bekam nicht mit, was andere Menschen im Gegensatz zu einem selbst normalerweise dachten, und so wurde der Abstand zu ihnen immer größer. Die einfachsten sozialen Kontakte wurden so beschwerlich, bis man die meisten einfach aufgab.

Ich glaube, das nennt man geisteskrank, dachte sie sich häufig. *Aber vielleicht bin ich auch dabei, eine Wahrheit zu entdecken*, hielt sie im Stillen dagegen. *Vielleicht sind viele Geisteskranke dabei, eine Wahrheit zu entdecken*, konterte die andere Stimme in ihrem Kopf.

Seit Langem hatte sie es aufgegeben, eine rationale Erklärung finden zu wollen. Jetzt suchte sie nach einer irrationalen, nach einer, die sich am besten in die neuen Erfahrungen fügen würde. Das Ganze sollte zumindest in sich schlüssig sein, mehr erhoffte sie sich gar nicht mehr.

Manche behaupteten, dass man zu seinen vergangenen Leben mithilfe von Hypnose Zugang finden konnte. Rückführungstherapie oder Reinkarnationstherapie nannte man das. Dabei ging man natürlich davon aus, dass es vergangene Leben gab. Eine ziemlich kühne Annahme, aber das ließ sie einstweilen beiseite. Versuchsweise akzeptierte sie sie, um ihre Spekulationen daran auszuprobieren. Spekulieren war ihre Hauptbeschäftigung, ihre neue Passion.

Demzufolge bedeutete das, dass sie, Lucy, in einem früheren Leben dieses englische Mädchen gewesen war. Das war ein ziemlicher Hammer, aber so war es nun mal. Das würde weiterhin bedeuten, dass es dieses große Haus irgendwo, vermutlich in England, wirklich gab oder gegeben hatte. Und das wiederum würde bedeuten, dass sie eine Mutter gehabt hatte, die Gärten anlegte und gestorben war, als sie selbst noch ein Kind war. Und nicht zuletzt würde es bedeuten, dass es wirklich einen Jungen gegeben hatte, den sie Daniel genannt hatte, den sie geliebt hatte und der ebenfalls gestorben war. In ihren Träumen war er derselbe Daniel wie jener in der Highschool.

Dann würde auch dieser Zettel existieren, der an … nun, der an sie gerichtet war. Damit würde es in der realen Welt Dinge geben, die sie vermutlich wiederfinden konnte, wenn sie mittlerweile nicht verloren gegangen oder zerstört worden waren. Es würde ein gewagter Schritt sein, die Bilder in ihrer Gedankenwelt mit jenen realen in Einklang zu bringen, aber genau das war es, was ihre Hypothese verlangte. Sie wollte es herausfinden, und sie würde keine Ruhe geben, bis sie es herausgefunden hatte. Sie würde ihrer Verrücktheit auf den Grund gehen und nicht zulassen, dass diese die Oberhand gewann. Wenn es diesen realen Ort gab, und das Haus und diesen Zettel, würde sie diese finden.

In diesen Semesterferien gönnte sie sich wirklich eine Auszeit – eine Auszeit von der geistigen Gesundheit. Flüchtig dachte sie an ihre Schwester Dana. Hoffentlich würde sie von dieser Entdeckungsreise am Ende wohlbehalten zurückkehren.

HASTONBURY HALL, ENGLAND, 1918

Sie wollte etwas über Sophia erfahren, und so erzählte ich von ihr. Nicht alles, aber vieles. Sie hörte mir derart gebannt zu, dass ich schon dachte, sie würde sich selbst daran erinnern. Jedenfalls war das meine Wunschvorstellung in jenen Stunden, die ich ohne sie verbrachte.

»Und was haben wir gemacht, als wir in die Wüste ritten?«

Ihr Ton war immer noch leicht scherzhaft, so als wartete sie darauf, wann mir der Erzählstoff ausgehen würde. Gleichzeitig ließ sie sich dazu herab, mir ein bisschen Glauben zu schenken. Doch immer wenn sie sich nach sich selbst erkundigte und wenn ich von ihrer Rolle in unserem Abenteuer erzählte, war für sie alles ein Spiel.

»Zuerst mussten wir uns beeilen. Wie ich schon sagte, musste ich dich so schnell wie möglich von meinem schrecklichen Bruder wegbringen.«

»Und dann?« Ich mochte es, wenn sie ihre Schuhe abstreifte und sich zu mir aufs Bett setzte.

»Und dann ritten wir langsamer weiter. Die Wüste war völlig menschenleer. Wir fühlten uns zunehmend sicherer. Du hattest Hunger und hast das meiste von unserem Proviant aufgegessen.«

»Das stimmt nicht.«

»O doch. Du Gierschlund.«

»Habe ich mehr als hundert Kilo gewogen?«

Ich schüttelte den Kopf, und vor meinem geistigen Auge sah ich sie so, wie sie damals war.

»Ganz und gar nicht. Du warst so schlank und rank wie jetzt.«

»Also, ich war ein Gierschlund und habe den ganzen Proviant weggeputzt. Und dann?«

»Dann habe ich eine Feuerstelle gebaut und ein sehr einfaches Zelt aufgestellt und unsere Decken darunter ausgebreitet.«

Sie nickte.

»Und dann haben wir beide bemerkt, wie wunderschön die Sterne leuchteten und sind unter dem Zeltdach hervorgekrochen.«

»Das klingt schön. Und dann?«

»Dann haben wir uns zärtlich geliebt, und nur der Sternenhimmel war unser Zeuge.« Mir gefiel es auch, wenn sie rot wurde.

»Nein, das stimmt nicht.«

Ich lächelte sie an. »Du hast recht, das haben wir nicht getan.«

»Ach nein?« Jetzt schien sie enttäuscht zu sein, und ich lachte auf.

»Nein.« Ich nahm mir ein Herz und streichelte ihre Wange. »Ich hätte das gern gewollt.«

»Ich vielleicht auch. Und warum haben wir es nicht getan?« Sie zog die Knie an die Brust.

»Weil du die Frau meines Bruder warst.«

»Der versucht hat, mich zu erwürgen?«

»Ja, der. Er war rasend vor Eifersucht, denn er dachte, ich würde ihn hintergehen und wollte dich verführen. Ich wollte nicht, dass er recht behielt.«

»Verdient gehabt hätte er es.«

»Ja, das stimmt. Aber wir hatten etwas Besseres verdient.«

An ihrer Miene konnte ich ablesen, wie betroffen sie war. »Glaubst du das wirklich?«

»Ja. Reue über etwas verlässt einen nicht. Mit der Zeit verändert sie dich, auch wenn du dich an den Grund deiner Reue nicht mehr erinnerst.« Durch die Strümpfe hindurch befühlte ich ihre Zehen. Ich sehnte mich nach jeder Faser ihres Körpers. »Wie auch immer, wir werden unsere Gelegenheit dazu bekommen.«

Ich weiß nicht, was mit Sophia in jener Nacht geschehen ist. Doch als sie am folgenden Morgen zu mir kam, war sie wie ausgewechselt. Sie war ernst und innerlich aufgewühlt.

»Doktor Burke irrt sich, was dich angeht. Du wirst dich wieder erholen.«

Ich wollte sie nicht anlügen.

»Du wirst sehen«, sagte sie kämpferisch.

»Erzähl das meinen Lungen.«

»Ich glaube, das sollte ich tun.« Sie schlang die Arme um mich und legte ihre Wange an meine Brust. Sie war immer sehr besorgt gewesen, dass uns jemand sehen konnte, aber jetzt schien ihr das egal zu sein.

Sie hielt mich für lange Zeit umarmt und sah dann zu mir auf. »Es tut mir leid, dass du so viel hast mitmachen müssen. Ich will gar nicht daran denken, welche Schmerzen du haben musst. Du hast ein besseres Leben verdient.«

»Schon gut«, erwiderte ich schnell. »Ich habe schon Schlimmeres erlebt.« In ihren Augen lag Kummer, und das wollte ich nicht – weder um ihret- noch um meinetwillen.

»Aber das lindert die Schmerzen nicht, oder?«

»Doch«, antwortete ich mit Nachdruck. »Schmerz ist Angst, und ich habe keine Angst. Ich weiß, dass ich schon bald einen neuen Körper haben werde.«

»Du sagst das so, als ob dein Körper wie ein Zimmer wäre, in dem du ein und aus gehst.« Sie legte ihre Hände auf meine Arme. »Aber das hier bist du.«

Plötzlich fühlte ich mich niedergeschlagen. Ich zeigte auf meine Brust. »Das hier bin nicht ich. Mein Körper gibt auf, aber ich nicht.« Ich wollte ihren mitleidigen Blick nicht. Ich wollte vor ihr keine Schwäche zeigen. »Ich verspreche dir, ich werde wieder gesund, und dann werde ich dich finden.«

Zärtlich sah sie mich an. Für eine Weile schwieg sie, und ich bemerkte, dass sie älter aussah als an dem Tag, an dem ich die Augen aufgeschlagen und sie das erste Mal angesehen hatte. »Wir haben ein besseres Leben verdient«, sagte sie sanft.

»Das wird kommen.«

»Meinst du?«

»Ja, wird es.« Ich sah sie mit großem Ernst an. »Mir macht das nichts aus. Ich kann auch noch ein wenig länger warten, wenn ich muss, denn ich weiß, ich werde wieder mit dir vereint und voller Kraft sein. Ich werde mich um dich kümmern und dich lieben und dich glücklich machen.«

»Du machst mich glücklich«, sagte sie. Sie nahm mich wieder in die Arme, und ich begann an ihrer Schulter zu weinen, und ich wollte nicht, dass sie das sah. Mein Fieber war so hoch, dass es mir schwerfiel, mein Zittern zu unterdrücken.

»Eine Sache gibt es da noch«, meinte sie nach einer Weile, und ihre Stimme klang ein wenig unbeschwerter.

»Was denn?«

»Wie wirst du wissen, dass ich es bin, wenn du mich findest?«

»Ich werde es dir sagen.«

»Aber was, wenn ich dir nicht glaube? Ich kann ganz schön sturköpfig sein, musst du wissen.«

Ich hielt sie ganz fest. »Das stimmt. Aber du bist kein hoffnungsloser Fall.«

Am letzten sonnigen Tag in meinem Leben brachte mir Sophia meinen Mantel und führte mich nach draußen an die frische Luft. Ich kann mich noch daran erinnern, wie beschwerlich es für mich war, mich auf den Beinen zu halten und einen Fuß vor den anderen zu setzen. Wir entfernten uns nur so weit vom Haus, bis wir vergessen konnten, dass es ein Lazarett war. Sie trug einen hellblauen Wollhut und ein flauschiges rotes Kleid, das sich an meinen Fingern wunderbar anfühlte. Sie sah nicht wie eine Krankenschwester aus, sondern wie eine hübsche, sorglose junge Frau, die mit ihrem Geliebten einen Spaziergang im Garten macht, und wir taten so, als ob das so wäre.

Wir fanden ein sonniges Plätzchen im Gras und ließen uns darauf nieder. Ich spürte die Sonnenwärme und ihren Kopf, der an meiner Schulter lehnte, und legte meine Arme um sie. So gern hätte ich mich in diesen Augenblick verkriechen, dort verweilen und den folgenden nicht mehr zulassen wollen. In glücklichem Schweigen sahen wir dabei zu, wie sich ein gelber Schmetterling auf ihrer Stiefelspitze niederließ.

»Das war einmal ein Garten für Schmetterlinge«, begann sie. »Einen schöneren kannst du dir nicht vorstellen.« Sie wandte sich zu mir und lächelte. »Na ja, für dich gilt das vielleicht nicht.«

Ich lachte. Ich mochte den Klang ihrer Stimme. Ich wollte, dass sie weiterredete, und sie schien das zu wissen.

»Hier gab es Tausende und Abertausende von Schmetterlingen, in allen Farben. Du hättest die Blumen sehen sollen. Ich war noch sehr klein, aber ich lag einfach nur hier, und die Schmetterlinge ließen sich auf meinem ganzen Körper nieder, und ich versuchte nicht zu lachen, wenn sie mich kitzelten.«

»Ich wäre liebend gern dabei gewesen«, sagte ich und beobachtete, wie der Schmetterling auf ihrem Stiefel seine Flügel öffnete und wieder schloss.

»Meine Mutter hat den Garten angelegt. Sie war berühmt für ihre Gärten.«

»Wirklich?«

»Ja. Und für ihre Schönheit und ihre Waghalsigkeit.«

»Waghalsigkeit?«

»Ihr gefiel alles, was schnell war. Mein Vater sagte, sie sei die Unruhe selbst, denn sie konnte nicht eine Sekunde lang still sitzen.«

Wir hingen eine Weile unseren Gedanken nach. Ich wollte ihr nicht zu nahetreten.

»Und was ist aus den Schmetterlingen geworden?«

»Nach ihrem Tod sind sie fortgeflogen. Mein Vater hat sich nicht weiter um die Gärten gekümmert, nachdem sie nicht mehr war.«

Meine Umsicht war umsonst. Ich wünschte, ich hätte ihr diese letzte Frage nicht gestellt. Sie vertrieb uns aus der Verzauberung dieses Augenblicks und in die normale Zeit zurück. Zeit bedeutete Verlust, und Sophia hatte schon so viele Verluste erlitten.

Sie hielt den Kopf gesenkt, aber ich spürte ihre Trauer, während sie sich fest an mich schmiegte. Ich war zu schwach, die Traurigkeit abzuwehren, und so erfasste sie mich ebenfalls.

»Ich liebe dich«, erklärte ich ihr. »Mehr als alles andere. Ich habe dich immer geliebt.«

Ihr abgehackter Atem verriet mir, dass sie weinte. Ich hob die Hand und berührte die Tränen in ihrem Gesicht.

»Ich liebe dich auch«, sagte sie.

Auf diese Worte hatte ich viele Leben lang gewartet, aber in meinem tiefen Inneren erfüllten sie mich mit großem Schmerz. Ich wünschte, sie würde mich nicht lieben. Sie hatte schon so viel verloren. Ich wünschte, ich wäre in dem schlammigen Tal an der Somme gefallen und ihr wäre ein weiterer Verlust erspart geblieben.

Zwei Tage lang erwachte ich hin und wieder aus meinen Fieberträumen. Sophia war an meiner Seite. Ich erblickte sie, wenn ich die Augen öffnete, und ich fühlte ihre Gegenwart, wenn mir das nicht gelang. Ich fragte mich, ob man sie von den Pflichten einer Krankenschwester entbunden hatte, denn sie war immer da. Ich unterhielt mich mit ihr, aber ich kann mich nur vage daran erinnern, was wir uns erzählten.

Und dann erwachte ich. Mein Körper schmerzte, ich bekam kaum Luft, doch meine Gedanken waren klar. Sophia war anfangs völlig außer sich vor Erleichterung, als sie sah, wie ich mich aufsetzte und die Augen offenhielt. Ihre Ahnungslosigkeit war mir Freude und Schrecken zugleich.

Allmählich musste ihr jedoch aufgefallen sein, dass mit meiner Hautfarbe etwas nicht stimmte und dass auch meine Atmung nicht normal war. Vor meiner Tür sagte Doktor Burke leise etwas zu ihr, und ihr Verhalten hatte sich verändert, als sie dann wieder hereinkam. Ihre Augen quollen über vor Tränen, und der Ausdruck um ihren Mund zeugte von Resignation.

»Bist du schon wieder zurück?«, fragte ich sie neckend. Ich sprach leise, um den Husten zu unterdrücken. »Haben sie dich noch nicht rausgeworfen, weil du zu viel Zeit mit dem Patienten D. Weston verbringst?«

»Die können mich schlecht rauswerfen, denn sie brauchen hier jede Hand. Und außerdem ist das nicht so einfach, denn das hier ist mein Haus.«

»Aber erzähl mir wenigstens, dass die anderen Krankenschwestern dir das Leben schwer machen.«

»Ich glaube, sie wissen, welche Gefühle ich für D. Weston hege.« Sie berührte mich zärtlich am Ohr. »Alle sind sich darin einig, dass du von allen Patienten am besten aussiehst.«

Ich lächelte, denn zum Lachen fehlte mir mittlerweile die Luft. »Ihr sprecht über diese Dinge?«

Sie saß eine Weile schweigend und mit ernstem Gesicht auf meinem Bett. »Ich möchte mit dir gehen«, sagte sie.

Ich legte meine Hände an ihre Taille. »Was meinst du damit, mein Herz?«

»Ich will mit dir kommen. Ich fürchte mich nicht vor dem Tod. Ich möchte, dass wir zusammenbleiben und gemeinsam zurückkehren. Du hast mir erzählt, dass manche Seelen einander nicht loslassen, und ich will bei dir bleiben.«

»Oh, Sophia.« Ich küsste durch den Pullover hindurch ihre Brust, presste mein Gesicht in ihren Schoß. »Du darfst dir nicht das Leben nehmen.«

»Warum nicht?«

»Weil du jung und schön und gesund bist, das darfst du nicht tun. Und die Wiedergeburt entspringt dem Willen zu leben. Selbsttötung bedeutet, das Leben abzulehnen, und das ist das Ende. Wenn du den Tod wählst, kann es sein, dass du danach nicht mehr zurückkehrst.«

»Aber ich will dieses Leben nicht von mir stoßen und den Tod wählen – ich möchte leben. Ich möchte mein Leben lediglich mit dir verbringen.«

Ich nahm ihre Hände und sah ihr in die Augen. »Du kannst dir nicht vorstellen, wie sehr ich mit dir leben möchte. Einstweilen musst du versuchen, so gut du kannst, ein erfülltes und glückliches Leben zu führen. Du wirst Krankenschwester und vielleicht Ärztin. Du wirst dich verlieben.«

»Ich habe mich bereits verliebt«, sagte sie.

Ich küsste ihre Hände. »Dann wirst du dich eben wieder verlieben. Und vielleicht wirst du Kinder haben und alt werden und sterben, wenn es an der Zeit ist. Und vielleicht schaust du zurück und erinnerst dich immer wieder mal an mich. Und wenn du zurückkommst, werde ich schon auf dich warten. Ich werde dich finden.«

Sie schüttelte den Kopf. »Aber wie? Das sagst du einfach so, aber wie wirst du mich finden?«

»Das wird mir schon gelingen. Das war immer so.«

»Aber ich werde dich nicht einmal kennen, nicht wahr? Ich wirst ein Fremder für mich sein. Ich habe ein Durchschnittsgedächtnis, das ist nicht einmal so gut wie das von Nestor, dem Hund.«

Sie begann zu weinen, und ich hielt sie so fest umarmt, wie ich konnte.

»Du musst mich nicht erkennen, ich werde dich erkennen.«

Sie schluchzte an meiner Brust. »Ich werde mich selbst nicht kennen.«

HOPEWOOD, VIRGINIA, 2007

ES ERWIES SICH als schwierig, einen jungen Mann namens Daniel Grey ausfindig zu machen (im Highschool-Jahrbuch schrieb er sich einmal »Grey« und das andere Mal »Gray«), an den sie zwar unaufhörlich dachte, über den sie aber sonst so gut wie nichts wusste. Lucy hatte ihn per Internet gesucht und eine Unmenge Daniel Greys beziehungsweise Grays gefunden. Einzig sein Alter schränkte die Suche etwas ein – sein genaues Geburtsdatum kannte sie nicht –, aber so richtig half ihr das auch nicht weiter. In der Schule hatten sie keine Weiterleitungsadresse und auch keine Unterlagen. Die einzig gute Nachricht war, dass auch das Leichenschauhaus keine Unterlagen über ihn besaß.

So weit sie es wagte, versuchte sie Claude, dem Wachmann im Whyburn House, genauere Informationen zu dem geheimnisvollen Mann zu entlocken, der sich damals nach ihr erkundigt hatte. Aber Claude wurde immer zurückhaltender, je mehr sie in ihn drang. Er war sich nicht mehr so sicher, ob der Name Daniel gelautet hatte, vielleicht hatte er auch Greg geheißen. Und ob er grüne Augen hatte, wusste er auch nicht mehr genau, vielleicht waren sie ja auch braun gewesen. »Wenn er vor mir stünde, würde ich ihn sofort wiedererkennen«, meinte er bedauernd.

Dafür stellte sich heraus, dass es einfacher war, eine lang verstorbene, namenlose junge Frau ausfindig zu machen, von deren Existenz sie nur durch eine Wahrsagerin, durch Hypnose und den Bildern in ihrem Kopf erfahren hatte – einfacher als eine Person wiederzufinden, die sie tatsächlich gekannt und in der Highschool geküsst hatte. Hythe war eine Stadt in England, und von den Landsitzen in ihrer Nähe hatte einer auch tatsächlich während des Krieges als Lazarett gedient. Zuerst hatte Lucy gedacht, dass vom Zweiten Weltkrieg die Rede war, doch die Familie, der er gehörte, hatte in den Vorjahren des Krieges nicht mehr dort gelebt. Ihre Suche auf die Zeit vor dem Ersten Weltkrieg auszudehnen, schien ihr weither geholt, doch schließlich tat sie genau das.

Und so stieß sie auf die die Ehrenwerte Constance Rowe. Es gab auch noch ihre vier Jahre ältere Schwester Lucinda, aber sowie Lucy den Namen Constance hörte, wusste sie, dass sie auf die richtige Person gestoßen war. Madame Esme hatte diesen Namen erwähnt, da war sie sich nahezu sicher. Constance war die jüngere Herrin von Hastonbury Hall, Tochter eines Lords und Enkelin eines Viscount. Das Haus war in beiden Weltkriegen als Lazarett genutzt worden.

Offensichtlich waren die Engländer in ihre prächtigen Landsitze vernarrt. Es gab jede Menge Informationen über sie, so erfuhr Lucy auch, dass Hastonbury noch existierte, obwohl es im letzten Jahrhundert weitgehend unbewohnt gewesen war. Lucy verbrachte Stunden vor ihrem Computer und betrachtete die Bilder von dem Anwesen. Sie starrte auf das Eingangstor, und dann schloss sie ihre Augen und kannte den weiteren Verlauf der Straße, die auf dem Foto in einer Kurve endete. Es war unheimlich, wie genau sie den Schattenriss von einer großen Baumgruppe auf der linken Seite kannte und wie klar ihr vor Augen stand, wie die Weide auf der gegenüberliegenden Seite zum Fluss hin abfiel. Woher wusste sie das? Vielleicht wusste sie es auch gar nicht. Vielleicht irrte sie sich mit beidem. Vielleicht entsprang das alles nur ihrer Einbildung.

Sie fühlte sich wie in dem Film *Matrix*, der ihr sehr gefallen hatte. Marnie und sie hatte ihn sich fünfmal angeschaut, was aber nicht hieß, dass sie sich wünschte, er würde Realität werden.

Jedes neue Bild bestärkte sie in ihrer Vorstellung. In der Fassade erkannte sie die geschwungenen zweiteiligen Fenster der Bibliothek, und sie fand eine Innenansicht, die ihr das bestätigte. Auf den Außenaufnahmen des Hauses konnte sie das Speisezimmer, das

Musikzimmer und die Küche bestimmen. Dann entdeckte sie einen Grundrissplan des Gebäudes, in dem alle Zimmer verzeichnet waren, und sie waren genau so angeordnet, wie sie es in Erinnerung hatte. Vor ihrem geistigen Auge sah sie deutlich, wie die Treppe aus dem Eingangsbereich nach oben führte. So unheimlich es auch war, diese Welt hatte doch etwas Märchenhaftes an sich.

Lucy fragte sich, was wohl ihr Vater zu all dem sagen würde. Er war stolz darauf, dass die Familie seit sieben Generationen Südstaatler waren. Pfeif auf Wiedergeburt, Wahrsagerei, Hypnose und den ganzen Blödsinn. Was würde er dazu sagen, dass sie vor noch gar nicht so langer Zeit Engländerin gewesen war? Für ihn war das wahrscheinlich noch schlimmer, als wenn sie ein Yankee gewesen wäre.

Je mehr Lucy über das kurze und tragische Leben der Constance Rowe herausfand, desto weniger glaubte sie daran, sich alles nur einzubilden. Nach einiger Zeit begann sie, um Constance zu trauern. Ihre Mutter, bekannt für ihre Gärten und ihre Unerschrockenheit, war bei einem Autounfall ums Leben bekommen, als Constance noch ein Kind war (sie hatten damals eines der ersten Autos, und ihre Mutter war eine leidenschaftliche Fahrerin gewesen); der ältere Bruder war im Krieg gefallen. Sie selbst hatte sich in einen Soldaten verliebt, den sie pflegte (für diesen Teil ihres Lebens hatte Lucy noch keine Bestätigung gefunden); er erlag seinen Verletzungen und brach ihr das Herz. Sie ließ sich als Krankenschwester ausbilden und reiste mit einer Delegation aus Ärzten und Missionaren in das ehemalige Belgisch-Kongo. Sie starb in der Nähe von Leopoldsville im Alter von dreiundzwanzig Jahren an Malaria.

Während Lucy Tag für Tag an ihrem Fruchtmixer stand, fühlte sie sich von einem merkwürdigen Kummer umfangen. Sie trauerte nicht um sich selbst – so fühlte sich das nicht an –, doch Constances Traurigkeit hüllte sie ein wie eine dunkle Decke.

Inzwischen bewegten sich ihre Gedanken aber auch in eine andere Richtung. Die Smoothies hingen ihr zum Hals raus. Am liebsten hätte sie alles hingeworfen, aber sie würde sogar noch Überstunden machen müssen. Sie brauchte genügend Geld für den Flug, für ein günstiges Hotel und für einen Mietwagen, und der Kurs des englischen Pfunds stand nicht zu ihren Gunsten. Sie würde ausreichend Geld verdienen müssen, um nach England reisen zu können, bevor der Sommer vorüber war.

Constance hatte es wirklich gegeben. Das Haus gab es wirklich. Vielleicht waren die Briefe, von denen sie gesprochen hatte, auch Wirklichkeit und warteten darauf, von Lucy gefunden zu werden. Vielleicht waren alle Informationen, die sie brauchte, in ihrem Kopf.

Es erfüllte sie mit Genugtuung, auf der richtigen Spur zu sein, und gleichzeitig erschreckte sie die Erkenntnis, dass die Welt nicht so funktionierte, wie sie selbst oder die meisten Menschen das glaubten.

HASTONBURY HALL, ENGLAND, 1919

In ihrem ehemaligen Zimmer, dem gelben Zimmer, lagen jetzt drei neue Kranke. Sie waren schwer verwundet und brauchten Zuspruch und Pflege. Sie nannten sie nicht Sophia. Sie konnten kein Aramäisch. Sie erzählten ihr keine Geschichten von einem Ritt durch die Wüste. Constance bemühte sich trotzdem, sie gut zu versorgen.

Daniels Leichnam und seine Habseligkeiten, darunter auch das Hemd, das sie ihm geschenkt hatte, waren zu seinen Eltern und Geschwistern in der Nähe von Nottingham gesandt worden. Er hatte sie nicht benachrichtigen wollen; den Grund dafür hatte sie nie erfahren. Vielleicht hatte er von Anfang an geahnt, was geschehen würde.

Constance hatte auf der verstaubten Hintertreppe des Hauses gesessen und den Männern dabei zugeschaut, wie sie den Lastwagen beluden. Daniel war nicht der Einzige, und der kleine Hof außerhalb von Nottingham würde nicht ihr einziger Halt sein. Sie sah ihnen dabei zu, wie sie die Ladeklappe schlossen und wie bei ihrer Abfahrt der Staub auf der Straße aufwirbelte und sich wieder legte. Sie dachte daran, wie dieser Parkplatz einmal ein Küchengarten gewesen war, wo sie Gurken, Tomaten, Salat und Kürbis angebaut hatte.

Er hatte ihr einen Brief hinterlassen. Mehrere Tage lang schaffte sie es nicht, ihn zu lesen. Sie hatte ihn in ihr altes Versteck gelegt, einer in die Wand hineingebauten Nische hinter dem Bücherregal in ihrem gelben Zimmer. Der Wunsch, die stöhnenden Kranken, die nicht Daniel waren, sollten doch bitte aus diesem Raum verschwinden und sie mit ihren Gedanken und dem Brief allein lassen, erfüllte sie mit Scham.

Sie versuchte erfolglos, sich auf die Arbeit zu konzentrieren. Sie versuchte, sich die Namen und Lebensgeschichten jener jungen Männer einzuprägen, so als ob sie ihr wichtig wären – und sie waren ihr wichtig –, aber ihre Gedanken schweiften immer wieder ab. Sie dachte an Daniel, und in fieberhafter Angst dachte sie an ihr zukünftiges Ich, das ihn vergessen haben würde. *Ich will ihn nicht vergessen. Wie kann ich sicherstellen, dass ich mich erinnere?*

»Kann man ein Durchschnittsgedächtnis verbessern?«, hatte sie ihn zwei Tage vor seinem Tod unter Tränen gefragt.

»Wenn man es nur fest genug will, schafft man das«, hatte er geantwortet.

Nun, sie wollte es fest genug. Wenn der Wille allein ausreichte, dann war sie auf der sicheren Seite. Aber wie schaffte man das? Wie rief man sich selbst über einen Abstand von vielen Jahren zu? Wie schloss man in seine Seele eine Nachricht ein, so tief vergraben, dass man sicher sein konnte, dass sie den Tod überdauern würde, und laut genug, dass man sie danach würde hören können? Sie wollte sich nicht an ganze Leben erinnern, sondern nur an diesen einen Menschen.

Ich werde mir selbst Hinweise hinterlassen. Ich werde mir Träume senden und in mir die Erinnerung wachrufen.

Sie dachte mehr an den Tod als an das Leben, und das war nicht gut an einem Ort wie diesem. Daniel hatte sie allein zurückgelassen. Was geschah gerade mit ihm? Hatte er Angst? Was war, wenn er nicht zurückkehren würde?

Was, wenn der Tod ihn dieses Mal am Erinnern hindern würde? Vielleicht würden sie sich in ihrem folgenden Leben auf einem Bürgersteig in Madrid, Dublin oder New York begegnen. Vielleicht würden sie beide innehalten, sich ansehen und eine sonderbare Sehnsucht spüren, doch keiner von ihnen würde wissen, warum. Beide würden sie stehen bleiben wollen, aber vor Verlegenheit würde keiner wissen, wie er ein Gespräch beginnen sollte. Beide würden sie ihrer Wege gehen. Wer weiß? Vielleicht passierte das jeden Tag Menschen, die sich einmal geliebt hatten. Eine Tragödie, die man nicht einmal als solche erkannte.

In einem morgendlichen Traum kam ihr die Idee, sich selbst einen Brief zu hinterlassen. Er gehörte zu der Art von Träumen, die so lebhaft waren, dass man sie für die Realität halten konnte. Wie wenn einem kalt war und man im Traum darüber nachdachte, sich noch eine weitere Decke zu holen. Oder wenn man auf die Toilette gehen musste und man dachte, man wäre bereits aufgestanden, aber dem war gar nicht so.

Als sie die Augen öffnete, war der Brief schon zur Hälfte geschrieben. Sie griff nach einem Blatt Papier und einem Füller und schrieb die Worte ohne nachzudenken nieder, so als ob man sie ihr diktieren würde. Irgendwie fühlte es sich vielversprechend an, diesen Zugang zu ihrem träumenden Ich zu haben. Daniel hatte einmal gesagt, dass Träume mit Bildern und Gefühlen aus vergangenen Leben angefüllt seien, und weil er ihren Ursprung kannte, waren seine Träume für ihn weniger geheimnisvoll als für die meisten Menschen. Vielleicht sollte sie an diesem einen Traum festhalten.

Ich weiß nicht, wer du bist, aber ich bete zu Gott, dass dieser Brief in die richtigen Hände gelangt sein möge. Ich bete zu Gott, dass du mich nicht wegen seines eigenartigen Inhalts verachten mögest und die glühende Aufrichtigkeit erkennst, mit der ich diese Zeilen niedergeschrieben habe. Mein Name ist Constance Rowe of Hastonbury Hall in Kent, in der Nähe des Dorfes Hythe. In zwei Wochen werde ich neunzehn Jahre alt. Ich hieß einmal Sophia und hatte noch viele andere Namen. Falls dieser Brief die Leserin erreicht, an die er gerichtet ist, bin ich ein Teil deiner Vergangenheit, glaube ich, eine mittlerweile vergangene Inkarnation deiner Seele. Ich weiß, das klingt lächerlich und unglaubwürdig. Aber versuche bitte, es zu begreifen.

Daniel hat mir erzählt, wie das vor sich geht, jenes Leben und Sterben und Wieder-auf-die-Welt-Kommen, aber ich habe es immer noch nicht richtig verstanden. Ich weiß nun, dass es Elemente von mir/dir gibt, die den Tod immer überdauern. Ich nehme an, dass du auf deinem linken Oberarm ein Muttermal trägst. Du hast vermutlich immer Probleme mit dem Rachen. Du träumst von der Wüste, und wenn du von Albträumen heimgesucht wirst, spielt in ihnen fast immer Feuer eine Rolle. Vielleicht träumst du auch von mir und diesem Haus. Ich hoffe, dass du das tust.

Ich bin Daniel hier in diesem großen Haus begegnet. Während des Krieges hat man es in ein Lazarett umfunktioniert, obgleich es im Besitz meiner Familie ist. Er war an der Somme verwundet worden – der zweite Daniel, nicht der erste –, und ich arbeitete als Hilfsschwester und habe ihn gepflegt. Er ist vor elf Tagen gestorben. Ich wollte mit ihm sterben.

Daniel kannte mich/dich aus vielen vergangenen Leben. Er erinnert sich an alles. Ich weiß nicht, wie es ihm geht, wenn du ihm begegnest, woher er kommen oder wie er aussehen wird, aber sein Name wird Daniel sein. Er wird sich an dich erinnern, wenn er dich findet, und, Gott steh mir bei, ich hoffe, dass er dich finden wird. Er wird dich Sophia nennen und dir außergewöhnliche Geschichten erzählen. Du wirst dich zuerst gereizt, verwirrt und vielleicht sogar verängstigt fühlen. Bring ihn dazu, dass er dir Beweise liefert, wenn du es für nötig erachtest. Auf den ersten Blick wirkt er eher unscheinbar, aber er beherrscht eine Unmenge Sprachen, und er kann mit fast allen alten Instrumenten etwas anfangen, ob sie nun aus der Musik oder der Wissenschaft stammen. Er hat einen einmaligen Verstand, besser als jede Enzyklopädie. Er wird vieles über dich wissen: Er wird deine Träume kennen, deine Gedanken, und das wird dich nicht mehr loslassen.

Bitte vertraue ihm. Öffne ihm dein Herz. Er kann dich glücklich machen. Er hat dich immer geliebt, und du hast auch ihn einst von ganzem Herzen geliebt.

Constance

HYTHE, ENGLAND, 2007

LUCY MIETETE SICH in Heathrow einen Wagen und fuhr damit nach Hythe, einer malerischen, am Ärmelkanal gelegenen Kleinstadt mit einem langen Kiesstrand. Die Luft war so salzig und feucht, dass sich alles sofort klamm anfühlte, selbst die Kleidungsstücke aus ihrem Koffer. Sie hatte über einem Restaurant an der Hauptstraße ein kleines Zimmer gemietet. Zuerst dachte sie, es wäre ein Pub, aber dann entdeckte sie, dass es sich um einen indischen Schnellimbiss handelte. Schon nach kurzer Zeit war nicht nur alles feucht, sondern roch überdies stark nach Curry.

Trotz ihrer enormen Anstrengungen und Ausgaben, um den Atlantik zu überqueren, und der komischen Lügen, die sie ihren leichtgläubigen Eltern aufgetischt hatte – eine Austauschstudentin aus England namens Constance brenne darauf, Lucy zu Gast zu haben –, trat sie jetzt die fünfzehnminütige Fahrt nach Hastonbury nur zögernd an. Die Wegbeschreibung hatte sie aus dem Netz heruntergeladen und zu Hause ausgedruckt. All das Planen und Taktieren war die eine Sache. Doch jetzt, wo der Moment gekommen war, das Haus leibhaftig vor sich zu sehen, das zweieinhalb Monate lang nur in ihrer Vorstellung existiert hatte, wurde ihr mulmig zumute. Es war, als ob sich alle ihre Befürchtungen, Fantasien, Albträume, die sie jemals gehabt hatte, von diesem Augenblick an vielleicht erfüllen könnten. Indem sie sich nach Hastonbury begab, so ihr Gefühl, willigte sie ein, von nun an in einer anderen Welt zu leben. Und sie wusste nicht, ob sie das wirklich wollte. Wenn ihr das zu unheimlich wurde, wollte sie eigentlich in der Lage sein, ihre Siebensachen zu packen und nach Hause zu fliegen. Nun, so glaubte sie, tat sie den entscheidenden Schritt, ab hier gab es kein Zurück mehr.

In einem Café trank sie eine Tasse Earl Grey und aß zwei Stücke Kuchen. Für Marnie und ihre Mutter kaufte sie ein Paar Socken mit eingestrickten Zehen, auf denen jeweils verschiedene Abbilder der Queen prangten.

Was mache ich hier eigentlich?, fragte sie sich, während sie die Hauptstraße hinunterschlenderte. *Ich werde nur dick und kaufe irgendwelche blödsinnigen Socken.* Sie erwog ernsthaft, wieder ihren Koffer zu packen und nach Hause zu fliegen. Zurück an die Uni und in ihr normales Leben. Zurück zu Partys und Gesprächen mit wirklich lebenden Menschen. Sie könnte sich auf ihre berufliche Karriere vorbereiten. Sie könnte dieses merkwürdige Geisterleben einfach hinter sich lassen. Sie könnte Daniel, Constance und Madame Esme aus ihren Gedanken verbannen.

Sie setzte sich auf eine Bank und sah den vorüberfahrenden Autos nach. Konnte sie das alles wirklich tun?

Sie stieg in ihr kleines Mietauto und faltete mit zitternden Händen die Wegbeschreibung auseinander. Dann brach sie zu einer Fahrt auf, die sie sich im Geiste bereits unzählige Male ausgemalt hatte.

Das Tor und der Park, der zum Haus hinführte, wichen leicht von ihrer Vorstellung ab. Als sie auf das Gebäude zufuhr, wurde ihr bewusst, dass auf dieser Reise möglicherweise ganz andere Qualen auf sie zukommen würden.

Sie war hierhergekommen, aufs Äußerste gespannt und zu allem bereit, um das Universum, so wie es existierte, auf den Kopf zu stellen. Doch was, wenn alles anders war? Was, wenn ihr das Haus nicht besonders bekannt und vertraut vorkam? Was, wenn sie keinen Brief finden würde? Was, wenn dieser niemals existiert hatte? Was, wenn ihre Beziehung zu dem Anwesen überhaupt nichts Besonderes an sich hatte? Vielleicht war dort einmal ein Film gedreht worden, den sie gesehen und dann vergessen hatte? Vielleicht gab es eine einfache Erklärung für ihr Vorwissen. Als sie den schlammigen, träge dahinfließenden Strom überquerte, erschien ihr das zu ihrem Verdruss alles höchst wahrscheinlich. Diesen alles entscheidenden Schritt gab es gar nicht. Sie stellte das Auto ab und stieg aus.

Im Großen und Ganzen sah das Anwesen so aus, wie sie es sich vorgestellt hatte, aber im Detail war nahezu alles anders. Dass das Gebäude dabei war zu verfallen, machte das Ganze nicht besser. Kaum zu glauben, dass es hier einmal wunderbare Gärten gegeben haben sollte. Auf der einen Seite des Hauses befanden sich ein Stand mit Agrarerzeugnissen und ein Laden, wo man Postkarten und Tassen mit einem Bild des Landhauses erwerben konnte. Auf der anderen Seite lebte ein alter Mann, das wusste sie. Ein Neffe von Constance oder so etwas.

Lucy ging auf den Laden zu. Laut ihren Recherchen wurde dort für sieben Pfund eine Führung durch das gesamte Anwesen angeboten, und sie war vorbereitet.

Eine Frau mittleren Alters tauchte auf, die den Hof und den Laden führte. »Kann ich Ihnen helfen?«, rief sie Lucy zu, die in der Tür des verwaisten Ladens stand.

»Ich würde gern das Haus besichtigen«, sagte Lucy und ging auf sie zu.

Die Frau schüttelte den Kopf. »Ich fürchte, heute ist der Mann, der unsere Führungen macht, nicht verfügbar.«

»Ich dachte, es gäbe jeden Tag Führungen zwischen zehn und drei Uhr«, sagte Lucy. »Soll ich morgen noch mal kommen?«

Die Frau warf einen leidgeprüften Blick auf die andere Seite des Hauses. »Das können Sie versuchen. Aber ehrlich gesagt, kommt er, wann's ihm passt.«

Damit hatte Lucy nicht gerechnet, aber das vermeintliche Problem sollte sich als Glücksfall erweisen. Sie zog eine Zehn-Pfund-note aus der Brieftasche. »Ich bin amerikanische Studentin und beschäftige mich mit englischen Landhäusern.« Sie hielt der Frau den

Schein hin. »Ich mache meine Führung allein, kein Problem. Ich verspreche Ihnen, dass ich keinen Dreck ins Haus trage und nichts anfasse.«

Die Frau zögerte, doch nicht sehr lange. »Einverstanden«, sagte sie und nahm das Geld entgegen. »Das wird schon in Ordnung sein, wenn Sie sich das Haus allein ansehen. Betreten Sie nur die Räume nicht, deren Türen verschlossen sind. Und wie Sie bereits sagten – fassen Sie nichts an.«

»Natürlich nicht«, sagte Lucy. »Ich werde mich auch nicht lange aufhalten.«

»Kommen Sie bitte wieder hier vorn raus, wenn Sie das Haus verlassen.«

»Mach ich.«

Die Frau wies Lucy die Richtung. »Die Führung beginnt im Inneren des Ladens. Gehen Sie hier lang und dann durch die Doppeltür.«

»Vielen Dank«, antwortete Lucy mit pochenden Schläfen.

Vorn im Laden bemerkte Lucy neben den Postkarten und den Gläsern mit Preiselbeermarmelade eine umfangreiche Monografie über die Geschichte des Hauses mit seinen Gärten. Sie lief nach draußen zu dem Stand und reichte der Frau eine weitere Zehn-Pfundnote. »Die hätte ich auch noch gern«, sagte sie und hielt den Band hoch. Während sie den Laden durchquerte und das Haus betrat, umklammerte sie das Buch mit feuchten Händen.

Mein Gott, dieser Geruch. Als Lucy durch das Haus lief, überzeugte sie allein der Geruch, dass ihr das Gebäude nicht nur aufgrund eines Films oder eines Fotos bekannt vorkommen konnte. Der Geruch war weder unangenehm noch das Gegenteil, es roch einfach alt. Sie konnte ihn nicht näher bestimmen, vermutlich setzte er sich aus einer Unzahl von Elementen zusammen, die sich über die Jahrhunderte vermengt hatten, aber sie erkannte ihn wieder. Er rief ein Gefühl, eine Stimmung und eine seltsame Art von Schmerz in ihr wach, die sich in ihrem tiefsten, unberührten Inneren verborgen gehalten hatten. Für eine Weile stand sie einfach nur da, dankbar, allein zu sein.

Das Hausinnere war ein wenig umgebaut worden, nahm sie an, aber sie kannte den Weg zur Haupttreppe. Sie ging an Räumen vorbei, die ihr vertraut waren. Vor dem Musikzimmer blieb sie stehen. Ihr Blick schweifte über ein kleines, farbiges Klavier. *Ein Cembalo*?, meldete sich ungefragt ihr Verstand. Hatte Constance darauf gespielt?

Sie sollte bald zu jenem Zimmer hinaufgehen. Vermutlich würde sie dort etwas Zeit benötigen, und sie wollte nicht, dass die Frau von dem Laden zu ihr hinaufkam, um nachzusehen. Sie ging die Treppe hinauf, und schon im Voraus wusste sie, wie die einzelnen Stufen knarren würden. An den Wänden hingen Tapeten, die Licht und Staub über drei Jahrhunderte hatten verblassen lassen. Ein Lichtstrahl fiel durch ein großes, schmutziges Bleiglasfenster. Sie sah sich selbst, wie sie unter dem Fenster stand und beobachtete, wie die bunten Lichtflecken ihre Arme verzierten. War das eine Erinnerung?

Am Treppenabsatz lief sie nach rechts. Dieser Flur sah genauso aus, wie sie es erwartet hatte. Die tief in die Mauer eingesetzten Fenster, das Muster des Parketts. Mehrere Türen gingen von dort ab, die zu ihrem Zimmer lag am Ende. Während sie davorstand, erinnerte sie sich daran, dass sie keine Türen öffnen sollte. Sie drehte den Knauf und war sehr erleichtert, als sich die Tür öffnen ließ. Sie verstand, warum dieses Zimmer nicht zur Führung gehörte. Die Wände waren schmuddelig, aber immer noch in ihrem ehemaligen Gelbton. An einer Wand waren einige Möbelstücke zusammengeschoben. Sie stammten aus den Sechzigern und Siebzigern, vermutete Lucy. Daneben standen einige alte, verrostete Gartenstühle. Das Zimmer war schön geschnitten und hatte hohe Decken, doch war es Staub und Spinnen überlassen worden. Lucy fragte sich, ob es seit dem Zweiten Weltkrieg etwas anderes gewesen war als eine Abstellkammer. Unter einer Abdeckung bemerkte sie den Kleiderschrank, den sie sich in ihren Gedanken vorgestellt hatte.

Sie wandte sich den Regalen zu, von denen die meisten mit schmutzigen Plastikplanen bedeckt waren. Ohne groß nachzudenken schritt sie auf den mittleren der drei Abschnitte zu und schob die Plane beiseite. Knapp unter Augenhöhe befand sich ein Regalbrett, auf dem einige Körbchen und ein paar Bücher standen. Sie schob die Bücher zur Seite. Die Nische lag genau dahinter, so wie sie es erwartet hatte. *Mist*, dachte sie, *da haben wir's*.

Sie legte das Buch auf den Boden. Ihre Hände zitterten und waren schwarz vor Dreck. Sie schob den flachen Riegel nach oben und öffnete die Nische. Sie spähte hinein, aber das Licht reichte nicht aus, um etwas zu erkennen. Sie hatte Angst, beide Hände hineinzustecken. Ihre Angst, den Brief zu finden, war fast ebenso groß wie die, ihn nicht zu finden. Beide Möglichkeiten erschienen jetzt gleichermaßen absurd.

Ihre Kehle war wie zugeschnürt und schmerzte, und ihr Atem ging flach. Sie streckte eine Hand in die Nische. Zuerst ging ihr Tasten ins Leere, und tiefer Schrecken packte sie. Da war nichts. Nur raues Holz und Staub. Was für ein Aufwand für nichts und wieder nichts. Was für eine Enttäuschung.

Ihre Hand tastete weiter nach hinten, bis ganz ans Ende der Nische. Da war nichts … doch, da war etwas. An der Hinterwand war ein viele Male gefaltetes Stück Papier festgeklemmt. Vorsichtig nahm Lucy es zwischen die Finger und zog es heraus.

Einen Augenblick lang hielt sie es hoch. Sie schloss die Augen, gefangen zwischen zwei gegensätzlichen Wahrnehmungen, dem Alten und dem Neuen. Ihre Erinnerung an einst und ihr Handeln in der Gegenwart. Lag hierin die Erklärung für das Phänomen des Déjà-vu? Sie sah es vor sich, wie sie das Stück Papier zusammenfaltete und versteckte und es zugleich behutsam auffaltete, um sein Geheimnis zu lüften. Hier war es. Leicht vergilbtes, gelbes Papier, aber mit einer immer noch gut lesbaren, ernsthaft wirkenden, schnörkellosen Schrift, die wenig Freude verriet. Sie blickte auf das Ende der Zeilen und erkannte Constances Unterschrift. Es war ein bedeutender, aber kein alles verändernder Augenblick. Fast konnte sie den Füller in Constances Hand spüren, die Hand einer traurigen und entschlossenen Frau. Ob das eine Erinnerung war oder eine bloße Vorstellung, vermochte sie nicht zu entscheiden.

Sie setzte sich mitten im Zimmer auf dem Boden und begann zu lesen. Während sie auf die ersten Worte sah, wischte sie sich mit ihren schmutzigen Fingern über die Augen.

Sie musste sich sammeln, bevor sie fortfuhr. Sie musste all ihren Mut zusammennehmen. Das hier war eine andere Welt. Sie befand sich jetzt in ihr, und es gab kein Zurück. Es war eine Welt, in der man sich an vor der Geburt stattgefundene Ereignisse erinnerte. Es war eine Welt, in der man, lange nachdem man gestorben war, mit sich selbst Kontakt aufnehmen und sich unzählige Male in einen unbekannten Jungen verlieben konnte.

Bitte vertraue ihm. Öffne ihm dein Herz. Er kann dich glücklich machen. Er hat dich immer geliebt, und du hast einst auch ihn von ganzem Herzen geliebt.

BELGISCH-KONGO, 1922

Gefangen in ihrem Fieberwahn, blickte Constance in dem schwach erhellten Raum umher. Er hüllte sie dichter ein als die meterlangen Insektennetze. Sie träumte, dass es das gleiche Fieber war, das auch Daniel gepackt und mit sich fortgerissen hatte und das sie nun dorthin bringen würde, wo er sich jetzt befand.

Sie hörte, wie die anderen Krankenschwestern und Nonnen um sie herumschwirrten und sich auf den Tag vorbereiteten – sie würden Glieder heilen und Seelen erretten –, doch sie würde bleiben, wo sie war. Als sie Constance verließen, warfen sie ihr aufmunternde Blicke zu. Gern hätte sie den gleichen Lebensmut wie sie. Schwester Petra legte die Hand auf Constances Stirn und stellte ein Glas Wasser neben sie. Sie hatten alle üblichen Behandlungsmethoden versucht, doch in diesem Stadium konnte man bei der Form von Malaria, die sie hatte, nicht mehr viel ausrichten.

Constance war seit fast zwei Jahren in Leopoldsville. Ein halbes Jahr nach Kriegsende hatte sie ihre Zulassung als Krankenschwester erhalten und war bald darauf als Mitglied einer Delegation, der Schwester Jones sowie zwei Ärzte aus Hastonbury angehörten, nach Afrika aufgebrochen. Einige gute Seelen waren unermüdlich ums Heilen und Zusammenflicken bemüht, und sie sah sich selbst gern in diesem Licht. Gleichzeitig aber beschlich sie der Verdacht, dass ihre Beweggründe etwas vielschichtiger waren. Wenigstens war sie hier bis zum Ausbruch ihrer Krankheit jede Minute des Tages beschäftigt gewesen. Im Krankenhaus herrschte überall um sie herum eine von Bedürftigkeit und Not herrührende, lärmende Geschäftigkeit, und nachts in ihrem Schlafsaal ruhten zu beiden

Seiten ihres Bettes ebenfalls gute Seelen. Sie hatte die Geisterwelt in Hastonbury hinter sich lassen müssen: ihre Mutter, ihren Bruder und ihren trauernden Vater mit seinen falschen Hoffnungen. Und Daniel natürlich. Sie hatte sich nicht vorstellen können, zu Hause zu bleiben und weitere Verluste zu ertragen.

Daniel war ihr um drei Jahre voraus, mehr oder weniger. Das war nicht viel Zeit. Der Gedanke an das Sterben fiel nicht mehr so schwer, jetzt, wo sie wusste, dass sie ihm so kurz danach folgen würde.

Sie wusste, sie sollte derartigen Gedanken nicht nachhängen. Sie war gerade mal dreiundzwanzig Jahre alt. Es war nicht das erfüllte und glückliche Leben, zu dem Daniel sie ermuntert hatte. Doch die Einsamkeit hatte sie fest im Griff und ließ sie nicht mehr los.

In ihren Fieberträumen dachte sie oft an die Person, die sie in ihrem nächsten Leben sein würde. Ihr erschien das nicht morbid, sondern irgendwie interessant. Wo würde sie leben und wie würde sie sein? Würde Daniel sie wirklich finden, so wie er es versprochen hatte? Würde er sie lieben können? Was würde geschehen, wenn sie Warzen auf der Nase hatte, furzte, aus dem Mund roch und beim Sprechen spuckte?

Sie dachte an die Nachricht, die sie verfasst und in ihrem ehemaligen Zimmer versteckt hatte. Wie würde sie es anstellen, dass sie diese in ihrem nächsten Leben fand? Es musste einen Weg geben, und sie würde ihn finden. Sie würde ihrem künftigen Ich keine Ruhe lassen, wer immer sie dann auch sein sollte. Sie wollte sich selbst keine ruhige Minute gönnen.

Sehr oft dachte sie daran zurück, wie alles angefangen hatte. Immer wieder versuchte sie, dieses Geheimnisvolle zu fassen zu kriegen, das in jenen siebzehn Tagen, die sie mit ihm verbracht hatte, zwischen ihnen geschehen war. Als er aufgewacht war und sie mit einem falschen Namen ansprach, hatte sie ihn bemitleidet und war ein wenig überheblich gewesen, wie sie das mit vielen der jungen Soldaten getan hatte. Nicht aus bösem Willen, sondern weil es so viele waren und ihre Not so groß war und weil außer ihr niemand für sie alle da war. Sie hatte D. Weston für besser aussehend und etwas verwirrter gehalten als die anderen jungen Männer, aber das war auch alles. Er war zu krank, um sich ihm gegenüber nicht nachsichtig zu zeigen. Sie hätte jeder Verrücktheit aus seinem Mund gelauscht und im richtigen Moment dazu genickt. Sie hätte viel darum gegeben, wenn sie ihm besser zugehört hätte, mit weniger Skepsis, und sich jetzt besser an seine Worte erinnern könnte.

Denn etwas war geschehen. Seine vermeintlichen Verrücktheiten erwiesen sich als wahr. Und zwar so häufig, dass man sie nicht einfach abtun konnte. Die Art und Weise, mit der er darüber sprach, die merkwürdige Art, mit der er Constance betrachtete und kannte, berührte sie zutiefst. Er erzählte seine Geschichten nicht wie jemand, der sie sich angelesen hatte. Seine Sicht auf die Welt war schlichtweg bemerkenswert, und sie war ein Teil davon. Nichts in ihrem unbedeutenden Leben war damit vergleichbar. Während jener siebzehn Tage hatte sich ihr Mitleid in tiefe Anteilnahme und überwältigende Hingabe verwandelt. Er hielt sich an ihr fest, an allem, was er zu fassen bekam, und stand zu ihr, wie es ihr selbst niemals möglich gewesen wäre.

»Warum nennst du mich immer Sophia?«, hatte sie ihn einmal gefragt, weil sie wusste, wie sehr er sich an diesen Namen klammerte.

»Würde ich dich nicht so nennen, würde ich dich vielleicht verlieren«, hatte er geantwortet.

Nach seinem Tod hatte sie versucht, sich auf Wichtiges zu konzentrieren, und sich um jene gekümmert, die ihrer Hilfe am nötigsten bedurften. Jedes kranke, hungerleidende Kind, das Constance beim Sterben begleitet hatte, würde wieder auf die Welt kommen, und es würde ihm dann bessergehen, das wusste sie. Schlechter konnte es nicht mehr werden. *Du, du wirst eine Herzogin werden,* sagte sie zu dem kleinen Körper. *Du wirst bei keiner modischen Ver-*

fehlung ein Auge zudrücken. Und du, du wirst Parlamentsabgeordneter, sagte sie zu einem anderen. *Du verbringst deine Zeit mit Debatten und Machtrangeleien, dein fetter Bauch wird jeden Abend mit Steak und Portwein genährt.*

Sie hatte ihr Bestes gegeben, aber ein Teil ihrer selbst, jener dem Leben zugewandte, lebensfrohe Teil von ihr, war mit Daniel gestorben. Sie hatte es gespürt, und sie war sich auch jetzt dessen bewusst.

Sie hoffte, dass Gott, oder wer immer auch diese Dinge bestimmte, sie nicht zu hart dafür bestrafen würde. *Bitte verzeih mir, dass ich mich nicht mehr angestrengt habe. Es ist nicht so, als würde ich das Leben nicht lieben. Das Leben ist wunderbar. Doch in diesem hier bin ich einfach zu einsam.*

HOPEWOOD, VIRGINIA, 2007

SEIT DER FURCHTBAREN NACHT des Abschlussballs war sie nicht mehr in ihrer Highschool gewesen, und sie hatte gedacht, dass sie auch nie wieder dorthin zurückkehren würde. Doch am Vorabend des Tages, an dem Lucy nach Charlottesville zurückfahren wollte, um dort ihr letztes College-Jahr zu beginnen, machte sie sich um sieben Uhr auf den Weg dorthin.

Sie lief zu einem Seiteneingang. Selbst um diese Uhrzeit waren immer noch Arbeiter mit der Instandsetzung beschäftigt, um alles in der Schule für das kommende Jahr vorzubereiten. Das Gras auf dem Sportgelände wurde gemäht, zwei Männer malten weiße Linien auf das Footballfeld. In den Fluren wurden beschädigte Schließfächer repariert und Graffiti von den Wänden geschrubbt. *Das sollten sie die Schüler machen lassen*, ging ihr durch den Kopf.

Ein Teil von ihr beobachtete das alles, ein anderer beobachtete, wie sie das alles beobachtete, ohne sich auch nur im Geringsten über die einfachsten Dinge im Klaren zu sein.

In diesen Tagen schleppte sie ihren Körper von einem Ort zum anderen. Sie war aus England zurückgekehrt und hatte alles in ihrem Zimmer zu Hause zusammengepackt. Dann hatte sie Sawmill bei der dreizehnjährigen Nachbarin abgeholt, die sich in ihrer Abwesenheit um die Schlange gekümmert hatte. (Sie hatte das Mädchen gebeten, sie zu adoptieren, aber die Mutter war dagegen gewesen.) Sie hatte sich mit Sachen für die Schule eingedeckt. Sie hatte für sich sogar zwei neue T-Shirts bei Old Navy gekauft. Sie hatte in der Umkleidekabine gestanden und sich im Spiegel angestarrt, ohne wirklich zu wissen, wer sie war. Sie lief mit einem gebrochenen Herzen durch die Gegend, ohne sich sicher zu sein, wer es gebrochen hatte. Vielleicht musste sie vor allem sich selbst die Schuld daran geben, dachte sie.

Sie ging an ihrem Schließfach vorbei und erinnerte sich an die Bilder und Zettel, die sie innen angeklebt hatte. Sie erinnerte sich an den kleinen Spiegel mit dem rosa Rand, in dem sie Daniel im Flur beobachtet hatte. Sie hatte seinem Spiegelbild längere verstohlene Blicke zugeworfen, als sie das im direkten Kontakt gewagt hätte. Fast konnte sie ihn sehen, mit seinen lose herabhängenden Jeans, die so aussahen wie die von allen anderen Jungs an der Schule. Er war sonderbar und distanziert, aber er wollte nicht auffallen. Vor ihrem geistigen Auge sah sie die Schuhe, die er immer trug, Wildlederschuhe im Stil der siebziger Jahre, deren Schnürsenkel immer aufgingen. Jetzt stellte sie sich Fragen, die ihr damals nicht in den Sinn gekommen waren. Wer hatte ihm seine Jeans gewaschen? Wer seine Mahlzeiten zubereitet? Wer hatte ihn zur Rede gestellt, wenn er eine Prüfung in den Sand gesetzt hatte? Sie fragte sich, ob da vielleicht niemand gewesen war. Aber irgendwann musste das alles jemand übernommen haben.

Sie ging ins Chemielabor. Sie schloss die Tür hinter sich und sank auf einen Stuhl. Sie legte die Hände über die Augen. Sie fürchtete, dass die Geister sie heimsuchen würden, und als nichts geschah, wünschte sie, dass sie kämen.

Sie hatte keine Ahnung, was sie jetzt machen sollte. Sie wollte Daniel finden, doch darüber hinaus wusste sie nicht, was sie sich noch wünschte oder wie ihr Leben aussehen sollte. Seit mehr als einem Jahr hatte sie keine Töpferwerkstatt mehr betreten. Ihr alter Garten war völlig verwildert, nicht mal Himbeeren gab es in diesem Jahr. Sie hatte immer Lust gehabt, etwas anzubauen oder etwas mit ihren Händen zu fertigen, aber jetzt fehlte ihr jeglicher Antrieb dazu. Sie wusste nicht, auf welche Weise sie sich um ihre Zukunft kümmern sollte. Sie war jetzt erwachsen, in neun Monaten würde sie ihren College-Abschluss in der Tasche haben. Sie hätte ihr Leben in die Hand nehmen sollen, doch anscheinend fiel ihr nichts Besseres ein, als es den Bach runtergehen zu lassen. Wie sollte sie nach diesem Erlebnis weitermachen wie bisher?

Ein Traum fiel ihr ein. Sie stand in einem Zug zwischen zwei Waggons. Es war dunkel, und der Zug raste eine kurvige Strecke entlang. Sie versuchte, in den vor ihr liegenden Waggon zu gelangen. Sie klopfte an die Tür, trat dagegen und schrie sich die Seele aus dem Leib, aber die Tür blieb verschlossen. Schließlich gab sie es auf und wandte sich dem Waggon hinter ihr zu. Er war ebenfalls verschlossen.

In jener Nacht hatte sie sich Daniel gegenüber falsch verhalten. Es tat ihr leid. Was, wenn sie ihm einfach zugehört hätte? So schwierig konnte das nicht sein. Sie hätte ihn herausfordern, sich mit ihm streiten oder ihm einfach Fragen stellen können. Das hatte Constance wahrscheinlich getan. Lucy hätte sagen können: *Mann, du küsst wie ein junger Gott, aber warum nennst du mich Sophia?* Sie hatte ihm keine Gelegenheit zu einer Erklärung gegeben, von Beweisen gar nicht zu reden, stattdessen war sie hysterisch vor ihm geflüchtet.

Vielleicht war auch alles in der falschen Reihenfolge abgelaufen. Sie waren praktisch übereinander hergefallen, bevor sie einander überhaupt kennengelernt hatten. Kein *Wo kommst du her? Hast du Geschwister?* Damals hatte sie es normal gefunden, ihm einfach so in die Arme zu fallen, geradezu unvermeidlich. Sie hatte sich nach ihm verzehrt, und jetzt verstand sie etwas besser den Grund dafür. Sie hatte einfach nicht die Finger von ihm lassen können. Vielleicht war das keine so gute Idee gewesen.

Alles war zu intensiv, zu viel für sie gewesen. Sie hatte befürchtet, verrückt zu werden, als diese Visionen sie heimgesucht hatten. Das war immer ihre größte Angst gewesen. Sie wollte nicht enden wie ihre Schwester Dana. Mit aller Kraft klammerte sie sich an ihren Verstand.

Vielleicht fürchtete sie, jemand dringe in ihren Verstand ein und bemächtige sich seiner, denn das war genau das, was Constance die ganze Zeit versuchte. Mit einem Mal begriff Lucy, warum sie fremdartige Erinnerungen überfielen, warum sie von dunklen Träumen heimgesucht wurde und warum sie empfänglich für Wahrsagerei und Hypnose war. Ihr Bewusstsein war durchlässig geworden, und Constance war dafür verantwortlich. Constance brannte darauf, ihr eine Nachricht zu übermitteln. Sie hatte ihren Schatz vor aller Augen versteckt und flehte Lucy an, ihn zu suchen und zu finden.

Manchmal fragte Lucy sich, was aus dem anderen Brief geworden war, jenem, den Daniel vor seinem Tod an Constance geschrieben hatte. Lucy hatte ihn in der Nische nicht gefunden. Vielleicht hatte Constance ihn mit nach Afrika genommen, jedenfalls hätte Lucy das an ihrer Stelle getan. Aber es war nicht möglich, etwas über seinen Verbleib zu erfahren, und Lucy musste sich frustriert mit einigen Informationsfetzen begnügen.

Es ging Lucy auf die Nerven, ständig von Constance verfolgt zu werden, und zugleich tat Constance ihr leid, weil sie, Lucy, damals alles gründlich in den Sand gesetzt hatte. Nach allem, was Constance versucht hatte, hatte das Universum ihr endlich einen Augenblick allein mit Daniel geschenkt, und Lucy hatte ihn vertrieben. *Er kann dich glücklich machen.* So hatte es in Constances Brief gestanden. Niemand konnte es ihr verübeln, dass sie glücklich sein wollte.

Daniel tat Lucy leid. So gern wollte sie sich von Angesicht zu Angesicht bei ihm entschuldigen. Wenn es eine Stunde gab, die sie in ihrem Leben noch einmal durchleben wollte, dann war es diese. Doch obwohl das neue Universum zahlreiche interessante Möglichkeiten parat hielt, blieb ihr das doch verwehrt.

Du wusstest aber, dass du ihn liebst, sagte eine leise Stimme in Lucys Kopf und ließ sie innehalten. Sie war sich nicht sicher, ob sie sich damit besser oder schlechter fühlen sollte. Sie hatte ihn geliebt. Auf eine dumme, kindische, schwärmerische Weise. Trotzdem. Sie hatte etwas verstanden. Sie hatte begriffen, wie wichtig er für sie war. Sie fühlte sich von ihm unwiderstehlich angezogen. Sie hätte alles für ein Wort von ihm gegeben. Sie hatte ihn gewollt, gleichgültig, wie sehr sie am Ende alles vermasselt hatte.

Wenn sie doch nur jetzt bei ihm wäre. *Das kann noch nicht das Ende der Geschichte sein*, dachte sie verzweifelt.

Aber entweder war er im Appomattox ertrunken, und das war ihre Schuld, oder er lebte noch und hatte aufgegeben. Wenn er aber noch lebte, wie Esme/Martha behauptete, konnte er sie finden, wenn er wollte, oder? Sie hatte ausreichend Spuren hinterlassen. Da waren ihre Nummer im Telefonbuch, ihre Weiterleitungsadresse an der Uni, ihre Kontaktdaten im Online-Verzeichnis der Uni, die Adresse ihrer Eltern und schließlich auch noch ihr Eintrag bei Facebook und einigen anderen sozialen Netzwerken. *Er will dich gar nicht finden*, sagte sie sich. Vielleicht hatte er es einmal kurz versucht, aber nichts deutete ernsthaft darauf hin.

Sie dachte an Marnies altes Mantra: Wenn er dich wirklich gern hätte, würdest du es schon merken. Die Erinnerung daran erfüllte sie mit nostalgischen Gefühlen. Er hatte sie gemocht. Er hatte sie auf jeden Fall unbedingt küssen wollen. Als Sophia hatte er sie auf jeden Fall gemocht. Sie stutzte. Bedeutete das, dass Lucy recht hatte, oder war es Marnie?

Ihr ging noch vieles andere durch den Kopf. Wer war diese Sophia? Wann hatte sie gelebt? Lange vor Constance? Wie viele Jahre vorher? Sie griff sich an den Oberarm. Dort befand sich eine Narbe, so wie Constance es vorausgesehen hatte, aber die stammte von einem Angelhaken. Bei der Geburt war sie noch nicht da gewesen. Gab es noch etwas, das Sophia gehörte? Wie viel zählte eine Seele wirklich? Schlummerte Sophia noch in ihrem Gedächtnis oder in ihrem Wesen? Wahrscheinlich war da nichts mehr. Wahrscheinlich war Daniels Zuneigung alles, was geblieben war, und jetzt hatte sie die auch noch verloren. Als er verstanden hatte, dass die Frau, die er liebte, nicht mehr existierte, hatte er aufgegeben.

Daniel musste Sophia geliebt haben, wenn er so lange daran festgehalten hatte. Wie schmerzlich musste es für ihn gewesen sein, dass es sie nicht mehr gab und stattdessen ein Feigling ihren Platz eingenommen hatte.

Lucy erhob sich von dem Pult und verließ die Schule langsam durch einen Seiteneingang. Gerade ging die Sonne unter und entfaltete ihre ganze Pracht. Sie ging in Richtung ihres Elternhauses. Unzählige Male hatte sie diese Strecke zurückgelegt, aber nun sah sie sie mit anderen Augen.

Schuld daran war der Brief. Es war nur ein altes zusammengefaltetes Stück Papier in ihrer Geldbörse, aber er besaß genügend Macht, die Welt, so wie sie diese gekannt hatte, in sich zusammenstürzen zu lassen und ihren Verstand Tag und Nacht zu martern. Aber er half ihr nicht bei der Entscheidung, was sie jetzt anfangen sollte. Er erschuf keine neue Welt, und so irrte sie hilflos in den Trümmern der alten umher.

ST. LOUIS, MISSOURI, 1932

Während meiner Kindheit in den dreißiger Jahren in einem Vorort von St. Louis baute ich auf dem Flachdach unserer Garage einen Taubenschlag.

Von einem erfahrenen Züchter erwarb ich Eier und zog mit großer Sorgfalt Tauben heran. Ich entwarf ausgefeilte Trainingsflüge, aber meine Vögel kehrten immer vor mir zurück. Wahrscheinlich war ich niemals zuvor einer Vaterschaft näher gekommen und werde ihr auch niemals näher kommen.

Mir haben Vögel immer gefallen. In einem meiner früheren Leben habe ich die Federn von seltenen und schönen Vogelarten gesammelt, und die meisten befinden sich auch noch in meinem Besitz. Irgendwann werde ich sie vielleicht einem Naturkundemuseum vermachen. Viele jener Vogelarten sind nicht nur sehr selten, sondern mittlerweile ausgestorben, in manchen Fällen seit Hunderten von Jahren.

Die Fliegerei hat mich immer fasziniert, und ich sah zu den Brüdern Wright mit kindlicher Verehrung auf. Ich wuchs gerade in England heran, als sie ihre ersten öffentlichen Flüge veranstalteten. Später begriff ich, dass Wilbur bereits seit vielen Jahrhunderten gelebt hatte und Orvilles Seele ganz neu war, was immer eine gute Voraussetzung für eine fruchtbare Partnerschaft ist. (Man denke nur an Lennon und McCartney. Ratet mal, wer von den beiden die alte Seele ist.)

In jenem Leben bestieg ich zum ersten Mal ein Flugzeug, und zwar eine Curtiss JN-4 *Jenny*, genau wie jene Doppeldecker, die ich während des Ersten Weltkriegs bei ihrem Flug beobachtet hatte.

Als ich acht Jahre alt war, nahm mich mein Vater zu einer Flugschau mit und kaufte mir ein Flugticket. Ich erinnere mich, wie wir uns vom Flugplatz in die Luft erhoben und ich gebannt nach unten starrte und sah, wie die Landebahn Teil eines großen Flickenteppichs wurde und mein Vater zu einer kleinen Figur in einer Menschenmenge. Zum ersten Mal nahm ich die Erde als Kugel wahr, zumindest war ich davon überzeugt. Es war einer jener Momente, in denen ich der Menschheit gegenüber einen tiefen Respekt empfand. Es hat nur wenige solcher Augenblicke gegeben, viele Male empfand ich eher das Gegenteil.

Mein Vater nahm mich auch zum Lambert-St. Louis-Flugfeld mit, um Charles Lindbergh bei seiner Rückkehr aus Chicago zu sehen: Er hatte eine Ladung Post dabei, eine der allerersten. Später habe ich in jenem Leben Flugstunden genommen, hatte aber bei meinem Tod den Flugschein noch nicht erworben.

Wenn ich an jenes Leben denke, dann sehe ich mich zwischen meinen Tauben in der Dämmerung kauern, wie ich den von unten heraufdringenden Geräuschen aus der Nachbarschaft lausche, den Vätern, die von der Arbeit nach Hause kommen, den Kindern auf ihren Fahrrädern und den Stimmen aus den Rundfunkempfängern, die aus den Wohnzimmern dringen, und ich erfreue mich daran, wie sich unter mir das Leben abspielt.

Für meine Tauben entwarf ich regelmäßig Routen zwischen Schule und zu Hause. Auf diese Weise sandte ich einmal einem hübschen Mädchen in meiner Englischklasse eine Nachricht und ein anderes Mal meine Hausaufgaben für Geschichte, als ich krank war und zu Hause bleiben musste. Meist sah ich in den Unterrichtsstunden aus dem Fenster und dachte an den Himmel, anstatt aufzupassen, während sich meine Tauben auf dem Fensterbrett versammelten.

Einmal schenkte ich meinem Cousin aus Milwaukee während eines Weihnachtsbesuchs der gesamten Familie eine Taube namens Snappy. Die Taube fuhr die sieben Stunden mit nach Milwaukee und kehrte am Neujahrstag zu mir nach Hause zurück. Ich wollte meinen Augen nicht trauen, als sie über den Rasen vor dem Haus auf mich zukam. Mein Cousin war enttäuscht, aber nach diesem Ereignis konnte ich Snappy nicht mehr weggeben.

Eines Nachts fühlte ich mich einsam und voller Sehnsucht und schrieb einen Brief an Sophia, den ich in einer Kapsel an Snappys Bein festband. Ich schickte sie los und hoffte, sie bis zum Abend wiederzusehen, aber sie kam nicht. Eine Woche lang wartete ich, dann noch eine weitere. Und als ich einen ganzen Monat gewartet hatte, überkam mich tiefer Kummer. Ich hatte Snappy für ein hoffnungsloses Unterfangen geopfert, und ich fühlte mich scheußlich.

Jahre vergingen, und in einsamen Stunden stellte ich mir Snappy vor, wie sie über Meere, Kontinente, Berge, Wälder und Dörfer hinwegflog. Ich träumte, ihre Augen wären die meinen. Ich stellte sie mir in Kent und London vor, und wie sie den Ärmelkanal überflog, um Sophia meinen Brief zu bringen. Ich stellte mir vor, wie sie in Hastonbury Hall auf dem Dach saß und darauf wartete, dass Sophia nach Hause kommen würde. Manchmal träumte ich sogar, dass Snappy sie gefunden hatte und dass ihr gelungen war, was mir versagt blieb.

Dass die Zeit verging, merkte ich sowohl an Snappys Abwesenheit als auch Sophias Älterwerden. An dem Tag, als ich meinen Highschool-Abschluss machte, war Snappy bereits seit zwei Jahren und drei Monaten verschwunden, und Sophia wäre vierzig Jahre alt gewesen. Am Tag meiner Zulassung als Facharzt war Snappy seit elf Jahren und einem Monat fort, und Sophia wäre fast neunundvierzig gewesen.

Nach dreizehn Jahren und elf Wochen – Sophia wäre einundfünfzig gewesen – besuchte ich meinen kranken Vater in unserem alten Haus. Während die Sonne langsam unterging, stieg ich auf das Garagendach und setzte mich neben den Verschlag. Ich blickte hinunter und bemerkte, wie eine altersschwache Taube die Einfahrt hinauftrippelte. Mit einer vertrauten Bewegung breitete sie ihre Flügel aus, erhob sich und ließ sich neben mir bei dem Verschlag nieder, in dem seit Jahren keine Tauben mehr gewohnt hatten. Ich bemerkte, dass sie die Kapsel mit meinem Brief immer noch an ihrem Fuß trug. Sophia hatte sie nicht finden können, aber wenigstens ihren Weg nach Hause.

HINESVILLE, GEORGIA, 1968

Im Jahr 1968 war ich neunundvierzig, viel älter bin ich niemals geworden. Ich entsinne mich, wie ich auf diesen heruntergekommenen Spielplatz auf dem Militärgelände zuging, ich glaube, es war Fort Stewart in Hinesville, Georgia. Der Himmel war bewölkt. Auf dem Spielplatz standen verrostete und kärgliche Geräte. Ich sah mich um und wusste nicht so recht, was ich eigentlich erwartete. Auf einer Schaukel saß ein kleines Mädchen und schwang sehr energisch die Beine in der Luft, als hätte es das Schaukeln gerade erst gelernt. Ich sah auf meine Uhr und wartete, dass Ben auftauchen würde. Vor mir lag in dieser Nacht noch eine lange Fahrt, das wusste ich. Während ich wartete, sah ich dem kleinen Mädchen zu, wie es die Schaukel ausschwingen ließ. Sie drehte mit ihren Händen an den Ketten und wirbelte mit den Schuhen Staub auf.

»Hallo, Daniel«, sagte sie. Sie winkte mir mit der flachen Hand zu, so wie das Kinder tun.

Ich ging auf sie zu. »Ben?«, fragte ich überrascht.

»Nein, ich heiße Laura«, antwortete sie. Sie mochte etwa sechs oder sieben Jahre alt sein. »Hast du meinen Brief bekommen?«

»Habe ich. Ich wusste nicht, dass du so jung bist.«

Sie nickte. »Ich habe meine schönste Schrift benutzt.«

»Wie hast du mich gefunden?«

Sie zuckte die Achseln und wirbelte mehr Staub auf, bis ihre weißen Schuhe und rosa Söckchen ganz schmutzig waren. Ich erwartete keine Antwort auf meine Frage. Ich würde niemals erfahren, wie Ben mich gefunden hatte, aber es schien so, als gelänge ihm das, wann immer er wollte.

»Wohnst du jetzt hier?«, fragte ich weiter.

Sie nickte und drehte an einem der Holzknöpfe an ihrem Mantel. »Zuerst in Texas, dann in Deutschland und jetzt hier.«

»Du bist also ein Soldatenbalg.«

Sie sah mich vorwurfsvoll an. »Das war nicht sehr nett.«

Ich wusste, dass Ben vor mir stand und mit ihm viele andere Personen, aber es fiel mir schwer, nicht nur das kleine Mädchen wahrzunehmen. Ich lächelte. »Das war nur so dahergesagt. Ich hab's nicht so gemeint, das weißt du.«

Wieder zuckte sie die Achseln. Ihr lief die Nase, und sie wischte sie ungeduldig ab, ohne sich ein Taschentuch zu suchen. An den Fingern und Gelenken hatte sie immer noch Babyspeck, und ich ertappte mich dabei, wie ich verwundert daraufstarrte.

Niemals habe ich einen Körper auf ähnliche Weise ausgefüllt. Ich habe meine Körper immer in Besitz genommen, mir selbst einen Namen gegeben und versucht, immer der gleiche Mann zu werden. Immer habe ich die gleichen Hobbys verfolgt und mich bemüht, meinen Lebensstil nicht zu verändern. Von einem Leben zum anderen habe ich die gleichen Gegenstände behalten. Sogar meine Körper habe ich immer in der gleichen Weise bewohnt – der gleiche Gang, das gleiche Haar, die gleichen Gesten oder wenigstens so ähnlich wie möglich.

»Du hortest alles«, hat Ben einmal zu mir gesagt. »Du kannst nichts loslassen.«

»Nächste Woche läuft unser Schiff aus«, sagte ich zu ihr. »Ich werde wahrscheinlich für eine ganze Weile fort sein.«

»Wohin gehst du?«, fragte sie und fing wieder an zu schaukeln.

»Nach Vietnam.«

»Warum machst du das?«

»Die brauchen Ärzte, und ich brauche ein Kriegsgebiet«, sagte ich etwas zu leichthin. Ich glaubte nicht an den Krieg, aber daran, dass ich dort einige Leben retten und einigen Leuten helfen könnte. Es war mir nicht gelungen, mein Leben in der Bürgerrechtsbewegung zu verlieren – da hätte der Tod wenigstens einen Sinn gehabt –, obwohl man mich einige Male verhaftet hatte.

»Warum brauchst du ein Kriegsgebiet?«

Ich betrachtete eingehend ihre Augen, um zu sehen, ob ich Ben in ihnen fand. Wenn ich nicht gewusst hätte, dass er es war, ich hätte ihn vermutlich nicht erkannt.

»Sophia wird alt«, sagte ich mit einer Offenheit, die ich nur Ben gegenüber aufbrachte. »Sie muss jetzt um die siebzig sein. Seit dem Ersten Weltkrieg habe ich sie nicht mehr gefunden. Sie ist verschwunden. Sie muss geheiratet und ihren Namen geändert haben. Vor langer Zeit bin ich einem Dienstboten aus Hastonbury Hall begegnet. Er meinte, sie sei nach Afrika gegangen.« Ich zog mir gegen die Kälte den Reißverschluss meiner Jacke hoch. »Es wird Zeit, wieder von vorne zu beginnen.«

Sie machte einen beunruhigten Eindruck. Wieder zog sie an ihrem Mantelknopf, dann hopste sie von der Schaukel und ging hinüber ans Klettergerüst. »Ich glaube nicht, dass du das in der Hand hast«, meinte sie beim Hinaufklettern.

Plötzlich überfiel mich Enttäuschung. Ben war der einzige Mensch auf der Welt, der mich verstand. Daran wollte ich festhalten, egal, in welchem Körper er jetzt gerade lebte. »Ben, ich weiß, dass du mich verstehst«, sagte ich.

»Ich heiße nicht Ben.« Sie schüttelte den Kopf, während sie eifrig herumkletterte.

»Entschuldige«, sagte sich. »Mit den alten Namen ist es einfacher für mich. Ich weiß nicht, wie du ohne sie klarkommst. Ich bin schon seit langer Zeit immer nur Daniel.«

Sie hörte mir aufmerksam zu. »Aber mein Name ist Laura«, sagte sie. Sie kletterte das Gerüst hinauf bis an die Spitze und ließ sich dort nieder.

»Laura«, wiederholte ich versöhnlich.

»Du versuchst zu sehr, die Dinge zu kontrollieren, und irgendwann wirst du wie dein Bruder sein, und dann wirst du kein weiteres Mal mehr sterben oder neugeboren.« Sie hatte sich von mir abgewandt.

Ich ging näher an sie heran, um besser zu verstehen. »Was meinst du damit?«

»Du suchst dir einfach Körper aus, die schon eine Seele haben, damit du auf die Welt kommst, wann du willst und als die Person, die du sein willst, und das ist nicht richtig.«

Als sie mir ihr Gesicht wieder zuwandte, bemerkte ich Tränen in ihren Augen.

Erschüttert schwieg ich einen Moment. »Macht er das?«, fragte ich nach.

Sie nickte so ernst, dass ich begriff, warum sie mich gerufen hatte. Es war etwas, das ich unbedingt erfahren musste.

»Wie stellt er das an?«

»Er bringt sie zuerst um«, lautete ihre schlichte Antwort.

Davon hatte ich noch nie gehört, allein der Gedanke war mir nie gekommen. Ich hatte keine Ahnung, wie man das anstellte. »Woher weißt du das?«

Diese Frage war völlig sinnlos. Je länger ich Ben kannte, desto außergewöhnlicher erschien er mir. Er wusste alles, was man wissen konnte, und er wusste es im Voraus. Immer. In ihm schien sich alles zu vereinen, mit oder ohne die Zeit als ordnende Größe. Und soweit ich das sagen konnte, war sein Wissen nicht auf seine Welterfahrung beschränkt. Ich habe einmal ein Gedicht über einen Mann gelesen, dessen Vorstellungskraft so groß war, dass sie die Geschichte der Welt formte, und da habe ich an Ben denken müssen. Aber ihn fragen, woher er etwas wusste, konnte man nicht.

»Bist du sicher?«, fragte ich unnützerweise nach. »Vielleicht irrst du dich.«

Sie sah mich aus großen und mitfühlenden Augen an. »Ich wünschte, ich würde mich irren.«

Diese Worte hatte ich schon einmal von ihr gehört, damals, als sie Ben gewesen war. Damals wie heute wünschte ich mir, sie würde falschliegen, und hatte doch wenig Hoffnung.

»Ich habe ihn seit langer Zeit nicht mehr gesehen«, sagte ich. »Seit sechs- oder siebenhundert Jahren. Und damals hat er mich nicht erkannt.«

»Weil er nicht in dich hineinblicken kann.« Sie machte einen Überschlag am Klettergerüst. »Er erinnert sich, und er ist in der Lage, Körper zu stehlen, aber er kann nicht in sie hineinsehen.«

»Was meinst du damit? Kann er eine Seele nicht wiedererkennen?«

Sie nickte. »Wenn er dazu in der Lage wäre, hätte er dich schon längst gefunden.«

Eine Weile sah ich ihr dabei zu, wie sie an der Kletterstange schwang. Sie wollte mir zeigen, wie sie sich wie Tarzan dort entlanghangeln konnte, und bis ihr das nach mehreren Versuchen gelang, zwang sie mich, meine Aufmerksamkeit auf sie zu richten und nicht auf meine Uhr zu sehen oder auf die Straße hinter mir.

Bei Einbruch der Dunkelheit begleitete ich sie nach Hause.

»Ich habe Bonbons dabei«, sagte sie. Sie zog einen Riegel mit Bonbons heraus und wickelte ihn an einem Ende aus. »Du kannst auch eins haben.« Sie nahm das Bonbon heraus und hielt es mir hin. Ihre Hände waren so verklebt und dreckig, dass ich es nicht essen wollte, aber ich nahm es trotzdem. »Eigentlich ist es Kaugummi«, sagte sie zufrieden.

Ich nickte. Sie griff nach meiner Hand und hielt sie fest, während wir um die Ecke gingen.

»Ich wohne dort«, sagte sie und zeigte auf ein kleines einstöckiges Haus, das genauso aussah wie alle anderen in jener Straße.

»Aha«, erwiderte ich. Ich sah sie verblüfft an. Wie gelang es ihr, in ihrem kleinen Kopf die Geschichte der Welt mit ihren Nöten und Schmerzen herumzutragen und sich trotzdem wie ein kleines Mädchen zu benehmen? Ich verstand nicht, wie sie es anstellte, ein ganz gewöhnliches Kind zu sein.

Sie sah zu mir auf und las wie immer meine Gedanken.

»Ich möchte so sein wie alle anderen, denn das macht es für meine Mama einfacher«, sagte sie. Ich sah ihr dabei zu, wie sie den Riegel mit Bonbons sorgfältig in ihrer Manteltasche verstaute und nach Hause lief.

CHARLOTTESVILLE, VIRGINIA, 2008

DANIEL WAR ES GELUNGEN, über das Internet ihren jüngsten Aufenthaltsort herauszufinden. In zwei Monaten würde ihr Leben wieder unvorhersehbar werden. Vermutlich würde sie ihren Hochschulabschluss machen. Er hatte keine Ahnung, was sie danach anfangen würde, und er konnte sie schlecht danach fragen. Es hatte etwas Deprimierendes, wie sehr er sich über die kleinen Buchstaben ihres Namens auf seinem Bildschirm freute, und das Vergnügen, mit der er ihren Namen und ihre Adresse in seiner besten Handschrift auf ein Blatt Papier abschrieb, war geradezu absurd. Dabei war es nicht mal ihr wirklicher Name, sondern der, den sie jetzt trug. Sie lebte in derselben Welt wie er. Sie war da, wo er sie erwartete. Sie war in Sicherheit.

Wie gesagt, es hatte etwas Deprimierendes an sich, aber er spürte weder Angst noch Verzweiflung, wie es der Fall war, wenn er sie wieder verloren hatte.

Sein Leben hatte sich auf eine lächerliche Weise vereinfacht. Er war glücklich, wenn er ihren Aufenthaltsort kannte, und war verstört, wenn sie ihm wieder entglitt. Und das geschah – manchmal für mehrere hundert Jahre. Die Gewissheit, dass sie auf der Welt war, auch wenn er sie niemals berührte, genügte ihm vollauf. Und irgendwie verachtete er sich aber auch dafür, dass er sich mit so wenig zufriedengab.

Ich könnte sie sehen, redete er sich ein. *Ich weiß, wo sie ist. Wenn ich wollte, könnte ich sie ganz leicht finden.*

Es war eine trügerische Gewissheit, die eine Seite an ihm offenbarte, der er misstraute. Er hatte derart lange gelebt und wusste, dass man immer wieder auf die Welt kommen konnte, doch die Gefahr bestand, dass man das Leben so lange aufschob, bis man eigentlich niemals richtig lebte. Immer nur am Rand des Möglichen, immer nur sich gewisse Möglichkeiten offenhaltend, ohne sie jemals zu nutzen. Nur so weit, dass man sich nichts verbaute.

Deshalb war er im zurückliegenden Sommer dreimal an ihrem Elternhaus in Hopewood vorbeigefahren, hatte aber niemals angehalten oder an die Tür geklopft. Deshalb hatte er im vergangenen November auf einer Bank vor ihrem Studentenwohnheim gesessen und sich in der Kälte den Hintern abgefroren, hatte sie aber nicht angesprochen, als sie an ihm vorbeigeeilt war. Deshalb rief er sie jeden Abend vor dem Einschlafen auf Facebook auf, um nach einem neuen Eintrag oder Foto zu sehen, gab sich aber niemals zu erkennen.

Und obwohl ihn der Fetzen Papier mit ihrer Adresse froh machte, war es nicht genug. Er trug ihn eineinhalb Wochen mit sich herum, bevor er sich ins Auto setzte und nach Charlottesville fuhr.

Er nahm sich einen Tag Urlaub. Er setzte sich einen Filzhut aus den vierziger Jahren auf und eine Sonnenbrille, die er sich zwei Tage zuvor gekauft hatte. Es war wichtig, nicht erkannt zu werden, aber er sah ein, dass er in seinem Aufzug eher einer Karikatur von jemandem glich, der nicht erkannt werden wollte. Vielleicht wollte er ja erkannt werden?, fragte er sich. Wenn nicht von ihr, dann vielleicht von jemandem, der sie kannte und zu ihr am Abend oder am folgenden Morgen sagen würde: »Kannst du dich noch an den komischen Typen aus der Highschool erinnern? Daniel, oder wie hieß der noch mal? Ich habe ihn vor Kurzem auf dem Campus gesehen.«

Was würde sie sich dann wohl denken? Würde sie sich überhaupt etwas dabei denken?

Er wartete auf einer Bank unweit ihres Wohnheims. Nach dem Lageplan musste sie diesen Weg nehmen, um zu den meisten ihrer Kurse zu gelangen, und über kurz oder lang musste sie an ihm vorüberlaufen. Er hielt eine Zeitung in der Hand, ohne ein Wort zu lesen. Als Detektiv wäre er völlig unbrauchbar, befand er.

Bei den ersten Leuten, die an ihm vorbeigingen, zuckte er immer zusammen, aus Angst, er könnte sie kennen. Nach der ersten Stunde blieb ihm nichts anderes übrig, als sich zu beruhigen, wenn auch nur deshalb, weil sein Körper bereits alles verfügbare Adrenalin ausgeschüttet hatte.

Nach weiteren zwei Stunden fragte er sich, ob es sie überhaupt gab. Angesichts der Millionen von Stunden, die er bereits hinter sich hatte, war es bemerkenswert, dass zwei Stunden so endlos erscheinen konnten. Als sie endlich auftauchte, hätte er sie beinahe verpasst. Es war nicht so, wie er es erwartet hatte. Sie befand sich nicht inmitten einer Gruppe schwatzender Freundinnen, wie oft an der Highschool. Sie war ganz allein. Sie hielt den Kopf gesenkt und wirkte so in sich gekehrt, dass er sie fast nicht erkannt hätte, als er ihr mit dem Blick folgte. Ihr Gang war immer noch der gleiche und erinnerte in winzigen Nuancen daran, wie sie sich in früheren Leben bewegt hatte, und doch schritt sie langsamer und gedankenverlorener aus. An ihrer dunkelroten Kordjacke hing der Saum herunter, das ausgefranste Innenfutter war zu sehen. Der Anblick stimmte ihn traurig.

Er erhob sich und folgte ihr in einigem Abstand. Ihr helles, weiches Haar war mit einem Gummiband zusammengehalten. Der Scheitel, der in diesem Leben und in der Vergangenheit immer gerade gezogen gewesen war, verlief jetzt unregelmäßig. Die Tasche rutschte ihr fast von der Schulter. Jemand warf einen Ball in ihre Richtung, und sie zuckte nur kurz zusammen, ohne weiter Notiz davon zu nehmen.

Er wartete vor der Bryan Hall, bis ihre Kurse vorbei waren, und folgte ihr dann auf einem wunderschönen verschlungenen Pfad durch den Park, an der Rotunda vorbei und in die Bibliothek. Dort ging er ihr bis in den zweiten Stock nach und versuchte, ihr nicht zu nahe zu kommen, während sie sich in einen der ruhigen Lesesäle begab, der durch eine Glaswand abgeteilt war. Er konnte ihr dorthin folgen, ohne dass sie ihn bemerken würde. Und obwohl er versucht war, das zu tun, hielt ihn irgendetwas zurück. Ihre Unnahbarkeit machte es ihm schwerer, so einfach auf sie zuzugehen. Das Wort ging ihm nicht mehr aus dem Sinn. »Unnahbar« war ein Ausdruck, den viele Leute im Zusammenhang mit ihm verwendeten.

Er schlenderte durch die Lesesäle, die von Studenten bevölkert waren, die auf Bildschirme starrten. Draußen war der Himmel frisch und klar, für Charlottesville ein Wetter wie aus dem Bilderbuch, doch hier hatten die Fenster Sonnenblenden, und alle diese fähigen jungen Leute, die Elite, kauerten vor ihren Bildschirmen. Eine Erinnerung an die Olivenhaine in Kreta während der Erntezeit stieg aus irgendeinem Grund in ihm auf, diese vor Leben strotzenden schönen, jungen Körper. Er dachte an den Campus der Washington University in St. Louis in den ausgehenden Vierzigern, an die Partys und die Decken, die sie an sonnigen Septembertagen auf dem Rasen ausgebreitet hatten. Vielleicht war diese Generation hier lernbegieriger als die früheren, doch ein flüchtiger Blick auf die Schirme zeigte ihm, dass man dort in Facebook und YouTube und verschiedene Blogs vertieft war. *Ihr solltet mehr an die frische Luft gehen!*, hätte er ihnen am liebsten zugerufen.

An der Seite, von der aus er sie sehen konnte, fand er einen Tisch. Sie öffnete nicht ihre Tasche, um die Bücher herauszunehmen, sondern ließ sie auf ihrem Schoß liegen und sah aus dem Fenster. Es schien nicht so, als ob sie auf etwas Bestimmtes schauen würde.

Die Abenddämmerung fiel herein, während er sie ansah und sie vor sich hin starrte. Traurig, wie es war, fand er ihr Gesicht schön. Er hätte gern den Grund für diesen Blick gekannt. Er hätte nur allzu gern geglaubt, dass sie sich über sein Erscheinen freuen würde. Ganz vorsichtig versuchte er, sich in ihre Gefühlswelt hineinzutasten, und ahnte, dass er Gefahr lief, sich darin zu verirren.

Er wollte sie ansehen und in ihrer Nähe sein. Er wollte sie keine Sekunde aus den Augen lassen. Doch vor einem direkten Kontakt mit ihr schreckte er zurück. Es fehlte ihm an Übung. Was konnte er ihr schon bieten? Ein langes und glückliches Leben? Er hatte niemals lange gelebt, und damit war das schon einmal unwahrscheinlich. Oft hatte er Mittel und Wege gefunden, seinem Leben frühzeitig ein Ende zu bereiten, aber auch sonst war sein Leben immer nur von kurzer Dauer gewesen. Und Glück? Er hatte ein wenig Glück gefunden, zumeist in ihrer Gegenwart. Auch darin war er nicht sehr gut. Durch sie konnte er glücklich sein, aber konnte er auch andere glücklich machen?

Und was war mit Kindern? Sie waren natürlicher und sichtbarer Bestandteil eines langen und glücklichen Lebens, und auch da hatte er nichts zuwege gebracht. Was Sex anging, hatte er Erfahrung – er stellte sich nicht schlecht an, vielleicht war er sogar richtig gut, obwohl es ihm auch da in der letzten Zeit ein wenig an Übung mangelte. Aber mittlerweile trieb er sich gut tausend Jahre lang herum, hatte in den meisten Leben das zeugungsfähige Alter erreicht und Sex gehabt, und zwar fast ausschließlich in der Zeit vor der künstlichen Empfängnisverhütung. Er hatte nie eine Erklärung dafür gefunden, warum dabei kein Kind entstanden war.

Manche schafften das oft und ohne jede Anstrengung. Hatten diese Männer ihm irgendetwas voraus?

Er tröstete sich gelegentlich damit, dass er wahrscheinlich ein paar Kinder gezeugt und nur nichts davon erfahren hatte. Aber irgendwie zweifelte er zunehmend daran. Irgendwie wusste er, dass das nicht stimmte. Zu oft hätte er es erfahren müssen, wäre es denn passiert. Es war einfach nie geschehen.

Früher hatte er einmal geglaubt, dass er schon irgendwann einmal an einen Körper geraten würde, der endlich erstklassiges Sperma produzierte. Doch inzwischen wusste er mit ziemlicher Sicherheit, dass dies bereits der Fall gewesen war. Das Sperma war nicht das Problem. Das Problem war er selbst. Er war es, der jedes Mal einen nicht zu ermessenden Einfluss auf seinen Körper ausübte.

Vielleicht war sein Gedächtnis die Ursache. Was, wenn es erblich war? Vielleicht hatte Gott seinen Irrtum erkannt, wusste aber nicht, wie er diesen beheben sollte, und hatte jetzt Maßnahmen ergriffen, damit er sich nicht wiederholen würde.

Er erhob sich und ging auf die Scheibe zu, die ihn von ihr trennte. Er legte seine Hand dagegen und dann seine Stirn. Wenn sie jetzt aufsah, dann würde sie ihn bemerken. Wahrscheinlich würde sie ihn wiedererkennen. Wenn sie jetzt aufsah, würde er zu ihr gehen. Wenn sie nicht aufsah, würde er sie in Ruhe lassen.

Schau nicht auf.

Bitte, schau auf.

Er erinnerte sich an die Nacht, in der er sie das letzte Mal gesehen hatte, auf jener schrecklichen Feier. Er erinnerte sich mit Scham daran, wie immer. Damals hatte er ihr nur Kummer bereitet. Hatte er heute Besseres anzubieten?

Er beobachtete sie, solange sie dort saß. Bis es draußen vor den Fenstern dunkel war, aber sie schaute nicht auf. Er ging nicht auf sie zu. Er blieb einfach stehen, in seinen eigenen vertrackten Gedanken verloren.

Er hatte viel über ihre Sicherheit nachgedacht, aber ihr Glück hatte er darüber ganz vergessen.

FAIRFAX, VIRGINIA, 1972

Es gelang mir, im Frühling 1968 in der Schlacht von Khe Sanh ums Leben zu kommen. Gegen Ende jener Belagerung, kurz bevor »Operation Pegasus« im April die Marines-Basis erreichte, wurde ich im Artilleriefeuer getötet.

In meinem nächsten Leben wurde ich in eine Lehrerfamilie in Tuscaloosa hineingeboren. Wir lebten in einem Haus, das in der Nähe eines großen Teichs lag, an dem sich im Winter Gänse niederließen. Meine Großeltern mütterlicherseits wohnten gleich in der Nähe ein Stück die Straße hinunter.

1972 – ich war damals vier Jahre alt – zogen wir nach Fairfax, Virginia. Mein Vater wurde zum Schulrat ernannt. Ich erinnere mich noch, wie traurig ich war, die Gänse und meine Großeltern zurücklassen zu müssen, vor allem meinen Großvater Joseph, der Flugzeuge genauso sehr liebte wie ich.

Ich teilte mit meinen beiden Brüdern ein Zimmer, und glücklicherweise war ich damals der Älteste von uns dreien. So konnte ich bestimmen, wie oft und wie sehr wir uns gegenseitig verprügelten. Mit einem von ihnen hatte ich im Ersten Weltkrieg gedient, der andere war eine neue Seele. Er war dermaßen hyperaktiv, dass man ihn am Esstisch meist nur als verhuschten Schatten wahrnahm, aber er besaß viel Fantasie, besonders wenn es um Böller ging.

Meine Mutter war in meinem vorausgegangenen Leben meine Grundschullehrerin gewesen, und ich hatte sie wegen ihrer schönen Stimme, mit der sie Geschichten erzählte, und wegen ihrer Fruchtsäfte und Plätzchen gemocht. Sie las gern Science-Fiction und gewann Auszeichnungen für ihre Dahlienzucht; sie war eine wundervolle Mutter, eine meiner besten. Immer wenn sie mir den Rücken kraulte oder uns abends Geschichten erzählte, dachte ich genau das: *Du bist eine meiner besten Mütter.*

Einige Monate nach unserem Umzug nach Virginia ereignete sich etwas sehr Wunderbares. Wir saßen alle fünf in der Kirche. Ich erinnere mich, dass mein kleinster Bruder noch ein Baby war. Ich sah auf meine kleinen Turnschuhe hinab, die über dem Boden baumelten. Ich blätterte durch das Gebetbuch und las einiges davon in Latein. Das ist normalerweise das Alter, in dem ich anfange, mich zu erinnern und meine alten Leben vor meinem geistigen Auge ablaufen lasse. Es war mir nicht bewusst, dass ich die lateinische Sprache beherrschte, bis wir in jene Kirche kamen, denn in unseren alten Gebetsbüchern in Alabama hatte es keine lateinischen Texte gegeben.

In dem Kirchenstuhl rechts von mir war viel Platz, und dann kam eine ältere Frau, vielleicht so um die fünfzig, in Begleitung einer noch älteren Frau. So wie sie zusammensaßen, waren sie wahrscheinlich Mutter und Tochter, überlegte ich. Ich betrachtete die Jüngere aufmerksam. Sie hatte graues Haar und trug ein dunkelblaues Kleid mit einem schmalen Gürtel, Strümpfe und bequeme braune Schuhe mit runden Kappen. Sie wirkte untersetzt, und ich erinnere mich, dass mich das Muster der Venen auf ihren Handrücken faszinierte: Sie waren blau und standen hervor. Ich wollte ihre Haut berühren, um zu prüfen, ob sie sich weich anfühlte, und so rückte ich ein wenig näher an sie heran.

Mein kleiner Bruder Raymond begann zu krähen, und die Frau wandte den Kopf. Ich hatte einen verärgerten Blick von ihr erwartet, so wie das Leute in der Kirche oft tun, wenn Babys zu schreien anfangen, aber in ihrem Fall war das nicht so. In ihrem rosigen Gesicht lag keinerlei Unmut.

Und mit einem Mal wurde mir bewusst, dass ich sie kannte. Ich hatte gerade das Alter erreicht, in dem ich Personen aus früheren Leben erkannte, doch träumte ich bereits seit zwei Jahren von Sophia.

Es fühlte sich an, als ob in meinem Kopf etwas in Zeitlupe explodierte. Sie wandte sich wieder nach vorn, und ich wollte sie unbedingt länger betrachten. Meine Mutter eilte mit Raymond im Arm zum Ende der Reihe, damit er draußen mit den Autos und den Vögeln weiterlärmen konnte. Ich rückte noch näher an die Frau heran, und als sie mich endlich wahrnahm, war ich bereits fast bis unter ihre Achsel gekrochen.

Ich erinnere mich an mein Erstaunen, welches das eines vierjährigen Jungen war. Es war Sophia. Ihr Blick war verschwommen und traurig, ihre Haut schlaff und fleckig, aber sie war es. Ich dachte an unsere letzte Begegnung, als sie noch Constance hieß. Damals war sie so jung und hübsch gewesen, jetzt war sie das nicht mehr, aber ich wusste, sie war immer noch der gleiche Mensch. In mein Erstaunen mischte sich Verwirrung, und ich brauchte einige Minuten, bis ich begriff, was nicht richtig war. Im Rückblick auf mein Leben als Arzt erinnerte ich mich daran, dass ich immer erwartet hatte, sie würde entweder sehr alt und Constance sein oder sehr jung – so jung wie ich oder noch jünger – und jemand anderes. Ich hatte gar nicht in Erwägung gezogen, dass sie eine Frau mittleren Alters sein könnte, bei der es sich vermutlich nicht um Constance handelte.

Heißt du immer noch Constance?, fragte ich mich voller Zweifel. Es war tatsächlich einfacher für mich, sie als Sophia zu erkennen, als darüber zu entscheiden, ob sie nun Constance hieß oder nicht, doch war ich mir ziemlich sicher, dass das nicht ihr Name war. Und so versuchte ich herauszufinden, wie das hatte geschehen können. So gut mein Gedächtnis auch sein mag, inmitten des Durcheinanders, das im Verstand eines überraschten Vierjährigen herrscht, hilft es nicht recht weiter.

Wenn man vier Jahre alt ist, vergisst man leicht, wo sich der eigene Körper befindet und wo er besser bleiben sollte. Während ich noch fieberhaft nachrechnete, kuschelte ich mich auch schon an sie. Als ich merkte, wie sehr ich mich an sie gedrängt hatte, blickte ich auf und sah, dass sie mich betrachtete. Sie war ebenso verwirrt wie ich, und auch sie schien in Gedanken nachzurechnen. Damals nahm ich an, dass sie mich auf irgendeine Weise wiedererkannte. Aber ich denke, sie war nur über den Vierjährigen erstaunt, der sich in ihre Achselhöhle verkrochen hatte.

Sie war verwirrt, aber sie ließ mich gewähren. Sie legte sogar den Arm um mich. Ich bemerkte, wie mein Vater den Hals reckte, um zu uns zu sehen, und auch er machte einen verblüfften Eindruck. Ich sah, wie sie ihm zunickte, als wollte sie sagen: Das geht schon in Ordnung.

Sie drückte mich an sich, und ich begann mich in ihrer Nähe zu entspannen. Sie legte ihre Hand über meinen rundlichen Bauch.

Ein bisschen war ich auch enttäuscht, und ich war mir dessen bewusst. Aber ich fühlte mich wohl in ihrer Nähe, und so hatte diese Enttäuschung etwas von einer Verpflichtung, etwas, das ich meinen alten Ichs und dem zukünftigen Ich schuldig zu sein glaubte. Das ist etwas, das immer sehr früh bei mir einsetzte – eine unausgesprochene Loyalität meinen vergangenen Ichs gegenüber. Sophia hätte dieses Mal so jung wie ich sein sollen, und nicht alt und dick, und ich musste herausfinden, warum.

»Ich nehme an, du bist das letzte Mal jung gestorben«, flüsterte ich in ihre Rippen.

Natürlich war ich enttäuscht. Aber ich war vier Jahre alt, und sie hielt mich umarmt, und wenn man vier ist, lässt man sich sein körperliches Wohlbehagen kaum durch Einwände des Verstandes zerstören.

Ich berührte eine Vene auf ihrem Handrücken, die tatsächlich nachgab und unter meiner Fingerspitze verschwand.

Ich besuchte die Kirche in Fairfax ungefähr noch ein weiteres Jahr. Jedes Mal suchte ich Sophia und setzte mich zu ihr. Meine Eltern nannten sie meine besondere Freundin, und einmal lud ich sie nach dem Gottesdienst zu uns nach Hause auf eine Limonade ein. Vielen Dank, antwortete sie, aber sie müsse ihre Mutter nach Hause begleiten.

Irgendwann hatte meine Mutter Molly keine Lust mehr auf die, wie sie sagte, sexistischen Predigten in unserer Kirche. Sie fand eine Hippie-Gemeinde in Arlington, wo der Priester seine Predigt zu Gitarrenbegleitung heruntersang. Ich erinnere mich, dass viele der Lieder aus dem Musical *Godspell* stammten. Mir gefiel der neue Gottesdienst besser, aber ich war traurig, Sophia nicht mehr zu sehen. Ich glaube, mein Vater war sehr erleichtert. Er fand meinen Hang zu ihr eher befremdlich. Als ich unbedingt ihre Telefonnummer herausfinden und sie anrufen wollte, waren mir die Erwachsenen keine große Hilfe. Ich hatte sie immer Sophia genannt, doch als ich ihren Namen in dem dicken Telefonbuch suchen wollte, wurde mir bewusst, dass ich ihren richtigen Namen gar nicht kannte.

Als ich neun Jahre alt war, nahm ich den Bus zur alten Kirche. Zwei Monate lang fuhr ich jeden Sonntag dorthin, aber sie ging nicht mehr in diese Kirche. Ich habe sie bis 1985, da war ich siebzehn, nicht mehr gesehen.

Joseph, mein Großvater mütterlicherseits, der in unserer alten Straße in Alabama wohnte, lag im Sterben. Meine Mutter Molly hatte beschlossen, ihn in einem Sterbehospiz in der Nähe unseres Hauses unterzubringen. Sie hatte bereits ihre Mutter durch einen Herzinfarkt verloren, und nun wollte sie sich wenigstens um ihn kümmern. Ich begleitete sie. Ihre Gefühle für meinen Großvater überwältigten mich ebenso wie meine eigenen. Ihre Trauer erfüllte das ganze Haus. Ich erinnere mich, dass ich dachte: *Mach dir keine Gedanken. Du bekommst bald einen anderen.* Und auch wenn es das war, was ich mir sonst immer eingeredet hatte, so schienen diese Worte hier fehl am Platz. Ich war so lange auf der Welt unterwegs gewesen und hatte so viele Erfahrungen gesammelt, und so wollte ich es besser wissen als Molly, doch in Wahrheit stimmte das nicht. Im Vergleich zu ihr hatte ich von der Liebe keine Ahnung.

Ich musste immer wieder an Laura auf dem Spielplatz in Georgia denken; sie war für ihre Mutter nichts Besonderes. Das machte mich irgendwie traurig, auch wenn ich nicht begriff, warum. Ich hatte mir nie Gedanken darüber gemacht, inwieweit ich im Leben eines anderen Menschen eine Rolle spielte. Ich war so erpicht darauf, jedes Mal mich selbst zu spielen, dass andere einfach nur Statisten waren. Sie vergaßen, während ich mich erinnerte. Das war meine Erklärung. Sie würden sich selbst verlieren, und ich würde weitermachen. Mir blieb nichts übrig, außer sie nicht zu vergessen, nachdem sie sich selbst vergessen hatten.

Ich erfüllte meine Pflichten, das schon. Ich stellte sicher, dass alle meine Mütter, mit Ausnahme jener, die mich verließen oder starben, bevor ich erwachsen war, mit Essen und allem Notwendigen versorgt waren. Ich kümmerte mich darum, dass sie gepflegt wurden, wenn sie krank oder alt wurden. Das Geld, das ich zurücklegte, benutzte ich vor allem für sie. Aber weiter machte ich mir keine Gedanken. In meinem Leben hat man viele Mütter und verliert auch viele. Eine Mutter zu bekommen, ist nicht weiter beachtenswert, eine zu verlieren, ist traurig. Nach den ersten Verlusten lernte ich, besser damit umzugehen. *Eine von vielen,* sagte ich mir immer.

Doch an der Trauer meiner Mutter konnte ich erkennen, wie sehr sie ihren Vater liebte. Sie liebte ihn nicht, weil er ihr Vater war, sondern um seiner selbst willen. Sie liebte ihn für seine Freundlichkeit ihr gegenüber und für die gemeinsam verbrachte Zeit. An ihrer Art der Liebe – ihm und uns gegenüber – war nichts Abstraktes. *Du bekommst einen anderen,* dachte ich damals, aber tief in mir wusste ich, dass ihr das kein Trost sein konnte.

Bei meinem zweiten Besuch im Hospiz spähte ich heimlich einige Türen weiter von Josephs Zimmer in einen Raum und bemerkte eine hinfällige alte Dame, die im Bett gegen ihre Kissen lehnte. Ich trat einige Schritte ins Zimmer und erkannte sie. Es war Sophia. Ich ging wieder zurück und betrachtete sie von der Tür aus. Ich hatte sie noch niemals zuvor so gesehen. Sie war noch dieselbe wie damals in unserer alten Kirche, nur alt und krank. Nachdem ich mich von meinem Großvater verabschiedet hatte, ging ich zu ihr ins Zimmer.

Ich saß eine Weile bei ihr und hielt ihre Hand. Sie öffnete die Augen und blickte mich an. Sie waren glasig und gerötet. Ich wusste, das waren die Augen von Constance und Sophia, aber ich widerstand der Versuchung, sie so wahrzunehmen. Ein Teil von mir blickte in einen Abgrund tiefer Trauer, und ich wusste nicht, wie ich damit umgehen sollte. Ich hatte das merkwürdige Gefühl, dass ich mich von der Erde erhob und nach oben bewegte, bis alles unter mir immer kleiner wurde und ich anstelle der winzigen, verwirrenden Einzelheiten die großen Zusammenhänge erkennen konnte.

Du wirst nicht mehr lange so hier liegen, bald wirst du wieder jung und gesund sein, sagte ich in Gedanken immer wieder zu ihr. Aber diese Worte sollten mich trösten, nicht unbedingt sie.

Ich besuchte sie noch zweimal, saß an ihrem Bett und erzählte ihr alles Mögliche. Ich glaube, ich bestritt die Unterhaltung mehr oder weniger allein, aber ich glaube auch, dass sie sich freute, mich an ihrer Seite zu haben. Ein unwirscher Pfleger erzählte mir, dass sie jeden Tag mehrmals danach fragte, ob ich wiederkommen würde. Sie habe weder Kinder noch Enkelkinder, erzählte er mir, und ich sei der einzige Besuch.

An einem der Tage war sie etwas munterer und sah mich eigenartig an.

»Erinnern Sie sich an mich?«, fragte ich sie.

Sie betrachtete mich aufmerksam. »Ich erinnere mich an jemanden mit deinem Namen.«

»Wirklich?«

»Vor langer Zeit.«

»War es jemand, den Sie kannten?«

»Nein, eigentlich kannte ich ihn nicht, aber ich habe auf ihn gewartet. Meine Mutter sagte immer, ich sei töricht, und sie hatte recht damit.«

»Wie meinen Sie das?«

»Ich bin in Kansas City aufgewachsen. Dann starb mein Vater, und wir zogen Richtung Osten. Uns ging es damals gut. Es gab eine Menge Partys, und wir hatten große Pläne. Ich war romantisch veranlagt, aber meine Mutter meinte immer, dass mir meine Fantasie lieber wäre als die Jungen um mich herum. Und das enttäuschte sie.«

Jetzt begriff ich, dass ihre Einsamkeit nicht nur vom Alter herrührte, und allmählich wurde ich mir über ihr Leben bewusst. In all jenen Jahren, in denen ich versucht hatte, Constance zu finden und mir vorstellte, wie diese jenseits des Atlantiks langsam alt wurde, wuchs sie ebenso wie ich heran und lebte nur wenige hundert Kilometer von mir entfernt. Ich dachte an die Taube Snappy. Ich hatte Constance nicht finden können, denn sie war bereits gestorben.

Das ganze Ausmaß der Tragödie verstand ich damals nicht. Ich war ein Teenager und so egoistisch wie ein Zweijähriger, da gibt es nichts zu beschönigen. Ich hatte mir immer gewünscht, dass sie wieder mit mir auf die Welt kommen würde, und das hatte sie getan. Wenigstens hatte sie es versucht. Die ganze Zeit wartete ich auf sie, und sie wartete in der Nähe auf mich. Auf ihre Art erinnerte sie sich.

Sophias altersmüde Augen betrachteten mich, und ich verbarg mein Gesicht. Sie begriff nicht, wie viel wir verloren hatten. »Auch er hat auf dich gewartet«, sagte ich. Ich hatte sie enttäuscht.

»Ich war töricht.«

Innerlich aufgewühlt, blieb ich bei ihr, solange ich konnte. So lange, bis man mich hinauswarf, kurz nach zehn Uhr abends.

Am nächsten Morgen kehrte ich zurück und erzählte ihr von alten Zeiten. Stundenlang hielt ich ihre Hand und erzählte ihr von unserem Ritt durch die Wüste, über den Ersten Weltkrieg und wie sie die Lady von Hastonbury gewesen war; wie man das Anwesen in ein Lazarett verwandelt und wie sie sich dort um mich gekümmert hatte. Ich nannte sie Sophia und sagte ihr, dass ich sie liebte. Dass ich sie immer geliebt hätte. Da war sie bereits eingeschlafen, doch wollte ich, dass sie das wusste. Ich hatte Angst, sie dieses Mal für immer zu verlieren.

Gegen Ende meines dritten Besuchs bei ihr wusste ich, was ich machen würde.

»Keine Sorge«, sagte ich zu ihr. »Ich werde mit dir gehen, und wir kehren zusammen zurück.« Das genau hatte sie vorher tun wollen, als sie noch Constance war, aber damals hatte ich Nein gesagt. Dieses Mal würden wir es tun. Dieses Mal neigte sich ihr Leben dem Ende zu, und meines war jung und voller Versprechen. Ich war derjenige, der sie ans andere Ufer begleiten würde. Das würde es leichter machen.

»Das ist unsere Gelegenheit«, sagte ich zu ihr.

Ich bedauerte es, dieses Leben aufzugeben. Besonders um meine Mutter Molly tat es mir leid. Innerhalb von kurzer Zeit würde sie ihren Vater und ihren Sohn verlieren, und mir war bewusst – zumindest hätte mir das bewusst werden müssen, wenn ich auch nur einmal darüber nachgedacht hätte –, dass es für sie ein schreckliches Unglück sein würde. Aber ich hatte so meine Strategie entwickelt, um mit Verlust fertigzuwerden, und die hatte nicht viel mit Nachdenken zu tun.

Ich hätte Molly gern von meinem Vorhaben erzählt und ihr gesagt, dass ich bald wieder zurückkehren würde. Ich hätte ihr gern begreiflich gemacht, dass es nicht schlimm war. Doch eine innere Stimme widersprach mir. *Sie liebt dich,* sagte diese Stimme. *Sie will dich nicht verlieren, und es ist sehr wohl schlimm.*

In meinem Herzen wusste ich, dass diese Stimme recht hatte, aber ich überhörte sie geflissentlich. Ich war jung und dumm und hatte es eilig, wieder mit Sophia zusammen zu sein. Wie sonst hätte ich das fertiggebracht? Es ist unglaublich, wie vieles für uns selbstverständlich ist.

Ein großer Teil von mir verweigerte sich Mollys Liebe. Ich besaß sogar die Unverschämtheit zu glauben, dass das mein Verdienst war. Es war schwierig genug, von einem Leben zum anderen an einer Person festzuhalten. Es war schwierig genug, damit umzugehen, dass der Mensch, den man liebt, einen jedes Mal vergisst. Mag sein, dass Ben in der Lage war, eine Unzahl von Menschen zu lieben, doch mir gelang das gerade mit einem einzigen.

In einer Winternacht vor meinem achtzehnten Geburtstag ging ich in ein verrufenes Viertel von Washington. An jene Nacht denke ich nicht mehr oft zurück, doch ich muss zugeben, dass ich mitunter an die Nacht davor denke. Zum ersten Mal seit langer Zeit nahm ich Rücksicht auf die Gefühle einer Mutter und versuchte, mich von ihr zu verabschieden. Ich werde keinen Versuch unternehmen, zu beschreiben, was sie sagte und wie ich mich dabei fühlte. Um mit Whitman zu sprechen: Sie spotten all meiner Mühe, sie aufzuzählen.

Ich bin nicht sehr gut darin, ein Leben mit Sinn zu füllen, doch versuche ich, meinem Abgang einen Sinn zu geben. Ich versuche es so einzurichten, dass ein anderer Mensch in irgendeiner Weise etwas Gutes davonträgt. Doch in diesem Fall war ich zu jung und zu sehr in Eile, um mir etwas zu überlegen – außer wie ich einigen Drogensüchtigen einen Schrecken einjagen könnte.

Ich begab mich zu dem Ort in der Nähe der D Street. Der war, glaube ich, nicht weit vom *9:30 Club* entfernt, wo ich manchmal Musik hörte. Ich fand das Zimmer in einer Seitenstraße, wo die Süchtigen hingingen. Nicht die Haschischraucher, sondern die wirklich Süchtigen. Ich hatte genug Geld mitgebracht, um sie zu beeindrucken. Ich fand Virgil, eine verzweifelte Drogensüchtige um die dreißig, deren Arme mir alles sagten, was ich wissen musste. Ich versprach ihr, Nachschub zu besorgen, wenn sie mir den besten, stärksten Stoff bringen würde. Sie dachte, ich wäre daran gewöhnt, und ich habe sie in dem Glauben gelassen. Es waren ihre Nadel und ihre Hände, die mir aufgeregt den Arm abbanden.

Das war das einzige Mal, das ich Heroin genommen habe, und es war das letzte Mal. Freiwilliges Sterben ist kein Neuanfang, glaube ich. Vielleicht habe ich das Schicksal mit diesem Tod herausgefordert. Es war kein Selbstmord, aber doch nahe daran. Ich habe gemogelt und habe einen Weg gefunden, um ihn technisch zu umgehen. Ich hatte gehofft, mein leidenschaftlicher Wille, mit Sophia wiedervereint zu sein, würde mich schnell wieder auf die Welt bringen, und das ist Gott sei Dank auch geschehen. Ich wollte eigentlich nicht sterben. Im Moment meines Todes wurde mir das klar. Ich wollte nur so gern leben.

Doch wenn die Natur dir etwas mit auf den Weg gibt, bestraft sie dich umso härter, wenn du es verschmähst. Ich kehrte zurück, doch erklärt die Art und Weise meines Abgangs wahrscheinlich die Mutter, die mir in meinem folgenden Leben beschert war – so man an derartige Zusammenhänge glaubt.

TYSONS CORNER MALL, VIRIGINIA, 2001

Meine nächste Mutter war eine Drogensüchtige. Als Neugeborenes war anscheinend auch ich süchtig, was nur fair war. Wahrscheinlich war sie die verzweifelte Version eines anderen Menschen, den ich in einem früheren Leben einmal gekannt hatte. Doch als sie sich aus dem Staub machte, war ich drei Jahre alt und noch zu jung, um sie irgendwie einzuordnen. Ein Nachbar fand mich in der Wohnung, allein. Ich glaube, ich hatte dort zwei Tage zugebracht, und ich erinnere mich, dass ich große Angst hatte. Es ist nicht leicht, die großen Zusammenhänge zu sehen, wenn man gerade mal drei Jahre alt ist.

Einen Monat lang blieb ich in staatlicher Fürsorge, dann wurde ich zu Pflegeeltern gegeben. Ich erinnere mich an ein Treffen mit einem Sozialarbeiter einen Tag vor meiner Übergabe: »Wann sehe ich meine Mama?«, fragte ich ihn.

Die Pflegefamilie lebte in der Nähe von Shepherdstown, West Virginia. Sie hatten zwei eigene Kinder und neben mir zwei weitere Pflegekinder. Bei uns zu Hause wurde viel ferngesehen. Beide Eltern waren Kettenraucher. Für mich sind jene Tage immer mit der Erinnerung an den Geruch und das Glimmen von zwei Zigaretten verbunden, und der Gedanke daran verursacht mir Übelkeit.

Ich kann mich nicht erinnern, dass wir beim Abendessen je am Tisch gesessen hätten. Bei jeder Mahlzeit dröhnte der Fernseher. Eines der Pflegekinder, Trevor, war gewalttätig und lief häufig weg, und so verbrachte ich die meiste Zeit allein, es sei denn, ich geriet zwischen die Fronten, was mir des Öfteren passierte und wofür ich jedes Mal teuer bezahlte.

Es war merkwürdig, zwei so völlig unterschiedliche, unmittelbar aufeinanderfolgende Kindheiten zu verleben. Meine Liebe zu der alten Familie und meine Sehnsucht nach ihr waren für mich eins, und das war beinahe schwerer zu ertragen als die neue Umgebung. In der neuen Familie musste ich niemanden gern haben, ich war niemandem verpflichtet. Sie waren nicht freundlich genug, um Erwartungen an mich stellen zu können. Ich hingegen gab mir Mühe, ihre Unfreundlichkeit nicht zu erwidern. Ich empfand keinerlei Zuneigung und lebte in meiner eigenen Welt. Ich glaube nicht, dass ich jemandem zur Last fiel. Ich erinnere mich, das ich später, bei einem meiner regelmäßigen Treffen mit dem Sozialarbeiter, meine Akte einsehen konnte; damals war ich ungefähr fünfzehn. »Bindungsstörung« stand groß und deutlich oben drauf.

Manchmal lag ich nachts wach im Bett und verfolgte in ziemlicher Lautstärke irgendeine Sportsendung, doch konnte ich meine Eltern immer noch streiten hören. Dann dachte ich an Molly und an meine alte Familie und fragte mich, womit sie in jenem Augenblick wohl beschäftigt waren. Manchmal, wenn ich sie so richtig vermisste, dachte ich: *Was habe ich nur getan?* Doch als ich etwas älter war und eine Mutter mir nicht mehr so fehlte, begann ich wieder an Sophia zu denken. Der Gedanke an sie trieb mich an.

In dem neuen Körper fühlte ich mich unwohl, denn ich wuchs schneller und wurde größer als in den vorigen Leben. Ich bewegte mich nicht so flink oder geschickt wie in den anderen Körpern, doch besaß ich wenigstens Kraft. Mein Pflegevater war keine einssiebzig, und wegen meiner Größe mochte er mich noch weniger.

Ich vertrieb mir die Zeit damit, Tiere aus Holz zu schnitzen, in der Bücherei zu lesen und darüber nachzudenken, wie ich Sophia finden könnte. Meist versteckte ich meine geschnitzten Tiere, doch einmal sah meine Pflegemutter, wie ich die letzten Arbeiten an einer Gans vornahm. Sie betrachtete sie eingehend und sagte dann: »Die könnte man fast einem Museum geben.« Aber es klang nicht wie ein Kompliment.

Wir besuchten eine ziemlich erbärmliche Schule, hatten aber einige gute Lehrer. Natürlich war ich ein begabter Schüler, und so war der eine oder andere wohlmeinende Lehrer von meiner überdurchschnittlichen Intelligenz überzeugt. Während die anderen draußen in der Pause waren, musste ich allein im Klassenzimmer sitzen und einen der Standardtests absolvieren, bei dem man mit einem Bleistift Fragen ankreuzt. Ich erinnere mich, dass ich jede zweite Frage unbeantwortet ließ.

Ich hatte lange zuvor erfahren müssen, dass es keine gute Idee war, zu sehr aufzufallen. Da gab es dieses eine Mal in den frühen Vierzigern, als meine Eltern darauf bestanden hatten, mich einem Intelligenztest zu unterziehen. Das war mir eine Lehre gewesen. Natürlich muss man über einen außergewöhnlichen Verstand verfügen, wenn man tausend Jahre mehr oder weniger unbedeutender Menschheitsgeschichte im Kopf behalten kann.

Sobald ich alt genug dafür war, begann ich, nach Sophia zu suchen. Dieses Mal standen mir einige Informationen zur Verfügung. Ich wusste, dass sie entweder Ende 1985 oder Anfang 1986 gestorben sein musste. Und ich hatte mich kurz vor ihrem Tod in dem Hospiz mit ihr unterhalten und hoffte so, dass unsere Gespräche bei ihr tiefgreifende Spuren hinterlassen hatten. Intuitiv war ich voller Zuversicht, dass sie irgendwo in meiner Nähe wiedergeboren würde. Sie hatte es schon einmal getan. Ich hoffte inständig, dass es noch ein weiteres Mal geschehen würde.

Eines Nachmittags, in einer Mall bei Tysons Corner, damals war ich fünfzehn, hatte ich Glück. Drinnen beim Eingang sah ich bei einer jener Fotokabinen, die es heutzutage fast nirgendwo mehr gibt, dieses Mädchen, das jetzt Marnie heißt. Ich brauchte ein paar Minuten, bis mir einfiel, woher ich sie kannte. Damals war sie natürlich nicht Marnie gewesen. Ich erkannte sie aus der Kirche in Fairfax, Anfang der siebziger Jahre. Ihre spitz zulaufenden Augenbrauen halfen mir auf die Sprünge. Sie hatte einen Blick, der sagte: *Mach dich bloß vom Acker – aber eigentlich möchte ich dir gern ver-*

trauen. Sie war die alte Frau gewesen, die damals neben Sophia gesessen hatte. Sie muss so lange wie ihre Mutter gelebt haben. Sie waren einander sehr nahe gewesen, das hatte ich bemerkt, und etwas an ihrer Beziehung hatte mich damals ahnen lassen, dass sie wieder zusammen ins Leben zurückkehren würden.

Du versuchst zu sehr, die Dinge zu kontrollieren. Während ich mich an Bens Worte erinnerte, folgte ich Marnie von Tysons Corner in die Lobby eines Gebäudes, in dem sich eine Menge Arzt- und Zahnarztpraxen befanden. Dort traf sie sich mit ihrer Mutter, und sie gingen hinunter in die Tiefgarage. Ich sah, wie sie in ein Auto stiegen und wegfuhren. Ich prägte mir das Nummernschild ein und gelangte so nach Hopewood, Virginia.

Am darauffolgenden Samstag sah ich Sophia zum ersten Mal in ihrer neuen Erscheinung. Jener Tag ist wirklich erinnerungswürdig. Während der Busfahrt dorthin war ich nervös gewesen. Man weiß ja nicht, wen man wiedertrifft und ob man überhaupt jemanden wiedertrifft. Am Morgen ging ich zu Marnies Adresse und lief die Straße vor dem Häuserblock auf und ab. Ich wusste nicht, was ich als Nächstes tun sollte. Und dann sah ich sie. Sie kam mir auf dem Bürgersteig entgegen. Es war ein unglaublicher Anblick. Mir fehlen die Worte, um auszudrücken, was ich in diesem Moment empfand. Es war ein herrlicher Frühlingstag, und die Sonne schien auf ihr offenes, helles Haar, während sie den gepflegten Bürgersteig hinunterlief. Sie trug Shorts und Flip-Flops und ein grünes T-Shirt. Sie war so jung und sah aus wie das blühende Leben, während sie das letzte Mal im Hospiz alt und dem Tod nahe gewesen war. Sie hatte lange, schlanke, braun gebrannte Mädchenbeine voller Kraft.

Das ist eine Erinnerung aus meinem gegenwärtigen Leben, wie sie jedermann haben könnte, doch ich habe sie bereits unter den schönsten abgelegt. Wenn ich daran denke, sehe ich sie in Zeitlupe mit Hintergrundmusik auf mich zukommen. Der Song, an den ich dann denke, ist immer derselbe: *Here Comes the Sun.*

Ich bemerkte Dinge an ihr, die mir vertraut waren. Die Art,

wie sie beim Lachen den Kopf neigte. Ihre sehnigen, geschickten Hände. Die Beuge in ihren Ellenbogen, ihre Ohren, die aus ihrem langen Haar hervorlugen. Seitlich am Kinn hat sie einen kleinen dunklen Leberfleck.

Ich erinnere mich noch so gut an mein Gefühl. *Das ist der Anfang von etwas ganz Großem. Jetzt ist unsere Zeit gekommen.*

Ihre Gegenwart haute mich fast aus den Schuhen. Sosehr ich mich darüber freute, sie zu sehen, sosehr hatte ich Angst davor, sie anzusprechen, denn ich wollte es nicht falsch anfangen. Ich war wieder ein Fremder. Es würde schwieriger sein, sich ihr dieses Mal zu nähern, sie würde auf jeden Fall misstrauischer sein. Sie war zu hübsch, um sich überrumpeln zu lassen. In meinem gegenwärtigen Leben gab es so gut wie keine Liebe, ich lebte zurückgezogen und war aus der Übung. Wie sollte ich es anstellen, dass sie mich liebte?

Doch meine ungebrochene Zuversicht war mein Kapital. Sie war jung und ich auch. Ich wusste, wie sie aussah, ich wusste, wo sie lebte. Sie war wieder auf meinem Radar, und sie war nicht mit meinem Bruder oder irgendjemand anderem verheiratet. Wenn ich es richtig anstellte, würden wir dieses Leben, so hoffte ich, zusammen verleben können.

Während ich dämlich herumstand, bog Sophia in Marnies Einfahrt ein. Marnie öffnete die Eingangstür, und ich hörte, wie sie sagte: »Schau mal, wer ist dieser Typ da?«

»Welcher Typ?«

»Der auf der anderen Straßenseite.«

Als sie sich umdrehte, ging ich in der anderen Richtung weiter.

»Keine Ahnung«, sagte Sophia.

»Schade, der sah ganz schnucklig aus.«

Ich erfreute mich an jeder noch so unbedeutenden Kleinigkeit. Ich war froh, »schnucklig« zu sein, denn in den beiden Leben davor war ich ziemlich hässlich gewesen.

Aber ich musste vorsichtig sein. Für dieses Leben hatte ich alles geopfert, und ich wollte es nicht vermasseln. Ich hatte mich so sehr daran gewöhnt, dass ich jedes Leben als unbeschriebenes Blatt beginnen und über alle gröberen Fehler der Vergangenheit einfach hinweggehen konnte. Doch in diesem gegenwärtigen Leben würde Sophias Gedächtnis nicht schlechter als meines sein. Diesmal konnte man nicht einfach über die Fehler hinweggehen. Sie sollte nicht denken, ich wäre irgendein bekloppter Stalker. So im Rückblick wünschte ich mir, ich hätte mich an meine eigenen Ratschläge gehalten.

Während der folgenden zwei Jahre besuchte ich sie noch zweimal in Hopewood, ohne aber den Mut zu finden, sie anzusprechen. Einmal sah ich sie Stiefmütterchen in ihren Vorgarten einpflanzen, ein anderes Mal in Begleitung ihrer Schwester Dana in einem Coffee-Shop an der Coe Street. Ich erinnere mich, dass ich beim Anblick der beiden Schwestern wie angewurzelt stehen geblieben war: Lucys freundliche Offenheit im Gegensatz zu Danas angeborener Unrast. Dana kam mir bekannt vor. Vermutlich aus einem früheren Leben, denn sie hatte den unsteten Blick einer tief verstörten Seele. Sie gehörte zu der Art Seelen, die ihre Unruhe von einem Leben in das nächste mitnehmen und überall Unheil anrichten. Ich bin sicher, sie quälte die Menschen, die sie liebten, und brachte sie dazu, ständig die Schuld bei sich selbst zu suchen, obwohl es vermutlich völlig egal war, wie sie sich verhielten.

Ich wartete, bis ich siebzehn war, bevor ich aufbrach. Mein Weggang aus Shepherdstown sollte ohne großes Aufhebens ablaufen. Ich war nicht unbedingt besorgt darüber, ob mich meine Pflegefamilie vermissen würde, sondern ob der Sozialarbeiter wegen mir Probleme bekommen würde. Ich zog nach Hopewood, mietete mir ein winziges Apartment über einem indischen Restaurant und besuchte Sophias Klasse an der Hopewood-Highschool.

HOPEWOOD, VIRGINIA, 2008

EINEN TAG NACH ihrem College-Abschluss nahm Lucy einen Bus zurück nach Hopewood. Sie hatte zwei Taschen, einen traurigen Philodendron und Sawmill in seinem komischen Glasterrarium dabei. Den Rest ihrer Sachen hatte sie in Kartons verpackt und verschickt. Sie kam zu Hause ohne große Zukunftspläne an – außer wieder Smoothies zu mixen oder Unterwäsche bei Victoria's Secret zu verkaufen. Doch dann geschah etwas Merkwürdiges. Zwölf Nächte hintereinander träumte sie von einem Garten.

In der ersten Nacht wusste sie, dass sie diesen Garten noch nie gesehen hatte, und doch kam er ihr bekannt vor, und er wirkte so real, als ob es sich nicht um einen Traum handelte. In der zweiten Nacht war sie wieder dort. Sie erkannte alles wieder, was sie bereits in der Nacht zuvor gesehen hatte: den Brunnen, die niedrige Steinmauer, die wunderbaren Päonien in Rosa, Purpurrot und Weiß. Doch vor allem der Geruch kam ihr bekannt vor. Sie war sich nicht sicher, ob sie jemals zuvor etwas in einem Traum gerochen hatte, doch dieser Duft drang durch jede Pore ihres Körpers.

In der darauffolgenden Nacht freute sie sich, abermals in dem Garten zu sein. Es war immer noch derselbe Ort mit seiner besonderen Schönheit, aber dieses Mal nahm sie sich vor, alles genauer in Augenschein zu nehmen. Sie schritt durch eine rostige Pergola, an der rote Clematis blühten, und entdeckte einen weiteren Garten, der von einer niedrigen Mauer und einem rosa blühenden Hornstrauch umgeben war. Unmengen von Schmetterlingen bewegten inmitten von Margeriten, Löwenmäulchen, Zinnien und Schmuckkörbchen langsam ihre Flügel; Schmetterlinge in allen Farben, Formen und

Größen, die dort in zitternder Anspannung verharrten. Und dann flogen sie alle zugleich auf. Sie schwirrten um ihren Kopf, und der Gedanke, dass sie die Falter erschreckt haben könnte, erfüllte sie mit Panik. Doch dann wurde der Wirbel aus Schmetterlingen immer dichter und langsamer, bis diese sie ganz umgaben. Im Traum blinzelte sie, und alle Schmetterlinge kehrten in ihre ursprüngliche Haltung auf die Blumen zurück.

In der vierten Nacht erforschte sie den Garten weiter. In der fünften war sie so begierig darauf, endlich wieder in ihren Traum zurückzukehren, dass sie schon um neun Uhr ins Bett ging. Draußen war es noch ein bisschen hell. So früh war sie nicht mehr ins Bett gegangen, seit man ihr in der sechsten Klasse die Mandeln herausoperiert hatte.

In dem Garten war sie glücklich – glücklicher, als sie sich jemals seit ihrer frühesten Kindheit gefühlt hatte, lange bevor der Ärger mit Dana begonnen hatte. In ihm war sie voller Staunen, und ihr schlafender Geist bekam eine tiefgreifende, geheimnisvolle und unerklärliche Ahnung davon, wie es sich anfühlte, wenn man ein Kind war. Jede Nacht lag sie wach in ihrem Bett und wartete auf den Schlaf. Sie befürchtete, nicht wieder in ihren Garten zurückzugelangen, und bat ihr waches Ich, doch bitte dorthin zu gehen, und tatsächlich kehrte sie jede Nacht zurück. Durfte man so einfach von einer Seite auf die andere wechseln?

Niemals zuvor in ihrem Leben hatte sie so viel geschlafen. Und doch gähnte sie während der Arbeit im Naturkostladen und gähnte beim Abendessen und sehnte sich danach, wieder im Bett zu liegen und ihren Garten zu betreten.

In der sechsten Nacht träumte sie, dass sie die winzige Brücke über einen Bach überquerte und einen neuen Teil des Gartens erforschte. Die meisten der Pflanzen dort waren ihr unbekannt, und sie waren stachliger und nicht so zart; sie dufteten auch anders. Der Garten war nicht auf die gleiche Weise schön, aber die Luft in ihm erschien ihr wie verzaubert. Einige der Pflanzen waren derart einzigartig, dass sie diese lange untersuchte. Sofort nach dem Aufwachen holte sie ihren Skizzenblock und fertigte von ihnen eine Zeichnung an, bevor ihre Erinnerung verblasste. In der folgenden Nacht legte sie Block und Buntstifte neben ihrem Bett bereit, und als sie eingeschlafen und wieder in jenen Teil des Gartens zurückgekehrt war, besah sie sich weitere Pflanzen; in ihrem Traum schien sie zu wissen, dass sie diese später zeichnen würde. Sie prägte sich auch ihre Einzelheiten und Eigenschaften ein – sie roch an ihnen und befühlte ihre Blätter. Am nächsten Morgen wachte sie früh auf und brachte zwei Stunden mit Zeichnen zu, bevor sie zur Arbeit musste.

Als sie an jenem Abend von der Arbeit zurückkehrte, nahm sie ihre geliebte *American Horticultural Encyclopedia of Plants and Flowers* zur Hand und versuchte mit klopfendem Herzen, Pflanzen zu finden, die jenen in ihren Zeichnungen entsprachen. Es dauerte eine Weile, aber schließlich fand sie einige klare Übereinstimmungen. Alle befanden sich in einem bestimmten Abschnitt des Buches: Es waren Heilpflanzen. Mutterkraut, Vogelmiere, Geißraute, Frauenwurzel, Labkraut.

Doch erst in der achten Nacht bemerkte sie in dem Garten eine andere Person; sie befand sich in dem Teil, in dem die Schmetterlinge waren. Zuerst dachte sie, es wäre ihre Schwester, und freute sich, aber schon bald ging ihr auf, dass es nicht Dana war und nicht Dana sein konnte. Die Frau war offenbar zwischen zwanzig und dreißig; sie hatte hellgraue Augen, Sommersprossen und glänzendes dunkles Haar.

»Ich kenne Sie von irgendwoher«, sagte Lucy im Traum zu der Frau.

»Selbstverständlich, mein Schatz«, erwiderte die Frau.

Nach dem Erwachen blieb Lucy noch lange im Bett und versuchte das Bild von der Frau festzuhalten. Sie kam ihr irgendwie bekannt vor, aber sie konnte sich nicht erinnern, von woher.

Dann stand sie auf und nahm die Monografie aus dem Geschenkladen in Hastonbury aus ihrem Schrank. Sie blätterte die Kapitel auf, die sich mit den Gärten beschäftigten, und starrte ungläubig auf die Fotografien. Kein Wunder, dass ihre Träume ihr wie Realität erschienen waren. Das war der Garten von Constances Mutter. In jenem Garten hatte sie als kleines Mädchen zwei Leben zuvor ihre Zeit verbracht. Sie klappte das Buch wieder zu. Einstweilen sollten ihre Träume nicht durch die Wirklichkeit verdrängt werden.

Sie brachte das Wochenende damit zu, Zeichnungen von ihrem Traumgarten anzufertigen und diese mit den Bildern aus Hastonbury zu vergleichen. Ihr Traumgarten war viel schöner und vollständiger als jener auf den Fotos in der Monografie oder jene, die sie im Internet fand. Trotzdem stimmte ihre Version in den Einzelheiten mit der Wirklichkeit überein. Doch als sie das Bild auf den letzten Seiten des Buches betrachtete, blieb ihr fast das Herz stehen: Sie hatte es schon früher bemerkt, es aber niemals genauer angesehen. Aber in diesem Moment wusste sie genau, wen sie vor sich hatte. Es war dieselbe Frau, die ihr im Traum erschienen war: die Mutter von Constance.

In der zwölften Nacht veränderte sich der Traum. Der Garten verlor seine Begrenzungen, breitete sich in immer neue Richtungen aus. Sie folgte einem Pfad und fand sich in ihrem eigenen Garten hinter ihrem Elternhaus wieder, bevor der Mehltau ihre Himbeeren vernichtet hatte. In einer anderen Richtung ging der Garten in Thomas Jeffersons Gärten des Academical Village über, um den sich verwinkelte Mauern zogen. Lucy veränderte nochmals ihre Richtung und befand sich zu ihrer Überraschung an dem Pool aus ihren Entwürfen. Die Blumen reichten bis an den Rand heran, und er war genauso wie in ihrer Vorstellung und in ihren Zeichnungen.

Am Morgen nach jener zwölften Nacht hatte sie einen Plan. Im Internet fand sie die Bewerbungsformulare und druckte sie aus. Sie verbrachte den Tag damit, diese auszufüllen, und legte die Zeichnungen der Gärten von Hastonbury und die Skizzen von Kräutern dazu, die ihr am besten gelungen waren. Dann fügte sie, einer Eingebung folgend, auch noch drei ihrer Lieblingsentwürfe von jenem Pool hinzu, der niemals gebaut worden war.

Am dreizehnten Tag steckte sie alles in einen großen Umschlag und trug ihn zur Post. Am vierzehnten Tag jätete sie ihren Garten.

Zwei Monate später, am Vorabend des Tages, an dem sie ihr Elternhaus für immer verlassen würde, packte Lucy ihre Sachen zusammen, und dabei kam ihr ein Gedanke. Sie würde Danas Schlange nicht mitnehmen können. Sawmill hatte offensichtlich ein unendliches Leben und sie nicht. Ohne sich groß Zeit zum Nachdenken zu lassen, nahm sie ihn aus seinem Terrarium und ließ es zu, dass er sich um ihren Arm wickelte. Er sah sie an und sie ihn. »Tut mir leid, dass wir einander nicht mehr gemocht haben«, sagte sie zu ihm. »Du warst nie mein Lieblingshaustier.«

Sie ging nach unten, durch die Küche und durch die Hintertür nach draußen. Hinter ihr schlug die Fliegentür zu. Sie ging über den Hof und setzte sich im Schneidersitz vor ihre Hortensien. Sie sah Sawmill ein letztes Mal in seine Reptilienaugen. Sie hatte immer gedacht, dass Schlangen das Böse und Falsche verkörperten, und sie hatte immer angenommen, dass Dana ihn sich angeschafft hatte, um ihren Eltern wieder mal eins auszuwischen. Doch während Lucy bewundernd seinen reglosen kleinen Kopf betrachtete, waren ihr diese Gedanken sehr fern. Sie dachte an die Häute, die er über die Jahre abgelegt hatte, jene verbrauchten Hüllen seiner selbst, die er hinterließ, während er sich immer wieder erneuerte. Vielleicht war genau das seine Bedeutung für Dana gewesen.

»Zeit, endlich frei zu sein«, sagte sie feierlich. Sie legte ihre Hand auf den Boden, um zu sehen, was er tun würde. Er hielt sich noch einige Sekunden lang an ihr fest, doch dann streckte er mutig den Kopf vor, löste sich ganz langsam von ihrem Arm und schwebte über den ihm unbekannten Grund. Schließlich ließ er sich auf die Erde hinab und schlängelte sich durch das Gras davon.

CHARLOTTESVILLE, VIRGINIA, 2009

An einem Dienstagabend im Januar geschah kurz nach sechs genau das, was Lucy sich mehr als alles andere gewünscht hatte, auch wenn sie die Hoffnung darauf bereits aufgegeben hatte.

Sie befand sich außerhalb von Campbell Hall, wo die Fakultät für Landschaftsgestaltung mit den Architekten untergebracht war und wo sie die vergangenen zehn Stunden in einem Atelier zugebracht hatte. Jetzt saß sie da, hungrig und müde, in ihrem braunen Mantel und mit braunem Hut, atmete die kalte Luft ein und gönnte sich eine kurze Verschnaufpause, bevor es weiterging.

In ihrem winzigen Apartment in der Nähe des Oakwood Cemetery würden Marnie und ihr Freund Leo an diesem Abend chinesisch kochen. Tagsüber arbeitete Marnie bei Kinko's und nachts absolvierte sie ihren LSAT-Vorbereitungskurs und schrieb Bewerbungen für einen Jura-Studienplatz. Lucy hatte eigentlich erwartet, dass sie während des Herbstes und frühen Winters Vollzeit hinter der Bar im *Mudhouse* stehen würde. Sie hatte ihre Bewerbung für das Graduiertenprogramm so spät abgegeben, dass man ihr gesagt hatte, sie könne erst im Januar mit ihrem Master-Studium beginnen. Doch dann war ein Platz frei geworden, und zu Lucys Freude hatte man es mit den Vorschriften nicht so genau genommen und sie im September anfangen lassen. So arbeitete sie nur zehn Stunden in der Woche im *Mudhouse* und verschuldete sich haushoch, um ihr Studium bezahlen zu können.

Marnie und sie hatten sich zusammen eine Wohnung gemietet, nur sie beide, doch seitdem war Leo als dritter Bewohner mit von der Partie, ohne Miete zu bezahlen. Wenigstens kochte er gut.

»Fühlst du dich nicht einsam, jetzt, wo Marnie eine ernst zu nehmende Beziehung hat?«, hatte ihre Mutter sie einige Wochen zuvor gefragt. Lucy wusste, dass ihre Mutter sich deswegen einsam fühlte. »Eigentlich nicht«, hatte sie geantwortet. »Das Studium hält mich ziemlich auf Trab.«

»Du wartest doch nicht immer noch auf Daniel, oder?«, hatte Marnie sie den vergangenen Samstag anklagend gefragt, als Lucy nicht mit ihr und Leo auf eine Party gehen wollte.

»Nein«, hatte Lucy geantwortet. Marnie fand, dass Lucy erstaunlich enthaltsam lebte, und Lucy ließ sie in dem Glauben. Schließlich konnte sie Marnie schlecht erzählen, dass sie im vergangenen Sommer viermal mit ihrem Bruder Alexander geschlafen hatte.

Lucy wartete nicht mehr auf Daniel. Jedenfalls nicht bewusst. Sie musste endlich akzeptieren, dass er sie in diesem Leben nicht mehr suchen würde. In ihren Träumen aber sehnte sich sich immer noch nach ihm. Ihr Traum-Ich glaubte, dass die Geschichte zwischen ihr und Daniel nur unterbrochen, aber nicht vorbei war. *Ich kann nicht bis in alle Ewigkeit auf dich warten,* dachte sie, während sie morgens im Bett ihren Träumen nachhing.

Und während sie in winterlicher Dunkelheit auf der Bank saß und ihr das alles durch den Kopf ging, kam ein junger Mann auf sie zu und fragte: »Bist du Lucy?«

Sie sah in der Erwartung, ihn zu kennen, zu ihm auf. Er war gut gekleidet und so glatt rasiert wie ein ehemaliges Mitglied einer Studentenverbindung. »Ja«, antwortete sie. Sie kannte ihn nicht. Wahrscheinlich war er in einem ihrer Kurse, aber sie wollte nicht weiter darüber nachdenken.

»Ich bin Daniel.«

Als sie den Namen hörte, zuckte sie zusammen, als hätte er ihre Gedanken gelesen. »Kenne ich Sie?« Vermutlich war das nicht sehr taktvoll. Höflichkeit klang anders.

Sein Blick wirkte verschlossen. »Du glaubst es vielleicht nicht, aber du kennst mich.«

Sie hatte keine Lust auf irgendwelche Spielchen. Für gewöhnlich musste sie das auch nicht, wenn sie sich ihren unförmigen braunen Hut tief ins Gesicht gezogen und sich in ihren Mantel vergraben hatte. »Ach, und woher?«, fragte sie ihn ungerührt, während sie an ihrem Handschuhfutter herumzupfte. Vielleicht hatte er mit ihr einen der Grundkurse besucht. Vielleicht war er der Freund eines Freundes, der ihn angestachelt hatte, denn es gab einige in Lucys Freundeskreis, die fanden, sie gehe zu wenig aus.

Er beugte sich zu ihr hinunter, als wolle er sie dazu bringen, ihn sich genauer anzusehen. »Ich weiß, ich sehe jetzt anders aus. Ich weiß auch, dass es nicht einfach sein wird, dich davon zu überzeugen, aber ich bin Daniel. Jener Daniel, den du damals kennengelernt hast.«

Jetzt sah sie ihn an. »Wovon redest du eigentlich?«

»Ich kenne dich aus der Highschool. Davor habe ich dich schon viele Male gekannt.«

Sie erhob sich, voller Zweifel, aber auch mit einer gewissen Faszination. »Ich verstehe nicht, was du meinst ...«

»Ich bin Daniel Grey aus Hopewood.«

Sie bekam weiche Knie. »Du willst mir erzählen, dass du Daniel Grey heißt?«

»Anders, wie du siehst, aber das bin ich, ja.«

Sie blickte ihm forschend in die Augen. »Wie kann das sein?«

»Möchtest du mich ein Stückchen begleiten?« Er setzte sich in Bewegung, und sie folgte ihm. Sie fühlte sich völlig aus dem Lot. Sie zitterte leicht und schwitzte in ihrem Mantel. Er schritt weit aus, und sie musste sich sputen, um mit ihm mitzuhalten.

»Ich weiß nicht, wie viel du über mich weißt«, sagte er und hielt den Blick weiterhin geradeausgerichtet.

Sie starrte ihn von der Seite an. Sollte das alles ein Witz sein? Das konnte unmöglich ihr Daniel sein, oder doch? Vielleicht hatte sie mit ihrer Sehnsucht jemanden herbeigezaubert, egal, ob er nun der Richtige war oder nicht.

»Ich glaube, ich weiß gar nichts«, antwortete sie und war sich sofort bewusst, dass das so nicht stimmte. »Also, vielleicht weiß ich ein bisschen was.« Sie eilte weiter. Und was, wenn er es wirklich war? Sie stolperte über die Bordsteinkante und spritzte sich Dreck und Wasser auf die Hose. »Ich weiß von Constance«, sagte sie schnell. »Ich weiß auch von Sophia.« Sie ließ jede Vorsicht außer acht. Es war ihr egal, ob sie sich anhörte wie eine Bekloppte.

»Dann weißt du ja eine Menge«, sagte er. Seine Stimme war jetzt schärfer, anders, als sie erwartet hatte.

Sie suchte wieder seinen Blick. Wie konnte er das sein? Wenn er es nicht war, warum machte dieser Typ das dann? Sie akzeptierte die Vorstellung, dass Menschen in anderen Körpern wieder auf die Welt kamen, doch das hier ergab keinen Sinn. »Ich verstehe dich nicht. Ich verstehe nicht, wie du Daniel sein kannst. Vor dreieinhalb Jahren bist du an der Brücke gestorben, und dann müsstest du jetzt ein kleiner Junge sein, oder?«

In ihrer Fantasie hatte sie sich die Wiederbegegnung mit Daniel anders vorgestellt: Sie würde in seine Arme laufen und ihn niemals mehr loslassen und ihm alles erzählen, was sie erlebt hatte, seitdem sie sich das letzte Mal gesehen hatten.

»Du verstehst mich nicht, und ich kann dir das nicht alles erklären. Es gibt Geheimnisse, die niemand begreift. Doch wenn man so ist wie ich, muss man nicht jedes Mal heranwachsen. In seltenen Fällen … kann man einen Körper übernehmen, der verlassen wurde.«

»Was meinst du damit?« Das Universum wurde noch einen Zacken verrückter, aber immerhin unterhielt sie sich nicht mit sich selbst. »Man kann jemanden übernehmen? Warum sollte jemand seinen Körper verlassen?«

»Normalerweise hat man keine Wahl, doch manchmal schon. Man verlässt ihn, wenn man stirbt.«

»Aber wenn man stirbt, dann doch nur, weil der Körper nicht mehr funktioniert, oder?«

»Ja, für gewöhnlich schon. Doch manche Leute ... Wie soll ich das mit einfachen Worten erklären? Sie verlassen ihren Körper, bevor sie das tun müssten. Sie fürchten sich und ziehen sich zurück. In jenen Augenblicken ist die Versuchung groß.«

»Und warum?«

»Meistens weil sie Schmerzen haben, und man fühlt sich besser, wenn man den Körper verlässt.«

Lucy versuchte, ihre Gefühle einzuordnen, aber sie war zu geschockt. »Und dann übernimmst du?«

»Die Zeitspanne dafür ist extrem kurz. Und der Körper muss natürlich noch in einem rettbaren Zustand sein.«

Vage fragte sie sich, wie diese Unterhaltung in den Ohren eines Vorübergehenden klingen würde. Sie gingen zu schnell, als dass man sie für längere Zeit hätte belauschen können, und außerdem war sie zu angespannt und viel zu überrumpelt, um sich wirklich Gedanken darüber zu machen. Doch worüber redeten sie überhaupt gerade? Wie sollte sie das alles akzeptieren, und wie sollte es ihr gelingen, das nicht zu tun? Wie sollte sie noch darauf hoffen, dass sich die Welt wieder in ihrem alten Rhythmus weiterdrehen würde? »Aber was passiert mit ihnen? Wollen sie nicht wieder in ihre Körper zurück?«

Sein Blick war unmissverständlich, fast gebieterisch. »Das wollen sie nicht.« Hatte Daniel auch so einen Blick gehabt? »Ich nehme mir nur, was übrig bleibt.« Einen Moment lang bedeckte er ihre behandschuhte Hand mit seiner bloßen. »Und die Seele, die in diesem Körper wohnte, begibt sich woandershin, wo immer das sein mag.«

»Kehren diese Leute dann in einem neuen Körper zurück?«

Er rieb seine kalten Handflächen aneinander. »Sehr wahrscheinlich. Die meisten Leute kehren zurück.«

Eigentlich wollte sie einfach nur weglaufen, und sie schämte sich dafür. Immer musste sie alles infrage stellen, immer ruinierte sie alles. Warum konnte sie ihm nach allem, was sie gerade erfahren hatte, nicht einfach glauben? Die Tatsache, dass sie diese Unterhaltung hier führte, war doch der Beweis dafür, dass es Daniel geben musste. Wer sonst wusste von all diesen Dingen? »Du bist also irgendwie in die Person, die du jetzt bist… hineingesprungen? Der Körper hat vorher jemand anderem gehört?«

»Das ist schwer zu begreifen, ich weiß. Es gäbe so vieles über Geburt, Tod und die Zeit dazwischen zu sagen, das Normalsterbliche nicht wissen. Aber du bist dabei, es zu begreifen, nicht wahr?«

Sie trat in eine Pfütze. Sie fühlte die Kälte kaum, die in ihre Socken drang. »Ich glaube schon.«

Er blieb stehen. Er hielt ihr seine Hände entgegen, offensichtlich wollte er ihre ergreifen. Sie schob ihre Hände lieblos in die seinen, und er drückte sie.

»Lucy.«

Sie nickte. Ihr traten Tränen in die Augen, aber sie wusste nicht, warum. Es fiel ihr schwer, ihn anzuschauen.

»Ich freue mich, dich zu sehen. Freust du dich auch?«

Sie konnte ihm die Dinge, die sie sich die ganze Zeit ausgemalt hatte, nur erzählen, wenn sie sich sicher sein konnte, dass er es wirklich war, aber das war sie nicht.

»Ich kann immer noch nicht glauben, dass du Daniel bist«, sagte sie ehrlich. Sie versuchte, ihm in die Augen zu sehen, doch er war damit beschäftigt, ihr die Handschuhe von den Fingern zu ziehen. »Bist du wirklich Daniel?«

»Ich bin wirklich Daniel.«

Wieder nickte sie. Sie konnte ihm glauben, oder sie konnte es lassen. Wenn sie ihm nicht glaubte, und er war es doch – und eigentlich musste er es sein –, dann hatte sie die Gelegenheit wieder verpasst. Und das wollte sie nicht. »Es tut mir leid wegen des letzten Mals«, sagte sie schnell. »Es tut mir leid, dass ich mir nicht mehr Mühe gegeben habe, dich zu verstehen.« Ein, zwei Tränen liefen ihr über die Wangen.

»Ich bin dir nicht böse deswegen. Niemand glaubt mir, und das ist wahrscheinlich besser so.«

»Aber mir wäre wohler, wenn ich es versucht hätte.«

»Ich weiß, kein Problem.« Er sah nach unten. »Das sind die Dinge, die einem dann nachträglich leidtun.«

Wieder überraschte sie sein Gesichtsausdruck. Doch was hatte sie erwartet? Warum machte sie sich vor, dass sie ihn kannte oder einen Grund dafür hatte, überhaupt etwas zu erwarten oder zu denken? Sie hatte ihn damals nicht gekannt, und sie kannte ihn auch jetzt nicht. Die einzige Beziehung, die sie hatte, war die mit ihrer eigenen Vorstellung, so Marnies Worte. Und mit diesem Fantasiegebilde verglich sie ihn jetzt?

»Aber wir haben die Möglichkeit, noch einmal von vorn anzufangen.«

Verwundert sah sie ihn an. Seine Worte drangen durch das Wirrwarr in ihrem Kopf. Nicht der Unterschied zwischen diesem Mann und dem Daniel, den sie kannte, war das Problem. Das Problem war der Unterschied zwischen Daniel und ihrer Fantasie. Natürlich musste der gegenwärtige Daniel anders sein als jener, mit dem sie in Gedanken so viele Stunden verbracht hatte. Erst die Realität führte einem das Ausmaß der eigenen Illusionen vor Augen.

»Wenn du möchtest«, fügte er hinzu.

Sie konnten noch mal von vorn anfangen? Einfach so? War es das, was jetzt geschehen würde, wenn sie es nur zuließ?

Das war Daniel. Es fühlte sich noch nicht so an, weil sie immer noch hin und her gerissen war und sich an ihre Fantasien klammerte, aber er war es. Wenn ihr enttäuschte Wunschvorstellungen lieber waren als die reale Person, sollte sie sich am besten einen Haufen Katzen zulegen und sich im Haus einschließen.

Früher hatte er anders ausgesehen, aber wenn sie es recht bedachte, hatte sie damals auch anders ausgesehen. An der Highschool war sie immer ziemlich aufgebrezelt gewesen: Lipgloss, eingezogene Wangen, enge Jeans und gestylte Haare. Jetzt war sie mit dem Kopf immer ganz woanders und vergaß völlig, in den Spiegel zu sehen. Sie vergaß es, sich für jemand anderen herzurichten. Sie konnte froh sein, wenn er nicht auf der Stelle das Weite suchte.

Ihr ganzes Leben war wegen ihm zum Stillstand gekommen. Seinetwegen war ihr Weltbild völlig aus den Fugen geraten. Sollte sie diese Gelegenheit hier nicht beim Schopf packen? Ihre Feigheit hatte sie das letzte Mal davon abgehalten, und das würde auch diesmal geschehen, wenn sie es zuließ. Sie war jetzt älter. Sie stand mit beiden Beinen auf der Erde. Sie konnte damit umgehen.

»Ja«, sagte sie. Noch eine Träne stahl sich aus ihren Augen.

Er lächelte sie an. Es war anders als das Lächeln, das sie erwartet hatte. Und dafür hätte sie sich am liebsten geohrfeigt. *Hör mit den Erwartungen auf!*

»Ich arbeite jetzt in Washington bei einer Marketingfirma. Heute Abend muss ich zu einem Geschäftsessen zurück sein. Ich hatte nicht damit gerechnet, dich sofort zu finden. Sonst hätte ich mir den Abend freigenommen. Aber am Wochenende komme ich wieder, okay? Darf ich dich am Samstag zum Essen einladen? Was ist dein Lieblingsrestaurant in dieser Gegend?«

Einerseits war sie ein bisschen enttäuscht, dass er sich schon wieder auf den Weg machte, andererseits war sie auch erleichtert. Sich quälende Gedanken zu machen, gelang ihr besser, wenn sie allein war. »Ja, gut.« Sie nannte ihm ein Restaurant, das zwanzig Autominuten in östlicher Richtung lag. »Ich treffe dich dann dort«, fügte sie nervös hinzu. Sie wollte nicht, dass er zu ihrer Wohnung kam, wurde ihr bewusst. Wie sollte sie das nur alles Marnie erklären?

»Wunderbar.« Er neigte sich zu ihr und küsste sie auf die Wange, genau im Mundwinkel. Dann richtete er sich auf, ging fort und rief ihr über die Schulter noch einen Abschied zu.

Sie rührte sich nicht, und der Kuss fühlte sich wie ein Fremdkörper auf ihrer Wange an. Als er fast um die Ecke zum Parkplatz verschwunden war, versuchte sie sich mit dem Gedanken zu beruhigen, dass er sich noch einmal umwenden würde, doch das tat er nicht. *Sei still. Du hast ja keinen blassen Schimmer*, sagte sie zu ihrer Enttäuschung.

Sie setzte ihren Weg fort. Ohne nachzudenken ging sie auf die

Mauer zu, kletterte hinauf und setzte sich dort hin, die Knie an die Brust gezogen und die Arme um die Beine geschlungen. Es war schwierig, die Welt zu verstehen.

Was war nur los mit ihr? Daniel war gekommen. Warum fühlte sie sich so merkwürdig und unruhig? Warum schlang sie ihm nicht die Arme um den Hals? *Wir können noch einmal von vorn anfangen*, hatte er gesagt. Warum stellte sie sich so an? Was wollte sie denn noch von ihm hören?

Ich fühle mich anders als erwartet.

Kam sie einfach nicht über sein verändertes Aussehen hinweg? War sie wirklich so oberflächlich? Er sah doch gut aus, wirklich. Objektiv betrachtet war er gut aussehend. Vielleicht noch mehr als das letzte Mal.

Immer wieder musste sie an die schicksalsträchtige Begegnung mit dem alten Daniel in jener Nacht denken. Sofort fühlte sie, wie sich ihr Unterleib regte: Als er diesen Stuhl zu sich heranzog, sodass sie ihm gegenübersaß. Als ihre Knie sich berührten. Als er sie geküsst hatte. Eine Erinnerung, die vier Jahre zurücklag, war erregender als ein Kuss, den sie eben auf die Wange bekommen hatte.

Weil du diese neue Version von Daniel noch nicht kennst.

Die alte Version habe ich auch nicht gekannt.

Constance hatte den alten Daniel geliebt. Und Sophia ebenfalls. Das hatte für sie Sinn ergeben. Und warum war das jetzt nicht mehr so?

Sie führte ihre Hand an den Mund. Auf ihrem dunklen Handschuh war ein wenig Eis, und sie sah große Schneeflocken durch die Luft tanzen. Es war der Schnee von Virginia, wo der Himmel nicht so aussah, als ob er es ernst meinte, und die Flocken sich einfach auf den Weg nach unten machten.

Vielleicht hatte auch nur sie sich verändert. Vielleicht war das das eigentliche Problem. Sie war damals so viel weichherziger gewesen, so viel bereiter, sich zu verlieben oder wenigstens zu vertrauen. Jetzt war sie härter, mehr auf sich gestellt, und ihre Ecken und Kanten traten schärfer hervor. Vielleicht war sie zu dieser Art von Beziehung nicht mehr fähig.

Aber warum nicht? Wegen der Dinge, die sie von Madame Esme und Doktor Rosen und in dem heruntergekommenen Landhaus in England erfahren hatte? Vielleicht hatte sie sich selbst mit ihren Vorgängerversionen zu Grabe getragen. Vielleicht hatte sie jenes vorige Ich unter der Last all ihrer alten Ichs verloren?

Traurig fuhr sie sich mit der Hand über die Augen. Sie fragte sich, ob er wirklich unbedingt sie wollte.

Er war anders als früher, und vielleicht war das gut so. Nicht nur sein Aussehen hatte sich verändert, bemerkte sie jetzt. Zum Beispiel hatte er sie mit ihrem Namen angeredet. Lucy.

KALKUTTA, INDIEN, 2009

Zu Beginn des Jahres 2009 erhielt er einen Anruf von einer Frau aus Kalkutta. Kurz zuvor hatte er Sophia in der Universitätsbibliothek gesehen. Die Frau stellte sich als Amita vor. Sie plauderte eine ganze Minute auf Bengali mit ihm, bevor er sie davon überzeugen konnte, dass er diese Sprache nicht beherrschte.

»Wieso sprechen Sie kein Bengali?«, fragte sie ihn auf Englisch mit einem Akzent.

»Ich … ich spreche es einfach nicht. Wieso sollte ich?«

»Hier haben Sie niemals gelebt, stimmt's? Hindu? Sprechen Sie das?«

»Ein bisschen, nicht sehr viel. Könnten wir einstweilen bei Englisch bleiben?«

Sie lachte, und er begriff, dass er mit Ben sprach. »Ah, mein alter Freund«, fuhr er in dem ausgestorbenen italienischen Dialekt fort, den sie auf dem Schiff immer gesprochen hatten.

»Jetzt möchtest du mit einem Mal andere Sprachen sprechen?«, fragte die Frau zurück.

»Es gibt viele, die wir beide sprechen«, sagte er auf Lateinisch.

»Kannst du mich besuchen kommen?«, fragte sie ihn fröhlich auf Englisch.

Er wusste, dass es ratsam war zu kommen, wenn Ben ihn rief. »Ja, wann?«

»Bald! Wann immer du willst.«

Sie gab ihm ihre Adresse, und am folgenden Tag kaufte er sich ein Flugticket. Bei seiner Stelle im Krankenhaus hatte er viele Urlaubstage angehäuft.

Sie lebte in einer kleinen Wohnung im obersten Stockwerk eines alten Gebäudes in einem überfüllten und heruntergekommenen Viertel von Kalkutta. Sie war jung und temperamentvoll. Sie trug einen hübschen, leuchtend blauen Sari, und an ihrem Handgelenk klimperten Goldreifen. Sie umarmte ihn sofort. Dann führte sie ihn in ihre kleine, altmodische Küche, wo sie gerade beschäftigt war.

»Du siehst sehr gut aus, Daniel«, sagte sie und hob dabei flirtend die Augenbrauen.

»Dieses Mal habe ich Glück gehabt«, meinte er. »Wenn gutes Aussehen Glück bedeutet.«

»Manchmal ja, manchmal nein.« Sie steckte den Finger in einen der Töpfe, um zu kosten. »Ausgezeichnet!«, rief sie.

»Ich freue mich, dich zu sehen«, sagte er aufrichtig.

»Ich freue mich ebenfalls.« Sie bewegte sich, den Löffel noch in der Hand haltend, auf ihn zu und gab ihm einen Kuss aufs Kinn. »Ich würde dich gern mehr küssen«, sagte sie. Mit ihrem Löffel wies sie in einen kleinen Raum, der hinter einer halb geöffneten Tür lag. »Ich würde gern mit dir dort hineingehen, aber ich weiß, du hast schon ein anderes Mädchen.«

Er lachte. Er wusste nicht, ob sie es ernst meinte oder nicht, ganz davon abgesehen, dass er sich nicht vorstellen konnte, mit Ben in jenes ungemachte Bett zu gehen. Weil es Ben war, und weil er sie auch kurz als Laura und als andere Personen kennengelernt hatte. Er konnte jene alten Leben nicht loslassen. Das gelang ihm bei niemandem, und schon gar nicht bei Ben. Wenn jemand bei der ersten Begegnung ein Mann gewesen war, fiel es Daniel schwer, ihn in der Folge als Frau anziehend zu finden. Er kam mit dieser Art von Veränderung nicht gut zurecht.

»Ich heiße Amita«, sagte sie nachdrücklich und hatte damit wie üblich seine Gedanken gelesen.

»Du bist eben ein Formwandler«, meinte er scherzhaft.

»Nein, ich lebe einfach mein Leben«, erwiderte sie heftig. »Im

Gegensatz zu dir.« Ihr Blick blieb freundlich, ließ ihn aber dennoch zusammenzucken.

»Erzähl mir von dem Mädchen«, meinte Amita versöhnlicher. Sie wollte ihn nicht verletzen.

»Ich weiß, wo sie sich aufhält«, sagte er.

»Und warum bist du dann nicht bei ihr?«, fragte sie.

Ben kam immer sofort zur Sache, da konnte man sich drauf verlassen. Daniel war müde, und er befand sich in Kalkutta, und konnte nicht anders, als mit der Wahrheit herauszurücken.

»Vor ein paar Jahren habe ich mit ihr zu reden versucht, aber ich habe alles vermasselt. Ich bin gleich mit der Tür ins Haus gefallen und habe sie erschreckt. Ich glaube nicht, dass sie mich jetzt noch einmal sehen möchte. Ich werde ihr vor meinem nächsten Versuch ein wenig Zeit lassen.« Selbst in seinen Ohren klang diese Erklärung schwach. Wie viel Zeit wollte er ihr denn noch lassen?

»Vielleicht will sie gar nicht, dass du ihr Zeit lässt.«

Er rieb sich die Wangen. Er fühlte den Schweiß und den Schmutz einer langen Reise. »Ich habe keine Ahnung, was sie will.« Er senkte die Stimme. »Aber ich glaube nicht, dass sie mich will.«

Amita hielt ihren Löffel hoch und betrachtete ihn nachdenklich.

»O Daniel«, sagte sie schließlich. »Du hast Liebe bitter nötig, wirklich. Du bist ja völlig aus der Übung.«

Er lachte. »Deswegen willst du mich in dein Schlafzimmer locken?«

»Liebe ist Liebe«, sagte sie.

Er schüttelte den Kopf. Ihr Flirten tat ihm gut, auch wenn er es nicht ganz nachvollziehen konnte. »Ich glaube nicht, dass das der rechte Zeitpunkt dafür ist, um es mit Sophia wieder zu versuchen«, meinte er. »Ich warte ein bisschen, vielleicht ergibt sich noch eine andere Gelegenheit.«

Sie sah traurig aus. »Das kannst du bis in alle Ewigkeit so fortsetzen.« Sie warf den Löffel zurück in einen Topf und setzte sich auf die Arbeitsfläche. Mit dem Kinn in die Hand gestützt, überlegte sie einige Minuten. »Wenn du sie als die Person angesprochen hättest, die sie ist, und nicht als jemand anderes, hätte sie sich vielleicht nicht so erschreckt.«

»Was meinst du damit? Ich habe sie nicht als jemand anderes angesprochen. Ich habe sie als die Person angesprochen, die sie ist. Ich habe sie Sophia genannt, und sie ist doch Sophia. Sollte es falsch sein, sich zu erinnern?«

»Ihr Name ist nicht Sophia – Sophia ist der Name deiner Erinnerung.« Amita hüpfte von der Arbeitsfläche und rührte wieder in dem Topf. »Ihr Name ist doch Lucy, oder?«

»Trotzdem ist sie die gleiche Frau.«

»Ja und nein.«

»Was willst du damit sagen?« Er klang aufmüpfig wie ein Kind.

»Du liebst es zu horten«, sagte sie. Diesen Vorwurf hörte er von Ben nicht zum ersten Mal. »Liebe den Menschen, den du liebst, solange er bei dir ist. Mehr kannst du nicht tun. Lass ihn ziehen, wenn es nicht anders geht. Wenn du weißt, was Liebe ist, wirst du immer Menschen finden, die du lieben kannst.«

Ben klang so frohgemut wie ein Beziehungsratgeber. Daniel fühlte sich überrumpelt und merkwürdig zerbrechlich. Er wusste keine Antwort darauf, und sie bemerkte das. Sie näherte sich wieder mit ihrem Löffel. »Probier das mal«, sagte sie zärtlich und hielt ihm den Löffel hin.

Er kostete. »Meine Güte, ist das scharf!«

Sie nickte und riss die Augen auf. »Nicht wahr?« Sie warf einen kurzen Blick in ihr Kochbuch und klappte es dann entschlossen zu. »Seit mein Mann bei der Armee ist, mache ich nichts anderes außer kochen und lesen.«

»Dein Mann?« Das schlechte Gewissen packte ihn, weil er den ansehnlichen Bereich um die Rippen und den Bauch eingehend betrachtet hatte, den der Sari unbedeckt ließ.

»Ja. Und wenn er wiederkommt, wird er erstaunt sein, was ich so alles kochen kann«, meinte sie und wirbelte ihren Löffel wie eine Zauberin durch die Luft.

Ihm brannte immer noch der Mund. »Ganz bestimmt.«

Er sah ihr eine Weile zu. Sie rührte und schnippelte und warf übermütig Zutaten zusammen. Ihr gefiel es anscheinend, Chillies mit Schmackes in den Topf zu werfen, statt sie einfach hineinzugeben. »Manchmal muss man ein Durcheinander veranstalten«, informierte sie ihn fröhlich. Sie kostete eine grüne Speise in einem kleinen Teller aus Bronze. »Oje«, meinte sie und rang nach Atem. »Das ist eine Überraschung.«

»Wirklich?«

»Auf jeden Fall! Vielleicht keine sehr gute. Kochen sorgt immer für Überraschungen, findest du nicht?«

Er hatte Kochen vier Jahrhunderte lang nicht überraschend gefunden, jedenfalls nicht, seit er sieben lange Jahre in einem Schiffsbauch gekocht hatte, während sie in der Adria herumschipperten.

»Das finde ich nicht«, antwortete er aufrichtig.

»O doch, so ist es. So ist es immer.« Sie konsultierte wieder ihr Kochbuch. »Ich habe keine Mutter oder Schwester, die mir etwas beibringen, also muss ich alles selber lernen.«

Mittlerweile war seine Stimmung etwas gedämpft. Schuld daran waren der Jetlag und die Art, wie Ben ihn auf ungewisses Terrain lotste. »Wie kommt es, dass du immer noch Neues entdeckst? Wie kannst du dich immer noch überraschen lassen?«

Sie hielt nur einen Augenblick inne und sah ihn an. Sie steckte den Finger in die grüne Paste und hielt ihm ihn vor die Nase. Er leckte daran, und es schmeckte einfach grauenhaft. Regelrecht giftig. Er streckte die Waffen. »Du hast recht, das ist eine Überraschung.«

Aus irgendeinem Grund dachte er an etwas, das sie einmal zu ihm gesagt hatte, als sie Ben war und sie beide in der Ägäis während einer langen und ruhigen Nachtwache in den Sternenhimmel geblickt hatten: »Es fällt mir schwer, Zusammenhänge zu erkennen.«

Daniel wusste, dass sie irgendwann auf den wahren Grund seines Besuchs zu sprechen kommen würden. Als es so weit war, hatten sie es sich nach dem Abendessen auf dem warmen Dach gemütlich gemacht, kauten wohlriechende Samen und beobachteten eine Großfamilie in ihren Strandliegen auf einem Dach auf der anderen Straßenseite.

»Nicht ich bin der Formwandler«, sagte sie wie aus dem Nichts, »sondern dein ehemaliger Bruder.« Sie betrachtete einen Samen und warf ihn dann auf den Bürgersteig unter ihnen. Ihre Miene blieb ausdruckslos, doch in ihrer Stimme lag etwas Warnendes.

»Stimmt das?«

»Ja. Er tut sich mit dem Diebstahl von Körpern jetzt leichter. Er hat einen gefährlichen Freund.«

»Was meinst du damit? Wen?« Hastig rief er sich verschiedene Menschen in Erinnerung, die er im Lauf der Jahre kennengelernt oder von denen er gehört hatte. Da war der Mann, der ihn einmal in Gent angesprochen und behauptet hatte, er sei der Erzengel Israel, die Frau aus New Orleans, Evangeline Brasseux und ihr Gefolge, die behauptete, sie habe die Apokalypse erlebt. Es existierte eine Unterwelt, in der sich solche Leute tummelten, und obwohl er einige Male mit dieser Welt in Kontakt gekommen war, mied er sie zumeist. Die Menschen mit einem wirklichen Gedächtnis waren von Nachahmern umringt, von Menschen, die Mythen erfanden und Gerüchte und Lügen verbreiteten. Er fand sich unter ihnen nur mühsam zurecht, doch wünschte er sich jetzt, er hätte mehr über sie Bescheid gewusst.

Sie kratzte sich am Arm. Sie war schmal und zartgliedrig wie ein Vogel. »Er hat nun lange seine Kräfte gesammelt. Während du dein Mädchen nicht findest, sucht er nach ihm.«

Plötzlich spürte er einen Druck auf den Ohren, und seine Kehle schnürte sich zusammen. »Er sucht nach Sophia?«

Sie biss laut auf einen Samen und pulte ihn sich aus den Zähnen. »Findet er sie, findet er auch dich.«

»Was willst du damit sagen?«

Sie überlegte einen Augenblick. »Vielleicht hat er sie auch schon gefunden.«

Daniel erhob sich und begann auf und ab zu gehen. Dieses furchtbare Abendessen mit dem überraschenden Geschmack lag ihm wie ein Stein im Magen. »Wie kann das sein? Er kann Seelen nicht erkennen. Das hast du mir doch selbst gesagt. Erinnerst du dich noch?«

Sie kam zu ihm an die Balustrade und spuckte einen weiteren Samen aus. »Möglicherweise hat er Hilfe.«

»Wie? Von wem? Was meinst du damit?« Er kam sich vor wie ein Idiot – immer wieder stellte er die gleichen Fragen und wusste doch genau, dass Ben sie niemals beantworten würde.

Er setzte sich wieder in Bewegung, während sie zum ersten Mal vollkommen still dastand. »Woher weißt du das alles?« Helles Entsetzen machte sich in ihm breit.

Sie schüttelte den Kopf, aber anscheinend war ihr seine Verfassung nicht entgangen. Aus reinem Mitleid gab sie ihm eine Antwort: »Ich habe mich erinnert.«

Er blickte sie aufmerksam an. »Aber das alles ist doch noch nicht geschehen, oder?«

Ihre Armreifen klimperten, als sie die Frage mit einer heftigen Handbewegung abwiegelte.

»Ich lese gerade Proust«, sagte sie, während Daniel ihr beim Aufräumen der Küche half. Sie wollte nicht mehr über Joaquim oder Sophia sprechen, und er musste sich damit abfinden. Er kannte Ben. Er gab immer nur so viel preis, wie man selbst verarbeiten konnte, mehr nicht.

»Ach, wirklich«, antwortete er zerstreut, aber um den Anschein von Geselligkeit bemüht.

»Ja. Am Ende unserer Straße gibt es eine schöne Bibliothek.«

»Hast du ihn schon einmal gelesen?«

»Wahrscheinlich.« Für jemanden, der schon seit so langer Zeit auf der Welt war, klang ihr Lachen geradezu dümmlich. »Mir hat er gefallen.«

Er nickte und wischte dann irgendeine Soße von der Zimmerdecke. »Was ist aus ihm geworden?«

»Aus Proust, meinst du?«

»Ja. Besitzt er ein Gedächtnis?« Wenn man Ben in ein scheinbar nebensächliches Thema verwickelte, das ihn interessierte, gelang es einem mitunter, ihm weitere Informationen zu entlocken.

Sie schüttelte den Kopf und brachte ihre goldenen Ohrringe zum Schaukeln. »Kein Gedanke.« Sie überlegte kurz. »Er ist jetzt eine Hausfrau im Süden von Kentucky. Und eine sehr ehrgeizige Bridge-Spielerin.«

»Er erinnert sich überhaupt nicht?«

»Überhaupt nicht. Und Joyce gibt es nicht mehr.«

»Ihn gibt es nicht mehr?«

»Er hat nur einmal gelebt, das aber in vollen Zügen.«

»Tja, ohne Erinnerung nehme ich mal an.«

»Genau. Und Freud gibt es auch nicht mehr. Wusstest du das?«

»Das hätte ich nie vermutet«, antwortete er.

»Aber Jung hat ein Gedächtnis, und seine Mutter auch«, fuhr Amita lebhaft fort.

»Ach was!«

»Selbstverständlich.«

Er tastete sich an die Frage heran, die er unbedingt stellten musste. »Hat dieser … dieser gefährliche Freund ein Gedächtnis?«, fragte er langsam.

Sie zuckte leichthin die Achseln, aber ihre Augen leuchteten auf eine Weise, die er nicht zu deuten wusste. »Es gibt nicht nur uns«, sagte sie bekümmert.

Amita wollte, dass er die Nacht über blieb. Sie bot ihm eine Hälfte ihres Bettes an und versprach feierlich, die Hände auf ihrer Seite zu behalten. Die Art, wie sie die Augenbrauen hochzog, amüsierte ihn, was ihn angesichts der Situation überraschte. Aber er lehnte ab, er musste zurück nach Hause.

Sie wirkte traurig, als sie ihn umarmte. »Du liebst dein Gedächtnis, aber du musst dein Mädchen lieben«, sagte sie zum Abschied. »Du erinnerst dich an das, was du verloren hast, und vergisst darüber das, was direkt vor deiner Nase liegt.«

Er verstand, was sie ihm sagen wollte, aber er konnte nicht so sein wie sie. »Wenn ich loslasse, an wen soll ich mich dann noch erinnern?«, sagte er wehmütig. »Dann wird es vorbei sein.«

Sie seufzte. »Es ist bereits vorbei.«

CHARLOTTESVILLE, VIRGINIA, 2009

DANIEL STAND VOR Campbell Hall. Er blickte auf die erleuchteten Fenster und fragte sich, ob sie sich wohl hinter einem von ihnen befand. Während der letzten zehn Tage war er dreimal hierhergekommen. Er war ihr nicht begegnet, fühlte sich aber immer noch beruhigt. Nachdem sie ihren Abschluss gemacht hatte, konnte sie sich nun entscheiden, in die weite Welt zu ziehen oder einfach hierher zurückzukehren. Er hatte die Adresse ihrer Wohnung an der Oak Street, aber dort war er noch nicht gewesen.

Schritt für Schritt hatte er sich mit der Umgebung vertraut gemacht. Er hatte mit dem Wachmann vor dem Eingang zur Fakultät der Architekten Bekanntschaft geschlossen. Er hatte sich mit einer Studentin namens Rose unterhalten, die Lucy kannte und die ihre ganze Zeit an der Uni zu verbringen schien. Er hatte so getan, als ob er und Lucy befreundet wären, und er hatte deswegen ein etwas schlechtes Gewissen. Unaufrichtigkeit gefiel ihm nicht, und er wollte sie nicht aushorchen, doch war er seit seiner Rückkehr aus Indien sehr besorgt. Er würde sie nicht belästigen. Er wollte nur sichergehen, dass alles in Ordnung war.

Er hing am Eingang herum, bis er Rose kommen sah, die von ihrem Abendessen zurückkehrte. Zumindest nahm er das an.

»Hallo, wie geht's?«, begrüßte er sie.

»Gut. Wartest du auf Lucy?«

»Ja, wir wollten heute Abend zusammen essen gehen«, log er. »Du hast sie nicht zufällig gesehen?«

»Nein«, antwortete Rose gut unterrichtet. »Sonst war sie immer jede Nacht bis Mitternacht hier, aber die letzten paar Nächte ist sie immer früher nach Hause gegangen.« Sie blickte ihn verschwörerisch an. »Ich habe gerüchteweise gehört, dass Lucy einen Lover hat.«

Daniel fragte sich, ob Rose eine sadistische Ader hatte. »Ach, wirklich?«, fragte er beiläufig.

»Als sie am Mittwochabend ausging, war sie ganz schön gestylt. Niemand kennt sie hier mit Highheels und Make-up. Sie sah richtig toll aus.«

In diesem Moment hasste er Rose. »Na ja, dann. Schön für sie. Davon wusste ich nichts.« Er trug eine peinlich berührte Miene zur Schau, die ihn einige Mühe kostete. »Vielleicht habe ich vergessen, ihr wegen unseres Abendessens Bescheid zu sagen«, meinte er schwach.

Lucy war also plötzlich ein Mädchen mit einem »Lover«. Was für ein blöder Ausdruck das war. Er versuchte sich zu erinnern, ab wann das Wort gebräuchlich geworden war. Er war jedenfalls niemals ihr »Lover« gewesen. *Du wärst alles, was sie will*, bemerkte ein ehrlicherer Teil seines Ichs.

Während er sich von Campbell Hall entfernte, fühlte Daniel sich unreif, und die Eifersucht quälte ihn, aber beunruhigt war er nicht. Das alles hatte auch sein Gutes. Lucy hatte sich zurechtgemacht und war mit ihrem »Lover« unterwegs. Mit Joaquim hatte das alles nicht das Geringste zu tun. Der Gedanke, dass sie einen Freund hatte, deprimierte ihn, doch er war felsenfest davon überzeugt, dass Joaquim bei ihr keine Chancen hätte. Ganz sicher würde Lucy seine Nähe sehr verstörend finden.

Er schlenderte langsam zu seinem Auto zurück und empfand eine seltene Sehnsucht, der er nicht oft nachgab.

Ohne nachzudenken fuhr er in nördlicher Richtung nach Fairfax. Er folgte Straßen, auf denen er in den achtziger Jahren als Teenager herumgekurvt war. Seine Mutter hatte ihm ihren roten Toyota Celica geliehen, und er war des Nachts über den Potomac gefahren, um das Lincoln und das Jefferson Memorial zu betrachten, die sich weiß gegen den nachtdunklen Himmel abhoben. Sein Vater hatte das nicht gern gesehen, doch Molly war immer einverstanden gewesen.

Als er zu seinem ehemaligen Zuhause fuhr, erfüllte ihn das mit einem schmerzlichen Gefühl. Er hatte eigentlich nicht den ganzen Weg zurücklegen und hier anhalten wollen, aber jetzt war er hier. Er war seit zwanzig Jahren nicht mehr an diesem Ort gewesen.

Hätte er damals der Welt einfach ihren Lauf lassen können, würde er gleich hier um die Ecke wohnen. Wann immer er wollte, könnte er Molly, seinen Vater und seine Brüder besuchen. Vielleicht wäre er verheiratet, hätte eine gute Anstellung und würde sein ungemeines Wissen für einen guten Zweck nutzen. Vielleicht wäre er Lehrer wie seine Eltern. Er wäre in der Lage, einen einmaligen Blick in die Weltgeschichte zu vermitteln, keine Frage. Oder vielleicht würde er auch nur einfach seinen Rasen mähen und Unkraut zupfen und alles bis auf das Footballspiel am Sonntag vergessen. Mitunter war er sich sicher, dass ein schlechtes Gedächtnis der Schlüssel zum Glück war.

Seine betagten Eltern müssten jetzt auf die siebzig zugehen, wenn sie denn überhaupt noch am Leben waren. Er sah auf die Terrasse hoch und blickte auf die Blumen. Selbst in der Dunkelheit konnte er erkennen, dass es Dahlien waren. Und damit hatte er die Antwort.

In der Küche brannte Licht, und im oberen Stockwerk schimmerte das bläuliche Licht eines Fernsehers. Er konnte sich das Innere des Hauses vorstellen, als wäre es sein eigenes. Es war einmal sein Zuhause gewesen. Warum war das jetzt nicht mehr möglich? Warum konnte er nicht mehr dazugehören? Er hatte alles aufgegeben, deswegen. Er hatte nur an sich selbst festgehalten und alles andere weggeworfen.

Er dachte an seine Brüder, an die drei Brüder Robinson, wie sie alle für den Kirchenbesuch herausgeputzt waren. An seine Mutter mit ihren Bonbons, den Klebebildchen und den Malbüchern, damit sie beim Gottesdienst Ruhe geben würden. Daniel hatte das alles niemals gebraucht. Er hatte immer nach Sophia Ausschau gehalten. Hatte er damit Mollys Gefühle verletzt?

Sie musste gespürt haben, dass er niemals ganz bei ihr gewesen war. Das hatte ihr Kummer bereitet, dessen war er sich bewusst. Des Abends hatte sie auf seinem Bett gesessen und versucht, ihn zum Reden zu bewegen in dem Glauben, dem Geheimnis, das er vor ihr verbarg, näher zu kommen. Sie hatte ihm so viel Liebe gegeben, wie er zuließ; mehr, als er zuließ, denn manches entzog sich seiner Kontrolle.

Dann war er verschwunden, grundlos und ohne ihr auch nur einen Augenblick des gemeinsamen Glücks zu gönnen. Das hatte sie nicht verdient. Noch immer spürte er den Verlust. Wenn er ehrlich zu sich selbst war, dann war ihm das bewusst. Es war ihr Verlust so gut wie seiner.

Und jetzt saß er hier in seinem Auto vor ihrem Haus, gesund und am Leben. Aber was hatte sie davon? Was hatte er davon?

Ich will nicht in die Zukunft, ich will wieder zurück. Er wollte nicht in die Zukunft, sondern er wollte noch einmal eine zweite Chance bekommen. Bei ihm hatte alles immer wieder angefangen und war zu Ende gegangen, während Menschen wie Molly zwischen Ende und Anfang lebten, als hätten sie nichts anderes.

Überraschenderweise wollte er, dass Molly aus dem Haus kam. Er dachte an ihre krummen Vorderzähne, ihre Sommersprossen und ihr wirres graues Haar, und er vermisste sie schmerzhaft. Doch sie ließ sich nicht blicken. Warum sollte sie? Er blieb allein in seinem Auto sitzen.

Wäre er tot gewesen, hätte das keinen großen Unterschied gemacht. Sein Gedächtnis machte ihn im Lauf der Zeit selbst für Menschen unsichtbar, die er am besten kannte und am meisten liebte. Nicht einmal sie kannten ihn mehr oder kümmerten sich darum, wie es ihm ging. Es war so leicht, sich einzubilden, man hätte seine Beziehungen zu anderen im Griff, wenn selbst die Menschen, die man liebte, einen nicht mehr kannten.

Er war wie ein Geist. Er beobachtete die anderen und wartete auf sie. Und zwar nicht, um mit ihnen zu reden, sie zu umarmen oder mit ihnen ein gemeinsames Leben zu beginnen, sondern lediglich um sich zu erinnern.

Immer wenn sie mit Daniel zusammen war, trank Lucy ziemlich viel. Er führte sie in nette Restaurants aus, bestellte für sie beide immer Wein und bezahlte ohne Umstände die Rechnung. Was immer er bestellte, sie trank es gern.

Warum mache ich das?, fragte sie sich. Normalerweise gehörte das nicht zu ihren Angewohnheiten. Sie zog es vor, ihren Verstand beieinanderzuhaben. Warum betäubte sie sich so gern, wenn sie mit ihm zusammen war?

Sie näherten sich dem Ende ihres Dinners – ein warmer Schokoladenkuchen, den sie zum Dessert in einem Anflug von Romantik miteinander teilten, und die Rechnung war schon auf dem Weg. Er musste eine Menge Geld verdienen, dachte sie sich.

Sie sah ihn über den Tisch hinweg an. An den alten Daniel konnte sie sich kaum noch erinnern, so sehr hatte sie daran gearbeitet, die beiden Gesichter in Übereinstimmung zu bringen. In einem Anflug von Kühnheit ließ sie ihre Gedanken zu einem Gespräch zurückwandern, das sie einmal geführt hatten.

»Du hast mich immer Sophia genannt«, begann sie.

»Wann war das?«

»In der Highschool, bei diesem furchtbaren Abschlussball. Das kannst du nicht vergessen haben.«

Sein Zeigefinger strich auf der Tischdecke an der Kante des Tisches entlang. »Du warst einmal Sophia.«

»Vor langer Zeit, stimmt's?« Ohne Zweifel hatte sie ziemlich einen sitzen.

»Ja, vor langer Zeit.«

»Kannst du dich daran erinnern?«

»Selbstverständlich.«

»Wie?«

»Ich erinnere mich einfach daran. Das Gedächtnis mancher Menschen reicht sehr weit zurück.«

»Ich wünschte, ich könnte mich erinnern.«

»Das ist nicht immer gut.«

»Erinnerst du dich an Constance?«

Die hübsche Bedienung kam mit der Rechnung auf sie zu. Er warf einen Blick darauf, während er Lucy eine Antwort gab. »Natürlich.«

»Wie erkennst du jemanden? Von einem Leben zum anderen? Ich verstehe nicht, wie du das machst.«

Er unterschrieb und stand dann auf. »Lass uns nach draußen gehen, einverstanden?«

Er wartete nicht auf ihr Einverständnis, und so folgte sie ihm, während man ihr den Mantel reichte, der Parkwächter das Auto holte und sie Trinkgeld verteilte, von dem sie nicht wusste, ob es von ihr erwartet wurde. Vorsorglich steckte sie immer ein paar Dollar ein.

Als sie vor dem Restaurant standen, wandte er sich zu ihr um und packte sie schwungvoll. Bevor sie sich versah, lagen seine Lippen auf ihrem Mund. An öffentlichen Orten wollte er sie immer küssen und anfassen, und das war genau das, was sie nicht wollte.

Widerwillig erwiderte sie seinen Kuss, doch sie zitterte am ganzen Körper. Ihre Zähne klapperten so sehr, dass an richtiges Küssen gar nicht zu denken war. Sie entzog sich seinem Griff, um ihm das zu ersparen.

»Kommst du mit zu mir nach Hause?«, fragte er und schob dabei zwei Finger unter ihren Rockbund. »Bitte!«

Sollte sie? Sie konnte nicht. Sie würde Unmengen Wein in sich hineinschütten, bis sie es konnte, aber im Moment hatte sie noch nicht genug intus. »Ich kann nicht.«

Eine Hitzewelle stieg in ihr auf, als sie sich erinnerte, wie gern sie an der Highschool sein Knie unter ihrem Kleid gespürt hatte, und wie sie ihn geküsst hatte, bevor sie überhaupt zehn Worte miteinander gewechselt hatten. Sie begann sich zu fragen, wie viel die Seele am Ende zählte.

Der freundliche Parkwächter fuhr das Auto vor, bevor Daniel Gelegenheit hatte, seine Hände unter ihre Strumpfhose zu bekommen. Sein Porsche lieferte dankenswerterweise genug Gesprächsstoff zwischen den beiden Männern.

»Warum kannst du nicht?«, fragte er, während er sich auf die Motorhaube setzte und sie auf seinen Schoß zog. Der Wächter war gegangen, um einen anderen Wagen zu parken.

»Morgen habe ich Kurse. Und eine Besprechung mit dem Lehrer. Und ein Modell muss ich auch noch fertig machen.«

Er nickte. Es schien ihm nicht bekannt zu sein, dass drei Entschuldigungen mindestens zwei zu viel waren. Er griff unter ihren Rock und ihren Pullover und versuchte, unter ihren BH zu gelangen. Manche Dinge verstand er nicht. Er hatte kalte Hände. Deswegen zitterte sie immer noch.

»Beim nächsten Mal?«

»Beim nächsten Mal.« Es war ein Ritual zwischen ihnen – es hieß immer »beim nächsten Mal«.

Er zündete sich eine Zigarette an und begleitete sie zu ihrer Blechkiste, die sie am Rand des Parkplatzes abgestellt hatte. Es war ihr zu peinlich gewesen, sie dem Parkwächter zu übergeben.

»Erzähl mir von Sophia«, sagte sie, und ihr Atem stand als weißes Wölkchen vor ihrem Mund. Sein Atem formte eine graue Spirale. Sie wollte etwas, an dem sie sich festhalten konnte, eine Versicherung, dass es ein nächstes Mal geben würde.

»Was zum Beispiel?«

»Was hat sie dir bedeutet?«

Er nahm seine Hände fort. »Sie ist meine Frau gewesen.«

»Wirklich?«

»Ja.«

»Hast du sie geliebt?« Der Wein hatte ihr diese Worte eingeflüstert. Er berührte sie nicht einmal, und doch zitterte sie, und ihr klapperten die Zähne, als ob sie Angst hätte. *Ich habe keine Angst. Wovor sollte ich mich fürchten?*

Er sah sie an. »Nicht, wie ich es hätte tun sollen.«

»Er ist jetzt ganz anders.« Lucy versuchte, Marnie ihr Dinner mit Daniel zu beschreiben. Sie hatte gehofft, Marnie würde bei ihrer Heimkehr bereits schlafen, aber sie hatte mit ihrem Computer im Schoß auf dem Sofa in dem winzigen Wohnzimmer gesessen, als Lucy vorsichtig die Tür öffnete.

»Wie können ein paar Jahre einen so großen Unterschied machen?«, fragte Marnie. Natürlich stellte Marnie wie immer die richtigen Fragen, und Lucy suchte nach einer Ausflucht.

»Na ja, in diesem Fall … einen sehr großen.« Lucy nahm an, sie redeten so leise, weil Leo schlief. Sie ließ sich viel Zeit damit, Mantel, Hut, Stiefel und Socken auszuziehen.

»Was willst du damit sagen?«

Lucy wollte erklären, was sie damit meinte, doch wie sollte sie das anstellen? Marnie dachte vielleicht, sie wollte alles erfahren, aber musste das wirklich sein? Sie hatte Marnie bereits oft genug aus der Fassung gebracht. Marnie trauerte ihrer alten Freundschaft nach, als Lucy ihr noch alles erzählt hatte. Es wollte Marnie nicht in den Kopf, warum das jetzt anders sein sollte. Auch Lucy vermisste die alten Zeiten, doch für sie gab es keinen Weg dorthin zurück. Und sie konnte sich einfach nicht dazu durchringen, Marnie die Wahrheit zu erzählen. Denn die Wahrheit wäre nicht tröstlich, und näherbringen würde sie sie auch nicht wieder.

»Ich will damit sagen, dass … Das ist schwer zu erklären.« *Wie viel willst du denn wirklich wissen?*, hätte sie ihrerseits gern gefragt.

»Wann bringst du ihn mal mit? Versteckst du ihn? Ich will ihn mal kennenlernen.«

Lucy tat alles, um ihn zu verstecken. Wie sollte sie den Umstand erklären, dass er mit jenem Daniel, den Marnie kannte, nicht die geringste Ähnlichkeit hatte? Es war für sie schon schwierig genug gewesen, das Universum so weit umzukrempeln, um für ihn darin Platz zu schaffen. Auf keinen Fall wollte sie das auch noch Marnie zumuten. »Nein, nein. Irgendwann wird er schon vorbeikommen. Er arbeitet in Washington. Er hat einen richtigen Job, der ihn sehr beansprucht.«

Lucy wickelte langsam den Schal von ihrem Hals und hängte ihn mit Sorgfalt an einen Haken im Schrank. Normalerweise hätte sie ihn zusammengeknüllt auf den Flurtisch geworfen. Sie nahm sich viel Zeit dafür, in ihrer Tasche nach dem Telefon zu suchen.

»Ich habe mich auch verändert«, sagte sie in das Schweigen hinein. »Ich bin nicht mehr die, die ich an der Highschool war.«

Marnie streckte ihre Beine aus. »Du willst damit sagen, dass du ihn nicht mehr so magst wie damals.«

»Nein, das ist es nicht«, protestierte sie prompt. »Ich war damals nur so dumm, wie du mir selbst gesagt hast.« Lucy fingerte an ihrem Aufladegerät für das Handy herum. Sie wollte sich nicht Marnie gegenüber auf den Stuhl setzen, denn dann hätte sie ehrlich sein müssen.

Ihre Freundin betrachtete sie nachdenklich. »Nun, ich mochte dich, als du dumm warst. Außerdem habe ich das niemals behauptet.«

»Du weißt, was ich meine. Für mich gab es … nur noch ihn. Heute bin ich anders drauf.«

Marnie machte ein betont sachliches Gesicht. Sie wickelte sich das Computerkabel um den Fuß. »Und warum nicht?« Marnie ließ nicht locker, auch wenn die Antworten vielleicht nicht angenehm waren, das musste man ihr lassen.

Sie schaute Marnie einen Moment in die Augen und senkte dann den Blick. Lucy war hier der Feigling von ihnen beiden.

»Ich bin einfach älter geworden, nehme ich an.«

»Hast du ihn dieses Mal geküsst?«

»Ein bisschen.«

»Wie viele Male bist du mit ihm schon ausgegangen?«
»Ich habe keine Ahnung. Sieben- oder achtmal vielleicht.«
»Und du hast ihn ein bisschen geküsst? Bist du zwölf?«
»Ich habe morgen früh einen Kurs.«
Marnie schüttelte den Kopf. »Ist das derselbe Daniel?«
Lucy schluckte und nickte.
»Du magst ihn nicht mehr.«

ARLINGTON, VIRGINIA, 2009

Nach einer langen und anstrengenden Dienstschicht fuhr Daniel eines Abends früh vom Veteranenhospital nach Charlottesville. Als der Verkehr auf der Umgehungsstraße ins Stocken geriet, beschloss er, einen anderen Weg zu nehmen.

Seine Gedanken wanderten zu seinem Großvater Joseph, dem Vater von Molly. Er erinnerte sich weniger an den alten und kranken Mann in dem Hospiz in Fairfax, sondern an die Zeit in Alabama, in der Nähe des Teichs. Während des Winters lebten dort Wildgänse, und jeden Morgen hatten sie diese mit altbackenem Brot gefüttert. Es war nicht einfach, das Vertrauen einer Wildgans zu gewinnen, doch ihnen war es gelungen. Wirklich beabsichtigt hatten sie es allerdings nicht. Sie standen beide gern früh auf und trafen sich am Teich. Er sah immer noch Josephs glückliches Gesicht, wie er inmitten der durcheinanderschwirrenden schwarzen Köpfe mit den weißen Streifen, den grauen Flügeln und den schnatternden dunklen Schnäbeln stand. Gänse fanden auf die gleiche Weise zusammen wie Menschen, hatte Joseph ihm erklärt. Sie verbanden sich sogar noch inniger als die Menschen, denn sie blieben sich ein Leben lang treu.

Daniel erinnerte sich auch an jene Tage im Frühjahr, als die ersten Gänseschwärme wieder nach Norden zurückflogen, nach Kanada oder wo immer sie auch hergekommen waren. Er und Joseph sahen auf das davoneilende V über ihren Köpfen, eine einzige kraftvolle Vogelseele, und sie blickten ihnen mit Fernweh nach, traurig darüber, wieder einmal zurückbleiben zu müssen. Daniel erinnerte sich, wie neidisch er auf ihre Zielstrebigkeit und Zusammengehörigkeit gewesen war, und auch darauf, dass sie einfach so fortfliegen konnten. Er sammelte ihre Federn, um sich mit ihnen irgendwie verbunden zu fühlen. Seine Großmutter schimpfte, sie seien sehr schmutzig, doch seine Mutter erlaubte es ihm, sie heimlich aufzubewahren.

Joseph hatte davon geträumt, Pilot zu werden, und dazu wäre es auch gekommen, wenn er nicht im Teenageralter an Polio erkrankt und ihm ein geschwächtes Bein davon geblieben wäre. Daniel hatte Joseph erzählt, dass er genau das auch vorhabe, und damals war er sich seiner Sache sehr sicher gewesen. Nach ihrem Wegzug hatte Joseph Daniel Fotos von den Flugzeugen geschickt, von denen er meinte, dass sein Enkel sie einmal fliegen sollte. Daniel bedauerte, dass er jenes Leben beendet hatte, bevor er die Möglichkeit dazu bekam.

Er befand sich drei Kilometer außerhalb der Stadt auf einer kleinen Straße und fuhr Richtung Süden, als ihm einfiel, warum ihm diese Straße so bekannt vorkam und warum er immerzu an Joseph denken musste. Er fuhr noch einige Kilometer weiter und hielt nach dem Friedhof auf seiner Linken Ausschau, wo seine Großmutter Margaret und sicher auch sein Großvater Joseph begraben waren. Doch anstatt daran vorbeizufahren, bog er zu seinem eigenen Erstaunen nach links ab und fuhr durch eine Eichenallee.

Zum Teil rührte seine Überraschung daher, dass er so gut wie nie an Friedhöfe dachte. Sie waren so viel bedeutungsloser, als die meisten Menschen wahrhaben wollten. Er erinnerte sich an eine Frau in seiner ehemaligen Nachbarschaft in St. Louis, die jeden Tag fünfundzwanzig Kilometer zum Friedhof fuhr, um dort an einem alten und grauen Grabstein ihren lang verstorbenen Mann zu betrauern, der nur fünfhundert Meter von ihrem Haus die Straße runter in einem Lebensmittelladen Milch verkaufte.

Daniel war seinem Großvater seit dessen Tod nicht mehr begegnet, obwohl er nach ihm Ausschau gehalten hatte. Sie wären jetzt ungefähr im gleichen Alter. Seiner Ansicht nach hätten sie sich über den Weg laufen müssen, weil sie zu Lebzeiten so ein enges Verhältnis zueinander gehabt hatten. Aber bis jetzt war das nicht geschehen, und er überlegte, ob Joseph damals vielleicht sein letztes Leben gelebt hatte. Während er so darüber nachdachte, erschien ihm dieser Gedanke plausibel und erfüllte ihn mit Trauer. Für manche Gelegenheiten gab es wirklich kein zweites Mal.

Er stellte das Auto ab und spazierte einen Hügel hinauf. Die frische Luft und die Bewegung taten ihm gut. Er hatte einen schweren Kopf, und seine Konzentration war so sehr nach innen gerichtet, dass er nicht verwundert gewesen wäre, wenn sein Körper das Atmen eingestellt hätte.

Der Grabstein seines Großvaters sah genau so aus, wie er es erwartet hatte. Nur standen dort, entgegen seiner Vorstellung, keine Dahliensträuße. Er blickte umher und sah die vertrauten Blumen ein kleines Stück weiter unten in derselben Reihe, einen ganzen Arm voll, frisch geschnitten und von einem tiefen Rosa. Der Anblick verwirrte und beunruhigte ihn. War kürzlich jemand in der Familie gestorben? Er hoffte, seinen Brüdern ging es gut. Neugierig schritt er auf das geschmückte Grab zu. Er musste den Namen auf dem Stein zweimal lesen, bevor er seine Bedeutung zur Gänze erfasste: *Daniel Joseph Robinson, geliebter Sohn von Molly und Joshua*.

Gut möglich, dass er wirklich zu atmen aufgehört hatte, denn jetzt ging sein Atem stoßweise. Sie hatten den Namen, auf den sie ihn getauft hatten, an die zweite Stelle und jenen, den er selbst gewählt hatte, an die erste Stelle gesetzt. Das Grab war nicht nur mit Blumen geschmückt, sondern es standen auch zwei Kerzen und ein gerahmtes Foto darauf. Er wollte das Bild nicht betrachten, griff aber trotzdem danach.

Natürlich war er es. In seinem Cross-Country-Trikot, neben Molly. Er war verschwitzt, und sein nasses Haar stand im Nacken ab. Das Bild war nach einem Rennen aufgenommen worden, und Molly hielt die Trophäe. Sie hatte sie nicht für die Kamera hochgehoben, sondern ließ sie einfach an der Hand baumeln. Er gewann die meisten Rennen, und sie wusste, dass ihm die Auszeichnung nicht viel bedeutete.

Damals musste er ungefähr vierzehn gewesen sein. Er war noch etwas kleiner als sie. Er hatte seinen Kopf an ihre Schulter gelehnt. Die Augen hielt er geschlossen, und er lachte gerade über etwas, nicht für die Kamera, sondern wirklich. Er wusste, warum sie dieses Bild ausgewählt hatte. Vielleicht war dieser Augenblick für sie ein Augenblick des gemeinsamen Glücks gewesen.

Er sah sich niemals die Orte an, an denen er begraben lag. Er wollte keine alten Bilder von sich sehen. Er machte einen Bogen um diese Dinge – er wusste selbst nicht genau, warum, aber jetzt begriff er es. Er setzte sich. Er hielt noch den Autoschlüssel in der Hand, und diese zitterte heftig. Er steckte den Schlüssel in seine Hosentasche.

Er erinnerte sich an jene Rennen. Er erinnerte sich, dass sein Körper von damals über eine fast mühelose Schnelligkeit verfügt hatte. Er erinnerte sich an jene Herbsttage und seine Lieblingsstrecke durch den Tannenwald auf dem gepachteten Grundstück. Nie zuvor war er so ein guter Läufer gewesen. Gleichgültig, über wie viel Durchhaltevermögen und strategisches Denken man bei einem Rennen verfügte – diese Beine waren einfacher schneller gewesen als die der anderen.

Er stellte sich Molly vor, wie sie sein Grab pflegte, die Blumen daraufstellte und die Kerzen anzündete. Er wollte zu ihr gehen und sagen: »Es geht mir gut. Ich liebe dich immer noch und denke die ganze Zeit an dich. Ich liege nicht dort unten, ich stehe hier vor dir.«

Wieder fiel sein Blick auf das Bild. Er schaute auf seine Hände hinunter und erinnerte sich an seine Hände von damals – den Nagel an dem Mittelfinger seiner linken Hand, der immer so merkwürdig einwuchs, seine knochigen Finger, seine sommersprossige Haut. Jene Hände gab es nicht mehr, sie lagen dort unten. Oder was von ihnen übrig war. Auch seine schnellen Beine gab es nicht mehr, sie lagen ebenfalls dort unten begraben. *Das bin einmal ich gewesen.*

Er vermisste diesen Körper. In diesem Körper hatte er ein gutes musikalisches Gehör gehabt, seine Finger waren elegant über die Klaviertasten geeilt. Er hatte einen Körper voller Begabungen gehabt, und es war eine Schande, ihn einfach wegzuwerfen.

Wie er Mollys Gesicht auf dem Foto betrachtete, wurde ihm bewusst, dass er diesen Körper nicht geliebt hatte, weil er schnell und musikalisch gewesen war. Gern hätte er das geglaubt, aber er wusste, dass das nicht stimmte. Er liebte ihn, weil er geliebt worden war. Weil Molly ihn geliebt hatte.

In seinem gegenwärtigen Körper war er nicht geliebt worden, und er fand wenig Liebenswertes an sich. Er wollte einer Mutter diese Art von Macht nicht zugestehen, aber Molly hatte sie einfach gehabt.

Unglaublich, sich einzubilden, er könnte sein Selbst von einem Leben zum anderen mitnehmen, ohne daran zu denken, dass man für immer einen Teil von sich selbst zurückließ, wenn man jemanden wie Molly aufgab. Manchmal fragte er sich, ob sein Gedächtnis für die wirklich wichtigen Dinge taugte.

Er warf einen letzten Blick auf das Foto, bevor er mit wackligen Beinen aufstand. Damals hatte er es nicht sehen können oder nicht wahrhaben wollen, aber jetzt erschien es ihm so offensichtlich: Er war ihr wie aus dem Gesicht geschnitten.

CHARLOTTESVILLE, VIRGINIA, 2009

Am ersten Freitag in ihren Frühlingsferien, nachdem Lucy ihre Forschungsarbeit über Jeffersons »Hätschelbäume« im Grove in Monticello abgeliefert und innerhalb von drei Tagen zwei Prüfungen abgelegt hatte, tauchte Daniel in der Lobby ihres Wohngebäudes auf und meldete sich kurz nach Mittag über die Gegensprechanlage bei ihr. Sie war so überrumpelt, dass sie aus ihrer Wohnung eilte und die drei Stockwerke so wie sie war – in Jogginghosen, T-Shirt und ohne BH – zu ihm hinunterstürzte.

Widerstrebend ließ sie sich von ihm in die Arme schließen. Weil sie den Kopf gesenkt hielt, küsste er sie auf ihre ungewaschenen Haare. »Ich habe eine Riesenüberraschung für dich«, meinte er. Er wirkte aufgeregt.

Die Tatsache, dass er hier, im Mittelpunkt ihres Lebens, auftauchte, war ihr schon genug Überraschung. Sie war sich nicht sicher, ob sie auf eine weitere aus war. Sie drängte ihn in die kleine Nische mit dem kaputten Telefon. Sie wagte nicht, ihn mit nach oben zu bringen, wo Marnie und Leo noch schliefen.

»Was hast du da?«

Er zog einige Papiere aus der Innentasche seines langen Mantels und hielt sie ihr vor sie Nase.

»Flugtickets?«

»Ja. Nun, noch keine richtigen Tickets, sondern die Reiseroute.«

»Die Reiseroute?«

»Du hast doch Frühjahrsferien, oder nicht? Du hast keine Pläne, hast du mir gesagt. Ich nehme dich auf eine einwöchige Reise nach Mexiko mit.«

Ihr verschlug es die Sprache. Sie war nicht davon ausgegangen, dass ihre Beziehung etwas in dieser Art einschloss. Hätte ihr vor einigen Monaten jemand gesagt, dass Daniel wieder in ihr Leben zurückkehren und sie außerdem noch auf eine Reise nach Mexiko entführen würde, sie wäre außer sich gewesen vor Begeisterung. Doch jetzt war ihr alles andere als wohl bei der Vorstellung.

»Ich wollte eigentlich für ein paar Tage meine Eltern besuchen. Ich habe ihnen gesagt, dass ich …«

»Du hast zwei Wochen Ferien. Da hast du genügend Zeit.«

Immer wieder liefen Leute durch die Lobby, Menschen, die sie kannte. Was war, wenn Marnie in diesem Augenblick herunterkam? Lucy hatte keine Lust, die Diskussion mit ihm fortzusetzen.

»Morgen Nachmittag geht unser Flug«, sagte er voller Begeisterung. Falls ihm ihr Zögern auffiel, ließ er es sich nicht anmerken. Und das erschien ihr sonderbar, wie so vieles. »Pack deine Sachen. Soll ich dich morgen hier abholen, oder treffen wir uns erst am Flughafen?«

»Wir treffen uns am Flughafen«, sagte sie eilig. »Für dich wäre das ein riesiger Umweg.«

»Wunderbar.« Er küsste sie. »Wir treffen uns um zwölf. Ich ruf dich an und gebe dir die Nummer des Flugsteigs durch.«

Erleichtert beobachtete sie, wie er sich auf den Weg machte. Sie fragte sich, ob sie nur deshalb für eine Woche mit ihm nach Mexiko reiste, um ihn aus der Lobby zu bekommen.

Daniel tat etwas, was er beschlossen hatte, auf keinen Fall zu tun. Am späten Samstagvormittag fuhr er zu ihrer Wohnung. Es genügte nicht mehr, sie zu beschatten. Er musste sich einen Ruck geben und mit ihr reden. Er musste einen Weg finden, um sie zu warnen. Seit seiner Rückkehr aus Indien war er in innerer Alarmbereitschaft gewesen. Während der vergangenen vierundzwanzig Stunden hatte er sich wie verfolgt gefühlt – in der knappen Stunde, in der er Schlaf fand, hatte er von ihr geträumt und war die restliche Zeit von Panik erfüllt gewesen. Er war sich nicht sicher, ob sein Besuch auf dem Friedhof der Grund war oder eine seltsame Vorahnung während seines Traums – in jedem Fall erschien ihm die Vorstellung unerträglich, seinen Besuch bei ihr noch länger hinauszuzögern. Er fand ihren Namen bei der Apartmentnummer 4D und drückte auf die Gegensprechanlage. Eine vertraute Stimme, aber nicht die von Lucy, antwortete ihm.

»Ist Lucy da?«

»Nein. Wer spricht da?«

»Hier ist … äh …« Blanke Verzweiflung packte ihn. »Ist da Marnie?«

»Ja. Wer ist da?«

»Hier ist Daniel. Grey. Aus Hopewood.« Er kam sich idiotisch vor, wie er da in die Anlage plärrte. »Du erinnerst dich vielleicht nicht an mich, ich …«

»Klar erinnere ich mich an dich. Bist du in der Lobby? Was machst du hier?« Ihre Stimme klang nicht gerade freundlich.

»Ich hatte gehofft, ich könnte Lucy sehen.«

»Wovon redest du eigentlich?« Marnies Stimme war jetzt schneidend und ungehalten, das konnte er sogar durch den schlechten Lautsprecher hören. »Seid ihr zwei nicht gerade auf dem Weg nach Mexiko? Lucy ist vor einer Stunde zum Flughafen gefahren, um dich dort zu treffen.«

»Wie bitte?« Ihm wurde kalt vor Schreck. Es gelang ihm mit Mühe höflich zu sein.

»Ich dachte, du lädst sie nach Mexiko ein.«

»Mexiko? Ich lade sie dorthin ein? Wovon redest du?«

»Sie wollte dich treffen! Das hat sie mir so gesagt. Ich verstehe nicht, was du dann hier machst. Bist du wirklich Daniel Grey oder ist das irgend so ein blöder Witz?«

Seine Eingeweide zogen sich zusammen. »Kann ich kurz raufkommen und mit dir reden? Oder willst du lieber runterkommen?«

»Ich komme runter.«

Er sah zu, wie der Aufzug sie im vierten Stock abholte und herunterbrachte. Er wollte keine Geheimniskrämerei, er wollte Lucy nicht irgendwo weit entfernt wissen, wo er sie nicht mehr finden konnte.

»Du bist es wirklich!«, rief Marnie, als sich die Aufzugtüren öffneten. Sie war ehrlich überrascht. »Hier rüber«, rief sie. Sie führte ihn zu einer abgenutzten Couch am Ende der Lobby und musterte ihn eingehend, bevor sie sich setzte. »Du hast dich überhaupt nicht verändert«, meinte sie. »Ich finde, du siehst immer noch genauso aus wie früher.«

»Was meinst du damit?«

»Lucy hat die ganze Zeit davon erzählt, wie sehr du dich verändert hast und wie viel Mühe sie hatte, dich wiederzuerkennen.«

Ihm wurde abwechselnd heiß und kalt. Hatte sie ihn längst entdeckt, obwohl er dachte, er wäre unsichtbar? Oder ging es hier um etwas anderes? »Wann hat sie mich denn angeblich gesehen?«

Marnie starrte ihn an, als ob er sie nicht alle beisammenhätte, und schüttelte langsam den Kopf. »Die ganze Zeit. Am letzten Wochenende, am Wochenende davor, gestern. Ihr wart die ganze Zeit zusammen.«

»Und sie hat gesagt, dass ich sie auf eine Reise nach Mexiko einlade?«

»Ja.«

Marnies hochmütige Fassade begann zu bröckeln, und er bemerkte ihr wachsendes Unbehagen.

»Und jetzt ist sie fort?«

»Jetzt ist sie fort.«

»Bist du sicher?«

»Ich weiß, dass sie ihre Sachen gepackt hat und irgendwohin gefahren ist.« Marnie gab sich immer noch abweisend, doch im tiefsten Inneren wollte sie ihm vertrauen. »Vielleicht hat sie mich angelogen, als sie mir erzählte, mit wem sie fahren würde. Vielleicht hat sie mich die ganze Zeit über angelogen.«

Ihre Augen unter den spitz zulaufenden Brauen erinnerten ihn wieder an die Zeit, als sie Sophias Mutter war.

»Aber sie hat gesagt, dass sie mit mir, Daniel Grey aus der Highschool, fahren würde?«

»Ja. Bist du sein böser Zwillingsbruder? Ich habe keine Ahnung, warum das für dich alles so überraschend ist. Ihren Worten nach hat sie mit diesem Daniel Grey aus der Highschool jedes teure Restaurant in Virginia besucht.«

Er schüttelte den Kopf. »Ich bin kein Zwillingsbruder. Wenn es hier irgendetwas Böses gibt, dann nicht bei mir.« Er musste jetzt gut überlegen. »Hat sie dir gesagt, wohin sie in Mexiko fahren wollte?«

»Ein Ort am Pazifik. Ixtapa? Gibt es so eine Stadt? Ich glaube, sie hat gesagt, sie würden nach Ixtapa fliegen.« Seine Unruhe war ihr nicht entgangen. »Du fliegst jetzt sofort nach Mexiko, nicht wahr?«

»Sobald ich kann.«

»Wenn sie nicht mit dir zusammen ist, mit wem dann?«

»Das ist genau das, was ich herausfinden muss. Du hast keine weiteren Informationen? Den Namen des Hotels oder etwas Ähnliches?«

»Nein, tut mir leid. Sie hat zwei Badeanzüge eingepackt. Sie wollten zum Strand, das ist alles, was sie mir gesagt hat.«

»Könntest du mir ihre Handy-Nummer geben?«

»Klar, aber ich glaube nicht, dass dir das weiterhelfen wird. Sie hat mir gesagt, dass sie dort keinen Empfang haben würde.« Sie gab ihm die Nummer, und er speicherte sie für alle Fälle in sein Telefon ein.

»Vielen Dank, Marnie«, sagte er und empfand einen Augenblick lang Zärtlichkeit für sie.

»Weißt du was, Daniel?«

»Was?« Er hatte die Lobby schon halb durchquert.

»In der Highschool … Das habe ich nie verstanden. Warum wolltest du da nichts von ihr wissen?«

Er ging auf Marnie zu und sah ihr fest in die Augen. »Ich habe sie geliebt. Von der ersten Sekunde an.«

IXTAPA, MEXIKO, 2009

NOCH AM SELBEN ABEND fand Daniel einen Flug vom Washington Dulles International Airport nach Mexiko City und von dort eine Verbindung nach Ixtapa mit Ankunft am Sonntagmittag. Während des Flugs gelang es ihm noch nicht mal, eine Zeitung zu lesen. Seine Finger prickelten, seine Beine wippten, sein Verstand raste, während er sich vorzustellen versuchte, was eigentlich passiert war. Sehr wahrscheinlich lief er in eine Falle. Und in diesem Fall würde der Mensch, den er hasste, über das Wiedersehen mit ihm erfreuter als sein als der Mensch, den er liebte. An dieser bitteren Erkenntnis kam er nicht vorbei.

Ihm war, als löste er eine Gleichung mit zu vielen Unbekannten. Wie war es Joaquim gelungen, Sophia zu finden? Falls ihm jemand half, wie Ben es angedeutet hatte, um wen handelte es sich, und warum half er ihm? Welche Art von Gedächtnis hatte dieser? Oder war Joaquim mittlerweile in der Lage, Menschen zu erkennen?

Mit welchen Mitteln auch immer Joaquim sie gefunden hatte, er hatte vermutlich sowohl Daniels Nähe als auch sein Fernbleiben herausgefunden, und bei dieser Vorstellung kam Daniel sich dumm vor. Aus welchem Grund war er ihr so lange ferngeblieben – von seiner Feigheit einmal abgesehen? Hatte er sich damit seiner oder ihrer Angst gebeugt? Indem er ihr in voller Absicht ferngeblieben war, hatte er Sophia diesen üblen Machenschaften ausgesetzt.

Und dieser verstörende Gedanke führte ihn zu weiteren Unbekannten. Wie war es Joaquim gelungen, sich als Daniel auszugeben? Welche Überredungskünste hatte er angewandt? Und wie war er damit so lange durchgekommen? Daniel hatte sie sein Leben lang geliebt, und sie war vor ihm davongelaufen, und Joaquim, der sich ihr gegenüber immer nur brutal verhalten hatte, durfte sie auf eine Reise nach Mexiko einladen. Daniel hatte sie nichts geglaubt, und Joaquim war es gelungen, sie von Gott weiß was zu überzeugen! Vielleicht verbrachten sie gerade eine schöne romantische Zeit miteinander. Vielleicht hatte Daniel keinen blassen Schimmer von der menschlichen Natur. »Verdammt!«, murmelte er vor sich hin.

Joaquim würde ihr nichts antun, zumindest im Moment noch nicht. Das war das einzig Gute an Joaquims Täuschungsmanöver. Solange er sich als Daniel ausgab, würde er ihr nichts tun. Erst wenn der wirkliche Daniel auf den Plan trat, würde alles auffliegen.

Die Hitze lastete auf ihm, während er in Ixtapa das Flugzeug verließ. Er stand in einer Schlange von Frühlingsreisenden mit rosa Hautfarbe, die Tequila aus Pappbechern schlürften. In seinen finsteren Winterklamotten, die er noch immer trug, bot er in ihrer Mitte einen furchterregenden Anblick. Er versuchte für den Zollangestellten ein paar Worte Katalanisch aus dem achtzehnten Jahrhundert zusammenzukramen, um sich in der Schlange weiter nach vorne zu mogeln.

In einer Stadt voller halb betrunkener Touristen war es so gut wie unmöglich, irgendetwas zügig zu erledigen. Außer ihm war niemand in Eile. Er brauchte anderthalb Stunden, um einen Wagen zu mieten. Beinahe hätte er schon aufgegeben, doch wusste er, dass er ihn später brauchen würde. *Beruhige dich*, ermahnte er sich immer wieder. *Er wird ihr nichts tun. Nicht im Moment.*

Sobald er in der Stadt angekommen war, hatte er Lucy schnell aufgespürt. Die Stadt war nicht groß, und es gab nur wenige Luxushotels. Falls er bis dahin noch Zweifel gehabt hatte, ob das alles mit Absicht so arrangiert war und Joaquim wirklich gefunden werden wollte, verschwanden sie in dem Augenblick, als er den Namen sah, mit dem Joaquim in das Ixtapa Grand Imperial eingecheckt hatte: Mr. und Mrs. Daniel Grey. Daniel war zugegebenermaßen etwas eigen, was seinen Namen anging, aber jetzt war er richtig sauer.

Der wahre und echte Daniel wartete in der Lobby. Er nutzte die Zeit, um sich den Grundriss des Gebäudes einzuprägen, als er endlich ein bekanntes Gesicht bemerkte. Es war nicht das gewünschte, doch es erklärte vieles. Und obwohl er gewusst hatte, wer sein Widersacher war, erschütterte ihn der Anblick zutiefst. Es war der Mann mit dem korrekten Haarschnitt aus dem Lakers-Spiel, der an den Sitzen in der Nähe des Spielfelds gestanden hatte, eine durch und durch verkommene Seele, die ihn noch mehr verstörte, als er Joaquim nun leibhaftig vor sich sah. Die Seele dieses Menschen war derart böse, dass Daniel ihn nur schwer auf die übliche Art wiedererkennen konnte, aber er wusste, um wen es sich handelte, und seine Abneigung war im Lauf der Zeit nicht geringer geworden. Er hatte diese Begegnung gefürchtet und gehofft, sie würde nicht stattfinden, aber nun war es so weit.

»Haben Sie Zigaretten?«, hörte er Joaquim den Concierge fragen, selbstverständlich nicht auf Spanisch.

Der Mann zeigte auf einen Laden um die Ecke.

»Was, Sie verkaufen keine hier? Wollen Sie mich verarschen?«

»Nein, es tut mir leid, Sir. Nur außerhalb des Hotels.«

Joaquim schlenderte durch den Hoteleingang nach draußen, und Daniel ging auf den Empfang zu. »Könnten Sie mir bitte die Zimmernummer von Mr. Grey sagen?«, fragte er auf Spanisch.

»Die darf ich Ihnen leider nicht geben, Sir«, antwortete der junge Mann höflich. »Aber ich kann Sie verbinden, wenn Sie möchten.«

»Danke.« Er blieb so lange stehen, bis er beobachtet hatte, welche Zimmernummer der junge Mann eingab.

Der Angestellte sprach kurz in den Hörer und sagte dann, ohne aufzulegen: »Mrs. Grey ist auf ihrem Zimmer, Mr. Grey ist im Augenblick nicht da.«

Er schüttelte bedauernd den Kopf. »Ich versuche es später noch mal.«

Sobald der Angestellte sich abwandte, nahm Daniel die Hoteltreppe und raste die sechs Stockwerke nach oben. Im Hotel war es heiß. Falls es eine Klimaanlage gab, dann nur auf den Zimmern. Er fand die Zimmernummer 632 und klopfte.

»Ja, bitte?« Aus dem Zimmer drang eine vorsichtige Stimme, die er kannte.

»Zimmerservice«, antwortete er. An einem anderen Tag hätte er die Antwort nicht so schnell herausgebracht.

Er wartete nervös, bis sie an die Tür kam. *Mach bitte auf*, dachte er. Ihnen blieb nicht viel Zeit.

Was würde sie denken, wenn sie ihn so sah? Zum ersten Mal seit langer Zeit hatte er das Gefühl, dass er mitten in sein Leben trat, anstatt immer nur am Eingang herumzulungern. Das hieß, wenn sie ihn jetzt hereinließ. Er hoffte, dass sein Auftritt ihr nicht völlig ungelegen kam.

Sie saß im Bademantel auf dem Bett und hielt die Knie umschlungen. Daniel wollte, dass sie die Fenster geschlossen und die Klimaanlage voll laufen ließ, doch er hatte den Raum Gott sei Dank gerade verlassen. Und so hatte sie geduscht und die Flügel der großen, alten Fenster geöffnet, um etwas von der Seeluft ins Zimmer zu lassen.

Die letzte Nacht war glimpflich abgelaufen, aber sie war sich nicht sicher, wie sie weitere sechs überstehen sollte. Sie brachte es nicht über sich, mit ihm zu schlafen. Vor der Vorstellung, Sex mit ihm zu haben, zuckte ihr ganzer Körper innerlich zurück, und es war ihr nicht einmal möglich, neben ihm einzuschlafen. In der vergangenen Nacht waren sie spät ins Zimmer zurückgekehrt, und sie war zu aufgewühlt gewesen, um zu schlafen. Schließlich war sie auf einem Stuhl über einem Buch eingenickt, und lange vor Sonnenaufgang aus dem Schlaf aufgefahren. Auch wenn sie sich noch so viele Vorwürfe machte, an ihren Gefühlen ließ sich nichts ändern. Sie hatte idiotische Entschuldigungen vorgebracht: Sie habe ihre Tage, ihre Monatsblutungen seien immer sehr heftig, sie leide unter Krämpfen und anderes mehr; Ausreden, die einen Mann normalerweise dauerhaft in die Flucht schlugen. Sie hatte sich etwas beruhigt, doch die Abneigung war stärker als sie. Sie konnte einfach nicht mit ihm schlafen.

Natürlich war er frustriert gewesen. Man lud nicht eine Frau auf eine Reise nach Mexiko ein, und dann schlief sie neben dem Bett auf einem Stuhl mit einem Buch in der Hand. Er hatte sie nicht angerührt, trotzdem war sie in seiner Nähe auf der Hut. Sie spürte eine Sprunghaftigkeit, die ihr an der Highschool niemals an ihm aufgefallen war. Er war Zigaretten holen gegangen, und sie war froh, ein paar Minuten für sich zu sein. Sie überlegte, das Hotel heimlich zu verlassen und wieder nach Hause zu fliegen. Meine Güte, was war nur los mit ihr? Was würde Constance dazu sagen? Wie war es dazu gekommen?

Es tut mir leid, Constance. Ich habe versucht, ihn nicht zu vergessen, wirklich. Aber ich glaube nicht, dass er mich glücklich machen kann.

Wenn sie es recht besah, war es vielleicht besser, dass alles so gekommen war. Bevor er aufgetaucht war, hatte sich ihr Leben in einer Sackgasse befunden. Ohne ihn war ihr Leben zum Stillstand gekommen. Sie hatte das Gefühl gehabt, dass sie ihn niemals würde vergessen können. Doch jetzt, wo sie mit ihm zusammen war, sah sie das anders. Ihre alten romantischen Vorstellungen erschienen ihr lächerlich. Obwohl oder vielmehr weil sie sechs Tage mit ihm in einem Hotelzimmer in Mexiko verbringen sollte, war sie von ihm losgekommen. Sie konnte sich ohne Probleme und mit großer Erleichterung ein Leben ohne ihn vorstellen. Gegenüber Constance und Sophia tat es ihr leid, dass sie deren Vermächtnis nicht übernehmen konnte, aber sie konnte es nicht ändern. So vielversprechend ihr diese kühne neue Welt einmal erschienen war, sie hatte sich als Illusion erwiesen. Und vielleicht was das gut so. Jetzt würde sie endlich wieder ihr altes Leben aufnehmen können, ohne ständig zurückzublicken.

Als sie vor der Hoteltür Schritte hörte, wurde ihr schwer ums

Herz. Sie wollte nicht, dass er schon so bald zurückkam. Das Klopfen überraschte sie.

»Ja?«

»Zimmerservice.«

Sie hatte nichts bestellt. Hatte er vielleicht etwas kommen lassen? Erleichtert ging sie zur Tür. Für Daniel hätte sie nicht im Bademantel die Tür geöffnet, aber vor dem Zimmerservice hatte sie keine Angst.

Sie hatte einen Unbekannten mit einem Tablett in der Hand erwartet. Wie vom Donner gerührt sah sie ihn an und schaute weg und sah ihn wieder an.

»Mein Gott!«

»Hallo«, begrüßte er sie nervös. Er blickte den Flur hinunter und dann wieder auf sie.

»Daniel«, flüsterte sie. Es musste sich um eine Vision handeln, aber er schwitzte, wirkte fahrig und zappelig und hatte auf dem dunklen Teppich staubige Fußabdrücke hinterlassen.

»Erinnerst du dich an mich?«

»Mein Gott!« Ihre Gedanken rasten. Hatte er wieder eine andere Gestalt angenommen? War er wieder in einen anderen Körper geschlüpft? Hatte er seinen alten Körper wieder? Wie funktionierte das? War das möglich? Doch als sie seine Augen, sein Kinn und seine Schultern betrachtete, seine Schuhe, seinen Nacken und seine Hände, da wusste sie, dass er auf keinen Fall derselbe Mensch war, der gerade von ihr weggegangen war, um Zigaretten zu besorgen. Mein Gott, er war es wirklich!

»Tut mir leid, dass ich so in deine Ferien reinplatze, aber kommst du mit mir?«

»Wohin?«

»Weg von hier.«

In seinem Blick lag äußerste Verzweiflung. Offensichtlich war Eile geboten. »So … wie ich bin?« Sie blickte an ihrem Bademantel herunter.

»Kein Problem.«

»Jetzt sofort?« Ihr ging das Herz auf – ihr früheres, verliebtes Herz.

Man konnte das Geräusch des herannahenden Fahrstuhls hören.

»Jetzt sofort.«

Sie trat aus dem Zimmer nach draußen auf den Flur, und er schloss leise die Tür hinter ihr. Der Fahrstuhl war weiter unten auf dem Flur, man konnte hören, wie sich die Türen öffneten. Er nahm ihre Hand, und sie folgte ihm auf bloßen Füßen. Sie bogen um zwei Ecken. Nicht weit entfernt hinter sich hörte sie Schritte und wie eine Tür geöffnet wurde, wahrscheinlich jene zu ihrem Zimmer. Kurz vor dem Treppenhaus hielt er an einer Tür inne. Er öffnete sie, zog sie in den Raum und schloss die Tür. Es war eine Kammer für den Hotelservice. Er sperrte von innen ab.

Sie versuchte ihren Atem zu beruhigen. Ihr wurde bewusst, dass sie sich immer noch an den Händen hielten.

»Laufen wir vor dem Typen weg, mit dem ich hierhergekommen bin?«, flüsterte sie ihm zu.

»Ja. Stört dich das?«

»Nein.«

»Gut.« Er stand dicht bei ihr, und sie konnte hören, wie hastig sie beide atmeten. »Tut mir leid, dass ich dich so überfalle«, murmelte er.

Sie lachte. Das Lachen klang merkwürdig in ihren Ohren, so als ob sie noch nie zuvor in ihrem Leben gelacht hätte. »Wenn du wüsstest.«

Er lächelte über ihren Gefühlsausbruch und riss zugleich die Augen auf, wie um ihr zu bedeuten, besser still zu sein.

Ihr Herzklopfen stieg hinauf bis in die Kehle und dann wieder hinunter in den Unterleib. Die Vorstellung, dass der Mann, mit dem sie hierhergereist war, ebendieser Daniel sein sollte, war einfach zu absurd, und sie bedauerte sich selbst, so verblendet gewesen zu sein.

»Ich kann immer noch nicht fassen, dass du hier bist«, flüsterte sie. »Bist du wirklich hier? Bist du noch am Leben? Oder träume ich das alles?« Sie lachte nicht mehr, jetzt liefen ihr Tränen über die Wangen.

»Ich glaube, ich bin wirklich hier.«

Er wollte sie berühren, hielt sich aber zurück. Er hatte sein Selbstvertrauen verloren. Das letzte Mal war er seinen Impulsen gefolgt, und es hatte kein gutes Ende genommen. Diesen Fehler wollte er nicht noch einmal machen. Er war so alt wie Felsgestein, und wie Felsgestein vermochte er ihre Tränen nicht zu deuten und hatte keine Ahnung von der Liebe.

»Alles in Ordnung?«, fragte er.

»Ja. Ich freue mich, dich zu sehen.« Er betrachtete ihr Gesicht, es war offen und zuversichtlich, und ihr Anblick versetzte seinem Herzen einen Stich. Vielleicht war er doch nicht so ahnungslos.

»Selbst nach unserer letzten Begegnung?«

»Das war nicht dein Fehler, sondern meiner.«

»Nein, das stimmt nicht«, sagte er mit festem Blick.

Draußen vor der Tür hörte man die Schritte zweier Personen. Joaquim schrie einen Mann an, der in ruhigem Spanisch antwortete: »Bedaure, mein Herr, da können wir Ihnen nicht weiterhelfen. Wenn Sie glauben, dass irgendetwas nicht stimmt, müssen Sie sich an die Polizei wenden.«

Sophia drückte seine Hand. Die Schritte gingen vorüber und verklangen dann.

»Er hat behauptet, er sei du. Ich wusste, dass das nicht stimmt. Warum hat er mir das erzählt? Was will er von mir?«

»Das ist eine lange Geschichte«, flüsterte er, »und eine ziemlich unglaubliche. Aber ich erzähle sie dir, wenn du möchtest.«

»Jetzt hier, in der Kammer?«

»Nein. Am besten warten wir hier noch ein paar Minuten und laufen dann hinunter durch die Küche hinaus nach draußen. Mein Wagen steht dort an der Straße. Wir fahren die Küste hinauf an einen Ort, an dem wir bleiben können, bis ich einen Flug gebucht habe, der uns von hier wegbringt.«

Sie nickte, ebenso erfreut wie verwirrt, und betrachtete ihn eingehend. »Du trägst immer noch diese Schuhe«, flüsterte sie.

Er sah auf seine Füße hinunter und dann fragend in ihr Gesicht.

»Diese Schuhe, aus der Highschool. Ich kann mich noch an sie erinnern.«

»Ach, wirklich?« Absurderweise machte ihn das glücklich.

Er wartete, bis sich draußen alles beruhigt hatte, und tastete dann nach den Kleiderbügeln an der Hinterseite der winzigen Kammer. Schließlich reichte er ihr einen Kittel, so wie ihn der Reinigungsdienst trug; er war so lang wie ein Kleid und hatte einen Reißverschluss. »Damit fällst du vielleicht weniger auf«, meinte er. Er fand ein Tuch, das sie sich um den Kopf wickeln konnte. »Halt den Kopf gesenkt, okay? Wir bleiben nicht zusammen. Du gehst zuerst, und ich komme nach. Mach dir um mich keine Sorgen, lauf einfach immer weiter. Geh die Treppen runter, dann rechts und in die Küche. Dort gehst du auf die Metalltür mit dem Schild ›Ausgang‹ zu und dann nach draußen. Direkt gegenüber steht mein Auto, ein roter Ford Focus mit einem mexikanischen Nummernschild, der nicht abgeschlossen ist. Bleib nirgendwo stehen und rede möglichst mit niemandem, einverstanden?«

»Einverstanden.«

»Okay.« Er wollte sie in die Arme nehmen, er wollte sie spüren. Er hätte sie wahnsinnig gern berührt, aber er konnte nicht. Was sie jetzt wohl von ihm dachte?

»Ist er gefährlich?«

»Ja. Aber ich werde dich nicht aus den Augen lassen.«

Sie hielt den Kittel hoch.

Er musste wider Willen lächeln. »Nur für einen Moment, während du dich umziehst. Ich werde mich umdrehen.«

Sie lächelte ebenfalls. Widerstrebend wandte er sich ab. Er hörte, wie sie sich mit dem Kittel abmühte.

»Fertig.«

Er drehte sich wieder um – ihr Bademantel lag auf dem Boden, und der Reißverschluss des Kittels war geschlossen. Sie war gerade damit beschäftigt, ihr Haar in das Tuch zu wickeln. Er steckte die Hände in die Hosentaschen.

»Was ist mit Schuhen?«

»Stimmt.« An der Wand gab es kleine Fächer, in denen er ein Paar weicher rosa Flip-Flops fand. Er hielt sie hoch, um sie ihr zu zeigen.

»Ich denke, die sind okay.« Sie schlüpfte hinein.

Auf einem Regal fand er einen Stapel Betttücher und reichte ihn ihr. »Hier.«

Sie nahm ihm den Stapel ab.

Er legte die Hände auf den Türknauf und lauschte. »Bist du bereit?«

»Ja.«

Er öffnete die Tür. »Geh jetzt los. Halt den Kopf unten.«

Sie trat auf den Flur hinaus. Sie drehte sich kurz zu ihm um und lächelte ihn an, und sein Herz schmolz dahin. Sie gab eine wunderschöne Putzfrau ab.

Niemand beachtete sie, bis sie beide im Auto saßen. Ein Mann in einer Livree öffnete die Küchentür und rief ihnen etwas nach, aber da lenkte Daniel das Auto bereits aus der Gasse.

»Er notiert sich das Nummernschild«, sagte Daniel, als er in den Rückspiegel sah.

»Was sollen wir jetzt machen?«

»Wir werden uns etwas einfallen lassen.«

Sie streifte ihre Flip-Flops ab und legte die Füße auf das Armaturenbrett. »Das macht Spaß.« Eigentlich hätte sie Angst haben sollen, und ein bisschen mulmig war ihr auch zumute, aber es fiel ihr schwer, in seiner Nähe der Realität genügend Gewicht beizumessen.

»Nur wenn wir hier rauskommen.«

Die nächsten Minuten konzentrierte Daniel sich darauf, die Straße Richtung Norden zu finden. Er sah immer noch in den Rückspiegel, wahrscheinlich, dachte sie, um sicherzugehen, dass ihnen keiner folgte.

»Hat er ein Auto?«, fragte er.

»Nicht, dass ich wüsste. Wir haben keines gemietet. Vom Flughafen aus haben wir ein Taxi genommen.«

»Gut. Dann wird er etwas Zeit brauchen.«

»Bist du sicher, dass er uns verfolgt?«

»Nein. Aber früher oder später wird er uns finden. Er wird nicht aufgeben. Wir können nur hoffen, dass er dazu eine Weile brauchen wird.«

Sie wickelte ihr Tuch vom Kopf und sah ihn von der Seite an. Egal, unter welchen Umständen, es war schön, mit ihm zusammen zu sein.

»Ist das jetzt der richtige Zeitpunkt für die Geschichte? Was meinst du?«, fragte sie.

Er nickte. »Sie ist lang und merkwürdig, und du musst sie mir nicht glauben, wenn du nicht willst«, begann er. »Ich sag dir, was ich machen werde. Ich erzähle dir meine Version, und danach können wir versuchen, eine sinnvolle Erklärung dafür zu finden.«

Er sagte das leichthin, doch sie empfand tiefes Mitgefühl für ihn. Er war mit seiner Version der Geschichte so lange allein gewesen. Er sollte wissen, dass sie das verstanden hatte. Dieses und vieles andere wollte sie ihm sagen, aber kein Ton kam ihr über die Lippen. In ihrem Kopf wirbelte alles durcheinander, und es gelang ihr nicht, ihre Gedanken zu beruhigen oder sie in irgendeine sinnvolle Ordnung zu bringen. »Kein Problem, Daniel«, brachte sie schließlich hervor. »Ich habe mehr verstanden, als du denkst.«

Sein Blick wechselte einige Male zwischen ihrem Gesicht und der Straße. Er schwieg ein paar Sekunden. »Was willst du damit sagen?«, fragte er dann.

Sie atmete ein paar Mal ruhig ein und aus. »Ich meine damit …

Ich verstehe das Ganze nicht genau, aber ich glaube … ich glaube, der Grundgedanke ist … dass wir, ich meine, dass unsere Seelen, weiterexistieren, und man einige Menschen mehr als ein Leben lang kennt und sich von einem zum anderen Leben an Dinge erinnert.«

Kurz wandte er ihr den Blick zu. Dass sie einander nicht ansehen konnten, machte das Gespräch nicht leichter. Sie wäre so gern in direkten Kontakt mit ihm getreten – nicht unbedingt durch einen Kuss, obwohl sie auch das nicht ausschließen wollte –, um zu begreifen, was er für sie empfand, um seine Verlegenheit besser deuten zu können und nicht zuletzt, um das fünf Jahre andauernde, lähmende Gefühl der Unsicherheit auszuräumen.

»Wie kommst du darauf?«, fragte er vorsichtig.

»Na ja. Mithilfe eines Psychiaters, einer Hellseherin und einiger anderer Erlebnisse, an die ich nicht glaube. Das ist eine andere lange Geschichte.«

Reglos saß er da, die Hände fest um das Lenkrad geklammert.

»Weißt du über mich Bescheid?« Es schien, als hätte er Angst, ihr zu vertrauen.

»Ich weiß nicht viel. Aber ich weiß zum Beispiel, dass ich dir schon einmal begegnet bin. Wenigstens glaube ich das.« Sie zupfte an ihrem Gurt. »Darf ich dich was fragen?«

»Selbstverständlich.«

»Wie kommt es, dass du immer Daniel bist, während wir anderen alle immer wieder als andere Menschen auf die Welt zurückkehren? Lebst du schon so lange?«

Sie sah, wie sein Gesicht sich entspannte. »Hast du das geglaubt? Dass ich schon Hunderte von Jahren alt bin?« Er sah sie an und lächelte. »Deine Vorstellungen in Bezug auf einen Lebensgefährten sind entspannter geworden.«

Sie lachte. »Die vergangenen Jahre waren sehr merkwürdig.«

Er atmete aus und lehnte sich in seinen Sitz zurück. »Ich bin vierundzwanzig Jahre alt. Ich lebe schon sehr lange, aber ich bin auch viele Male gestorben, genau wie du.«

»Wie bleibst du dann von einem Leben zum anderen immer derselbe?«

»Ich bleibe nicht derselbe, sondern mein Gedächtnis. Denn ich erinnere mich.«

Sie nickte.

»Das ist das einzig Ungewöhnliche an mir. Aber das ist in der Tat sehr ungewöhnlich.«

»Aha.« Sie ließ seine Worte auf sich wirken. »Und du erinnerst dich an alles, an alle deine Vorleben, an alle Menschen, die du jemals gekannt hast?«

Immer wieder streifte sie sein Blick, als wollte er sehen, welche Wirkung seine Worte auf sie hatten. »Mein Gedächtnis ist nicht perfekt, aber doch, ich erinnere mich an fast alles. Außer an meinen Geburtstag. Den vergesse ich meistens.«

Sie hörte die Unbeschwertheit in seiner Stimme, die sich auf sie übertrug. »Das glaube ich nicht.«

»Doch. Ich habe ungefähr an der Hälfte aller Jahrestage Geburtstag, und dann ist ein Geburtstag nicht mehr so spannend.«

»Das sehe ich ein.«

»Und deswegen habe ich mein Vertrauen in die Astrologie verloren.«

»Das ist traurig.«

»Traurig, aber auch erfreulich.« Gerade wirkte er sehr glücklich.

»Na dann … mein Glückwunsch zum Geburtstag.«

»Danke.« Er drehte an den Knöpfen des Radios und stellte Salsa-Musik ein. Sie lächelten beide ein wenig verlegen.

Sie trommelte mit den Fingern auf die Knie. »Gibt es noch andere wie dich?«

»Eine Handvoll Leute.«

»Kennt ihr euch alle untereinander? Ist es wie in einem Club?«

Er lachte. »Nein, nicht ganz. Wir haben keine T-Shirts oder geheimen Handzeichen. Aber zwei kenne ich, und ich bin einigen anderen begegnet oder habe zumindest von ihnen gehört.«

»Wen zum Beispiel?«

Daniel warf einen Blick in den Rückspiegel. »Zum Beispiel den Mann, der uns bald verfolgen wird.«

»Ich habe dich schon einmal entführt, weißt du das?«, sagte Daniel, während die Sonnenstrahlen durch die Autofenster fielen und sie beide in ihr goldenes Licht tauchten.

»Wirklich? Und ich habe gedacht, dass hier wäre das erste Mal.«

Er lachte. Er fühlte sich merkwürdig entspannt, fast wie betrunken vor Aufregung, Erleichterung und Angst. Er war erleichtert, weil sie über ihn Bescheid wusste und ihm vertraute, nicht vor ihm weglief oder ihn ängstlich ansah. Es war wirklich bemerkenswert, was sie alles verstanden hatte. Was bedeutete das? Was bedeutete er ihr? Und zugleich nagten düstere Gedanken an ihm. Wie hatte sie annehmen können, dass es sich bei Joaquim um ihn handelte?

»Und wann war das?«

»Vor langer Zeit.«

»Wie hieß ich damals?«

Er sah sie überrascht an. »Dein Name war Sophia.«

»Sophia? So hast du mich damals an der Highschool genannt.«

»Es war der Name, unter dem ich dich kennengelernt habe. Das letzte Mal sind wir auf einem schönen Araberpferd geflüchtet, das war romantischer als dieser Ford Focus hier.«

»Mir gefällt der Ford Focus auch«, meinte sie, und er lachte.

Es spielte keine Rolle, wie sie hier gelandet war. Ein unerwartetes Wohlgefühl stellte sich ein, weil er sie vor Joaquim gerettet hatte, weil er mit ihr zusammen war, weil sie beide ein gemeinsames Ziel hatten und er sie gleichzeitig beschützen konnte. Das war der einzige Gefallen, den Joaquim ihm unabsichtlich getan hatte, wahrscheinlich war es überhaupt sein erster Gefallen einem anderen Menschen gegenüber.

Sie schlug die Beine unter, und ihre Miene wurde ernster. »Warum hast du mich damals entführt?«

»Aus dem gleichen Grund wie heute und aus den Fängen des gleichen Mannes. Ich wollte dir helfen.«

»Brauchte ich deine Hilfe?«

»Ja. Es war nicht deine Schuld.«

»Was wollte er von mir?«

Daniel bog in die Straße Richtung Los Cuches ein und gab Gas. »Jetzt oder damals?«

»Lass uns bei damals beginnen.«

Er nickte. »Wenn du möchtest, erzähle ich dir alles von Anfang an.«

»Gern.«

»Nicht ganz von Anfang an, sondern von da ab, wo es um dich und mich und den Mann geht, mit dem du hierhergekommen bist. Er hieß damals Joaquim, ich weiß nicht, wie er heute heißt. Auf keinen Fall Daniel, das wissen wir, also werde ich ihn Joaquim nennen. Dir ist sicher schon aufgefallen, wie sehr ich an den alten Namen hänge.«

Sie nickte.

»Die Geschichte beginnt vor mehr als zwölfhundert Jahren an einem Ort in der heutigen Türkei.«

JOLUTA, MEXIKO, 2009

SIE STELLTEN DEN WAGEN auf dem Parkplatz eines hell erleuchteten Supermarkts ab, der einige Kilometer von der Küstenstraße entfernt lag. Daniel bezahlte einen jungen Mann mit einem dicken Bündel Pesos, und der fuhr sie eine weitere halbe Stunde bis zum Meer. Er habe in einer abgelegenen und unerschlossenen Bucht zwischen zwei felsigen Landzungen für sie beide einen Bungalow angemietet, hatte Daniel ihr erklärt.

Als sie dort vorfuhren, schien die Sonne so still über das Wasser, als hätte sie auf die beiden gewartet. Daniel bedankte sich bei dem Fahrer und notierte seine Handy-Nummer. »Vielleicht rufe ich Sie kurzfristig an«, erklärte er in seinem altmodischen Spanisch. Er hatte den jungen Mann so großzügig bezahlt, dass er anscheinend davon ausging, dass dieser alles in seiner Macht Stehende tun würde.

»Wann immer Sie mich brauchen«, antwortete der Mann auch.

Wie mit dem Mietbüro vereinbart, fand Daniel den Schlüssel unter dem Blumentopf.

»Wie hast du das alles geplant?«, fragte sie ihn. »Wie konntest du wissen, dass sich alles so abspielen würde?«

»Konnte ich nicht, aber ich habe gehofft, dass es dazu kommen würde. Ich wollte sicherstellen, dass wir einen Zufluchtsort haben würden, sollte es nötig sein. Ich werde wahrscheinlich in Colima ein Flugzeug chartern, aber das wird nicht vor morgen früh sein.«

Das Haus war weiß verputzt, und über die Dachziegel hingen tieforangefarbene Bougainvilleen. Er drehte den Schlüssel und drückte die Tür auf. Sie fühlte, wie sich das Haus mit Meeresluft füllte. Der große Hauptraum des Hauses hatte hohe Decken und führte zur

Terrasse, die direkt in den Strand überging. An der Decke drehten sich zwei Ventilatoren. Die Küche schloss sich ohne Zwischenwände daran an. Zu beiden Seiten des großen Raums ging jeweils ein Schlafzimmer ab; beide waren einfach und nett eingerichtet.

Während sie durch die Räume des kleinen Hauses gingen, warfen sie sich Blicke zu, und sie fragte sich, ob seine staunende Ungläubigkeit ebenso groß war wie die ihre. Was sollte dieses Abenteuer? Passte er nur auf sie auf? Würde er sie lediglich sicher zu Hause absetzen und in sein Leben zurückkehren, und das wäre dann alles gewesen? Ihre Gedanken schweiften immer wieder zu der Geschichte zurück, die er ihr im Auto über Sophia und sich selbst erzählt hatte – wie er sie in einem entlegenen Dorf zurückgelassen hatte, fortgegangen und dann ermordet worden war.

Die Terrasse war von einer niedrigen Mauer umgeben, und ohne sich abzusprechen, gingen sie darauf zu und setzten sich Seite an Seite nieder, um die untergehende Sonne zu betrachten. Sie trug immer noch ihren lächerlichen pfirsichfarbenen Haushaltskittel. Er war immer noch angezogen wie für den Winter in Washington. Beide schwiegen.

Sie fühlte, wie ihr Schenkel seinen berührte. Sie war sich sehr wohl bewusst, dass sie unter dem Kittel nackt war. Sie war in ihrem Bademantel aus dem Hotelzimmer geflohen und hatte keine Wäsche zum Wechseln, und ihr fehlte die Geistesgegenwart, um auch nur die nächsten Minuten zu planen.

Benommen sah sie auf die schwimmende Plattform unweit des Strands hinaus. Sie dachte, wie schön es wäre, dort hinauszuschwimmen. Das würden sie machen, wenn sie hier beide im Urlaub wären, dachte sie sehnsüchtig. Aber das war nicht der Fall. In ihren Gedanken stellte sie sich das so vor, aber es hatte mit der Realität nichts zu tun. Das hier war eine Rettungsaktion, um sie vor einem alten Feind zu schützen. Daniel half ihr, vielleicht hatte er auch einfach Mitleid mit ihr. Vielleicht tat er das alles um der alten Zeiten willen. *Ich hoffe, es geht ihm um mehr,* dachte sie.

Was immer sie auch in seiner Nähe empfand, sie musste ihr Herz im Zaum halten. Wenn er gewollt hätte, hätte er sie schon vor langer Zeit finden können. Sie dachte an all die Jahre, in denen sie sich nach ihm gesehnt hatte. Warum war er nicht schon früher zu ihr gekommen, wenn er sich ebenso nach ihr sehnte wie sie sich nach ihm?

Als sich die Sonne über dem Pazifik gesenkt hatte, ging er zum Kühlschrank und warf einen Blick hinein. »Möchtest du etwas trinken?«

»Vielen Dank, irgendetwas, nur keinen Whiskey.«

Daniel wollte etwas loswerden, aber er konnte erst nach zwei Ginger Ales, einer reifen Mango, zwei Sandwiches und einer Tüte Chips darüber sprechen.

»Wie ist es ihm gelungen, in deine Nähe zu kommen?«, sagte er schließlich, als ob das die logische Frage am Ende einer langen und etwas enttäuschenden Unterhaltung wäre.

»Du meinst Joaquim?«

»Ich hätte nicht gedacht, dass es ihm gelingen würde, sich dir zu nähern, und zwar wegen dem, was er dir als Ehemann angetan hat. Das war vor langer Zeit, ich weiß, aber normalerweise bleiben diese Gefühle ziemlich prägend. Ich hätte gedacht, dass du bei seinem Anblick die Flucht ergreifen würdest. Aber ich habe mich offensichtlich geirrt. Vielleicht verschwinden diese Eindrücke nach einer Weile. Oder mir sind nicht alle Zusammenhänge klar.«

Sie setzte ihr Glas ab. Sie spürte seine Frustration, die sich teilweise sofort auf sie übertrug. »Ich hätte wirklich am liebsten die Flucht ergriffen, Daniel. Es kostete mich schon Überwindung, mich neben ihn zu setzen. Ich weiß gar nicht mehr, wie ich das geschafft habe. Von seinen Küssen wurde mir kotzübel. Ich hatte die ganze Zeit über ein schlechtes Gewissen, doch wenn ich jetzt darüber nachdenke, komme ich mir wie eine Idiotin vor, und mir wird gleich wieder schlecht.«

»Hast du …?« Daniel hatte eine Frage auf dem Herzen, wusste aber nicht, wie er sie formulieren sollte.

»Habe ich was …?«

»Hast du ihn … viel geküsst?«

»Nicht sehr oft. Nein.«

Er war verlegen, ließ aber nicht locker. »Hast du ihn nur geküsst?«

»Geht dich das was an?«

»Nein.«

»Daniel.« Sie sprang auf und hätte ihn am liebsten geschüttelt. »Ich habe nicht mit ihm geschlafen, er durfte mich nicht mal anfassen. Ich konnte es nicht ertragen. Die vergangene Nacht habe ich auf einem Stuhl verbracht. Wolltest du mich das fragen?«

Er nickte betreten. »Aber warum bist du trotzdem mit ihm zusammen verreist?«

»Du weißt ganz genau, warum. Weil er mir erzählt hat, dass er Daniel heißt.«

Er schüttelte den Kopf. Für einen Augenblick schwieg er. »Und das hast du für eine gute Idee gehalten?«

Plötzlich schossen ihr Tränen in die Augen. »Wie kannst du mir diese Frage stellen?«

Er brachte den Mut auf, sie mit seinem Finger zu berühren, seinen Daumen an ihr Handgelenk zu legen. »Das letzte Mal habe ich dich auf dem Abschlussball an der Highschool gesehen. Da bist du weggelaufen. Ich kann verstehen, warum. Es war mein Fehler. Doch bevor du gingst, hast du mich von dir weggestoßen. Ich habe versucht, dir fernzubleiben, weil du es so wolltest. Ich wollte nicht noch mehr Unheil anrichten. Und ich hatte keine Ahnung, wie ich es noch mal versuchen und alles wieder einrenken sollte. Ich wollte mir nicht alle Aussichten auf eine zukünftige Beziehung mit dir verbauen.«

Sie wischte sich über die Augen, bevor ihr die Tränen übers Gesicht laufen konnten. »Seitdem hat sich alles verändert. Ich hatte

Angst vor den Dingen, die du mir erzählst hast, aber ich habe mich vor allem vor meinen eigenen Gefühlen gefürchtet. Ich hatte plötzlich … diese Visionen, und dann dachte ich, ich würde verrückt. Sie wollten mir nicht mehr aus dem Kopf, und ich habe immer wieder an das denken müssen, was du mir gesagt hattest. Ich wollte dich finden, aber ich dachte, du wärst tot. Jemand hat dich in den Appomattox springen sehen.«

Er nickte düster. »Ich bin wirklich gesprungen, aber nicht ertrunken.«

»Das sehe ich. Aber damals wusste ich das nicht. Ich habe überall nach dir gesucht. Du kannst dir nicht vorstellen, wie sehr ich dich finden wollte, und wie oft ich während der letzten fünf Jahre an dich gedacht habe.«

Er schien aufrichtig verblüfft. »Davon hatte ich keine Ahnung.« Er schüttelte langsam den Kopf. »Ich wünschte, ich hätte das gewusst.«

»Nun, vielleicht hast du das nicht gewusst. Aber er muss irgendwie erfahren haben, wie sehr ich dich wiedersehen wollte. Er kam zur Uni und gab sich als deine Person aus. Zuerst habe ich ihm nicht geglaubt. Doch er wusste über Dinge Bescheid, die er normalerweise nicht hätte wissen können. Das habe ich zumindest gedacht. Ich habe während der letzten Jahre so viel Unerwartetes über die Welt erfahren, dass ich nicht mehr weiß, was möglich ist und was nicht. Er wusste über genau die geheimnisvollen Dinge Bescheid, von denen du mir auf dem Ball erzählt hast. Er sagte, du seiest gestorben – das hatte ich mir ohnehin bereits gedacht –, und er sei in einem neuen Körper zurückgekehrt. Er hat mir sogar diesen komplizierten Übergang vom alten zum neuen Körper erklärt.«

Daniel verzog schmerzvoll das Gesicht. »Das ist das Einzige von all dem, was er dir erzählt hat, das der Wahrheit entspricht.«

»Wirklich?«

»Ja.«

»Er sagte, er würde dabei niemanden verletzen.«

»Er verletzt Menschen sehr wohl damit.«

Sie schloss die Augen. »Davon wusste ich nichts. Ich hatte keine Ahnung. Die Dinge, die ich mir eingeredet habe, machen mir Angst. Aber ich hätte mir alles eingeredet, denn ich wollte ihm glauben.«

»Warum?«

»Weil ich mit dir zusammen sein wollte.«

Sie liefen hinunter zum Sandstrand, um ihre Füße in die Brandung zu halten. Der Himmel war dunkel, und der Mond leuchtete in seiner ganzen Pracht. Das Wasser war ruhig und schien sie anzulocken. Daniel wäre gern schwimmen gegangen. Er spürte, dass auch sie Lust dazu hatte, aber er traute sich nicht, ihr den Vorschlag zu machen. Er konnte sich bis auf die Boxershorts ausziehen, doch sie hatte nur diesen Hauskittel an und trug wahrscheinlich nichts darunter.

Während ihm das alles durch den Kopf ging, stellte er sich ihren Körper in dem Kittel vor und wie er wohl darunter aussah. Und dann stellte er sich vor, wie er ihr diesen Kittel abstreifte, um ins Wasser zu gehen, und ihm wurde bewusst, dass es vielleicht keine so gute Idee mehr war, sich bis auf die Shorts auszuziehen. Verlegen blieb er sitzen, und alles, was ihm einfiel, war, seine Hand auszustrecken und ihre zu ergreifen.

»Was ist dir da passiert?«, fragte sie und betrachtete seinen Arm, wo der Ärmel hochgerutscht war.

»Was meinst du?«

»Diese Narben.«

»Das ist nichts.« Er schob seinen Ärmel wieder nach unten.

Sie zog ihn wieder nach oben. »Das sieht nicht so aus, als ob es nichts wäre.«

Zu seinem Erstaunen neigte sie den Kopf und küsste ihn langsam und mit voller Absicht auf alle drei Brandnarben. Er starrte sie an. Sosehr er sich wünschte, sie würde ihn küssen, so sehr wollte er, dass sie diese Stelle an seinem Körper in Ruhe ließ.

»Ich hatte ziemlich üble Pflegeeltern«, erklärte er rasch. »Meine Mutter war eine jähzornige Raucherin.«

Sie sah ihn erschrocken an. »Das war deine Mutter?«

»Sie war nicht meine Mutter. Sie war nur eine Frau, bei der ich als Kind wohnte.« Er klang so abweisend, dass es schon fast an Unhöflichkeit grenzte, doch er konnte nicht anders.

»Und wer war deine richtige Mutter?«

»Meine richtige Mutter war ein Junkie. Ich habe sie seit meiner frühen Kindheit nicht mehr gesehen, und ich war damals zu klein, um mich noch an sie zu erinnern.« Er klang unbeteiligt, und das entsprach auch seinem Gefühl.

Wieder küsste sie seinen Arm. Sie machte das trauriger als ihn, und er wünschte, sie würde das sehen.

»Das da hat keine Bedeutung. Ich habe schon Schlimmeres erlebt. Sie war mir nicht wichtig. Vielleicht dachte sie, sie könnte mich damit treffen, aber das ist ihr nicht gelungen.«

Sie hob den Kopf und sah ihn an. »Wie kannst du das behaupten? Wie kannst du sagen, dass es keine Bedeutung hat. Du warst damals ein Kind, und sie hat dir wehgetan. Sie hat dich so sehr verletzt, dass du davon Narben behalten hast. Das hat sehr wohl Bedeutung. Deshalb versteckst du die Narben auch.«

Er schüttelte den Kopf, plötzlich gereizt. »Ich verstecke sie überhaupt nicht.«

»Doch! Mir ist es egal, wie viele Male du schon gelebt hast oder woran du dich erinnerst, es tut trotzdem weh. Es ist wichtig.«

»Nicht, wie du denkst.« Er war verärgert. Darüber hatte er nicht reden wollen, und er hoffte, sie würde das Thema fallenlassen. »Ich bin nicht wie du, Sophia. Verstehst du? Ich bin anders als alle anderen. Das verstehst du nicht.«

»O doch, das verstehe ich sehr wohl.« Ihre Augenbrauen senkten sich wieder. »Und ich heiße übrigens Lucy. Ich stehe vor dir, und ich heiße Lucy. Und du bist du, und du unterscheidest dich längst nicht so sehr von allen anderen, wie du meinst. Du bist dieser Mann hier vor mir.« Sie hielt seinen Arm mit beiden Händen fest. »Mit deiner Haut und deinen Narben am Arm und deiner durchgeknallten Mutter. Das bist du.«

»Du irrst dich.« Er starrte ihr wütend ins Gesicht. »Wir sind mehr als nur das.«

Jetzt war sie wütend, und das war ihm nur recht. Das war ihm lieber als ihr Mitleid, sagte er sich. Sie hatte ihn provoziert, und gerade konnte er sie nicht ausstehen, aber vor allem konnte er sich selbst nicht ausstehen. Verdammt, vielleicht würde sie wieder vor ihm davonlaufen. Vielleicht hatte er wieder alles vermasselt. Diesmal vielleicht für den Rest seines Lebens, vielleicht für alle künftigen Leben. Offensichtlich sollte das mit ihnen beiden nicht sein. Er war sich nicht sicher, ob er die Kraft für einen weiteren Versuch haben würde.

Sie sah ihn lange an. Wenn sie wollte, konnte sie ziemlich stur sein. Sie legte die Hände auf seine Schultern, und halb erwartete er, dass sie ihn jetzt schütteln würde, aber das tat sie nicht. Sie schmiegte sich an ihn, und er spürte ihre Wärme. Er war ganz aufgewühlt, und das Atmen fiel ihm schwer.

»Weißt du was, Daniel?«

Er hielt den Atem an. »Was?«

Jetzt würde sie sich gleich von ihm verabschieden und fortgehen. Er hatte keine Ahnung, wohin sie gehen würde, aber er war felsenfest davon überzeugt, dass sie jetzt genau das vorhatte. Er hoffte, dass sie sich wenigstens von ihm helfen lassen würde, um an einen sicheren Ort zu gelangen.

»Wenn es keine Bedeutung hat, dann hat es eben keine Bedeutung.« Sie neigte den Kopf und legte ihre Lippen in das Grübchen an seinem Schlüsselbein und küsste ihn dort langsam und ausgiebig. Er spürte, wie seine Haut feucht wurde. Er spürte ihre Zunge.

Er war zu überwältigt, um etwas zu erwidern. Er erstarrte, wusste nicht, was er tun sollte. Sein Körper war mit einem Mal ein Gewirr aus pulsierenden Nerven, und sein Verstand quittierte den Dienst.

Sie trat einen Schritt zurück und sah ihm fest in die Augen, während sie sein Hemd aufknöpfte. Er sah ihr so verwundert zu, als ob das alles jemand anderem widerfahren würde. Sie zog sein Hemd über die Schultern und ließ es dann hinter ihm in den Sand fallen. Er atmete schwer, aber er wagte nicht, sich zu rühren.

»Wenn es keine Bedeutung hat, dann hat es eben keine Bedeutung.«

Sie näherte sich seinem Brustkorb und küsste ihn.

Seine Hände hatten sich verkrampft. Er schnappte nach Luft.

»Und das hat ebenfalls keine Bedeutung.« Sie ließ die Hände über seinen Rücken gleiten und küsste ihn auf den Mund. Ihr Kuss war heftig, und in einer Welle von Begehren erwiderte er ihren Kuss. Er konnte an nichts mehr denken. Er küsste sie mit seiner ganzen Leidenschaft, er hätte sich nicht zurückhalten können, selbst wenn er es versucht hätte. Seine Hände fuhren suchend über ihre Hüften, doch sie entzog sich seinem Griff.

Sie hielt ihn ein Stück auf Abstand und sah ihn an. Sein ganzer dummer Körper schmerzte. Die Distanz zwischen ihnen war unerträglich. Jetzt, wo sie einmal begonnen hatten, stürmten die Gefühle auf ihn ein. Er hatte dem nichts mehr entgegenzusetzen, und sie rissen ihn mit sich fort.

Unverwandt sah sie ihn an, doch in ihren Augen standen Tränen. »Hat das keine Bedeutung?«

Sie würde gleich weinen, sah er. Sie würde um ihn weinen, und das konnte er nicht zulassen.

Er schloss die Augen.

»Sag mir doch, Daniel, hat das eine Bedeutung? Denn wenn es egal ist, höre ich sofort auf damit.«

Er wollte seine Augen nicht öffnen. Er spürte, wie ihm eine Träne über die Wange rollte. Er konnte sie nicht anlügen, das hatte er niemals getan, und er konnte es auch jetzt nicht.

»Hör nicht auf.« Seine Stimme war bloß ein Flüstern.

»Warum nicht?«

Er hatte das Gefühl, er würde sterben, wenn er sie jetzt nicht berührte. »Weil es wichtig ist.«

Als sie ihn wieder küsste, weinte auch er, um alles Gute und um alles Schlechte. Sie lagen küssend und weinend im Sand. Er versuchte nicht mehr, allem einen Sinn geben zu wollen und das Geschehen für die Zukunft in eine Ordnung zu bringen und sich alle Einzelheiten einzuprägen. Das hier war das, was er jetzt hatte. Es war nicht nur wichtig, es war das Wichtigste. Er küsste sie inbrünstig, denn alles, was einem schließlich blieb, war die Liebe zu einem anderen Menschen.

Er wusste nicht, wie lange sie sich in der Dunkelheit geküsst hatten, erinnerte sich nicht an die Worte, die er zu ihr gesagt hatte. Es gab nichts mehr, was ihn von ihr getrennt hätte. Irgendwann hob er sie auf. Er ließ seinen Körper die Arbeit machen, seine Gedanken waren abgeschaltet. Er widersetzte sich ihm nicht mehr. Er besaß einen kräftigen Körper und trug sie ohne Mühe ins Haus, ins Schlafzimmer. Er schob das Moskitonetz beiseite und legte sie auf dem Bett ab.

Die Zeit verlor ihre Bedeutung. Die aufeinanderfolgenden Intervalle seiner Existenz, deren Abläufe er mit so viel Sorgfalt registriert hatte, waren verschwunden. Wenn überhaupt, dann schloss sich der Kreis seines langen Daseins und begann ganz neu, wieder von vorn.

Mit schmerzvoller Zärtlichkeit zog er den Reißverschluss ihres Kittels auf und fand darunter, wie verzaubert, ihren nackten Körper. Er wusste, wie sie aussah. Doch kam es ihm so vor, als hätte er niemals zuvor den Körper einer Frau betrachtet, und als er seine Hände darauflegte, war ihm, als hätte er noch niemals zuvor menschliche Haut berührt. Er erforschte jeden Teil ihres Körpers mit seinen Lippen und Händen, als ob es das erste Mal in seinem Leben wäre. Immer wieder küsste er ihr tränennasses Gesicht und suchte ihren Blick, um sich ihrer Zustimmung zu vergewissern. Und sie überließ sich ihm ganz.

»Ich liebe dich«, flüsterte er, und falls er irgendwann schon einmal diese Worte gesagt hatte, so konnte er sich jetzt nicht mehr daran erinnern.

Als er ihren Körper zur Gänze erkundet hatte, umschlang sie ihn, und zog ihn in sich hinein. Sie hielt ihn ganz fest, hielt seinen Nacken umschlungen und küsste ihn warm und leidenschaftlich.

Er hätte sich für alle Ewigkeit in ihr verlieren und sich niemals wieder von ihr lösen können. Sie war hier bei ihm, und ihr Name war Lucy. Er war der Mann, der er jetzt, in diesem Augenblick war. Lucy hatte recht gehabt. Das war alles, was zählte.

Und schließlich kam er wieder und immer wieder. Der Augenblick war bedeutend genug, um alle Erinnerung an das Davor und an ein Danach auszulöschen. Vielleicht würde er ihn nicht im Gedächtnis behalten, das war immer seine größte Angst gewesen. Doch jetzt, in diesem Moment, überwältigte ihn reine Freude und befreite seinen Geist. Er gab jegliche Kontrolle auf. Über den Rest der Welt und die Erinnerung daran, was ihm bis dahin widerfahren war. Er schmiegte seinen schweißnassen Körper an ihre wunderbare, duftende Haut. Er umschlang sie, und er war so frisch und neu, als wäre er gerade auf die Welt gekommen.

JOLUTA, MEXIKO, 2009

Ein Geräusch weckte sie. Es war nicht sein Atem oder sein gelegentliches Seufzen, das sie mühelos in ihre Träume einbaute, sondern etwas, das sie nicht einordnen konnte. Mit Bedauern löste sie sich vorsichtig aus der Umarmung, schob sein Bein zurück und nahm ihren Arm fort. Eine Weile zuvor war er aufgestanden, um zu pinkeln, und hatte seine Boxershorts übergezogen.

Der Raum war vom schwachen Licht des anbrechenden Tages erhellt. Leise stand sie auf und fand ihren Hauskittel zusammengerollt auf dem Fußboden. Vorsichtig schlüpfte sie hinein und zog leise den Reißverschluss hoch, um ihn nicht zu wecken. Sie wandte sich dem Fenster zu. Die Blätter eines Mangobaums waren kaum zu erkennen. Sie stand da und horchte.

Wieder hörte sie aus der gleichen Richtung ein Geräusch. Wahrscheinlich war es ein Vogel oder ein kleines Tier, schließlich befanden sie sich in den Tropen. Sie ging langsam an der Wand entlang auf das Fenster zu, während ihre Augen sich auf das Dämmerlicht einstellten.

»Daniel!« Sie schrie, bevor sie Zeit hatte, darüber nachzudenken. Da war etwas. Sie konnte kein Gesicht erkennen, doch war sie sicher, dass sie im halb geöffneten Fenster den Umriss eines Gegenstands sah. War das ein Gewehr?

Alles geschah gleichzeitig. Beim Klang ihrer Stimme setzte er sich im Bett auf. Sie bewegte sich so schnell auf ihn zu, wie sie konnte, um ihn zur Seite zu stoßen. Sie hörte einen Gewehrschuss und schrie auf, und dann war Daniel mit einem Aufschrei auf den Beinen.

Sie hatte keine Ahnung, was gerade passierte. Er hielt sie fest und gleichzeitig brüllte er wie ein Verrückter. Sie sah Blut und hatte Angst, dass er getroffen worden war. Er zog sie vom Bett herunter und trug sie aus dem Schlafzimmer in den Hauptraum. Wieder wurde ein Schuss abgefeuert. Sie weinte. »Bist du verletzt? Ist alles in Ordnung? Bist du getroffen worden?« Sie konnte nicht mehr unterscheiden, was sie tatsächlich sagte und was sie lediglich dachte.

Er rannte durchs Haus, dann nach draußen und zum Strand hinunter. Er rannte, während er sie in den Armen hielt, und sie hörte einen dritten Schuss. Sie würden sterben. Wohin sollten sie fliehen? Sie konnten nicht ins Haus zurück. Auf dem offenen Strand würden sie ein leichtes Ziel abgeben. Vor ihnen lag nichts als Wasser.

Auf seiner Brust war Blut. War er verletzt?

Er rannte mit ihr bis ans Wasser und zog sie hinein. Erst als sie zu schwimmen versuchte, bemerkte sie, dass sie einen Arm kaum bewegen konnte. In der Ferne hörte sie einen weiteren Schuss. »Hol tief Atem«, befahl er ihr. Sie tauchten zusammen unter, und er zog sie mit sich fort, und gleichzeitig versuchte sie zu schwimmen, so gut sie konnte. Sie spürte einen vagen Schmerz in ihrer Schulter. Hatte sie sich verletzt? Seine Züge waren so kraftvoll, dass sie für sie beide reichten, und so nahm sie an, dass er nicht schwer verletzt sein konnte. Er zog sie zurück an die Oberfläche, um Luft zu holen, und drückte sie wieder unter Wasser.

Beim nächsten Atemholen sah sie genau vor sich die Schwimmplattform. *Wenn wir im Urlaub wären, würden wir hierher hinausschwimmen*, fiel ihr völlig unpassenderweise ein. Er lenkte sie auf die andere Seite des Floßes und schob sie hinauf, dann zog er sich selbst hinauf.

Sie rang nach Luft und legte eine Hand an ihre Schulter. Am Strand sah sie eine Gestalt, die ein Gewehr hielt. Daniel nannte ihn Joaquim.

Daniel stützte sie und öffnete mit der anderen Hand den Reißverschluss ihres Kittels. Er zog ihn über die Schulter hinunter, und das tat ihr weh. Er zog ihr den Kittel aus, und sie würden jeden Augenblick sterben. Eine seltsame Ruhe erfüllte sie.

»Hier draußen ist es ein Leichtes, uns umzubringen«, meinte sie und versuchte gleichmäßig zu atmen.

»Wenn er uns umbringen wollte, würde er das einfach tun.« Er untersuchte ihre Schulter, und sie bemerkte erst jetzt, dass sie diejenige war, die Blut verlor.

Das Gewehr war auf sie beide gerichtet. »Du glaubst, das wird er nicht tun?«

»Ich glaube, er hätte das schon längst getan, wenn er es eilig hätte.«

»Bin ich getroffen worden?«, fragte sie ungläubig.

»Eine Kugel, die nicht für dich bestimmt war, hat dich an der Schulter erwischt. Du bist genau vor seinen Lauf gesprungen, meine Liebste, und hast mich zu Tode erschreckt.« Fassungslos sah sie, dass er sie anlächelte. »Du hast einen tiefen Kratzer abbekommen, aber die Kugel steckt nicht in der Wunde. Da haben wir Glück gehabt.«

»Für wen war die Kugel bestimmt?« Sie warf einen Blick auf Joaquim am Strand mit seinem Gewehr.

»Er wollte uns damit einschüchtern und uns in seine Gewalt bringen, aber er wollte dich sicher nicht verletzen. Es hätte ihm nichts ausgemacht, mich zu erschießen, aber das wäre ein ernüchterndes Ende gewesen. Er will, dass ich ihm ausgeliefert bin. Er gehört zu dieser Sorte Mensch. Er will mir das zufügen, was ich ihm angetan habe – er will dich mir wegnehmen. Ich soll in dem Wissen weiterleben, dass es dich auf der Welt gibt, dass ich dich aber nicht haben kann. Er denkt wahrscheinlich immer noch, dass du zu ihm gehörst. Ich will damit nicht sagen, dass er mich am Ende nicht erschießen wird oder auch uns beide, aber das ist nicht seine eigentliche Absicht.«

»Warum nicht?«

»Weil er uns dann verliert. In diesem Leben hat er uns, aber nicht im nächsten. Er kann sich erinnern, aber er kann Seelen nicht erkennen.«

»Das kann er nicht?«

»Nein, jedenfalls konnte er das in der Vergangenheit nicht.«

»Kannst du das?«

»Nicht immer, aber doch, ich kann das.«

»Und was passiert jetzt?«

»Ich habe keine Ahnung, er aber auch nicht. Als er dich in dieses Land brachte, hat er gehofft, dass ich auftauchen würde, aber er hat nicht damit gerechnet, dass ich mit dir fliehen würde. Ich bin mir nahezu sicher, dass das nicht Teil des Plans war. Er weiß, dass wir im Augenblick nicht viele Möglichkeiten haben, die hat er aber auch nicht. Er kann uns erschießen, ansonsten kann er nur hier rumstehen und darauf warten, was wir anstellen. Er kann uns nicht zurücklassen und sich ein Boot holen, denn dann wären wir in der Zwischenzeit weg. Er kann uns aber auch nicht hinterherschwimmen.«

»Was sollen wir jetzt machen?«

»Momentan können weder er noch wir etwas tun, außer zu warten.«

»Und? Machen wir das?«

»Wenn du keine andere Idee hast, schon.«

»Ich werde darüber nachdenken«, sagte sie. Sie bemerkte, dass er an dem Saum ihres Kittels herumzog, und setzte sich auf. »Findest du, das ist jetzt der richtige Zeitpunkt dafür?«

Er lachte auf. »Ich wünschte, es wäre so.« Er untersuchte den Saum. »Hör zu, du hast ja kleidungsmäßig nicht viel zu bieten, aber würde es dir etwas ausmachen, wenn ich unten vom Kittel ein paar Zentimeter abreiße? Ich möchte dir deine Schulter verbinden.« Er wies auf seine durchnässten Boxershorts. »Ich kann noch weniger Stoff entbehren.«

»Ich finde, wir sollten deine Shorts nehmen«, sagte sie.

»Meinetwegen.« Er erhob sich und begann, seine Hose herunterzuziehen. Sie konnte den Blick nicht von seinem gut gebauten Körper abwenden.

Anscheinend hatte sie den Verstand verloren. Sie war immer noch ganz besoffen vor Glück, ohne klar denken zu können, und vermutlich ging es ihm genauso. Die Welt war einfach nicht groß genug, um das ungeheuerliche Ausmaß dessen, was gestern Nacht zwischen ihnen geschehen war, zu erfassen. Und sie war auf keinen Fall groß genug für das, was gerade geschah. Ihr war überhaupt nicht danach, wieder nüchtern zu werden.

»Hör auf, ich habe nur Spaß gemacht. Du kannst den Kittel nehmen, vielleicht sollten wir hier draußen nicht ganz nackt sein.«

»Ach nein?«

»Nicht bei dieser Art Zuschauer.«

Gekonnt riss er vom Kittel einen Streifen Stoff ab und warf dann einen Blick darunter. »Du machst mich verrückt in diesem Aufzug.«

Sie lachte. »Nicht gerade, was ich mir normalerweise für unser Wiedersehen ausgesucht hätte, aber ich muss zugeben, dass man sich mit dem An- und Ausziehen leichttut.« Kaum zu glauben, dass sie in dieser Situation immer noch scharf aufeinander waren.

Er verband sorgfältig und mit geübten Händen ihre Schulter.

»Du scheinst zu wissen, was du das machst.«

»Ich bin Arzt, hab ich dir das nicht gesagt?«

»Hast du nicht.«

»Ist aber so. Ich war schon mehrere Male Arzt.«

»Du bist zu jung.«

»Ich hab mein Studium beendet, ich hab ein bisschen was übersprungen.«

»Ein bisschen was? Eine ganze Menge!«

»Meinetwegen eine ganze Menge.«

»Arbeitest du in einem Krankenhaus?«

»Ja.« Er verknotete den Verband, küsste sie auf die Brust, schob ihr den Kittel wieder über die Schulter und zog den Reißverschluss hoch. »Alles in Ordnung, Madam.«

»Eine weitere Narbe für meine Sammlung.«

»Bist du schon oft angeschossen worden?«

»Ich meinte die Narben, die einem bleiben, wenn man stirbt, und die man dann so im Laufe der Leben sammelt. Wie diese hier, oder?« Sie wies auf ihren Oberarm.

Er neigte den Kopf. »Woher weißt du davon?«

»Von Constance.«

»Woher kennst du Constance?«

»Ich war Constance.«

»Das weiß ich, aber woher weißt du das alles?«

»Ich habe einen Brief gelesen, den sie an mich geschrieben hat.«

Er warf einen kurzen Blick auf Joaquim am Strand und blickte dann wieder auf sie. »Und wie hast du das angestellt?«

»Ich bin nach England, nach Hastonbury Hall gefahren und habe den Brief in ihrem alten Zimmer gefunden.«

Er schüttelte ungläubig den Kopf. »Du machst Witze, oder?«

Sie genoss es, ihm das alles zu berichten. »Erinnerst du dich an den Psychiater, von dem ich dir erzählt habe? Unter Hypnose kamen die Erinnerungen an Constance zurück. Sie wollte unbedingt, dass ich ihre Aufzeichnung finde, und seitdem lässt sie mir keine Ruhe und bringt mich dazu, mich an Dinge zu erinnern.«

»Unglaublich.«

»Das tut sie aber.«

»Weißt du, ich habe mich geirrt.«

»Worin?«

»Als du Constance warst, habe ich dir erzählt, dass du nur ein durchschnittliches Gedächtnis hättest. Jetzt merke ich, dass ich dich unterschätzt habe.«

»Weil dieses Mädchen mir einfach keine Ruhe lassen wollte. Sie war erst glücklich, als ich endlich mit dir zusammen war.«

Daniel lachte. »Ist sie jetzt glücklich?«

Lucy lachte, und zugleich hatte sie einen Kloß im Hals. »Jetzt ist sie sehr glücklich.«

Daniel blickte zum Himmel auf. Er meinte den Lauf der Sonne wahrnehmen zu können, und er wollte, dass sie langsamer wanderte. Er hörte das Wasser gegen das Floß schwappen, eine ihrer Haarsträhnen kitzelte ihn in der Achselhöhle. Er fühlte sich wie bekifft. Ihm war bewusst, dass er angesichts eines Gewehrs, das auf sie beide gerichtet war, eigentlich kein Recht dazu hatte, so glücklich zu sein. Er hätte Wut und Empörung empfinden sollen, das wusste er, aber er konnte nichts dagegen ausrichten. Normalerweise triumphierte die Angst immer über die Freude, aber nicht heute.

»Eigentlich sollte mir jetzt ein guter Einfall kommen«, meinte er, während er eine ihrer Haarsträhnen zwischen seinen Fingerspitzen zwirbelte. »Aber alles, was mir durch den Kopf geht, ist, wie du unter diesem Kittel aussiehst.« Er stützte sich auf seinen Ellenbogen. »Ich halte das nicht aus.«

»Vielleicht sollten wir hier und jetzt zur Tat schreiten«, antwortete sie. »Damit würden wir's ihm zeigen.«

»Dann würde er wahrscheinlich so wütend, dass er uns beide abknallt.«

»Aber wir würden doch zusammen wiederkommen, oder nicht?«

Er setzte sich auf und sah sie ernst an. »Wenn du mich nur ein bisschen so sehr liebst wie ich dich, dann ja. Ich bin mir ziemlich sicher, dass das so sein würde.«

»Dann kämen wir auf jeden Fall zusammen wieder«, antwortete sie schlicht. »Denn ich liebe dich.« Ihr kam ein anderer, weniger glücklicher Gedanke. »Vielleicht ist es genau das, was er verhindern will: Dass wir zusammen sind.«

»Ich nehme es mal an.«

»Dann lassen wir ihm einfach keine Wahl«, sagte sie. Sie setzte sich zwischen seine Beine und schmiegte ihren Rücken eng an seine Brust. »Er wird dich niemals erwischen, ohne auch mich dabei zu töten. So gut schießt er nicht.«

»Ich weiß nicht genau, was ich davon halten soll.«

Sie schüttelte den Kopf. »Ohne mich gehst du nirgendwohin.« Ihr

Ton mochte scherzhaft klingen, aber es war ihr ernst. »Wohin auch immer wir gehen, wir werden gemeinsam gehen.«

Er sah sie stirnrunzelnd an.

»Es ist mein voller Ernst, Daniel.«

Er hielt ihre Hände und legte sein Kinn auf ihre unverletzte Schulter.

»Welche Alternativen haben wir, außer erschossen zu werden?«

»Wir könnten versuchen, ans Ufer zu schwimmen, und sehen, wie wir weiterkommen.«

»Und was hieße das?«

Er presste die Lippen aufeinander. »Keine Ahnung. Wahrscheinlich würde er uns in seine Gewalt bekommen. Das würde ihm am besten gefallen.«

»Und dann? Er nimmt mich als Geißel, tut mir irgendwie weh, und du musst dabei zuschauen? Er demütigt dich, und dann bringt er dich am Ende doch um? So stellt er sich das vor, oder?«

»Da bin ich mir so gut wie sicher.«

»Ihm ist es egal, jemanden umzubringen, oder? Wenn er erwischt wird, schlüpft er einfach in einen anderen Körper.«

Daniel nickte.

»Das ist das Allerschlimmste. Sind das die einzigen Möglichkeiten, die wir haben?«

Für einen Moment schloss Daniel die Augen. Er selbst wollte die Alternativen nicht aufzählen, aber sie konnte er schlecht daran hindern.

»Könnten wir nicht irgendwohin schwimmen? Könnten wir nicht versuchen, die Landzunge zu erreichen, und von da aus landeinwärts gelangen?«

»Er ist schneller.«

»Glaubst du, dass irgendwann jemand vorbeikommt?«

»Auszuschließen ist es nicht, aber ich glaube, das hier ist ein ziemlich einsames Fleckchen Erde.«

Sie überlegte. »Daniel?«

»Ja.«

»Was ist, wenn wir wie durch ein Wunder hier herauskommen sollten? Gibt es irgendetwas, was wir tun können, oder einen Ort, an den wir gehen können, wo er uns nicht findet?«

»Wahrscheinlich nicht für lange.«

Sie schaute entmutigt, wer hätte es ihr verdenken wollen?

»Daniel?«

»Ja.«

»Hast du schon einmal daran gedacht, dass wir vielleicht nicht füreinander bestimmt sind?«

Seine Miene war ernst, aber er konnte ein Lächeln nicht unterdrücken. »Nein. Wir sind füreinander bestimmt. Unser Wunsch muss nur stark genug sein.«

Gegen ihren Willen musste sie ebenfalls lächeln. »Mir fällt nichts mehr ein. Verheimlichst du mir etwas? Hast du irgendeine Vorstellung?«

Er legte den Kopf zurück auf das Floß und betrachtete den Himmel. »Ich habe die Vorstellung, noch ein wenig länger mit dir zusammen zu sein.«

»Hast du Angst vor dem Sterben?«, fragte sie ihn.

Die Sonne stieg schnell in ihren Zenit. Er lag auf dem Rücken, und sie hatte sich an ihn geschmiegt und den Kopf auf seine Brust gelegt. Er fühlte sich bemerkenswert entspannt.

»Nein. Ich bin schon viele Male gestorben. Aber ich habe nur einmal mit dir geschlafen, und das ist ein Wunder, an dem ich festhalte. Das kann Joaquim uns auf keinen Fall wegnehmen.«

»Glaubst du, wir werden sterben?«

Er atmete ein und aus, ein und aus. Niemals zuvor hatte er Sonnenwärme so intensiv gespürt. »Ich möchte nicht darüber nachdenken, Lucy. Ich möchte nur an dich denken. Aber wenn ich mir Gedanken darüber machen muss, würde ich sagen, dass wir entweder einiges auszuhalten haben oder sterben werden. Ich würde den

Tod vorziehen, und ganz ehrlich, ich glaube, dass ich als glücklicher Mann sterben werde.«

»Wirklich?«

»Ja.«

Sie streckte sich neben ihm aus. »Hast du mich gerade Lucy genannt?«

Er wandte den Kopf und sah sie an. Dabei schützte er seine Augen gegen das Sonnenlicht, um ihre Züge besser zu erkennen. »Es ist schon komisch, ich sehe dich gerade an, und du bist alles, was ich sehen kann.«

Sie schüttelte den Kopf. »Wir befinden uns auf einem Floß mitten auf dem Wasser. Außer mir gibt es auch nichts anderes zu sehen.«

Er lachte, zog sie heran, bis sie auf ihm lag, und umarmte sie. Er küsste sie auf Nacken und Mund. »Lucy«, sagte er, »Lucy.« Er küsste ihr Kinn. »Lucy. Das bist du.«

Als die Sonne über ihnen stand, hatte Lucys Haut sich gerötet, und sie hatte Durst. Sie wusste, dass es ihm genauso ging, doch keiner von ihnen wollte es ansprechen.

»Allmählich bin ich mir nicht mehr so sicher mit der Warterei«, begann sie.

»Ach nein?« Er zog sie auf seinen Schoß.

»Ich werde einen Sonnenbrand kriegen, beide werden wir einen irren Durst bekommen, und das Ganze wird keinen Spaß mehr machen. Ich werde versuchen, ganz tapfer zu bleiben, du machst dir irgendwann Sorgen um mich, und dann tust du am Ende etwas, das du bereust.«

»Du hast recht.« Er küsste sie auf die Wange. »Vielleicht sollten wir uns einfach ausziehen und die Zeit genießen, die uns bleibt.«

»Ich will nicht, dass er uns erschießt.«

»Das will ich auch nicht.«

»Und wir können hier nicht ewig warten.«

Er nickte. Er behielt es für sich, dass er keine Sekunde daran glaubte, Joaquim würde das Warten weiter ertragen, wenn die Sonne erst mal untergegangen war. Er war nie sehr geduldig gewesen.

Für eine Weile schwieg sie. Er umschlang ihre Füße mit seinen Händen. »Darf ich dich was fragen?«, meinte sie.

»Was immer du willst.«

»Wie fühlt es sich an, wenn man ertrinkt?«

Er sah sie überrascht an. »Was meinst du damit?«

»Ich meine, wie fühlt man sich? Tut es weh? Dauert es lange? Ist es unangenehmer, als zum Beispiel erschossen zu werden?«

»Na ja.« Er überlegte. »Ich bin zweimal ertrunken. Das war vor langer Zeit. Und zweimal bin ich erschossen worden. Das ist noch nicht so lange her. Ich würde sagen, dass Tod durch Ertrinken im Großen und Ganzen weniger unangenehm ist.«

Sie rieb die Handflächen aneinander und fuhr sich mit der Zunge über die trockenen, aufgesprungenen Lippen. »Dann ist das das Schlimmste, was uns passieren kann. Und ich gebe zu, es ist nicht sehr schön, aber immer noch besser, als ihm das Vergnügen zu bereiten, unserem Leben ein Ende zu setzen. Was meinst du? Wir springen einfach ins Wasser und fangen an zu schwimmen.« Sie wies auf das offene Meer. »Entweder schaffen wir's bis China oder nicht.«

Er kniff die Augen zusammen und blickte in Richtung China.

»Was meinst du?«

»Ich meine, dass das Wetter umschlägt.«

»Was?«

»Da draußen braut sich ein Unwetter zusammen, und es sieht so aus, als würde es in unsere Richtung ziehen. Ich habe keine Ahnung, ob das gut oder schlecht für uns ist.«

»Was soll daran gut für uns sein?«

Er dachte darüber nach. »Weniger Sonnenbrand und weniger Durst, wenn wir ein bisschen was von dem Regen abkriegen.«

Ein Schuss löste sich und ließ sie beide zusammenfahren. »Ich glaube, er hat keine Lust mehr zu warten«, meinte Daniel.

Sie schmiegte sich enger an ihn, und er wusste, warum. »Ich glaube, wir sollten uns auf den Weg machen«, meinte sie. »Auf geht's. Ich weiß, du willst ihm diese Genugtuung nicht gönnen.«

Er fühlte sich wie betäubt. Er wollte sie berühren, mit ihr reden, ihren Geruch einatmen und ihr Lachen sehen. Er wollte nicht sterben. Er wollte nicht, dass dies alles zu Ende gehen würde. Aber erst musste er seine Benommenheit abschütteln. Es war ihm gleichgültig, was mit ihm geschah, aber was mit ihr sein würde, war ihm wichtig.

»Willst du das wirklich versuchen?«, fragte er sie.

»Ja.« Sie schob die Füße über die Kante, und er folgte ihr. Er bemerkte, dass sie immer dicht bei ihm blieb und ihn irgendwo mit ihrem Körper berührte.

»Hast du dich wirklich dafür entschieden? Glaubst du allem, was ich dir erzählt habe, so vorbehaltlos, dass du bis nach China schwimmen willst?«

Sie sah forschend in seine Augen. »Ja.«

Sie meinte es ernst. »Wart mal eine Sekunde, Lucy. Denk noch mal nach. Ich lass mich von ihm erschießen, und du gehst wieder zurück zu ihm. Vielleicht würde das seinen Rachedurst fürs Erste stillen. Vielleicht wird er dir nichts antun. Du kannst zurück nach Amerika fliegen und wieder zu einem normalen Alltag zurückkehren. Das wäre das Vernünftigste.«

»Wie kannst du so etwas überhaupt nur in Erwägung ziehen?« Sie verdrehte ihm schmerzhaft den großen Zeh. »Das ist für ihn völlig ausgeschlossen. Und glaubst du wirklich, dass er mich in Ruhe lassen würde? Glaubst du wirklich, dass er mich einfach zu meinem normalen Alltagsleben zurückkehren lassen würde?«

Er wollte nicht lügen. »Nein, das glaube ich nicht. Aber es besteht immerhin die Möglichkeit.«

Sie kaute an ihrer Unterlippe. »Diese Möglichkeit gefällt mir ungefähr genauso gut wie all die anderen, die uns bleiben. Wie auch immer, ohne dich gehe ich nirgendwohin. Wir werden gemeinsam nach China schwimmen. Im schlimmsten Fall sterbe ich mit dir zusammen, aber ich muss wenigstens nicht ohne dich leben.«

»So etwas Ähnliches hast du schon einmal gesagt, als du noch Constance warst, und ich habe dir das damals ausgeredet.«

Sie sah ihn finster an. »So was machst du mit mir nur einmal.«

Sie streckte ihm ihre Hand hin. »Bereit?«

»Ich möchte nicht, dass das zu Ende geht«, sagte er.

»Das ist erst der Anfang«, meinte sie mit einer Zuversicht, um die er sie beneidete.

Sie schauten gen Westen. Er beugte sich nach unten und küsste sie. »Auf nach China.«

Sie nickte. Ihr Kinn zitterte, und er konnte sehen, dass sie den Mund geschlossen hielt, um nicht in Tränen auszubrechen.

»Ich liebe dich«, sagte er.

Sie sah ihn ein letztes Mal mit einem tränenverschleierten Blick an. Dabei hielt sie seine Hand so fest umklammert, dass seine Finger taub wurden. Als sie schließlich ins Wasser sprang, folgte er ihr.

Gerade als sie sich ins Wasser stürzten, krachte ein weiterer Schuss. Er hätte sie gern weiter an der Hand gehalten, aber so konnte man nicht schwimmen. Er dachte an ihre Schulter. Sie schwammen zielstrebig, aber das würde nicht lange anhalten, das wusste er.

Die Sonne schien immer noch auf die Wasseroberfläche, aber in einiger Entfernung bemerkte er einen Blitz, und er vermutete, dass dies für sie beide das Ende bedeuten würde, wenn es nicht schon vorher kam. Er beobachtete ihre hellen Beine im Wasser, ihren ausgefransten, losen Kittel. Immer noch hielt er seine Besorgnis auf Abstand, aber bald würde sie ihn mit voller Wucht erwischen.

Seine Gedanken wanderten zu Joaquim. Die Wellen schäumten immer höher, und das würde es ihm erschweren, vom Land aus auf sie zu zielen. Noch einige hundert Meter weiter, und sie würden außerhalb seiner Sicht und seiner Schussweite sein.

Joaquim konnte versuchen, sie mit einem Boot zu erreichen, aber bei dem Wellengang würde das schwierig werden. Kein Bootsbesitzer mit Verstand würde ihm bei diesem Wetter sein Boot überlassen. Vielleicht verfügte Joaquim bereits über ein Boot. Vielleicht würde er eines stehlen. Doch wenn er den Strand auch nur für kurze Zeit verließe, würde er seinen Posten an Land aufgeben. Er musste damit gerechnet haben, dass sie früher oder später an Land auftauchen würden. Er wusste, eine andere Möglichkeit hatten sie nicht. Das Einzige, was sich seiner Kontrolle entzog, war ihre Bereitschaft zu sterben. Dorthin, wo sie jetzt gingen, konnte er ihnen nicht folgen.

Sie waren etwa einen halben Kilometer geschwommen, als er ihre Atemlosigkeit bemerkte, und außerdem befürchtete er, dass sie Schmerzen hatte. Er schwamm langsamer und trat dann Wasser. Es kostete Anstrengung, nicht von den Wellen überspült zu werden.

»Wir müssen uns nicht beeilen«, sagte er, »China läuft uns nicht weg.«

»Hier kann er uns nicht mehr erwischen, oder?«

»Das ist unwahrscheinlich. Ich kann ihn nicht einmal mehr erkennen.«

»Also sind wir nur noch zu zweit.« Sie zitterte am ganzen Leib.

»Nur wir zwei.« Er legte seine Arme um sie. »Wie geht es deiner Schulter?«

»Ich würde sagen, sie ist unser geringstes Problem.«

Er nickte. Er wünschte, sie könnten das, was nun auf sie zukommen würde, einfach überspringen, denn das war der schwere Teil. Das Wasser kühlte merklich ab, und das würde alles verlangsamen, auch das Sterben.

»Was passiert, wenn wir es nicht bis dahin schaffen?«, fragte sie keuchend. »Wie ist das Sterben?« Sie wirkte nicht ängstlich, sondern entschlossen.

»Du überlässt dich dem Tod nicht«, sagte er. »Er kommt und nimmt dich. Du machst einfach weiter, bis er dich holt.«

»Dauert das lange?«

Er hatte nicht vor, sich in Einzelheiten zum Tod durch Ertrinken zu verlieren. Die würden sie nur erschrecken. »Einige Minuten. Du bist kräftig, und dein Körper wird kämpfen, aber ich verspreche dir was.«

»Und das wäre?«

»Im schlimmsten und schwärzesten Augenblick, wenn der Schmerz am größten ist und du denkst, dass du das alles nicht mehr aushältst, überkommen dich Frieden und ein Wohlgefühl, wie du es noch niemals zuvor empfunden hast.«

Ihr Blick war voller Hoffnung. »Ist das bei jedem so?«

»Bei dir wird es so sein.«

Auf dem nächsten Abschnitt überfiel sie beide eine seltsame Ruhe. Sie schwammen unter Wasser und kamen nur an die Oberfläche, um Luft zu holen. Er blieb dicht bei ihr und beobachtete sie. Die Schönheit ihrer langsamen Bewegungen im Wasser versetzte ihn in eine Art Trance. Er war sich nicht schlüssig, ob er versuchen sollte, ihr zu helfen und ihrem Körper eine Ruhepause zu verschaffen, oder nicht. Er wollte das Ende nicht länger als nötig hinauszögern. Es lag eine eigene Schönheit darin, wie die Wellen sie umtosten und das Sonnenlicht von oben durch das Wasser drang, so schrecklich das klingen mochte. Er dachte an sein erstes Leben in Antiochia zurück, als er als Fünfjähriger während des Erdbebens im Wasser des Flusses gelegen hatte. Er hatte damals in die Ewigkeit geschaut, dachte er jetzt und fragte sich, ob er diese jetzt wieder, diesmal zusammen mit ihr, erblicken würde.

Sie verfügte über eine bemerkenswerte Ausdauer. Ihr Körper setzte eine Menge Energie frei, das konnte er an den Bewegungen ihrer Arme sehen und an ihrem Gesichtsausdruck. Er wusste, dass sie keine Schmerzen mehr empfand.

Und dann, nach einer Weile, ließen ihre Kräfte nach. Ihre Bewegungen wurden langsamer und unkontrollierter. Bei ihm war es genauso. Es störte ihn nicht, was ihn selbst anging, doch schmerzte es ihn, das bei ihr zu beobachten. Er wollte ihr nicht dabei zusehen, sich aber auch nicht schonen. Er hatte sie in das Ganze mit hineingezogen.

Und dann kam der Augenblick, unerwartet und dennoch unausweichlich, an dem sie aufhörte zu kämpfen. Unter Wasser, in dem gebrochenen Licht der Sonne, wandte sie ihr Gesicht und sah ihn an: Es war kein Lächeln, und doch wirkte es wie ein Lächeln. In ihrem Gesicht war keinerlei Angst zu sehen, nur tiefes Vertrauen; Vertrauen in ihn und in das, was er ihr versprochen hatte.

So fühlte es sich an, wenn man geliebt wurde. Anstatt dagegen anzukämpfen, wie er es immer getan hatte, ließ er das Gefühl zu. Er wollte sich öffnen, um es voll und ganz auszukosten.

Und dann reckte sie zu seinem Entsetzen die Arme über den Kopf und begann zu sinken. Er beobachtete sie dabei wie in Zeitlupe. Die Lichtbündel der Sonne drangen durch die Wasseroberfläche und umtanzten sie. Ihr Haar war wie eine goldene Wolke, ihre Handflächen waren geöffnet.

Sie sank weiter. Er sah ihren Hinterkopf und ihre gespreizten Finger, die an ihm vorbei nach unten glitten. Sie wurde von dem gierigen Dunkel des Meeresgrunds verschluckt. Sie war dabei, ihn und das Sonnenlicht zu verlassen, und er war wie erstarrt von ihrem Anblick.

Du musst sie gehen lassen.

Warum?, brüllte eine Stimme in seinem Kopf und erweckte seinen erschöpften Körper wieder zum Leben.

Weil das für uns die Rettung bedeutet. So wollten wir es haben. Darauf haben wir jahrhundertelang gewartet.

Was hatten alle diese Jahrhunderte für eine Bedeutung? Was bedeuteten Tage und Jahre und Monate voller Erinnerungen? Nichts. Sie waren Gedanken in seinem Kopf, mehr nicht. Konnte er sich sicher sein, dass sie von Bedeutung waren? Hatte er irgendeinen greifbaren Grund für die Annahme, dass er wiedergeboren worden war oder es jemals sein würde? Sie hatte ihm geglaubt. Aber schenkte er sich selbst Glauben? War er so überzeugt davon, dass er bereit war, sie zu opfern?

Vielleicht war er einfach nur geisteskrank. Vielleicht war das alles. Er gehörte in eine Nervenheilanstalt zu all den anderen, die sein Weltbild teilten. Was veranlasste ihn zu glauben, dass er etwas Besseres war? Nur weil er seine verrückten Ideen gekonnt für sich behielt?

Wie konnte er sich so sicher sein, dass es vor diesem Leben noch andere gegeben hatte? Es gab keinen plausiblen Grund dafür. Vielleicht war sein sogenanntes Gedächtnis nur eine Strategie, um mit einem Leben klarzukommen, das von Vernachlässigung und Misshandlung geprägt gewesen war? Menschen mit seelischen Verletzungen unternahmen die merkwürdigsten Dinge. Wie konnte er sich sicher sein, dass er nicht einfach verrückt war? Er konnte es nicht. Leicht möglich, dass er in einer Scheinwelt lebte, und sie hatte er dort mit hineingezogen.

Am Ende waren das ganz sicher alles nur Geschichten. Doch was, wenn diese Geschichten nicht wahr waren? Konnte er dieses Risiko auf sich nehmen? Konnte er sie aufgrund dessen einfach sterben lassen?

Gedanken bedeuteten nichts. Erinnerungen ebenso wenig. Man konnte sie nicht mit den Händen greifen. Sie beanspruchten keine Zeit und ließen sich auf engstem Raum zusammendrängen. Innerhalb von wenigen Sekunden konnte man damit ein ganzes Weltbild auf den Kopf stellen.

Er beobachtete, wie ihre Haarwolke die Höhe seiner Knie erreichte. *Zieh das Ganze nicht weiter in die Länge. Zögere ihr Sterben nicht hinaus.* Ihr Kehlkopf würde sich schließen, und dann würden das Herz, die Lungen und das Hirn ihren Kampf ausfechten, und wenn er sie festhielt oder eingriff, würde es nur noch schwerer für sie werden.

Dies war die Frau, die er liebte. Es war seine schöne und starke Frau. In einem der wunderbarsten Augenblicke seines Lebens hatte er mit ihr geschlafen, und jetzt starb sie vor seinen Augen.

Nein. Ein Wort durchzuckte ihn. Es brachte jeden seiner Muskeln und Nerven zum Schwingen. *Nein.* Sie würde ihn nicht verlassen. *Nein.* Er würde sie nicht einfach sterben lassen.

Nein. Mit diesem Wort verband sich eine Erinnerung. Er war schon einmal dabei gewesen, als sie starb. Er hatte ihr Haus niedergebrannt und dann ihrem Sterben zugesehen. Und seitdem dachte er jeden Tag voll Schmerz daran und träumte des Nachts davon. *Nein.* Dieses Mal würde er nicht wieder dabei zusehen.

Wir haben keine andere Wahl. Es gibt keine Alternativen.

Nein! Wenn man keine andere Wahl hat, muss man sich eine erfinden. Wenn es keine Alternativen gibt, muss man sich welche schaffen. Man kann nicht zulassen, dass die Welt einen einfach überrollt. Das hatte er zu lange zugelassen.

Sein Blick richtete sich jetzt nicht in die Ewigkeit. Alles, was zählte, waren diese Frau und dieser eine Augenblick und eine winzige Chance. Sein Körper befreite sich aus seiner Starre. Er wusste, was er zu tun hatte. Er umfasste sie an der Taille und zog sie an die Oberfläche. Das hier war sein Körper, und es war ein zuverlässiger und kräftiger Körper.

Er hielt sie umfasst und trat Wasser. Ihr Kopf fiel auf seine Schulter. Sie rührte sich nicht mehr. Während er an ihrem Hals und an ihrer Brust nach Lebenszeichen suchte, strömte das Adrenalin durch seine Adern.

Sie war nicht tot. Es war noch kein Wasser in ihre Lungen eingedrungen, aber sie waren durch den Kehlkopf von der Luftzufuhr abgeschlossen, und er durchlebte einen furchtbaren Augenblick, bis sich ihre Kehle wieder geöffnet hatte, und sie zu atmen begann.

»Du wirst nicht sterben«, sagte er. Seine Stimme war brüchig. »Ich weiß, dass ich gesagt habe, ich würde dich sterben lassen, aber ich schaffe es nicht.«

Er griff unter ihren Achseln hindurch und schlang die Arme um ihre Brust, so wie er das bei dem Lebensrettungskurs in Fairfax gelernt hatte, und zog sie durchs Wasser. Er schwamm genau in das

Unwetter hinein, denn ihm fehlte jede Richtung. Die Sonne war verschwunden, und es regnete. Er betete, dass die Blitze weiter die Küste hinauf und von ihnen fort wandern würden.

Er schwamm mit aller Kraft. Er hatte keine Ahnung, in welche Richtung er sich bewegte und was auf ihn zukommen würde, außer mehr Wasser und Regen. Er spürte, wie ihn eine Strömung Richtung Norden zog, und nachdem er sich ihr zunächst widersetzt hatte, schwamm er jetzt mit ihr. Wie sollte er wissen, in welche Richtung er sich wenden sollte?

In Augenblicken größter Anspannung nahm er die Welt gewöhnlich von oben, aus großer Ferne, wahr. Doch jetzt sah er sie beide hier unten, zwei kleine weiße Gesichter, die auf weiter stürmischer See über den Wellen auf und ab tanzten.

Seine Lunge und seine Glieder schmerzten, aber er behielt sein Tempo bei. Er wollte nicht nachlassen. *Du bekommst sie nicht,* hätte er dem gleichgültigen Wasser ebenso zurufen wollen wie Joaquim. *Ich bringe sie in Sicherheit.*

Er hatte keine Ahnung, wie er das anstellen sollte, außer indem er einfach weiterschwamm. Er musste kämpfen. Das war alles, was ihm blieb. Keine Erinnerungen, keine Erfahrung, keine Fähigkeiten nutzten ihm jetzt mehr. Er hatte seinen Willen. Und dieser Wille befahl ihm, zu kämpfen bis zum Letzten.

Vom Unwetter verdeckt, ging die Sonne unbemerkt unter. Mit einem Mal war es dunkel, und man konnte nicht mehr viel erkennen. Seinen Körper nahm er schon seit Langem nicht mehr wahr. Seine Beine waren taub, und von der Existenz seines Arms wusste er nur noch, weil dieser Lucy immer noch umschlungen hielt. Er wusste, dass sein Körper versuchte, Sauerstoff für sein Gehirn und die lebenswichtigen Organe aufzusparen. Sein Verstand hatte sich langsam vernebelt. Er hätte schon längst untergehen sollen. In seinem jetzigen Zustand beneidete er sich fast um die Male, als er einfach in Ruhe hatte ertrinken dürfen.

Plötzlich bemerkte er, dass Lucy ihn mit weit geöffneten Augen ansah. Ihr Blick war verstört, reglos ließ sie sich von ihm ziehen.

Sein Gesicht war so taub, dass es ihm kaum gelang, den Mund zu öffnen oder die Zunge zu bewegen. »Hi, Babe«, krächzte er. Er hätte seiner Stimme gern einen normalen Klang verliehen, um sie nicht zu erschrecken.

Sie blinzelte einige Male. »Was machen wir gerade?«, fragte sie. Ihre Stimme war kaum zu hören.

»Wir versuchen, nicht zu sterben«, antwortete er.

Sie lehnte ihren Kopf zurück. »Es regnet.«

»Ich weiß.«

»Bist du sicher, dass wir nicht schon tot sind?«

Sein Mund fühlte sich jetzt weniger taub an. »Das zum Teufel hoffe ich.«

Donnergrollen war zu hören, aber der Blitz blieb aus. Der Wind peitschte das Wasser auf, und die Wellen schlugen über ihnen zusammen. Bei jeder Welle betrachtete er sie, wie sie prustete und wieder nach Luft rang.

Sein Herz war fast am Platzen. Es war voller Lust und Liebe gewesen, zu denen sich jetzt noch Unterkühlung und ein drohender Herzinfarkt gesellten. Normalerweise verlor man das Bewusstsein, bevor das Herz aussetzte, aber er kämpfte gegen die drohende Ohnmacht an. Seine Gedanken gerieten immer mehr durcheinander, doch versuchte er Lucy zuliebe, bei Bewusstsein zu bleiben. *Halt noch durch*, bat er sein Herz.

Sie hatte den Kopf in den Nacken fallen lassen und betrachtete das Mondlicht, das immer wieder durch die Wolkendecke drang. Ihr zum Himmel gewandtes Gesicht war schön im Licht des Mondes. Sie hatte genug Vertrauen in ihn, um sich dem Tod zu überlassen, und offenbar vertraute sie ihm auch genug, um ohne Hoffnung und Ziel in stürmischer See herumzutreiben.

Ihm kam es so vor, als hätte er neben dem Heulen des Windes ein anderes Geräusch wahrgenommen, doch sein Verstand arbeitete zu langsam, um das Gehörte einzuordnen.

Lucy sagte etwas, aber er konnte ihre Worte nicht genau verstehen.

»Ist jetzt die schlimmste und schwärzeste Stunde gekommen?«

Er klapperte mit den Zähnen. Sein ganzer Körper zitterte. »Warum fragst du?«

»Schau nur.« Er folgte ihrem Blick, der zum Himmel gerichtet war. Durch den Regen sah er es weiß aufblitzen und hörte wieder dieses Geräusch. Er starrte das Szenario verständnislos an, ohne zu begreifen. Gedankenfetzen drängten sich in seinen Verstand, ohne sich zu einem klaren Bild zu formen.

»Siehst du das da?«

»Das ist eine Möwe.«

Die Möwe kreiste einige Male über ihren Köpfen und suchte vermutlich nach einem Weg, sie anzugreifen. Daniel sah, in welche Richtung sie flog, und folgte ihr. Er schaffte es nicht, seinen Verstand in Gang zu setzen, aber sein Körper schien zu wissen, dass sich Möwen, besonders bei diesem Wetter, nicht weit vom Land entfernten. Ohne einen Platz zum Landen flogen sie nicht so weit aufs Wasser hinaus.

Daniel verdoppelte seine Anstrengungen. Instinktiv war ihm klar, dass er der Möwe folgen musste. Er durfte sie nicht aus den Augen verlieren. Die Möwe ließ sich auf dem Wind treiben, schraubte sich empor und drehte sich, und schmerzlicher Neid ließ Daniel ein wenig zu sich kommen. *Wir Menschen sind nicht für das Wasser oder den Himmel geschaffen, wie sollen wir dir folgen?*

»Irgendwo wird sie sich niederlassen«, krächzte er.

»Woher weißt du das?«

»Ich weiß es einfach.«

Sie starrte ihn an, und Besorgnis brach sich bahn. »Wie schaffst du das?«, schrie sie ihm über das Tosen des Wassers zu. »Wie schaffst du es, immer noch weiterzuschwimmen, Daniel? Ich verstehe das nicht.«

Er hatte keine Ahnung. Er war sich gar nicht sicher, ob er sich immer noch bewegte. Er war schon froh, dass seine Beine immer noch Schwimmbewegungen machten, auch wenn er sie nicht mehr fühlen konnte. *Wir müssen weiterleben!*, hätte er ihr zurufen wollen, aber ihm fehlte der Atem dazu.

Er konnte so gut wie nichts mehr sehen. Er hielt die Augen geöffnet, aber mehr als grobe Umrisse konnte er nicht erkennen. Er war froh, dass sie ihre Augen offenhalten konnte.

»Daniel, ich seh da was!«, rief sie.

Er sah sie an und versuchte, seinen Blick zu fokussieren.

»Es liegt genau vor uns. Es ist etwas Großes, das aus dem Wasser ragt. Wie ein großer Fels. Kannst du es auch sehen?«

»Ich weiß nicht.«

»Mach weiter, wir sind ganz nah dran!« Sie versuchte mit den Beinen mitzuhelfen.

Der Fels ragte schon über ihnen auf, und er war fast schon dagegengekracht, bevor er ihn mit den Augen erkennen konnte. Mit einem letzten erschöpften Seufzer hievte er sie nach oben auf den Stein und sah zu, wie ihre Beine Halt an der rauen Oberfläche suchten und nach oben kletterten.

Er legte seine Hände auf den Fels, um sich hinaufzuziehen. Er schloss die Augen. *Nur eine kurze Pause, ich muss nur kurz verschnaufen,* dachte er.

Er hörte sie schreien, bevor er begriff, was geschehen war. »Daniel, Daniel, hier hinauf!«

Er war einige Meter weit abgetrieben, eine Strömung hatte ihn erfasst. *Ich ruhe mich nur noch eine Minute aus*, sagte er sich benommen, *bevor ich wieder rüberschwimme.*

»Daniel! Daniel! Mach die Augen auf. Schau mich an. Komm zurück. Es wird alles gut! Kannst du mich hören?«

Ich bin so müde, dachte er.

»Ich springe sofort wieder ins Wasser, wenn du nicht hier rüberkommst!«, schrie sie ihn an. »Ich meine es ernst. Wir können gleich weiter ertrinken, wenn du das möchtest.«

Er blinzelte angestrengt. Er nahm ihren blassen Körper wahr, der sich über den Fels nach unten bewegte. Warum machte sie das? *Warum machst du das?,* versuchte er sie zu fragen, aber sein Mund ließ sich nicht öffnen. Entfernt streifte ihn der Gedanke, dass das keine gute Idee von ihr war, und er versuchte, sich in ihre Richtung zu bewegen. *Lass das sein!* Er hatte sie erreicht und fand seine Hand auf ihrem Fußgelenk wieder. »Du wirst ertrinken.« Er lallte, und sein Verstand arbeitete nur schleppend.

»Daniel, komm sofort hier rauf, oder ich schwöre dir, ich ertrinke zusammen mit dir.« Mit einer Hand hielt sie sein Handgelenk umklammert. Er konnte ihren Griff spüren. Sie legte seine Hände auf einen Felsvorsprung. »Fertig? Hör zu! Ich zähle jetzt bis drei, fertig? – Eins, zwei …«

Wieder fielen ihm die Augen zu.

»Daniel?« Sie drückte seinen Arm so fest, dass er seine Augen wieder öffnete.

Er konnte ihr Gesicht jetzt klar erkennen. Es war genau vor ihm. »Eins, zwei, drei …!«

Mit einen tiefen Stöhnen hievte er sich auf den Fels. Er krümmte sich wie ein Wurm und schob sich weiter den Stein hinauf, und noch einmal, bis nur noch seine Füße im Wasser hingen, und in diesem Moment gab sein Körper auf.

PETACALCO, MEXIKO, 2009

SIE MASSIERTE IHM den Rücken, während sie darauf wartete, dass der Morgen anbrach. Regelmäßig stupste sie ihn an oder legte die Hand auf seine Brust, um sicherzugehen, dass er noch lebte. Immer wieder gab er ein zufriedenes Stöhnen von sich.

In der zunehmenden Morgendämmerung konnte sie die Umrisse des Felsens erkennen. Er hatte drei Zacken und mehrere Senken, in denen sich Regenwasser gesammelt hatte. Sie war sehr durstig, doch Daniel lag quer über ihren Beinen ausgestreckt, und sie wollte ihn noch nicht wecken. An einigen Stellen war das Gestein rot, an anderen schwarz. Einige wenige hartnäckige Ranken hatten Wurzeln geschlagen, und überall lagen Unmengen Vogelkot. Die Luft war klar, und die Sonne stieg schnell am Himmel auf, aber sie konnte nirgendwo Land ausmachen. Daniel war einen weiten Weg geschwommen.

Die Erinnerung an die vergangene Nacht war ernüchternd. Sie würde sich ihr Stück für Stück nähern, beschloss sie. Als Allererstes fiel ihr der Augenblick ein, als sie langsam in die Tiefe geglitten war. Sie hatte sterben wollen, er jedoch nicht.

Sie hatte keine Ahnung, wie er es geschafft hatte: Viele Stunden, nachdem ihre Kräfte sie verlassen hatten, war er immer noch weitergeschwommen. Mit ihr im Schlepptau.

Sie würden durchkommen. Sie hatte keine Vorstellung gehabt, wie das gehen sollte, aber dank ihm hatten sie es geschafft. Das Trinkwasser würde für zwei Tage reichen. Der Himmel war wolkenlos und das Meer ruhig. Es musste einfach jemand vorbeikommen. Früher oder später würde man sie auflesen.

Und was dann? Was würde dann aus ihnen werden?

Er regte sich und drehte sich auf den Rücken. Sie beugte sich zu ihm hinunter und küsste ihn auf den Mund. Der Stein war nicht sehr bequem. Ihre Beine waren an der Unterseite ganz wund, und man musste wahrlich schon halb tot sein, um auf ihm schlafen zu können.

Sie fragte sich, ob er gerade schlecht träumte, denn er verzog schmerzvoll das Gesicht, sein Körper erschauderte und verkrampfte sich. Dann verzerrten sich seine Züge zu einer Maske furchtbarer Angst, bevor sie sich wieder entspannten. Mit ihren Fingerspitzen massierte sie ihm leicht Bauch und Brust. Sie hätte seine Albträume gern verscheucht.

Die frühe Morgensonne schien ihm ins Gesicht und zwang ihn, die Augen zu öffnen. Bevor er seinen Blick auf sie richtete, öffnete und schloss er einige Male die Lider. »Du bist es.«

»Ja, ich bin es.« Sie küsste ihn auf die Stirn und die Schläfen.

»Ich bin so froh. Wo sind wir?«

»Wir sind einer Möwe bis zu einem Felsen gefolgt. Erinnerst du dich daran?«

Er überlegte einen Moment. Er kniff die Augen zusammen und öffnete sie wieder. »Nein.«

Sie schüttelte den Kopf und lächelte ihn an. »Du bist dabei, deine magischen Künste zu verlieren?«

Sein Lächeln war schwach.

Behutsam strich sie ihm über das Haar. »Bestimmt tut dir jeder Knochen weh.«

Er nickte.

Sanft zog sie seinen Kopf auf ihren Schoß und umschloss ihn mit beiden Händen. »Bei Gott, ich weiß wirklich nicht, wie du es geschafft hast, uns bis hierherzubringen. Ich habe immer gedacht, dass dein Gedächtnis deine große Stärke wäre, aber jetzt glaube ich, dass du es verloren hast und etwas Neues an seine Stelle getreten ist – eine spezielle Ausdauer beim Schwimmen.«

»Lachen tut weh.«

»Dann reden wir eben über etwas Trauriges.«

Er nickte. Er langte nach oben und berührte den Reißverschluss ihres Kittels. »Ich kann mich an dieses Kleid erinnern.«

»Du meinst diesen Kittel?«

»Ja. Den mag ich. Es gefällt mir, ihn dir auszuziehen.«

»Das ist nicht unbedingt etwas Trauriges.«

Er schüttelte mühsam den Kopf. »Das ist das Schönste, was ich jemals erlebt habe.«

Sie beugte sich erneut zu ihm hinunter und gab ihm einen Kuss. Als sie den Kopf wieder hob, sah er sie mit ernster Miene an. »Ich muss dir etwas sagen.«

»Leg los.«

»Weißt du, was ich gemacht habe, als ich dich das erste Mal gesehen habe?«

»Nein.«

»Ich war Soldat und habe dein Haus niedergebrannt.«

»Und wann war das?«

»541 nach Christus.«

»Daran erinnere ich mich nicht mehr.«

»Du bist damals gestorben. Es tut mir leid.« Er zog ihren Kopf zu sich herunter und vergrub sein Gesicht an ihrem Hals. Obwohl das alles nahezu anderthalb Jahrtausende zurücklag, konnte sie seine Scham spüren, und sie wollte dieses Gefühl nicht einfach übergehen. Sein Atem wurde regelmäßig, und er ließ ihren Kopf los. »Das ist das Wichtigste, was ich dir sagen wollte. Ich muss immer daran denken und wollte es dir schon die ganze Zeit erzählen.«

Zärtlich fuhr sie ihm über die Brust. »Ich bin froh, dass du es mir jetzt erzählt hast.«

»Wirklich?«

»Ja, denn jetzt kann ich dir sagen, dass du dir keine Gedanken mehr darüber machen musst.«

»Wie kann das sein?«

Sie betrachtete ihre Hände. »Was Daniel nimmt, das gibt er.«

»Was meinst du damit?«

»Du hast mehr gegeben als genommen, Liebster. Wir sind quitt. Du kannst das jetzt aus deinem Gedächtnis streichen.«

Einige Stunden später saß er neben ihr, als über das Wasser ein Motorengeräusch an sein Ohr drang. »Da ist ein Boot«, sagte er zu ihr, kurz bevor es in Sicht kam.

Ein Fischerboot bewegte sich auf sie zu. Sie sprangen beide auf und winkten. Lucy konnte auf zwei Fingern pfeifen, stellte sich heraus, und obwohl es ihm in den Ohren schmerzte, fand er das toll. »Bringst du mir das bei?«

Der Kapitän des Bootes bemerkte sie und steuerte in ihre Richtung. Er hatte zwei Leute mit an Bord und das Boot voller Fische. Ohne zu zögern bot er ihnen an, sie mitzunehmen. Erst als er in die unbekannten Gesichter blickte, fiel Daniel ein, wie merkwürdig ihr Aufzug erscheinen musste.

»Wir hatten ein paar Probleme«, erklärte er in seinem veralteten Spanisch.

»Das ist nicht zu übersehen«, meinte der Kapitän. »Alles in Ordnung?«

»Ja. Könnten Sie uns irgendwo an der Küste absetzen?«

»Kein Problem. Wir können euch in Petacalco absetzen. Von da könnt ihr weiter nach Guacamayas oder Lázaro Cárdenas fahren.«

»Das wäre prima. Vielen Dank. Leider kann ich Ihnen nichts dafür zahlen.«

Der Kapitän betrachtete belustigt seine Boxershorts.

»Sie haben nicht viel Gepäck dabei.«

Sie setzten sich ans hintere Ende des Bootes. Der Kapitän lieh Daniel sein Handy, und während der einstündigen Überfahrt nach Petacalco besorgte er einen Wagen, der sie nach Guacamayas bringen würde, ein Mietauto für Guacamayas und einen Flug von Colima nach New York.

Lucy sprach kein Spanisch und blickte ihn ungläubig an. »Du hast kein Geld, keine Kreditkarte und keinen Pass. Wie hast du das nur gemacht?«

»Alles, was man braucht, sind die Angaben auf der Kreditkarte und eine gute Mobilfunkverbindung.«

»Und woher hast du die Nummern?«

Er tippte sich an den Kopf. »Ich habe mich dran erinnert.«

JOHN F. KENNEDY INTERNATIONAL AIRPORT, NEW YORK CITY, 2009

Er sass zwei Stunden lang auf einer Bank im United-Terminal mit Blick auf eine Wand. Während Lucy mit dem Kopf in seinem Schoß schlief, hatte er mit seinem neu erworbenen Handy die weitere Reise organisiert. Dann wartete er, bis sie aufwachte, und ging mit ihr in eine Bar im nächsten Terminal. Dort setzten sie sich ans Fenster und sahen den startenden Flugzeugen zu. In Erinnerung an alte Zeiten bestellte er für sie beide einen Bourbon.

Sie trug Jeans, eine Bluse mit Blumenmuster, einen Pullover, eine gefütterte Weste, Socken, Stiefel und Unterwäsche. Sie besaß überdies einen Koffer voller Kleidung, die sie während der vergangenen Stunden gekauft hatten. Der Flughafen war wie ein kleines Einkaufszentrum, wenn auch kein sehr attraktives. Sie musste ihm schwören, dass sie den Kittel für immer behalten und bei ihrem nächsten Wiedersehen anziehen würde.

Er reichte ihr ein Stück gefaltetes Papier. »Hier habe ich alles für dich aufgeschrieben.«

Sie nickte. Er sagte das nicht zum ersten Mal.

»Die Nummern, die du brauchst, habe ich in deinem Telefon gespeichert.«

»Gut.«

»Hast du dir schon überlegt, was du deinen Eltern und Marnie erzählen willst?«

»Ich lass mir was einfallen.«

Er nickte. »Deine Tickets, die Reiseroute, dein Pass, deine Reiseschecks und dein Geld sind in dem Umschlag.«

»Das Geld gehört dir.«

»Nun, ich hab's dir gegeben, also gehört es jetzt dir.« Das Bargeld, das er ihr gegeben hatte, war noch das Wenigste. Er hatte eine Unsumme für die beiden gefälschten Pässe hingelegt, die sie sich am Vortag in Mexiko besorgt hatten.

»Bist du reich?«

»Ja.«

»Sehr?«

»Ich hatte lange genug Zeit, um etwas für schlechte Zeiten beiseitezulegen.«

»Das hätte ich nicht gedacht, als du noch an der Highschool warst.«

»Da bin ich aber froh. Und warum nicht?«

»Bei deinem Reichtum könnte man meinen, dass du dir vielleicht mal ein Paar neue Schuhe hättest leisten können.«

Er lachte. Vor seinem geistigen Auge erschienen die Wildlederschuhe, die er im Schlafzimmer des Bungalows in Mexiko einfach abgestreift hatte, um mit ihr ins Bett zu gehen. »Es tut mir leid, dass ich die jetzt nicht mehr habe. Dafür muss ich mir diesen Dreckskerl von einem Exbruder auch noch vorknöpfen.«

Sie nahm seine Hand und legte sie an ihre Wange. »Daniel, ich will das alles nicht.«

»Das weiß ich. Mir geht es genauso. Ich möchte mich nicht von dir trennen und würde alles dafür tun, um es zu vermeiden, aber es gibt keinen anderen Weg.«

»Ich glaube, ich möchte lieber mit dir ertrinken.«

Er ergriff ihre Hände und küsste sie auf die Innenseite und den Handrücken. Dann küsste er die Innenseite ihrer Handgelenke und jeden einzelnen Finger.

»Es ist schön dort, wo du hingehst. Und ich verspreche dir, dass du dort in Sicherheit sein wirst.«

»Woher weißt du das?«

»Es ist der einzige Ort auf der Welt, an den Joaquim niemals seinen Fuß setzen würde. Dort würde man ihn sofort durchschauen.«

»Und warum kommst du dann nicht mit?«

»Ich werde nachkommen, sobald ich das erledigt habe, was ich tun muss. Dann komme ich und hole dich ab. Und dann können wir leben, wo immer wir möchten. Du kannst dein Studium in Charlottesville abschließen, wir können nach Washington ziehen, wir können in Kalifornien, Chicago, Peking oder in Bangladesch leben. Wir können wieder zurück nach Hopewood ziehen, in das Zimmer neben dem Schlafzimmer deiner Eltern.«

Gegen ihren Willen musste sie lachen.

»Wir können hingehen, wohin wir wollen.«

»Und was noch?«

»Wir können machen, was wir wollen. Wir können heiraten oder auch nicht. Wir können uns Jobs suchen oder es lassen. Wir können einfach nur herumhängen. Wir können im obersten Stock eines Wolkenkratzers leben oder umgeben von Wasser in einem Haus auf Stelzen. Wir können jeden Tag miteinander schlafen.«

»Zweimal am Tag.«

»Dreimal am Tag.«

Sie hob die Augenbrauen. »Dreimal?«

»Wir haben einiges nachzuholen.«

Sie nickte. »Wir können zusammen alt werden.«

»Das würde ich mir wünschen.«

»Vielleicht könnten wir auch ein, zwei Kinder haben.«

Ihr Gesicht leuchtete bei der Vorstellung so sehr auf, dass er sie nur ungern enttäuschte. Er war sich bewusst, dass sein Gesichtsausdruck schwer zu enträtseln war. »Ich weiß nicht genau, ob das bei mir drin ist.«

Er konnte sehen, dass sie ihn gern gefragt hätte, warum nicht, aber gerade wurde ihr Flug aufgerufen.

Er nahm ihre Tasche, und sie eilten zum letzten Flugsteig im Terminal. Das Boarding der ersten Klasse war fast abgeschlossen.

»Hier bist du richtig.«

»Das ist die erste Klasse.«

»Dein Ticket ist ebenfalls erste Klasse.«

»Nein, das stimmt nicht, oder doch?«

»Der große Badeurlaub in Mexiko, zu dem ich dich eingeladen hatte, war nicht sehr erholsam. Ich habe gehofft, es so ein bisschen wiedergutmachen zu können.«

»Mir ist es lieber, es ist weniger erholsam, wenn wir nur zusammenbleiben können.«

»Ich weiß. Bald werden wir wieder zusammen sein. Ich fang schon mal an, mir ein paar Gedanken zu unseren ersten richtigen gemeinsamen Ferien zu machen. Ich werde dir Budapest und Athen zeigen, und dann möchte ich, dass du dir auch die Türkei noch einmal ansiehst. Ich glaube nicht, dass du dich daran noch so gut erinnerst wie ich.«

Sie schüttelte den Kopf.

»Wir werden in einem Palast in Istanbul wohnen und dann nach Pergamon reisen, und da nehme ich dich auf eine Tour mit, wie du sie dir nicht mal im Traum vorstellen kannst.«

Sie nickte. In ihren Augen standen Tränen, und er nahm sie fest in die Arme. »Wenn es ihn nicht mehr gibt, können wir auf dieser Welt tun, was wir wollen, Lucy. Aber bis dahin werden wir wie Gefangene leben, und das darf nicht sein. Ich will den Dingen nicht mehr einfach ihren Lauf lassen. Das habe ich zu lange so gemacht. Ich verliere den Mut und gebe mich geschlagen, und dann sterbe ich, weil ich denke, es gibt ja immer noch ein nächstes Leben, und das wird dann besser. Aber kein Leben kann besser sein als dieses hier. Denn jetzt habe ich dich.«

Sie hielt ihn fest umschlungen. Er fühlte, wie sie in seinen Achselhöhlen schniefte. »Wohin gehst du?«

»Ich werde ihn aufspüren. Ich werde ihn vernichten, bevor er uns vernichten kann.«

»Kann man jemanden wie ihn überhaupt vernichten?«

»Ich glaube schon. Ich bin mir sogar sicher. Ich muss mir überlegen, wie, aber ich habe einen Freund, der mir dabei helfen wird.«

Sie hob den Kopf. »Es macht mir Angst, wenn ich dich so reden höre. Er ist bösartig, und das bist du nicht. Ich habe Angst, dass du nicht zurückkommen könntest.«

»Ich werde zurückkommen.«

»In diesem Leben.«

»In diesem Leben.«

»Und wie kannst du dir da so sicher sein?« Sie weinte jetzt. Sie standen jetzt am hinteren Aufgang zum Flugzeug.

»Ich habe etwas, für das es sich zu leben lohnt. Er hat nur seine Rache. Ich kann sehen, er nicht.«

»Das stimmt. Aber er hat dafür wahrscheinlich zehn Gewehre, fünf Bomben und jede Menge Messer.«

»Dann besorge ich mir das alles eben auch. Ich bin klüger als er. Wenn ich genügend Zeit habe, mir alles genau zu überlegen, bin ich im Vorteil. Ich bin älter als er, und ich habe keine Lust mehr, weiter das Opfer zu sein. Ich werde nicht mehr vor ihm weglaufen.«

»Und was ist, wenn du nicht zurückkommst? Dann werde ich mich wie Constance, Sophia und wie alle die anderen fühlen, die du mit einem gebrochenen Herzen zurückgelassen hast.«

»Ich war der mit dem gebrochenen Herzen, Lucy. Ich bin länger damit herumgelaufen als irgendjemand sonst.«

Sie betrachtete ihn nachdenklich. »Kann ich dich etwas fragen?«

»Selbstverständlich.«

»Haben wir vorher schon mal irgendwann … na, du weißt schon?«

Er mochte es, wenn sie ganz leicht rot wurde. »Du meinst, ob wir schon mal zusammen waren?«, fragte er sie neckend.

Sie lächelte. »Genau. So wie jetzt?«

»Nein. Noch nie.«

»Noch nie?« Sie fuhr sich mit dem Handrücken über die Augen. »Daran würde ich mich erinnern.«

»Nicht einmal in tausend Jahren?«

»Nicht ein einziges Mal.«

»Ich meine nicht nur Sex, sondern einfach nur so, du verstehst schon…« Sie musste lachen. »Noch nicht mal ansatzweise?«

»Nein, nicht mal das.«

»Da hast du's. Wir haben jetzt etwas, auf das wir stolz sein können.«

Er lachte und hob sie hoch. »Wenn das nicht reicht, damit ich am Leben bleibe und zu dir zurückkehre, Lucy, gibt es nichts auf der Welt, was ausreichen würde.«

PARO, BHUTAN, 2009

DIE LANDSCHAFT WAR noch malerischer als in seinen Beschreibungen. Das Kloster lag an einem entlegenen Hang, von welchem man die Ebene des Paro-Flusses im östlichen Himalaya überblickte. Jeden Morgen sah sie auf die entfernten Spitzen der Berge jenseits der Ebene. Sie waren unglaublich hoch, zerklüftet, ihre schneebedeckten Gipfel glitzerten im Sonnenlicht, und sie erschienen ihr eher wie ein Teil des Himmels als der Erde.

Lucy war von den Mönchen wie ein Ehrengast aufgenommen worden. Wie sie wusste, hatte sie das dem Umstand zu verdanken, dass die Verhandlungen von einer Inderin übernommen worden waren, einer engen Freundin von Daniel, die merkwürdigerweise Ben hieß.

Sie begriff, warum Daniel für sie diesen Ort ausgesucht hatte. Die Spiritualität war hier beherrschender als alles, was sie jemals erlebt hatte, und Reinkarnation gehörte zu den grundlegenden Glaubenssätzen der Mönche. Sie erwählten ihren höchsten Lama nicht aufgrund einer Erbfolge, sondern sie suchten nach dem Jungen, in dem der ehemalige Lama wiedergeboren worden war. Sie begriff, warum Joaquim nicht hierherkommen würde.

Sie hatte einige kleine Abenteuer erlebt. Mit ihrem bereitwilligen Führer Kinzang, der nicht mal zwölf Jahre alt war, hatte sie die Hauptstadt Thimphu besichtigt, einem Wettkampf im Bogenschießen beigewohnt und den am Wochenende stattfindenden Markt besucht. Sie hatte an Trekkingtouren durch das Tal teilgenommen und Dinge gesehen, von den sie nicht geglaubt hätte, sie in ihrem Leben zu Gesicht zu bekommen: Terrassen, auf denen Reis angebaut wurde, Obstgärten an Berghängen und ein Kloster mit dem Namen Tiger's Nest, das auf einem Felsvorsprung errichtet war. Sie hatte mit den Mönchen im Klostergarten gearbeitet und hatte die Namen von Dutzenden unbekannter Pflanzen in Dzongkha, der Amtssprache von Bhutan, gelernt. Eine Frau aus dem Dorf hatte ihr beigebracht, wie man webte, und sie hatte sich schnell sehr geschickt angestellt. Mittlerweile hatte sie sich angewöhnt, die traditionelle Kira zu tragen.

Doch meist blieb sie innerhalb der Klostermauern und las, schrieb Briefe, jätete im Garten und übte sich in Meditation. Die Mönche begegneten ihr mit Freundlichkeit und brachten ihr alles geduldig bei, aber sie sprachen sehr wenig, und ihre wenigen Worte konnte sie nicht verstehen. Sie fühlte sich isoliert und einsam. Sie vermisste ihre Eltern und Marnie. Sie hatte ihnen von einem Stipendium erzählt, mit dessen Hilfe sie die Gärten im Himalaya erforschen konnte. Es habe sich angeblich erst in letzter Minute ergeben, sie könne sich die Gelegenheit unmöglich entgehen lassen, außerdem sei sie nur per Briefverkehr erreichbar.

Am meisten aber vermisste sie Daniel. Eine schmerzvolle Sehnsucht hüllte sie wie in eine dunkle Wolke, die sie auf Schritt und Tritt verfolgte. Sie drang ihr in jede Pore und veränderte die Luft, die sie atmete.

Sie las seine Briefe unzählige Male, versuchte, sich kein Gefühl entgehen zu lassen, jede noch so geringe Information, jeden flüchtigen Geruch und jedes winzige Molekül von ihm zu erhaschen, das in ihm enthalten sein mochte. Stundenlang saß sie über der Liste, die er am Flughafen für sie geschrieben hatte. Es war nur eine einfache Liste, aber als sie zusammen in der Bar saßen, hatte er ein wenig von seinem Getränk darauf verschüttet, und jetzt fuhr sie mit der Hand über den braunen, verwaschenen Fleck und ertastete in ihm Daniels Gegenwart.

Nach dem ersten Monat war ihr regelmäßig übel. Sie dachte, es käme von dem Yak-Fleisch oder dem Tee mit Yak-Butter oder den

Unmengen Chilis, die sich in jedem Essen befanden. Die Speisen waren zumeist köstlich, aber sie bekamen ihr einfach nicht, nahm sie an. Sie hatte versucht, mehrere Zutaten von ihrem Speiseplan zu streichen, bis sie so gut wie nichts mehr aß, doch das war ihrem Magen noch weniger bekommen. Im zweiten Monat fiel ihr ein, dass sie vor ihrer Reise nach Mexiko das letzte Mal ihre Periode gehabt hatte, und da dämmerte ihr, warum ihr übel war.

Und dann bekam sie Angst. Gerade ein Kind hatte in Daniels Vorstellungen von einem gemeinsamen Leben keinen Platz gehabt. Er hatte es nicht gewollt. Sie wusste nicht, warum, und sie wusste nicht, was sie nun machen sollte. Sie konnte es ihm nicht sagen, obwohl sie einige Anläufe dazu unternommen hatte. Sie war dreiundzwanzig Jahre alt, unverheiratet und befand sich allein in einer ungewohnten Umgebung. Sie konnte kein Kind bekommen, aber sie wusste auch nicht, wie sie es hätte verhindern können. Sie schrieb ihm einen Brief nach dem anderen, in der Absicht, ihm von der Schwangerschaft zu erzählen, aber am Ende ließ sie es doch sein.

Am Anfang ihres dritten Monats in Paro kamen keine Briefe mehr von ihm. Sie schrieb weiterhin jeden Tag an ihn, aber mit jedem Tag schwand ihre Hoffnung, dass er diese Briefe jemals lesen würde. Sie dachte mit wachsender Besorgnis an ihn.

Die Zeit wollte nicht vergehen, doch kam aus drei unerwarteten Richtungen Hilfe. Da waren zum einen die Briefe von Marnie, voller Fragen und Zweifel, auf die Lucy nicht eingehen konnte, und zugleich voller bedingungsloser Liebe. Es grenzte an ein Wunder, wie Marnie lieben konnte, ohne zu verstehen. Wie viel sie von ihrer Freundin lernen konnte.

Zum anderen gab es die Briefe von ihrem Vater. Humorig beschrieb er darin, wie er in dem Heimatmuseum den Amerikanischen Bürgerkrieg nachspielte, und er brachte in sehr persönlichen Worten seiner Sorge um ihr Wohlergehen zum Ausdruck. Im Zeitalter von Handy und E-Mails war ihr entgangen, dass er wunderbare Briefe schreiben konnte. So hölzern er als Person oft wirkte, so geschickt erwies er sich mit Stift und Papier. Unwillkürlich fragte sie sich, ob er Dana jemals einen Brief geschrieben hatte.

Und drittens wurde sie sich des wachsenden Umfangs ihres Bauches bewusst. Jeder Geschmack und Geruch wurden unerträglich, doch sie hatte immerhin Gesellschaft. Sie war nicht ganz allein. Es war ihr gemeinsames Kind, ob er es nun gewollt hatte oder nicht. Sie betete, dass dies nicht alles sein würde, was ihr von ihm blieb.

Du hast mir ein Versprechen gegeben, sagte sie in Gedanken jeden Morgen und jeden Abend und tausendmal während des Tages zu ihm. *Ich liebe dich. Ich werde die Hoffnung nicht aufgeben, dich wiederzusehen.*

NEW ORLEANS, LOUISIANA, 2009

Liebste Lucy,
vielleicht kann ich diesen Brief heute nicht mehr absenden und auch morgen nicht, doch bist du jede Minute in meinen Gedanken und in meinem Herzen. Ich werde dir nicht zu beschreiben versuchen, wo ich mich derzeit genau befinde. Doch ich bin in Sicherheit und werde dir alles genau erzählen, wenn es vorüber ist. Es gäbe vieles mitzuteilen, das ich momentan nicht klar in Gedanken formulieren kann, geschweige denn zu Papier bringen.
Mittlerweile habe ich begriffen, wozu unser Gegner alles in der Lage ist, und es übersteigt meine Vorstellungen bei Weitem. Das, was ich mir zu tun vorgenommen habe, muss getan werden. Die Dringlichkeit des Ganzen ist mir jetzt noch klarer. Ihn zu töten ist nicht genug. Zumindest habe ich gelernt, in großen Zusammenhängen zu denken. Ich weiß, was ich zu tun habe, und auch, wie.
Und was tue ich, um mir die Zeit zu vertreiben, fragst du dich?
Ich denke an dich. Ich stelle mir vor, wie du in einer Kira aussiehst und wie du mit den Händen die Erde in dem Garten umgräbst, den sie dort haben. Ich stelle mir vor, wie du Schuhe und Socken ausziehst und deine Füße in den Fischteich hältst. Ich stelle mir vor, wie du dir das Haar hinter die Ohren streichst. Ich stelle mir vor, wie du gerade Tee trinkst. Wie du schläfst (ganz im Ernst, das stelle ich mir vor; das ist meine Vorstellung von Zeitvertreib, und deine Meinung dazu ist mir egal). Ich stelle mir deinen Körper in seinen Einzelheiten vor – nein, nicht nur die Teile deines Körpers, von denen du denkst, dass ich sie mir vorstelle. Ich stelle mir die Narbe an deiner Schulter vor und wie ich sie küsse, als ob sie dadurch besser

heilen würde. Ich stelle mir vor, wie wir zusammen sind, wie wir dreimal am Tag miteinander schlafen. (Das hast du mir versprochen.) Ich stelle mir vor, wie du stundenlang in meinen Armen liegen wirst, wenn das alles vorbei ist, und wie du mir erzählen wirst, was in der Zwischenzeit passiert ist. Es wird eine ziemlich aufregende Geschichte sein, und sie wird dann sogar noch schöner sein, denn ich werde ihr Ende bereits kennen.

Mehr möchte ich nicht sagen. Meine liebe Lucy, du bist bei mir, in jedem meiner Gedanken und Überlegungen, in jedem lustvollen Moment, jedem Taumeln, jedem Sieg und jeder Niederlage. Was ich auch betrachte, ich sehe es auch mit deinen Augen, und mit dir an meiner Seite bin ich entschlossener und fähiger, als ich es ohne dich jemals sein könnte.

Mir ist bewusst, dass diese Zeilen keine wirklichen Informationen für dich enthalten, und ich entschuldige mich dafür. Das kannst du mir später einmal heimzahlen. Ich merke, dass ich diesen Brief als eine Art Gebet niederschreibe. Ich bete, dass du, auch ohne ihn zu erhalten (oder den von letzter Nacht oder jenen, den ich dir morgen schreiben werde oder übermorgen oder überübermorgen), weißt, was in ihm steht: dass ich in Sicherheit bin, dass ich bei dir bin, wo immer ich mich befinde, und dass keine Macht dieser Welt noch die Zeit mich von dir trennen können. Ich werde wiederkommen. Meine Liebe zu dir ist wahrhaftiger als alles, was ich während meines sehr langen Lebens kennengelernt habe.

Es heißt, dass die Liebe alles fordert, doch meine Liebe verlangt nur, dass du an mich glaubst, was immer auch geschieht und wie lange auch immer alles dauern mag, dass du dich daran erinnerst, wer wir beide sind, und dass du niemals verzweifelst.

In ewiger Liebe,
Daniel

DANKSAGUNG

Meine Liebe und meinen Dank an Jennifer Rudolph Walsh, meine Muse beim Verfassen dieser Geschichte. Ich danke meiner Lektorin Sarah McGrath, die mir großzügig ihr unendliches Können zur Verfügung stellte. Ich danke meinen beiden außerordentlich begeisterten Leserinnen und Ratgeberinnen Margaret Riley und Britton Schey. Ich stehe in tiefer Schuld bei Tracy Fisher und Alicia Gordon, die mich bei der Arbeit an dem Buch unterstützten. Und meinen wärmsten Dank an das außerordentliche Team bei Riverhead, darunter Sarah Stein, Stephanie Sorensen, Geoff Kloske und Susan Peterson Kennedy.

Ich danke meinen wundervollen und beflügelnden Eltern Jane Easton Brashares und Bill Brashares. Und nicht zuletzt gilt mein Dank meiner geliebten Familie, Sam, Nate, Susannah und Jacob. Wir fünf können gut Trampoline miteinander bauen.